D1041676

El viaje más largo

El viaje más largo

Nicholas Sparks

Traducción de Iolanda Rabascall

Rocaeditorial

Título original: *The Longest Ride*

© Nicholas Sparks, 2013

Primera edición: octubre de 2013

© de la traducción: Iolanda Rabascall
© de esta edición: Roca Editorial de Libros, S. L.
Av. Marquès de l'Argentera 17, pral.
08003 Barcelona.
info@rocaeditorial.com
www.rocaeditorial.com

Impreso por Brosmac, S.L.
Carretera de Villaviciosa - Móstoles, km 1
Villaviciosa de Odón (Madrid)

ISBN: 978-84-9918-705-1
Depósito legal: M. 50.815-2009

A Miles, Ryan, Landon, Lexie y Savannah

1

Ira

A veces me digo a mí mismo que soy el último de mi especie.

Me llamo Ira Levinson. Soy sureño y judío, y me siento orgulloso por igual de que me definan de una forma u otra. También soy nonagenario. Nací en 1920, el año en que se prohibió el alcohol; el año en que las mujeres obtuvieron el derecho al voto. A menudo me pregunto si estas dos cosas determinaron cómo ha sido mi vida. A fin de cuentas, nunca he bebido alcohol, y la mujer con la que me casé hizo cola para emitir su voto por Roosevelt tan pronto como tuvo la edad suficiente. Así pues, sería fácil imaginar que el año de mi nacimiento influyó de una manera directa en mi vida.

Mi padre se habría burlado de mí. Era un hombre que creía firmemente en las normas. «Ira —me decía cuando yo era joven y trabajaba con él en la sastrería—, déjame que te diga una cosa que jamás debes hacer», y entonces me exponía una de sus normas. Crecí escuchando sus «normas vitales», como él las denominaba, sobre prácticamente todo. Algunas partían de una base moral, ancoradas en las enseñanzas del Talmud; es probable que fueran los mismos consejos que la mayoría de los padres daban a sus hijos. Me enseñó a no mentir, a no engañar ni robar, por ejemplo, pero mi padre (que por aquel entonces se definía a sí mismo como «a veces judío») mostraba una clara predisposición por los aspectos prácticos. «Nunca salgas de casa sin sombrero si llueve», me decía. «Nunca toques una hornalla, por si acaso está caliente.» Me aconsejó que nunca contara en público el dinero de mi billetero ni comprara joyas a vendedores ambulantes, aunque me las ofrecieran a precio de ganga. Sus «nunca» no se acababan

9

nunca, y ahora me doy cuenta de que he seguido prácticamente al pie de la letra cada una de sus normas, quizá porque nunca quise defraudarlo. Su voz me ha seguido como una sombra fiel en el viaje más largo: la vida.

De forma similar, a menudo me decía lo que «debería hacer». Él esperaba honradez e integridad en cualquier aspecto, pero también me aconsejó que me adelantara y abriera la puerta a mujeres y niños, que estrechara las manos con resolución, que recordara el nombre de los clientes, y que siempre les diera un poco más de lo que esperaban.

Sus normas no solo constituían la base de una filosofía que a él le había dado buenos resultados, sino que definía perfectamente su personalidad. Dado que mi padre creía en la honradez y en la integridad, pensaba que los demás también se regían por los mismos criterios. Creía en la decencia humana y daba por sentado que los demás eran como él. Estaba convencido de que la mayoría de la gente, si se terciaba, actuaba de forma correcta, incluso si ello requería un esfuerzo, y creía que el bien casi siempre triunfaba sobre el mal. Pero no era ingenuo. «Confía en las personas —me aconsejaba— hasta que te den motivos para no hacerlo. Y entonces no vuelvas a fiarte nunca.»

Mi padre, más que nadie, fue el artífice de que yo me haya convertido en el hombre que soy.

Pero la guerra le cambió la vida. O, mejor dicho, el Holocausto. No me refiero a su agudeza mental —mi padre podía acabar el crucigrama del *New York Times* en menos de diez minutos—, sino a su fe ciega en la gente. El mundo que creía conocer dejó de tener sentido para él, y empezó a cambiar. Por entonces tenía casi sesenta años, y, tras hacerme socio en el negocio familiar, comenzó a pasar menos tiempo en la sastrería para ejercer de judío a tiempo completo. Empezó a frecuentar la sinagoga con mi madre —de ella hablaré más adelante— y ofreció apoyo financiero a numerosas causas judías; se negaba a trabajar el sabbat; seguía con interés las noticias relacionadas con la fundación del Estado de Israel —y la subsecuente guerra árabe-israelí— y visitaba Jerusalén como mínimo una vez al año, como si buscara algo que nunca hubiera sido consciente de que le faltaba.

A medida que envejecía, mi preocupación por esos viajes al extranjero creció, pero él me aseguraba que podía cuidar de sí mismo, y durante muchos años lo hizo. Pese a su avanzada edad, su mente seguía tan lúcida como siempre, aunque, por desgracia, su cuerpo no tuviera el mismo aguante. A los noventa años sufrió un ataque al corazón y, si bien se recuperó, al cabo de siete meses se le debilitó enormemente la parte derecha del cuerpo a causa de una hemiplejía. Con todo, insistió en seguir cuidando de sí mismo. Aunque tenía que recurrir a un andador para desplazarse, se negó a mudarse a una residencia de ancianos, y siguió conduciendo, a pesar de que yo le rogaba que no lo hiciera. Le decía que era peligroso, pero él se limitaba a encogerse de hombros.

—¿Qué quieres que haga? —replicaba—. Si no, ¿cómo quieres que vaya al supermercado?

Al final, mi padre murió antes de cumplir los ciento un años, con el permiso de conducir todavía vigente y un crucigrama acabado junto a su lecho. Había sido una vida larga, interesante. Últimamente pienso mucho en él. Tiene sentido, supongo, dado que a lo largo de mi existencia he seguido sus pasos. He aplicado sus «normas vitales» al abrir el negocio todas las mañanas, en mi conducta y en mi relación con la gente. He recordado los nombres de los clientes y les he dado más de lo que esperaban, y siempre salgo con sombrero si creo que va a llover. Al igual que mi padre, sufrí un ataque de corazón y ahora uso un andador, y aunque jamás me han gustado los crucigramas, mi mente sigue tan lúcida como el primer día.

Al igual que mi padre, me he negado en redondo a dejar de conducir. Si lo miro con cierta perspectiva, probablemente ha sido un error. De haberlo hecho, en estos momentos no estaría aquí: con el coche fuera de la carretera, embarrancado en una pronunciada pendiente, con el capó abollado por el impacto contra un árbol. Tampoco estaría fantaseando acerca de la posibilidad de que alguien pasara por aquí cerca, con un termo lleno de café, una manta y una de esas literas con las que transportaban a los faraones de un sitio a otro. Porque, por lo que veo, esa sería la única forma de salir vivo de aquí.

Me he metido en un buen lío. Al otro lado del parabrisas, resquebrajado, la nieve sigue cayendo, difusa y desconcertante. Me sangra la cabeza y me invade una sensación de desmayo; estoy casi seguro de que tengo el brazo derecho fracturado, y la clavícula también. Siento fuertes pinchazos en el hombro, y el más leve movimiento resulta simplemente atroz. A pesar de la chaqueta, siento tanto frío que no puedo parar de tiritar.

Mentiría si dijera que no tengo miedo. No quiero morir, y gracias a mis padres —mi madre vivió hasta los noventa y seis años—

11

hace mucho tiempo que creo ser genéticamente capaz de cumplir unos cuantos años más.

Hasta hace unos meses, tenía el absoluto convencimiento de que me quedaba una media docena de buenos años por vivir. Bueno, quizá no tan buenos; a mi edad, las cosas no funcionan así. Llevo tiempo desintegrándome —corazón, articulaciones, riñones, partes de mi cuerpo que empiezan a ceder al inevitable deterioro—, pero, hace poco, unos agentes extraños se han presentado en mi vida. Según el médico, crecen en mis pulmones. Tumores. Cáncer. Mi tiempo ha pasado a medirse en meses, no en años..., pero, de todos modos, todavía no estoy listo para morir. Me queda algo por hacer, algo que he hecho todos los años desde 1956. Una tradición especial que está a punto de tocar a su fin. Más que nada, quería una última oportunidad para despedirme.

Con todo, los pensamientos que le invaden a uno cuando cree estar a las puertas de la muerte son bastante curiosos. De una cosa estoy seguro: si mi tiempo toca a su fin, me gustaría no irme de este mundo así, tiritando de frío, con los dientes castañeteando, hasta que al final, inevitablemente, mi corazón deje de latir. Sé qué pasa cuando la muerte llama a tu puerta (a mi edad, he asistido a demasiados funerales como para no saberlo). Si tuviera la oportunidad, preferiría morir mientras duermo, en mi mullida cama, en casa. Los que mueren así tienen un aspecto sosegado cuando están de cuerpo presente; por eso, si la Parca viene a buscarme, intentaré arrastrarme hasta el asiento trasero. Lo último que quiero es que alguien me encuentre sentado y sólidamente congelado, como una grotesca escultura de hielo. ¿Cómo sacarían mi cuerpo de aquí?

Por la forma en que he quedado atrapado detrás del volante, sería como intentar sacar un piano de una habitación. No cuesta nada imaginar a varios bomberos picando y zarandeando el bloque de hielo vigorosamente hacia delante y hacia atrás mientras comentan algo como: «Ladea la cabeza hacia aquí, Steve» o «Tuerce los brazos de este vejestorio hacia allí, Joe», en un intento de maniobrar para sacar mi cuerpo del vehículo. A trancas y barrancas, con porrazos, empujones y tirones, hasta que, con un último esfuerzo descomunal, mi cuerpo se estrelle contra el suelo. No me interesa, gracias. Todavía me queda la dignidad. Así que, como decía, si llega ese momento, intentaré por todos los medios arrastrarme hasta los asientos traseros y allí, simplemente, cerraré los ojos. De ese modo, podrán sacarme como una varita de merluza.

Pero quizá no sea necesario llegar a esa situación extrema. Quizás alguien vea las marcas del frenazo en la carretera que desaparecen en la cuneta. Tal vez alguien se detenga para escrutar la zona, apunte hacia la pendiente con una linterna y se dé cuenta de que hay un coche embarrancado. No es impensable; podría suceder. Está nevando, por lo que los conductores muestran una predisposición a aminorar la marcha. Es posible que alguien me encuentre. Tienen que encontrarme.

¿Verdad?

Quizá no.

La nieve sigue cayendo. Mi aliento se escapa en forma de pequeñas nubes de vapor, como un dragón que escupe humo, y mi cuerpo ha empezado a entumecerse con el frío. Pero podría ser peor, porque, aunque no nevaba cuando he salido de casa, hacía frío, así que he salido bien abrigado. Llevo un par de camisas, un suéter, guantes y sombrero. En estos momentos, el coche está inclinado con el morro apuntando hacia la pendiente. Todavía llevo el cinturón de seguridad abrochado, lo que sostiene todo mi peso, pero mi cabeza descansa sobre el volante. El airbag, completamente desplegado, inunda el interior del vehículo con un polvillo blanco y un acre olor a pólvora. No es una postura cómoda, pero es soportable.

Lo más fastidioso es que me duele todo el cuerpo. Me parece que el airbag no ha funcionado como era de esperar, porque me he golpeado la cabeza contra el volante y me he quedado inconsciente. ¿Cuánto rato? No lo sé. El corte en la cabeza sigue sangrando, y es como si los huesos de mi brazo derecho quisieran rasgar la piel en busca de más espacio. Siento unos fuertes pinchazos tanto en la clavícula como en el hombro, y me da miedo moverme.

Me digo a mí mismo que podría ser peor. Está nevando, pero el frío no es inaguantable. La previsión es que la temperatura descienda hasta llegar a unos cuatro grados bajo cero esta noche, si bien mañana subirá un poco por encima de los dos grados. También soplará el viento, con ráfagas que alcanzarán los treinta kilómetros por hora. Mañana, domingo, arreciará, pero el lunes por la noche, el tiempo empezará a mejorar de forma gradual. Para entonces, el frente frío ya habrá pasado de largo y no habrá apenas viento. La previsión para el martes apunta hacia un ligero aumento de la temperatura, hasta los cuatro o cinco grados.

13

Lo sé porque veo el Canal del Tiempo. Resulta menos deprimente que las noticias, y me parece interesante. No solo muestran la previsión del tiempo, sino que emiten programas dedicados a los efectos catastróficos producidos por episodios meteorológicos ya pasados. He visto programas sobre gente que estaba en el baño cuando un tornado arrancó la casa desde sus cimientos, y he visto a personas explicar cómo fueron rescatadas después de que una repentina inundación las arrastrara.

En el Canal del Tiempo, la gente siempre sobrevive a las catástrofes, porque son las personas entrevistadas en el programa. Me gusta saber con antelación que la gente ha sobrevivido. Hace un año me tragué la historia entera de varios individuos que se desplazaban en coche a una hora punta en Chicago cuando fueron sorprendidos por una ventisca. La nieve cayó tan de repente que las autoridades se vieron obligadas a cerrar las carreteras mientras la gente todavía circulaba por ellas. Durante ocho horas, miles de personas quedaron atrapadas en las autopistas, sin poder salir, mientras la temperatura se desplomaba.

El programa en cuestión se centraba en dos de las personas que habían quedado atrapadas en la carretera, pero lo que más me impactó fue que ninguna de ellas parecía preparada para la ventisca. Ambas sufrieron hipotermia mientras estaban bajo los efectos de aquel tiempo tan adverso. He de admitir que no entendí cómo era posible. Los habitantes de Chicago son plenamente conscientes de que allí nieva con regularidad; están acostumbrados a ventiscas que suelen llegar de Canadá, por lo que seguramente han de prever el brusco descenso de la temperatura. ¿Cómo es posible que no estuvieran preparados? Si yo viviera en un lugar así, habría tenido mantas térmicas, sombreros, una chaqueta gruesa, orejeras, guantes, una pala, una linterna, un calentador de manos y una botella llena de agua en el maletero de mi coche desde Halloween. Si viviera en Chicago, podría quedarme aislado por una ventisca y sobrevivir dos semanas antes de empezar a preocuparme.

Mi problema, sin embargo, es que vivo en Carolina del Norte, y normalmente cuando conduzco —excepto por una escapada a los Apalaches una vez al año, suele ser en verano— no me desplazo más que unos pocos kilómetros de casa. Por eso mi maletero está vacío; sin embargo, en cierto modo, me reconforta pensar que aunque llevara un hotel ambulante en el maletero, no me serviría de nada. El barranco es resbaladizo y con una pronunciada pendiente, y de ninguna forma conseguiría llegar al maletero, por más que contuviera los tesoros de Tutankamón.

No obstante, no estoy totalmente indefenso frente a esta adversidad. Antes de salir de casa, he preparado dos termos de café, dos bocadillos, un puñado de ciruelas y una botella de agua. He dejado la comida en el asiento del pasajero, junto a la carta que he escrito, y aunque todo ha salido volando durante el accidente, tengo el consuelo de saber que todavía sigue dentro del coche. Si el hambre aprieta, intentaré encontrar los bocadillos, aunque entiendo que comer y beber tiene un coste. Lo que entra ha de salir, y todavía no tengo ni idea de cómo me organizaré para que salga. Mi andador está en el asiento trasero, y la pendiente del terreno me propulsaría a mi propia tumba. Teniendo en cuenta mis lesiones, determinadas necesidades fisiológicas deberán esperar.

Sobre el accidente… Probablemente podría fraguar un emocionante relato determinado por el mal, el frío, la nieve, o describir a un conductor estúpido y frustrado que me ha echado de la carretera…, pero no ha pasado tal cosa. Verás: era ya de noche y ha empezado a nevar, cada vez con más fuerza, y, de repente, la carretera ha desaparecido, sin más. Supongo que he tomado una curva —digo supongo porque obviamente no la he visto— y, acto seguido, he chocado contra la barrera metálica lateral de la vía y me he despeñado por la pronunciada cuneta. Ahora estoy aquí sentado, en plena noche, preguntándome si el Canal del Tiempo me dedicará un programa algún día.

Ya no consigo ver nada a través del parabrisas. Los limpiaparabrisas envían señales agónicas, e intento activarlos sin ninguna esperanza, pero al cabo de un momento las plumillas apartan la nieve, dejando una fina capa de hielo a su paso. Me sorprende esta muestra transitoria de normalidad, pero apago el mecanismo con renuencia, y después hago lo mismo con las luces, que había olvidado que estaban encendidas. Me digo a mí mismo que debería conservar lo que queda de batería, por si he de utilizar el claxon.

Cambio levemente de posición, y al hacerlo noto una desgarradora descarga de dolor desde el brazo hasta la clavícula. El mundo se torna negro. Agonía al rojo vivo. Inhalo y exhalo, esperando que el dolor pase. Por favor, Dios, por favor… Hago todo lo posible por no gritar, pero entonces, milagrosamente, el dolor empieza a remitir. Respiro de forma acompasada, intentando mantener las lágrimas a raya, y cuando por fin el malestar desaparece por com-

15

pleto, me siento exhausto. Podría dormir hasta la eternidad y nunca despertar. Cierro los ojos. Estoy tan cansado...

Curiosamente, de repente me pongo a pensar en Daniel McCallum y en la tarde de la visita. Veo el regalo que me dejó y, mientras me voy quedando dormido, me pregunto en vano cuánto tiempo pasará antes de que alguien me encuentre.

—Ira.

Primero lo oigo en mi sueño, borroso y amorfo, como un sonido bajo el agua. Necesito un momento antes de darme cuenta de que alguien está pronunciando mi nombre. Pero eso es imposible.

—Despierta, Ira.

Abro los ojos de golpe. En el asiento a mi lado, veo a Ruth, mi esposa.

—Estoy despierto —digo, con la cabeza pegada al volante.

Sin las gafas, que salieron volando en el accidente, su imagen carece de definición. Es como un espectro.

—Te has salido de la carretera.

Parpadeo y acto seguido me defiendo:

—Un desequilibrado me ha echado a la cuneta. Las ruedas han resbalado sobre una placa de hielo. De no haber sido por mis instintos felinos, habría sido peor.

—Te has salido de la carretera porque ves menos que un murciélago y porque además eres demasiado viejo para conducir. ¿Cuántas veces te he dicho que eres una amenaza al volante?

—No me lo habías dicho nunca.

—Pues debería haberlo hecho. Ni siquiera has visto la curva. —Hace una pausa—. Estás sangrando.

Levanto la cabeza, me paso la mano sana por la frente. Al observarla de nuevo, la veo manchada. Hay sangre en el volante y en el salpicadero, manchas rojas por doquier. Me pregunto cuánta sangre habré perdido.

—Lo sé.

—Tienes el brazo roto, y la clavícula también. Y algo le pasa a tu hombro.

—Lo sé —reitero.

Mientras parpadeo, Ruth emerge y desaparece intermitentemente.

—Tienes que ir al hospital.

—Eso no te lo discutiré —digo.

—Estoy preocupada por tu estado.

Aspiro y espiro, con unas respiraciones largas, antes de responder:

—Yo también estoy preocupado por mi estado —admito al final.

Mi esposa Ruth no está realmente en el coche. Lo sé. Murió hace nueve años, el día que sentí que mi vida se detenía por completo. La había llamado desde el comedor. Al no obtener respuesta, me levanté de la silla. Por entonces todavía podía desplazarme sin andador, aunque a paso lento; cuando llegué a la habitación, la vi tendida en el suelo, cerca de la cama, sobre su lado derecho. Llamé a una ambulancia y me arrodillé junto a ella. Con suavidad la tumbé sobre la espalda y le tomé el pulso en el cuello, sin detectar ningún latido. Puse mi boca sobre la suya y empecé a insuflar aire con voluntad, tal como había visto hacer en la tele. Su pecho subía y bajaba. Seguí respirando frenéticamente hasta que se me empezó a nublar la vista, pero ella no reaccionaba. La besé en los labios y en las mejillas, y la estreché entre mis brazos hasta que llegó la ambulancia. Ruth, mi esposa durante más de cincuenta años, había fallecido. En un abrir y cerrar de ojos, había perdido todo aquello que amaba.

17

—¿Por qué estás aquí? —le pregunto.

—¿A ti qué te parece? Estoy aquí por ti.

Por supuesto.

—¿Cuánto rato he dormido?

—No lo sé —me contesta ella—. Pero es de noche. Creo que tienes frío.

—Siempre tengo frío.

—No de este modo.

—No —admito—, no de este modo.

—¿Por qué conducías por esa carretera? ¿Adónde ibas?

Por un momento se me ocurre la idea de moverme, pero el recuerdo de la intensa descarga de dolor me frena.

—Ya lo sabes.

—Sí —contesta ella—. Ibas a Black Mountain, donde pasamos nuestra luna de miel.

—Quería ir por última vez. Mañana es nuestro aniversario.

Ella se toma unos momentos antes de responder.

—Me parece que estás perdiendo facultades. Nos casamos en agosto, no en febrero.

—No ese aniversario —replico. No le digo que, según el médico, no llegaré a agosto—. Nuestro otro aniversario.

—¿De qué estás hablando? No hay más aniversarios; solo uno.

—El día en que mi vida cambió para siempre —declaro—. El primer día que te vi.

Por un momento, Ruth no dice nada. Sabe que hablo en serio, pero, a diferencia de mí, a ella le cuesta mucho expresar esa clase de sentimientos con palabras. Me quería con pasión. Lo intuía en su gesto, en sus caricias, en el tierno roce de sus labios. Y en los momentos de mayor necesidad, ella también me amó con la palabra escrita.

—Fue el 6 de febrero de 1939 —puntualizo—. Tú habías salido a comprar con tu madre, Elisabeth, y las dos entrasteis en la sastrería. Tu madre quería comprarle un sombrero a tu padre.

Ruth se arrellana en el asiento, con los ojos fijos en mí.

—Tú saliste de la trastienda —recuerda ella— y, al cabo de un momento, tu madre apareció detrás de ti.

Sí, de repente lo recuerdo: mi madre apareció detrás de mí. Ruth siempre ha tenido una memoria portentosa.

Al igual que mi familia materna, la familia de Ruth era oriunda de Viena, y solo hacía dos meses que había emigrado a Carolina del Norte. Abandonaron Viena después del *Anschluss* de Austria, cuando Hitler y los nazis incorporaron Austria al Reich. El padre de Ruth, Jacob Pfeffer, un profesor de bellas artes, sabía lo que el auge de Hitler significaba para los judíos, y vendió todas sus posesiones para poder pagar los sobornos necesarios para garantizar la libertad de su familia. Después de cruzar la frontera con Suiza, viajaron hasta Londres, y luego hasta Nueva York, antes de llegar a Greensboro. Uno de los tíos de Jacob tenía una carpintería a pocas manzanas de la sastrería de mi padre, y durante meses Ruth y su familia vivieron en dos angostas habitaciones situadas justo encima del local. Mucho después supe que, por las noches, Ruth se encontraba tan mal a causa de los constantes gases de la laca que apenas podía dormir.

—Entramos en la tienda porque sabíamos que tu madre hablaba alemán. Nos habían dicho que ella nos ayudaría. —Sacude la cabeza—. Echábamos tanto de menos nuestro país, teníamos tantas ganas de entablar relación con otros austriacos…

Asiento con la cabeza. Por lo menos, eso creo.

—Mi madre me lo explicó todo cuando os marchasteis. Tenía que hacerlo. No podía comprender ni una palabra de lo que decíais.

—Tu madre debería haberte enseñado alemán.

—¿Y eso qué importa? Antes de que salieras por la puerta, ya sabía que un día me casaría contigo. ¡Teníamos todo el tiempo del mundo para hablar!

—Siempre dices lo mismo, pero no es verdad. Ni siquiera me miraste.

—No podía. Eras la chica más bonita que jamás había visto. Era como intentar mirar directamente el Sol.

—*Ach, Quatsch*… —Ella se ríe—. No era bonita. Era una cría. Solo tenía dieciséis años.

—Y yo acababa de cumplir diecinueve. Y no me equivoqué. Ella suspira.

—No —dice—, no te equivocaste.

Ya había visto a Ruth y a sus padres antes, por supuesto. Iban a nuestra sinagoga y se sentaban cerca de la primera fila. Extranjeros en tierra desconocida. Mi madre los señalaba disimuladamente a la salida de la sinagoga, mirándolos de reojo con discreción mientras se alejaban con paso apresurado.

Siempre me habían encantado aquellos paseos matutinos de los sábados, desde la sinagoga hasta casa, porque en ese trayecto tenía a mi madre solo para mí. Nuestra conversación viraba fácilmente de un tema a otro, y yo gozaba de su atención completa. Le podía contar cualquier problema que tuviera, o plantearle dudas que se me ocurrían de repente, incluso aquellas que mi padre habría considerado absurdas. Mientras él me ofrecía consejos, ella me daba confort y amor. Mi padre nunca iba con nosotros a la sinagoga; los sábados prefería abrir la sastrería temprano, con la esperanza de incrementar las ventas el fin de semana. Mi madre lo comprendía. Por entonces, incluso yo sabía que mantener el negocio abierto suponía un enorme esfuerzo.

La Depresión había golpeado duramente Greensboro, como al resto del país, y a veces pasaban días enteros sin que entrara un solo cliente. Muchos no tenían empleo, e incluso había un buen número de ellos que pasaban hambre. La gente hacía cola para recibir sopa o pan. Muchos bancos locales habían quebrado, llevándose con ellos los ahorros de sus clientes. Mi padre era de esa clase de personas que ahorraban en tiempos de bonanza, pero los años alrededor de 1939 fueron difíciles incluso para él.

Mi madre siempre había trabajado con mi padre, pese a que casi nunca atendía directamente a los clientes. En aquella época, los hombres —y nuestra clientela estaba compuesta casi de forma exclusiva por hombres— esperaban que fuera otro hombre quien los atendiera, tanto en la selección del tejido como a la hora de pro-

19

barse los trajes. De todos modos, mi madre mantenía la puerta de la trastienda un poco abierta, lo que le permitía ver perfectamente al cliente.

He de decir que ella era un verdadero genio en su oficio. Mi padre cortaba y marcaba la tela por los puntos correspondientes, pero mi madre, con tan solo una mirada, sabía de inmediato si tenía que ajustar o no las marcas que él había hecho. Mentalmente era capaz de imaginar al cliente vestido con el traje y saber la línea exacta de cada pliegue y de cada costura. Mi padre conocía de sobra su talento, por eso había colocado el espejo estratégicamente, donde ella pudiera verlo. Aunque algunos clientes quizá se sentían un poco intimidados, mi padre estaba orgulloso de su esposa. Una de sus «normas vitales» consistía en que uno debía casarse con una mujer que fuera más hábil que él.

—Yo lo he hecho —solía decirme—. Y tú también deberías hacerlo. ¿Qué sentido tiene que uno se encargue de todo?

He de admitir que mi madre era realmente más hábil que mi padre. A pesar de que nunca fue una experta cocinera —deberían haberle prohibido la entrada a la cocina— hablaba cuatro idiomas y podía citar a Dostoievski en ruso; era una consumada pianista clásica y había estudiado en la Universidad de Viena en una época en la que apenas había mujeres que cursaran estudios superiores.

Mi padre, en cambio, nunca estudió en la universidad. Al igual que yo, había trabajado en la sastrería de su padre desde que era un chaval, y se le daban bien los números y atender a los clientes. Y como yo, vio por primera vez a la mujer que se convertiría en su esposa en la sinagoga, al poco de que ella se instalara en Greensboro.

Llegados a este punto, sin embargo, se acaban las similitudes, porque a menudo me pregunto si mis padres fueron felices como pareja. Sería fácil ampararse en la excusa de que eran otros tiempos, de que la gente no se casaba tanto por amor sino por cuestiones prácticas. Y no digo que en muchos aspectos no estuvieran hechos el uno para el otro. Formaban una buena pareja, mis padres, y nunca los oí discutir. Sin embargo, a veces me pregunto si estaban enamorados. En todos los años que viví con ellos, nunca los vi besarse, ni tampoco eran la típica pareja que se sentía cómoda paseando por ahí cogida de la mano.

Noche tras noche, mi padre repasaba la contabilidad en la mesa de la cocina mientras mi madre se sentaba en el comedor, con un libro abierto en su regazo. Al cabo de unos años, cuando mis padres se retiraron y yo me hice cargo del negocio, albergué la esperanza de que eso los uniera un poco más. Pensé que quizás empezarían a viajar juntos, a embarcarse en cruceros o a hacer otra clase de turismo, pero, después de la primera visita a Jerusalén, mi padre siempre viajó solo. Establecieron vidas separadas, y continuaron distanciándose cada día un poco más, hasta volver a ser un par de extraños. A los ochenta años, parecía que ya no les quedaba nada por decirse. Se pasaban horas en la misma habitación sin pronunciar ni una sola palabra. Cuando Ruth y yo íbamos a visitarlos, solíamos pasar un rato primero con uno y luego con el otro, y en el viaje de vuelta a casa, Ruth me estrujaba cariñosamente la mano, como si se prometiera a sí misma que nosotros nunca acabaríamos de ese modo.

Ruth siempre se mostraba más preocupada que ellos por su relación. Mis padres no parecían sentir ningún deseo de tender puentes entre sí. Estaban cómodos cada uno en su mundo. A medida que envejecían, mientras mi padre volcaba todo el interés en sus raíces ancestrales, mi madre desarrolló una pasión por la jardinería, y se pasaba las horas cuidando flores en el jardín. A mi padre le encantaba ver viejas películas del Oeste, y las noticias que daban por la noche en la tele; mi madre, en cambio, se refugiaba en sus libros. Y, por supuesto, siempre se mostraban interesados en las piezas de arte que Ruth y yo coleccionábamos, el arte con el que acabamos haciéndonos ricos.

—Tardaste mucho en volver a entrar en la sastrería —le digo a Ruth.

Fuera del coche, la nieve ha cubierto el parabrisas y sigue cayendo implacable. Según el Canal del Tiempo, a estas horas ya debería haber dejado de nevar pero, a pesar de todas las maravillas de la tecnología moderna, las predicciones siguen siendo falibles. Esta es otra de las razones por las que me parece interesante ese canal.

—Mi madre compró el sombrero. No teníamos dinero para nada más.

—Pero tú pensaste que yo era apuesto.

—No. Tenías las orejas demasiado grandes. Me gustan las orejas delicadas.

Ruth tiene razón acerca de mis orejas. Son grandes y sobresalen, como las de mi padre. A él le daba igual, pero a mí aquello me traumatizaba. Cuando era joven, quizás a los ocho o nueve años, cogí una tela sobrante de la sastrería, corté una larga tira y me pasé el resto del verano durmiendo con la cabeza envuelta con la tira, con la esperanza de conseguir que las orejas se adhirieran más al cuero cabelludo. Mi madre no le prestaba atención a mi nueva manía cuando entraba en mi cuarto para darme las buenas noches, pero a veces oía que mi padre le comentaba entre susurros, en un tono casi ofendido:

—Tiene mis orejas. ¿Qué tienen de malo mis orejas?

Le conté a Ruth la anécdota poco después de casarnos, y ella se echó a reír. Desde entonces, a veces bromeaba acerca de mis orejas, tal como lo está haciendo en este momento, pero en todos los años que compartimos, nunca lo hizo con maldad.

—Creía que te gustaban mis orejas; al menos eso era lo que me decías cuando las besabas.

—Me gustaba tu cara. Tenías un rostro bondadoso. Lo que pasa es que tus orejas estaban allí, como parte del conjunto. No quería herir tus sentimientos.

—¿Un rostro bondadoso?

—Sí, tus ojos reflejaban ternura, como si solo vieras la bondad en la gente. Me di cuenta de eso, aunque tú apenas me miraste.

—Estaba intentando reunir el coraje para pedirte si podía acompañarte hasta tu casa.

—No —contesta ella, sacudiendo la cabeza.

A pesar de que su imagen es borrosa, su voz es jovial, como la de la quinceañera que conocí tantos años atrás.

—Te vi muchas veces en la sinagoga después de aquel primer encuentro, y nunca me lo pediste. A veces incluso te esperaba fuera, pero tú pasabas de largo sin decir ni una palabra.

—No hablabas inglés.

—Por entonces ya había empezado a entenderlo un poco, y podía mantener una conversación básica. Si me lo hubieras pedido, habría contestado: «De acuerdo, Ira. Pasearé contigo».

—Tus padres no lo habrían permitido.

—Mi madre sí. Le gustabas. Tu madre le dijo que un día heredarías la sastrería.

—¡Lo sabía! Siempre sospeché que te casaste conmigo por mi dinero.

—¿Qué dinero? ¡Tú no tenías dinero! Si hubiera querido casarme con un hombre rico, me habría casado con David Epstein. Su padre era el dueño de la fábrica textil y vivían en una mansión.

Esa era otra de las bromas recurrentes en nuestro matrimonio. Si bien mi madre decía la verdad, incluso ella sabía que la sastrería no era la clase de negocio con el que uno pudiera llegar a hacerse rico. Empezó y continuó como un pequeño negocio hasta el día que decidí traspasarlo y me retiré.

—Recuerdo que os vi a los dos en el bar, al otro lado de la calle. David quedaba contigo casi todos los días durante el verano.

—Me gustaban los refrescos de chocolate. Para mí eran una novedad.

—Yo estaba celoso.

—No te faltaban motivos —apunta ella—. David era rico y bien plantado; además, sus orejas eran perfectas.

Sonrío. ¡Cómo me gustaría poder ver su imagen con más nitidez! Pero la oscuridad no me lo permite.

—Durante un tiempo creí que os ibais a casar.

—Él me lo pidió varias veces, y siempre le respondía que aún era demasiado jovencita y que tendría que esperar hasta que acabara los estudios. Pero le mentía. La verdad era que ya me había fijado en ti. Por eso siempre insistía en ir al bar que había cerca de la sastrería de tu padre.

Yo ya lo sabía, por supuesto. Pero me gustaba oírselo decir.

—Te observaba a través de la ventana, mientras tú estabas sentada con él.

—A veces te veía. —Sonríe ella—. Incluso una vez te saludé con la mano. Sin embargo, nunca me pediste que saliéramos juntos.

—David era mi amigo.

Es verdad, y continuó siéndolo durante casi toda la vida. A veces quedábamos con David y su esposa, Rachel, y Ruth le dio clases a uno de sus hijos.

—No tenía nada que ver con la amistad. Me tenías miedo. Siempre has sido un tipo tímido.

—Creo que me confundes con otra persona. Yo era cortés, todo un caballero, un joven Frank Sinatra. A veces tenía que esconderme de las muchas mujeres que me acosaban.

—Caminabas con la vista clavada en los pies, y te sonrojaste cuando te saludé con la mano. Y entonces, en agosto, te fuiste a estudiar a Virginia.

Fui a la Universidad William & Mary en Williamsburg, y no regresé hasta diciembre. Vi a Ruth un par de veces en la sinagoga aquel mes, de lejos, antes de marcharme otra vez a la universidad.

23

En mayo volví a casa para pasar el verano y trabajar en la sastrería. Por entonces, la Segunda Guerra Mundial causaba estragos en Europa; Hitler había invadido Polonia y Noruega, había hecho claudicar a los ejércitos de Bélgica, Holanda y Luxemburgo, y estaba haciendo picadillo a los franceses. En todos los periódicos, en cualquier conversación, no se hablaba de otra cosa que no fuera la guerra. Nadie sabía cuándo Estados Unidos intervendría en el conflicto, y todo el mundo estaba desalentado. Al cabo de unas semanas, los franceses firmaron el armisticio y acabó la guerra en Francia.

—Todavía salías con David cuando regresé.

—Ya, pero ese año que estuviste fuera también entablé amistad con tu madre. Mientras mi padre estaba trabajando, mi madre y yo íbamos a vuestra tienda. Hablábamos de Viena y de nuestras viejas vidas. Mi madre y yo sentíamos nostalgia, claro, pero yo, además, estaba furiosa. No me gustaba Carolina del Norte. No me sentía cómoda en Estados Unidos; sentía que no formaba parte de este país. A pesar de la guerra, quería regresar a Viena. Deseaba ayudar a mi familia. Estábamos muy preocupados por ellos.

Veo que se vuelve hacia la ventana, y, en el silencio, sé que está pensando en sus abuelos, tías, tíos y primos. La noche antes de que Ruth y sus padres se marcharan a Suiza, docenas de miembros de su numerosa familia se reunieron en una cena de despedida. Hubo adioses ansiosos y promesas de seguir en contacto, y, aunque algunos se alegraban por ellos, casi todos consideraban que el padre de Ruth no solo estaba reaccionando de forma desmedida, sino que era una insensatez abandonarlo todo por un futuro incierto. Pese a ello, algunos dieron disimuladamente al padre de Ruth unas monedas de oro, y en las seis semanas que duró el viaje hasta Carolina del Norte, fueron esas monedas las que les proporcionaron cobijo y comida que llevarse al estómago. Aparte de Ruth y sus padres, el resto de la familia se quedó en Viena. En verano de 1940, todos llevaban la estrella de David en el brazo y tenían terminantemente prohibido trabajar. Por entonces, ya era demasiado tarde para escapar.

Mi madre me habló de aquellas visitas de Ruth y de sus preocupaciones. Ella, al igual que Ruth, todavía tenía familia en Viena, pero, como tantos otros, no teníamos ni idea de lo que se avecinaba ni mucho menos de la tragedia final. Ruth tampoco lo sabía, pero su padre lo había intuido. Lo intuyó cuando todavía estaban a tiempo de huir. Con el tiempo llegué a pensar que era el hombre más inteligente que jamás he conocido.

—¿Tu padre trabajaba de carpintero en esa época?

—Sí —responde Ruth—. No lo querían contratar en ninguna universidad, así que hizo lo que tenía que hacer para darnos de comer. Pero para él fue duro. No se le daba bien el oficio de carpintero. Al principio regresaba a casa exhausto, con serrín en el pelo y las manos vendadas, y se quedaba dormido en la silla casi tan pronto como atravesaba el umbral. Pero nunca se quejó. Él sabía que nosotros éramos los afortunados. Cuando se despertaba, se duchaba y entonces se ponía su traje para cenar, como una forma personal de recordarse a sí mismo el hombre que había sido. Durante la cena disfrutábamos de unas conversaciones amenas; me preguntaba qué había aprendido en la escuela ese día, y escuchaba atentamente mi respuesta. Luego me inducía a reconsiderar las cuestiones desde una nueva perspectiva. «¿Por qué crees que pasa tal cosa?», me preguntaba, o «¿Has considerado alguna vez esta otra posibilidad?». Yo sabía lo que se proponía, por supuesto. Cuando uno ha sido profesor, lo es para toda la vida, y a él le gustaba enseñar, por eso consiguió volver a la docencia después de la guerra. Él me enseñó a tener criterio propio y a confiar en mis instintos, tal como hacía con todos sus alumnos.

La estudio, pensando en qué significativo es que Ruth también acabara siendo maestra, y en mi mente vuelve a aparecer de repente la imagen de Daniel McCallum.

—En el proceso, tu padre te lo enseñó todo acerca del arte.

—Sí —admite ella, en un tono travieso—. También me ayudó en eso.

25

2

Sophia

Cuatro meses antes

—*T*ienes que venir —suplicó Marcia—. Quiero que vengas. Seremos trece o catorce. Además, no está tan lejos. McLeansville está a menos de una hora, y ya sabes que lo pasaremos genial en el coche.

Sophia esbozó una mueca de desidia desde la cama, donde estaba revisando sin entusiasmo unos apuntes sobre el Renacimiento.

—No lo sé… Es que un rodeo…

—Mujer, no lo digas así —la cortó Marcia, ajustándose un sombrero negro vaquero delante del espejo, ladeándolo un poco para darle el toque final.

Marcia Peak, la compañera de habitación de Sophia desde el segundo curso, era, sin lugar a dudas, su mejor amiga en el campus.

—Primero, no se trata de un rodeo normal y corriente, sino de una monta de toros. Y segundo, no es eso… Se trata de perder de vista el campus para disfrutar de una pequeña salida, de pasarlo bien conmigo y con las amigas. Luego saldremos de fiesta. Los del pueblo organizan un bar en un enorme y viejo granero que hay cerca del ruedo. Habrá baile y una banda en directo, y te requetejuro que nunca más en tu vida encontrarás a tantos chicos monos juntos en un mismo sitio.

Sophia observó a su amiga por encima del borde superior de la libreta.

—Lo último que me apetece en estos momentos es conocer a un chico mono.

Marcia esgrimió una mueca de fastidio.

—La cuestión es que necesitas salir de aquí. Ya estamos en octubre. Llevamos dos meses de clases y… ¡chica, estás fatal!

—No estoy fatal —replicó Sophia—. Solo es que… me siento cansada.

—Quieres decir que estás cansada de toparte con Brian, ¿no? —Se dio la vuelta para mirar a su amiga—. Muy bien, lo comprendo. Pero es un campus pequeño. Y este año nuestra hermandad está emparejada con su fraternidad. Por más que lo intentes, no podrás evitarlo.

—Ya sabes a qué me refiero. Me lo encuentro hasta en la sopa. El jueves estaba en el atrio cuando salí de clase, algo que jamás había pasado mientras salíamos juntos.

—¿Has hablado con él? ¿O él ha intentado hablar contigo?

—No. —Sophia sacudió la cabeza—. Enfilé directamente hacia la puerta y fingí no verlo.

—Si no hay daño, no hay delito.

—Ya, pero, de todos modos, me da repelús…

—¿Y qué? —Marcia se encogió de hombros con impaciencia—. Vamos, chica, no te agobies. ¡Ni que fuera un psicópata o algo parecido! Tarde o temprano, acabará por aceptarlo.

Sophia desvió la vista, pensando «eso espero», pero, como no contestó, Marcia cruzó la habitación, se sentó en la cama, a su lado, y le propinó unas palmaditas en la pierna.

—Analicemos la situación con detenimiento, ¿vale? Has dicho que ya no te llama ni te envía mensajes al móvil, ¿verdad?

Sophia asintió, aunque con reserva.

—¡Pues ya está! ¡Borrón y cuenta nueva! Ya va siendo hora de que sigas adelante con tu vida —concluyó.

—Es lo que intento hacer. Pero me lo encuentro en todas partes. No entiendo por qué no me deja en paz.

Marcia encogió las piernas y apoyó la barbilla sobre las rodillas.

—Muy sencillo: Brian cree que, si habla contigo, si dice las palabras adecuadas y derrocha encanto, te convencerá para que cambies de idea. Lo cree de verdad. —Marcia la miró con una expresión sincera—. ¿Cuándo te darás cuenta de que todos los chicos son iguales? Todos creen que pueden salirse con la suya, y siempre quieren lo que no tienen. Lo llevan en el ADN. Tú has cortado con él, así que quiere recuperarte. Es el estereotipo masculino. —Le guiñó el ojo—. Al final aceptará que lo vuestro se ha acabado. Siempre y cuando tú no cedas, por supuesto.

—No pienso ceder —afirmó Sophia.

—Me alegro —dijo Marcia—. Le das cien vueltas a ese tío.

27

—Creía que Brian te caía bien.

—Y me cae bien. Es divertido, guapo y rico. ¿A quién no le gustan esas cualidades? Somos amigos desde el primer curso, y todavía hablo con él. Pero también sé que ha sido un novio patético que ha engañado a mi compañera de habitación. Y encima no una vez, sino tres.

Sophia notó cierta flacidez en los hombros.

—Gracias por recordármelo.

—Mira, mi función como amiga consiste en ayudarte a olvidarlo. Así pues, ¿qué hago? Se me ocurre esta increíble solución a todos tus problemas: una noche de juerga con las amigas, lejos del campus, ¿y tú quieres quedarte aquí?

Sophia continuó callada. Marcia se inclinó hacia ella.

—Porfa, ven con nosotras. Necesito a mi mano derecha.

Sophia suspiró, consciente de que Marcia podía ser muy tenaz cuando se lo proponía.

—De acuerdo —cedió—. Iré.

Y aunque en ese momento no lo sabía, después, cada vez que echaba la vista atrás, recordaba que en ese momento su vida cambió.

28

A medida que se acercaba gradualmente la medianoche, Sophia tuvo que admitir que su amiga había acertado. Necesitaba salir… Por primera vez desde hacía varias semanas, se estaba divirtiendo de verdad. A fin de cuentas, no todas las noches tenía la oportunidad de saborear los aromas a tierra, sudor y estiércol, mientras contemplaba cómo unos jóvenes impetuosos montaban a lomos de unos animales aún más impetuosos. Se enteró de que Marcia consideraba que esos jinetes rezumaban atractivo sexual por los cuatro costados. De hecho, más de una vez, le propinó un codazo para señalarle un espécimen particularmente apuesto, como, por ejemplo, el que se erigió campeón de la noche.

—¡No me digas que no es un pedazo de bombón! —comentó, y Sophia se echó a reír, totalmente de acuerdo con su amiga, a pesar de que le costara admitirlo.

La fiesta posterior resultó ser una agradable sorpresa. El destartalado granero, con su suelo de tierra, las paredes de tablas de madera, las vigas al descubierto y unos enormes huecos en el tejado, estaba hasta los topes. Para llegar a las barras había que sortear hasta tres hileras de gente, y aún había más personas hacinadas alrededor de la colección de mesas y taburetes dispuestos aleatoriamente por todo aquel interior cavernoso.

Por lo general, Sophia no solía escuchar *country*, pero aquella banda sabía animar la fiesta, y en la improvisada pista de baile montada con unas tablas de madera no cabía ni un alfiler.

De vez en cuando, todos se ponían en línea y empezaban a bailar. Sophia era la única que parecía no saberse los pasos; era como un código secreto: terminaba una canción y arrancaba otra, algunos abandonaban la pista y eran reemplazados por otros, que ocupaban su sitio en la línea, dejándola con la impresión de que todos habían ensayado la coreografía previamente. Marcia y el resto de sus compañeras universitarias también habían saltado a la pista y ejecutaban todos los pasos a la perfección, por lo que Sophia se preguntó dónde habían aprendido a bailar. En los más de dos años que hacía que compartían habitación, ni Marcia ni ninguna de las otras habían mencionado nunca que supieran bailar *country*.

A pesar de que no pensaba ponerse en evidencia en la pista, se alegraba de haber ido. A diferencia de la mayoría de los bares estudiantiles de cerca del campus —o de cualquier local en el que hubiera estado, para ser más exactos—, allí la gente era de lo más afable, amabilísima. Nunca había oído a tantas personas desconocidas gritar: «¡Perdón!» o «¡Lo siento!» al tiempo que exhibían una enorme sonrisa y se abrían paso a su lado. Además, Marcia tenía razón en otra cosa: había chicos monos por doquier, y Marcia —como la mayoría del grupito de amigas— se estaba aprovechando descaradamente de la situación. Desde su llegada, ninguna de ellas había tenido que pagar ni una sola consumición.

El ambiente se parecía al del típico sábado por la noche que Sophia había imaginado en Colorado, Wyoming o Montana, aunque nunca había estado en esos sitios. ¿Quién iba a imaginar que pudiera haber tantos vaqueros en Carolina del Norte? Mientras se dedicaba a observar a la multitud, cayó en la cuenta de que, probablemente, no eran auténticos vaqueros —la mayoría estaba allí porque les gustaba el espectáculo de la monta de toros, así como beber cerveza los sábados por la noche—, pero nunca antes había visto tantos cinturones con hebilla, sombreros vaqueros y botas camperas juntos.

¿Y las mujeres? También iban ataviadas con botas y sombreros, pero, entre sus compañeras universitarias y el resto de las mujeres presentes en el granero, Sophia contó más pantaloncitos cortos y ombligos al descubierto que los que se podían ver en el césped del campus el primer día caluroso de primavera. Podría haber sido perfectamente una convención de chicas con pantalones cortos, cortísimos. Marcia y el resto del grupito habían ido de compras ese mismo día por la mañana, por lo que Sophia se sentía un poco fuera de lugar, con sus pantalones vaqueros hasta los tobillos y su blusa de manga larga.

Tomó un sorbo de su bebida, complacida con la posibilidad de poder dedicarse a observar, escuchar e impregnarse del ambiente. Marcia se había alejado con Ashley unos minutos antes, sin duda para hablar con algunos chicos que habían conocido. El resto de sus compañeras se estaba dividiendo en grupitos similares, pero Sophia no se sentía con ganas de unirse a ellas. Siempre había sido un poco solitaria y, a diferencia de muchas universitarias, no vivía pendiente de las normas de la hermandad a la que pertenecía.

Aunque había trabado algunas sólidas amistades, estaba preparada para emprender nuevos retos. Por más aterradora que pudiera parecer la noción de «vida real», le encantaba la idea de disponer de su propio espacio. Se imaginaba en un apartamento en alguna ciudad, con pequeños restaurantes, bares y cafeterías a la vuelta de la esquina, aunque puede que aquello no fuera muy realista. La verdad era que incluso vivir en un apartamento cutre junto a la autopista en Omaha, Nebraska, sería preferible a su situación en esos momentos.

30

Estaba cansada de vivir en la residencia de estudiantes, y no solo porque Chi Omega, su hermandad, estuviera emparejada otra vez con la fraternidad Sigma Chi. Era su tercer año en la residencia. A esas alturas, debería de estar acostumbrada al dramatismo de la vida en la hermandad, ¿no? Pues no. En una residencia con treinta y cuatro chicas, el dramatismo era el pan de cada día, y si bien ella intentaba evitar situaciones tensas por todos los medios, sabía que la presión de aquel año estaba ya servida. El nuevo grupo de estudiantes de segundo curso recién llegadas se preocupaban en extremo por la opinión que las otras tenían de ellas, así como por la mejor forma de encajar en el sistema, como si se tratara de una competición para escalar posiciones en la pirámide jerárquica.

Desde su ingreso en la hermandad, Sophia no había tenido ningún interés en tales cuestiones. Se hizo miembro de Chi Omega porque en el primer año no se llevaba bien con su primera compañera de habitación, y porque el resto de las estudiantes de primer año ya se estaban inscribiendo. Sentía curiosidad por descubrir de qué iba eso de las hermandades, especialmente porque la vida social en la Universidad de Wake Forest se regía sobre todo por la actividad de aquellas reputadas hermandades y fraternidades que seguían el sistema griego. Antes de que se diera cuenta, ya era una Chi Omega y estaba dejando un depósito para reservar la habitación en la residencia de estudiantes de la hermandad.

Había intentado integrarse, de verdad. Durante su tercer año universitario, incluso consideró la posibilidad de trabajar en las oficinas de la hermandad. A Marcia le dio un ataque de risa cuando Sophia se lo comentó, y entonces ella también se echó a reír. Por suerte, tema zanjado: Sophia sabía que habría sido una oficinista desastrosa. Pese a que no se perdía ni una sola fiesta y asistía a todos los actos formales y reuniones obligatorias, no se tragaba ese rollo de que «la hermandad te cambiará la vida», ni tampoco creía que «ser una Chi Omega te otorgará beneficios toda la vida».

Cada vez que oía aquellas cosas en las reuniones periódicas, sentía el impulso de levantar el brazo y cuestionar a sus compañeras si sinceramente creían que el arrojo que ella había demostrado en el concurso de la Semana Griega para que la admitieran en la hermandad tendría realmente algún efecto a largo plazo. Por más que lo intentaba, no podía imaginarse sentada en una entrevista de trabajo mientras escuchaba como su futuro jefe le decía: «En su currículo veo que en su tercer año colaboró en la coreografía del número de baile que ayudó a colocar Chi Omega en el primer puesto de la lista de hermandades. Francamente, señorita Danko, eso es justo lo que estaba buscando para cubrir el puesto vacante en nuestro museo».

¡Anda ya!

La vida en la hermandad formaba parte de su experiencia universitaria, y no lo lamentaba, pero nunca quiso que fuera la única experiencia, ni mucho menos la primordial. Ante todo, había ido a Wake Forest porque quería adquirir una buena formación, y su beca requería que pusiera los estudios por encima de todo. Y lo había hecho.

Agitó la bebida mientras seguía pensando en el año anterior. Bueno..., al menos, casi por completo.

El pasado semestre, al enterarse de que Brian la había engañado por segunda vez, se quedó hecha una verdadera piltrafa. No conseguía concentrarse en los estudios. Cuando llegaron los exámenes, tuvo que empollar como una loca para mantener su promedio académico. Lo consiguió, pero por los pelos. Fue la ex-

31

periencia más estresante de su vida, y estaba decidida a no permitir que le volviera a pasar.

De no haber sido por Marcia, no sabía cómo habría superado aquel semestre, razón suficiente para estar agradecida de haber ingresado en Chi Omega en primer lugar. Para Sophia, la hermandad siempre había tenido que ver con hacer amigas, no con un «Alabí, alabá, alabinbombá, la identidad de grupo es lo que mola más». Y para ella la amistad no tenía nada que ver con el puesto que la persona ocupaba en la pirámide jerárquica. Por eso desde el primer día mostró una clara disposición a hacer lo que le tocaba en la residencia, pero nada más. Había pagado las cuotas de ingreso y las ordinarias, y se había apartado de las camarillas que se constituían, especialmente las que creían que ser una Chi Omega era lo más de lo más, una experiencia sublime en la vida.

Camarillas que veneraban a gente como Mary-Kate, por ejemplo.

Mary-Kate era la presidenta, y no solo rezumaba el espíritu de la hermandad por todos los poros de su piel, sino que ella misma era la viva imagen de la hermana ideal: labios carnosos, una nariz levemente respingona, un cutis impecable y una estructura ósea fuerte y bien definida. Con el atractivo añadido de su fundación —su familia, que había hecho fortuna con las plantaciones de tabaco, era todavía una de las más ricas del estado— para mucha gente, aquella chica encarnaba la esencia de la hermandad. Y ella lo sabía. Justo en esos momentos, desde una de las mesas circulares más grandes, estaba presidiendo la reunión periódica, rodeada por miembros más jóvenes, que a todas luces querían llegar a ser como ella. Para no perder la costumbre, Mary-Kate estaba hablando de sí misma.

—Solo quiero cambiar las cosas, ¿entendéis? —decía—. Sé que no podré cambiar el mundo, pero creo que es importante contribuir al cambio.

Jenny, Drew y Brittany no se perdían ni una sola palabra de su discurso.

—Me parece una magnífica idea —convino Jenny, una estudiante de segundo curso, oriunda de Atlanta.

Sophia la conocía lo bastante bien como para intercambiar saludos por las mañanas, pero no mucho más. Sin lugar a dudas, estaba entusiasmada con la oportunidad de poder compartir un rato con Mary-Kate.

—O sea, no es que quiera ir a África o a Haití ni nada parecido

—continuó Mary-Kate—. No hay ninguna necesidad de ir tan lejos, ¿no os parece? Mi papá dice que aquí hay un montón de oportunidades para ayudar a la gente más necesitada que tenemos cerca. Por eso creó una fundación benéfica, y por eso yo trabajaré en la fundación cuando me gradúe, para ayudar a erradicar algunos problemas locales, para cambiar las cosas aquí, en Carolina del Norte. ¿Sabíais que algunas personas en este estado todavía tienen el retrete fuera de la casa, en un cuartito separado en el patio? ¿Os lo podéis imaginar? ¿No tener un retrete dentro de casa? Necesitamos poner remedio a esta clase de problemas.

—Un momento —dijo Drew—. No lo entiendo. ¿Estás diciendo que la fundación de tu padre se dedica a construir cuartos de baño?

Drew era de Pittsburgh, y lucía una indumentaria casi idéntica a la de Mary-Kate, incluso el sombrero y las botas.

Las cejas bien perfiladas de Mary-Kate se fruncieron en una pronunciada V.

—¿De qué estás hablando?

—De la fundación de tu padre. Has dicho que construye cuartos de baño.

Mary-Kate ladeó la cabeza y escrutó a Drew como si esta fuera un poco tonta.

—La fundación ofrece becas escolares a niños necesitados. ¿Por qué diantre crees que construye cuartos de baño?

«Vaya, no lo sé —pensó Sophia, sonriendo para sí—. ¿Quizá porque estabas hablando de familias con el retrete en un cuartito en el patio y lo has dicho de una forma que ha parecido que te refirieras a tal cosa?»

Sin embargo, no dijo nada, pues sabía que a Mary-Kate no le gustaría nada la bromita. En lo que se refería a sus planes para el futuro, no tenía sentido del humor. A fin de cuentas, el futuro era un asunto muy serio.

—Pero creía que ibas a ser presentadora —intervino Brittany—. La semana pasada, nos hablaste sobre tu oferta de empleo.

Mary-Kate sacudió la cabeza.

—La he descartado.

—¿Por qué?

—Era para el telediario de las mañanas. En Owensboro Kentucky.

—¿Y eso qué quiere decir? —preguntó una de las chicas más jóvenes de la hermandad, visiblemente desconcertada.

—¿No lo entiendes? ¿Owensboro? ¿Alguien ha oído hablar de Owensboro?

—No. —Las chicas intercambiaron miradas medrosas.

—¡A eso me refiero! —anunció Mary-Kate—. No pienso irme a vivir a Owensboro, en Kentucky. ¡Si no es más que un insignificante puntito en el mapa! No pienso levantarme todos los días a las cuatro de la madrugada. Además, tal como he dicho, quiero contribuir a arreglar las cosas. Hay mucha gente en este país que necesita ayuda. Llevo tiempo dándole vueltas a la cuestión. Mi papá dice...

Llegados a ese punto, Sophia ya no la escuchaba.

Se levantó de la silla y escrutó la multitud, buscando a Marcia. En aquella fiesta había un montón de gente y, a medida que pasaban las horas, todavía llegaba más. Sophia atravesó un grupito de chicas y chicos que hablaban animadamente, y se abrió paso entre la concurrencia al tiempo que buscaba el sombrero vaquero negro de Marcia, pero de nada le sirvió. Había sombreros negros por doquier. Intentó recordar el color del sombrero de Ashley. Color beis, ¿verdad? Así pudo acotar la búsqueda, hasta que dio con sus dos amigas. Se dirigía hacia ellas, procurando encogerse a su paso entre los grupitos de gente, cuando de repente vio algo de reojo.

O, para ser más precisos, a alguien.

Se detuvo en seco y alargó el cuello para cerciorarse. Normalmente destacaba entre la multitud por su altura, pero allí había tantos sombreros de por medio que no podía estar segura de si era él. De todos modos, se sintió incómoda. Intentó convencerse a sí misma de que se había equivocado, que simplemente se lo había imaginado.

Pese a ello, no podía dejar de mirar con atención. Intentó hacer caso omiso a la angustiosa sensación en su estómago mientras escrutaba las caras entre la multitud en constante movimiento.

«No está aquí», se repitió a sí misma, pero, en aquel instante, volvió a verlo, abriéndose paso entre el hervidero de gente. Andaba con soberbia, flanqueado por dos amigos.

Brian.

Sophia se quedó helada mientras veía que los tres enfilaban hacia una mesa. Él apartaba a la gente con su imponente presencia musculosa, tal como hacía en el campo cuando jugaba al *lacrosse*. No se lo podía creer. Lo único que se le ocurría era: «¿Incluso hasta aquí se te ha ocurrido seguirme?».

Sintió que el rubor le teñía las mejillas. Había salido con sus amigas, lejos del campus... ¿En qué estaba pensando Brian? Le había dejado claro que no quería volver a verle; le había dicho sin ambages que no deseaba siquiera hablar con él. Se sintió tentada de plantarse delante de él y soltarle una vez más que lo suyo se había acabado.

Pero no lo hizo, porque sabía que no serviría de nada. Marcia tenía razón. Brian creía que, si conseguía hablar con ella, lograría hacerla cambiar de opinión. Porque él pensaba que cuando se ponía en actitud encantadora y arrepentida, no había quien se le resistiera. Ella le perdonaría, seguro. ¿Por qué no volverlo a intentar?

Dio media vuelta y siguió abriéndose paso entre el gentío hacia Marcia, agradecida de haberse alejado de la zona de las mesas a tiempo. Lo último que deseaba era que Brian apareciera de sopetón y fingiera sorpresa al encontrarla. Además, Sophia sabía a ciencia cierta que la pintarían a ella como la mala de la película. ¿Por qué? Porque Brian era la Mary-Kate de su fraternidad. Jugador en la selección de *lacrosse*, dotado de un físico impresionante y con un padre rico que era banquero de inversiones, Brian dirigía su círculo social sin esfuerzo. Todos los miembros de su fraternidad lo veneraban, y a ella le constaba que la mitad de las chicas en la residencia saldrían con él a la mínima oportunidad.

¡Pues buen provecho!

Continuó zigzagueando entre la multitud mientras la banda de música terminaba una canción y pasaba a la siguiente. Distinguió a Marcia y a Ashley cerca de la pista. Estaban hablando con tres chicos que llevaban pantalones tejanos ajustados, sombreros vaqueros y parecían tener un par de años más que ellas. Sophia fue directamente hacia ellos, y cuando agarró a Marcia por el brazo, su compañera de habitación se volvió un tanto nerviosa. O, mejor dicho, borracha.

—¡Ah! ¡Hola! —gorjeó, arrastrando las sílabas. Empujó a Sophia hacia delante y la presentó—: Chicos, esta es Sophia, mi compañera de habitación. Y este es Brooks y Tom…, y… —Marcia amusgó los ojos para enfocar mejor al chico situado en el medio—. ¿Cómo te llamabas?

—Terry —dijo él.

—Hola. —Sophia saludó de forma automática, luego se volvió hacia Marcia y susurró—: ¿Puedo hablar contigo a solas?

—¿Justo en este momento? —Marcia frunció el ceño. Echó un vistazo a los tres vaqueros y después volvió a mirar a Sophia, sin preocuparse por ocultar su irritación—. ¿Qué pasa?

—Brian está aquí —susurró Sophia.

35

Marcia la escrutó con los ojos entrecerrados, como si intentara asegurarse de que había oído bien, antes de asentir con la cabeza. Las dos se apartaron hacia un rincón de la pista de baile. Allí la música no era tan ensordecedora, pero, de todos modos, Sophia tuvo que alzar la voz para que su amiga la oyera.

—Me ha vuelto a seguir.

Marcia echó un vistazo por encima del hombro de Sophia.

—¿Dónde está?

—En una de las mesas, con varios de sus compañeros. Ha venido con Jason y Rick.

—¿Cómo ha sabido que estabas aquí?

—No es exactamente un secreto. La mitad del campus conocía nuestros planes para esta noche.

Mientras Sophia resoplaba, Marcia volvió a centrar todo su interés en uno de los chicos con los que había estado hablando, luego volvió a mirar a Sophia, impaciente.

—Vale…, está aquí. —Se encogió de hombros—. ¿Qué quieres hacer?

—No lo sé —respondió Sophia, cruzándose de brazos.

—¿Te ha visto?

—Creo que no. No quiero que monte ningún numerito aquí.

—¿Quieres que hable con él?

—No. —Sophia sacudió la cabeza—. La verdad es que no sé qué quiero.

—Entonces relájate. ¡Pasa de él! Quédate conmigo y con Ashley un rato. No nos acercaremos a las mesas. Quizá se marche. Y si nos encuentra aquí, me pondré a flirtear con él, para distraerlo. —Su boca se curvó en una sonrisa provocativa—. Ya sabes que yo le gustaba. Antes de que saliera contigo, quiero decir.

Sophia tensó más los brazos.

—Quizá sería mejor que nos marcháramos.

Marcia la atajó ondeando un brazo.

—¿Ahora? Estamos a una hora del campus, y no hemos venido en nuestro coche. Nos ha traído Ashley, ¿recuerdas? Además, ella no querrá irse.

Sophia no había pensado en ese detalle.

—Vamos a buscar algo para beber —la engatusó Marcia—. Estos chicos te caerán bien, seguro. Están estudiando un posgrado en la Universidad de Duke.

Sophia sacudió la cabeza.

—No estoy de humor para hablar con ningún chico.

—Entonces, ¿qué quieres hacer?

Sophia se fijó en el cielo nocturno en la otra punta del granero y, de repente, sintió unas enormes ganas de abandonar aquella sala sofocante y atestada de gente.

—Creo que me irá bien tomar un poco de aire fresco.

Marcia siguió su mirada y después volvió a mirar a Sophia.

—¿Quieres que vaya contigo?

—No, de verdad. Ya volveré a encontrarte. Pero quédate por aquí cerca, ¿vale?

—Tranquila —convino Marcia con un obvio alivio—. Pero puedo ir contigo…

—No te preocupes. No estaré mucho rato.

Mientras Marcia regresaba junto a sus nuevos amigos, Sophia enfiló hacia la parte posterior del granero. A medida que se alejaba de las pistas de baile y de la banda de música, había menos gente. Algunos hombres intentaron atraer su atención cuando pasó por delante de ellos, pero Sophia fingió no darse cuenta, decidida a no desviarse de su objetivo.

Habían abierto los portones de madera de par en par, y, tan pronto como salió fuera, la invadió una sensación de alivio. La música no se oía tan alta, y el aire fresco otoñal era como un bálsamo refrescante sobre su piel.

No se había dado cuenta del enorme calor que hacía dentro del granero. Miró a su alrededor, en busca de un sitio donde sentarse. En un rincón apartado vio un impresionante roble; sus ramas nudosas se extendían en todas direcciones, y a su alrededor había pequeños grupos de gente que se dedicaban a fumar y a beber tranquilamente. Necesitó unos segundos para darse cuenta de que estaban en una gran pradera cercada con una valla de madera que se extendía desde ambos lados del granero; sin lugar a dudas, en sus tiempos, aquello debió de ser un redil.

Ni una sola mesa. Había grupitos de personas sentados o apoyados en la valla. Sophia también vio otro corro encaramado en lo que le pareció una vieja rueda de tractor. Un poco más lejos, un hombre solitario con un sombrero vaquero contemplaba la pradera aledaña, con la cara entre las sombras. Sophia se preguntó distraídamente si sería otro estudiante de posgrado de la Universidad de Duke, aunque lo dudaba. Tenía la impresión de que los sombreros vaqueros y los estudiantes de posgrado de Duke no iban de la mano.

Enfiló hacia un espacio vacío de la valla, a pocos metros del

37

vaquero solitario. Por encima de su cabeza, el cielo era tan claro como un témpano de cristal, y la luna flotaba sobre una distante hilera de árboles.

Apoyó los codos en los rugosos listones de madera y siguió observando el paisaje. A su derecha estaban los ruedos, donde unas horas antes había presenciado las competiciones; directamente detrás de ellos, vio una serie de pequeños rediles, donde pastaban los toros. Aunque no estaban iluminados, todavía quedaban algunas luces encendidas en los ruedos, que alumbraban a los animales con un resplandor espectral. Detrás de los rediles avistó unas veinte o treinta camionetas y remolques, con sus dueños cerca. Incluso a distancia, Sophia podía distinguir las puntas incandescentes de los cigarrillos que algunos fumaban y oír los choques esporádicos de las botellas al brindar.

Se preguntó qué utilidad le darían a aquel lugar cuando no estaba ocupado con algún que otro espectáculo ambulante. ¿Concurso de saltos de caballo, exposiciones caninas...? Aquel espacio desprendía cierto aire de desolación, de abandono, que daba a entender que pasaba la mayor parte del año cerrado. El granero destartalado reforzaba aquella impresión, pero... ¿qué sabía ella? Había nacido y se había criado en Nueva Jersey.

Al menos eso habría dicho Marcia. Desde el segundo curso no había dejado de repetírselo. Primero había sido una broma divertida, luego se había hecho un tanto pesada, y de nuevo volvía a ser divertida, como una suerte de viejo chiste que solo entendían ellas dos. Marcia había nacido y se había criado a tan solo unas horas de Wake Forest, en Charlotte. Sophia todavía recordaba la reacción de sorpresa de Marcia cuando le dijo que ella había crecido en la Ciudad de Jersey. Fue como si le hubiera revelado que se había criado en Marte.

Tenía que admitir que la reacción de Marcia no era completamente infundada. Sus orígenes no podían ser más dispares. Marcia era la segunda de dos hermanos; su padre era un cirujano traumatólogo, y su madre, una abogada ambientalista. Su hermano mayor cursaba el último año en la Facultad de Derecho de Vanderbilt, una de las mejores universidades del país, y a pesar de que su familia no aparecía en la lista Forbes, indudablemente ocupaba una posición destacable en las más altas esferas. Marcia era de esas chicas que de pequeña asistía a clases de equitación y de baile, y que recibió un Mercedes descapotable al cumplir dieciséis años.

Sophia, en cambio, era hija de emigrantes. Su madre, francesa, y su padre, eslovaco, habían llegado a Estados Unidos con apenas las monedas que llevaban en los bolsillos. Pese a que ambos tenían estudios universitarios —su padre era químico, su madre, farmacéutica—, su nivel de inglés era tan limitado que pasaron bastantes años con empleos precarios y viviendo en pisitos en mal estado hasta que ahorraron lo bastante como para abrir su propia charcutería. A lo largo de los años, tuvieron tres hijos más —ella era la mayor—, y Sophia pasó su infancia y juventud ayudando a sus padres en la tienda después del cole y durante los fines de semana.

El negocio tuvo un éxito moderado, lo bastante como para proporcionar el sustento a la familia, aunque nunca para mucho más. Como otros estudiantes brillantes de su promoción, hasta unos meses antes de la graduación Sophia esperaba poder seguir los estudios en la Universidad Rutgers. Presentó su solicitud de ingreso a Wake Forest en un arrebato, porque su tutor se lo sugirió, pero ni loca podría haberse permitido lo que costaba la matrícula de esa reputada universidad, ni tampoco sabía apenas nada de la institución, aparte de las bonitas fotos que había visto en la página web de la entidad educativa.

La primera en sorprenderse fue ella misma, cuando recibió una carta de Wake Forest en la que le informaban de que le habían concedido una beca que cubría los estudios. Así fue como, en agosto, Sophia se montó en un autobús en Nueva Jersey y partió hacia un destino virtualmente desconocido donde pasaría la mayor parte de sus siguientes cuatro años.

Había sido una magnífica decisión, por lo menos desde el punto de vista formativo. Wake Forest era una universidad más pequeña que Rutgers, lo que significaba que las clases también eran más reducidas, y los profesores en el Departamento de Historia del Arte sentían verdadera pasión por su trabajo. Sophia ya había tenido una entrevista para un contrato de prácticas en el Museo de Arte de Denver (y no, no le habían preguntado nada acerca del papel que había desempeñado en Chi Omega). Le parecía que había ido bastante bien, pero todavía no había recibido noticias del museo.

El verano anterior también había conseguido ahorrar lo suficiente para comprarse su primer coche. No era gran cosa —un viejo Toyota Corolla de once años, con más de ciento sesenta mil kilómetros, una abolladura en la puerta trasera y bastantes arañazos—, pero para Sophia, que había crecido desplazándose a pie o en autobús a todas partes, suponía una liberación poder entrar y salir cuando le viniera en gana.

Apoyada en la valla, esbozó una mueca de fastidio. Bueno, con la excepción de aquella noche. Pero eso era culpa suya. Podría haber conducido ella, pero…

¿Por qué Brian había tenido que presentarse en la fiesta? ¿Qué pensaba que pasaría? ¿De veras creía que ella había olvidado las trastadas que le había hecho —no una, sino tres veces— y que lo recibiría con los brazos abiertos como había hecho en las anteriores ocasiones?

La cuestión era que ni siquiera le echaba de menos. No pensaba perdonarlo, y si Brian no la hubiera seguido, dudaba mucho que en esos momentos estuviera pensando en él. Sin embargo, todavía era capaz de fastidiarle la noche, y eso la molestaba; porque ella estaba permitiendo que pasara tal cosa, porque le estaba otorgando a Brian ese poder.

«¡Pues bien, se acabó!», decidió Sophia. Volvería al granero y se uniría a Marcia y Ashley, y a esos chicos de la Universidad de Duke. ¿Y si Brian la encontraba y quería hablar con ella? Simplemente no le prestaría atención. ¿Y si intentaba interferir en el grupo? En ese caso, Sophia era incluso capaz de besar a uno de los chicos para asegurarse de que Brian entendía que ella ya había pasado página, y punto.

Se apartó de la valla con el semblante sonriente al imaginar la escena, pero al darse la vuelta chocó contra alguien y, por unos momentos, perdió el equilibrio.

—¡Uy, lo siento! —se excusó automáticamente mientras buscaba un punto de apoyo.

Su mano topó con el pecho del extraño y alzó la vista. Sobresaltada, retrocedió un paso.

—¡Vaya! —exclamó Brian al tiempo que la sujetaba por los hombros.

Sophia recuperó el equilibrio y abordó la situación con una escalofriante sensación de saber cómo acabaría aquello. La había encontrado. Estaban cara a cara y, encima, solos. Aquello era precisamente lo que había intentado evitar desde su ruptura. Genial.

—Perdona por haberte seguido sigilosamente. —Al igual que Marcia, se le trababa la lengua, cosa que no la sorprendió, ya que Brian nunca la perdía oportunidad de emborracharse—. No te he visto en las mesas y he tenido el presentimiento de que quizá podrías estar aquí fuera…

—¿Qué quieres? —lo atajó ella.

Él se mostró sorprendido por el tono irascible de Sophia,

pero, como de costumbre, no tardó ni un segundo en recuperar la compostura. Los niños ricos —los niños mimados— siempre lo hacían.

—No quiero nada —respondió él, al tiempo que hundía una mano en el bolsillo de los vaqueros.

Al oír su leve tartamudeo, se dio cuenta de que Brian estaba tan borracho que apenas se sostenía en pie.

—Entonces, ¿por qué has venido?

—Te he visto aquí sola y he pensado en acercarme para confirmar que estabas bien.

Brian ladeó la cabeza, poniendo en práctica su táctica de «estoy tan solo...», pero sus ojos, inyectados en sangre, le contradecían.

—Estaba bien hasta que has llegado tú.

Él enarcó una ceja.

—¡Vaya! ¡Qué dura!

—He de serlo. Me has estado siguiendo como un acosador.

Él asintió. Sophia tenía razón. Y, por supuesto, lo hizo para demostrar que aceptaba su desprecio. Sin lugar a dudas, Brian podría ser el protagonista de un vídeo que se titulara: *Cómo conseguir que tu exnovia te perdone... otra vez.*

—Lo sé —admitió sin vacilar—. Lo siento mucho.

—¿De veras?

Él se encogió de hombros.

—No quería que acabáramos así..., y solo quería decirte lo mucho que me avergüenzo de todo lo que ha sucedido. No merecías ese trato, y no te culpo por haber cortado conmigo. Me doy cuenta de que he sido...

Sophia sacudió la cabeza, cansada de escuchar sus excusas.

—¿Por qué haces esto?

—¿El qué?

—¡Esto! —exclamó ella, irascible—. ¡Este numerito ridículo! Venir hasta aquí y aparentar que estás arrepentido. ¿Qué quieres?

Aquello pareció pillarlo desprevenido.

—Solo intento disculparme...

—¿Disculparte de qué? ¿De haberme engañado tres veces? ¿O de mentirme constantemente desde que nos conocemos?

Brian puso cara de sorpresa.

—Vamos, Sophia, no seas así. No tengo ningún plan preconcebido, de verdad. Lo único es que no quiero que te pases el resto del curso con el sentimiento de que has de evitarme a toda costa. Hemos compartido muchas cosas como para acabar así.

41

De vez en cuando se le trababa la lengua al hablar, pero parecía casi creíble. Casi.

—No lo entiendes, ¿verdad? —Sophia se preguntaba si él realmente creía que ella le perdonaría—. Sé que no tengo que evitarte. Lo que pasa es que «quiero» evitarte.

Él la miró sin parpadear, visiblemente confuso.

—¿Por qué te comportas así?

—¿Bromeas?

—Cuando cortaste conmigo supe que había cometido el peor error de mi vida. Porque te necesito. Me convienes; contigo soy mejor persona, y aunque no podamos estar juntos, me gustaría pensar que podemos ser amigos y quedar para hablar de vez en cuando. Solo hablar, como solíamos hacer, antes de que yo lo echara todo a perder.

Sophia abrió la boca para replicar, pero la arrogancia y el descaro de Brian la habían dejado sin palabras. ¿De verdad creía que volvería a picar en el anzuelo?

—Vamos —continuó él, al tiempo que le buscaba la mano—. ¿Qué tal si tomamos algo y hablamos? Podemos volverlo a intentar...

—¡No me toques! —prorrumpió Sophia.

—Sophia...

Ella se deslizó valla abajo, para alejarse de él.

—¡He dicho que no me toques!

Por primera vez, percibió un destello de rabia en la expresión de Brian, justo antes de que él la agarrara por la muñeca.

—Cálmate...

Ella movió el brazo, en un intento de zafarse de su garra.

—¡Suéltame!

En vez de eso, Brian se arrimó tanto que Sophia pudo oler la cerveza agriada en su aliento.

—¿Por qué siempre tienes que montar estas escenas? —arremetió él.

Mientras ella forcejeaba para librarse, alzó la vista y sintió un miedo visceral. No reconocía a ese Brian. Él torcía el gesto en una mueca casi grotesca, con el ceño fruncido y la mandíbula totalmente rígida. Sophia se quedó helada; se inclinó hacia atrás para apartarse de aquel aliento caliente y de la respiración agitada. Después solo recordaría que el miedo la tenía totalmente paralizada, hasta que oyó una voz a su espalda:

—Será mejor que la sueltes.

Brian miró por encima del hombro de Sophia, luego volvió a clavar la vista en ella y la agarró con más fuerza.

—Solo estamos hablando —se defendió, con los dientes apretados y la mandíbula tensa.

—Pues no lo parece —dijo la voz—. Y no te pido que la sueltes. Te lo ordeno.

No había duda en el tono. Pero, a diferencia del intercambio de subidón de adrenalina tan frecuente en las fraternidades, la voz de aquel extraño sonaba calmada.

Brian no tardó ni un segundo en captar la amenaza, pero no se amedrentó.

—Está todo controlado, ¿vale? Además, no es asunto tuyo.

—Por última vez —advirtió la voz—. No quiero hacerte daño. Pero lo haré si no me queda más remedio.

Sophia estaba demasiado nerviosa para darse la vuelta, pero pudo ver que la gente que había fuera del granero empezaba a volverse hacia ellos, para mirarlos. De reojo vio que dos hombres se levantaban de la rueda del tractor y enfilaban hacia ellos. Otros dos saltaron de la valla donde estaban encaramados; el ala de sus sombreros ensombrecía sus facciones a medida que se acercaban.

Brian clavó en ellos sus ojos, aún inyectados en sangre; después volvió otra vez a mirar por encima del hombro de Sophia al individuo que acababa de hablar.

—¿Qué pasa? ¿Has de recurrir a tus amigos para que te ayuden?

—No necesito a nadie para enfrentarme a ti —contestó el extraño con voz templada.

Acto seguido, Brian empujó a Sophia a un lado y la soltó bruscamente. Luego se volvió y dio un paso hacia la voz.

—¿De veras quieres pelea?

Cuando ella se dio la vuelta, comprendió al instante por qué Brian se encaraba con tanta soberbia. Medía casi dos metros y pesaba más de noventa kilos; se entrenaba en el gimnasio cinco veces a la semana. El chico que lo había amenazado medía unos quince centímetros menos, era muy delgado y llevaba un tronado sombrero vaquero.

—Anda, márchate —le ordenó el vaquero al tiempo que retrocedía un paso—, no hay necesidad de empeorar más las cosas.

Brian no le hizo caso. Con una sorprendente velocidad, se arrojó sobre él, con los brazos abiertos, para derribarlo. Sophia re-

43

conoció el movimiento; había visto a Brian tumbar a un montón de adversarios en los partidos de *lacrosse*, y sabía exactamente lo que iba a suceder: bajaría la cabeza, correría y embestiría al chico con contundencia, para derribarlo como un árbol recién talado. Pero, sin embargo...

A pesar de que Brian reaccionó tal como ella esperaba, la jugada no acabó como solía. A medida que se acercaba a su rival, el extraño flexionó una rodilla hacia el lado opuesto, sin mover la otra pierna de su sitio, y con un rápido movimiento defensivo de brazos consiguió desestabilizar a Brian. Un momento después, yacía tumbado con la cara aplastada contra el suelo y la desgastada bota campera del extraño en la nuca.

—Cálmate, ¿de acuerdo? —lo conminó el vaquero.

Brian empezó a forcejear debajo de la bota, preparándose para levantarse de nuevo. Sin apartar la bota de la nuca de Brian, el vaquero saltó y pisoteó velozmente los dedos de Brian con el otro pie. En el suelo, Brian retiró la mano y soltó un alarido de agonía mientras la bota en su nuca ejercía más presión.

—Deja de moverte o te harás más daño. —Hablaba despacio y claro, como si estuviera conversando con un zoquete.

Todavía impresionada, Sophia se quedó mirando boquiabierta al vaquero. Entonces reconoció la figura solitaria que había visto junto a la valla cuando había salido a tomar el aire; también se fijó en que él no desviaba la vista hacia ella ni un solo momento. En vez de eso, estaba totalmente concentrado en mantener la bota en el sitio adecuado, como si hubiera una serpiente de cascabel. Y, en cierto modo, era lo que estaba haciendo.

En el suelo, Brian hizo ademán de forcejear otra vez. De nuevo, sus dedos fueron pisoteados mientras la otra bota permanecía fija en su nuca. Brian ahogó un gemido, y su cuerpo fue quedándose gradualmente quieto. Solo entonces el vaquero alzó la vista para mirar a Sophia, y la luz en el exterior del granero se reflejó en sus penetrantes ojos azules.

—Si quieres, puedes marcharte —le ofreció—. No me costará nada retenerlo un rato más.

Lo dijo en un tono despreocupado, como si las circunstancias fueran de lo más normal. Mientras ella intentaba pensar rápidamente en una respuesta apropiada, reparó en el pelo que asomaba por debajo del sombrero del extraño y se dio cuenta de que casi era de su misma edad. Su rostro le pareció vagamente familiar, pero no porque lo hubiera visto junto a la valla un rato antes. Lo había visto en algún otro sitio, quizá dentro del granero, aunque tampoco le sonaba. No conseguía ubicarlo.

—Gracias —carraspeó, incómoda—. No hará falta.

Tan pronto como Brian oyó su voz, se puso otra vez a forcejear, y de nuevo terminó apartando la mano instintivamente en medio de alaridos de dolor.

—¿Estás segura? —preguntó el vaquero—. Me parece que este tipo está un poco enfadado.

«Te quedas corto», pensó ella. No le cabía la menor duda de que Brian estaba furioso. Sophia no pudo contener la sonrisa.

—Creo que ha aprendido la lección.

El vaquero pareció sopesar su respuesta.

—Quizá será mejor que aclares ese punto con él —sugirió al tiempo que empujaba el sombrero levemente hacia atrás para ajustarlo a la cabeza—. Solo para confirmarlo.

Para su propia sorpresa, sonrió abiertamente antes de inclinarse hacia delante.

—¿Me dejarás en paz?

Brian soltó un grito sofocado.

—¡Quítamelo de encima! Te juro que lo mataré…

El vaquero suspiró y ejerció más presión en la nuca de Brian. Esta vez, su cara quedó dolorosamente hundida en el suelo.

Ella miró primero al vaquero y luego otra vez a Brian.

—¿Eso es un sí o un no? —preguntó con voz melosa.

El vaquero sonrió, y al hacerlo dejó ver unos dientes blancos y una sonrisa infantil.

Sophia no se había dado cuenta antes, pero estaban rodeados por cuatro vaqueros más, y se preguntó si aquel incidente podía acabar de una forma más surrealista. Se sentía como si se hubiera colado en el rodaje de una película del Oeste y, de repente, cayó en la cuenta de dónde había visto antes a ese vaquero. No en el granero, sino antes, en el rodeo. Era el jinete que Marcia había catalogado de «pedazo de bombón»: el que había ganado el torneo.

—¿Te encuentras bien, Luke? —preguntó uno de los individuos que los rodeaban—. ¿Necesitas ayuda?

El vaquero de ojos azules sacudió la cabeza.

—De momento lo tengo todo controlado. Pero si no para de moverse como una lagartija, se acabará partiendo la nariz, tanto si quiere como si no.

Sophia lo miró con curiosidad.

—¿Te llamas Luke?

Él asintió.

—¿Y tú?

—Sophia.

Luke ladeó un poco el sombrero, a modo de saludo.

—Encantado de conocerte, Sophia.

Sonriendo, volvió a desviar la vista hacia Brian.

—¿Dejarás a Sophia en paz, si te suelto?

Derrotado, el chico dejó de moverse. Lentamente pero sin perder firmeza, la presión se atenuó en su nuca, y Brian giró la cabeza con cautela.

—¡Quítame la bota de encima! —gruñó, con una expresión simultáneamente malhumorada y miedosa.

Sophia apoyó todo el peso de su cuerpo primero en una pierna y luego en la otra.

—Será mejor que lo sueltes —dijo.

Tras unos instantes, Luke levantó la bota y retrocedió unos pasos. En ese instante, Brian se puso de pie de un brinco, con el cuerpo tenso. Tenía arañazos en la nariz y en la mejilla, y tierra entre los dientes. A medida que se estrechaba el círculo compuesto por otros jinetes, Brian se volvió para plantar cara primero a uno y luego a otro; su cabeza no paraba de mirar hacia delante y hacia atrás.

Estaba borracho, pero no era tonto. Así pues, después de fulminar a Sophia con la mirada, retrocedió un paso. Los cinco vaqueros permanecieron inmóviles, aunque sin provocarlo, pero Sophia intuyó que aquella tranquilidad era solo aparente. Esos tipos estaban preparados para reaccionar ante cualquier ataque. Brian retrocedió otro paso antes de señalar a Luke con un dedo amenazador.

—¡Tú y yo no hemos acabado! —soltó a media voz—. ¿Me entiendes?

Dejó las palabras colgadas en el aire antes de volver a fijarse en Sophia. Su expresión estaba llena de rabia. Se sentía traicionado. Sin añadir nada más, dio media vuelta y se alejó hacia el granero.

3

Luke

$\mathcal{N}$ormalmente, no habría intervenido.

¡Qué diantre! Todo el mundo que iba de bares había presenciado alguna vez una escena similar: una pareja que ha salido de fiesta, los dos han bebido más de la cuenta y, de repente (sin lugar a dudas, estimulados por el exceso de alcohol), se ponen a discutir. Uno le grita al otro, el otro responde alzando más la voz, la rabia se desata, y, en nueve de cada diez ocasiones, el hombre acaba por agarrar con demasiada fuerza a la mujer por la mano, la muñeca, el brazo... ¿Y luego?

Bueno, entonces era cuando las cosas se ponían difíciles. Unos años antes, en un rodeo en Houston, Luke se había encontrado con una situación bastante similar. Se estaba relajando en un bar cercano cuando un hombre y una mujer empezaron a discutir. Después de apenas un par de minutos, en un tono más encendido, la discusión derivó en una pelea física. Luke decidió intervenir. A renglón seguido, el hombre y la mujer empezaron a insultarlo, advirtiéndole a voz en grito que los dejara en paz y que no se metiera en asuntos que no eran de su incumbencia. Cuando quiso darse cuenta, la mujer estaba arañándole la cara y tirándole del pelo, mientras Luke se encaraba al hombre. Por suerte, no hubo que lamentar daños mayores; otras personas intervinieron para poner paz entre los tres. Luke se alejó sacudiendo la cabeza y jurando que nunca más se metería en asuntos ajenos. ¡Qué diantre! ¿Por qué interferir, si se empeñaban en actuar como unos estúpidos?

Precisamente esa había sido su intención en aquel nuevo incidente. De entrada, ni siquiera le había apetecido unirse a la fiesta posterior al rodeo, pero algunos compañeros del torneo lo habían convencido porque querían celebrar su vuelta a los ruedos y brindar por su victoria. A fin de cuentas, había acabado por ganar el torneo —tanto la ronda corta como la larga—, y no porque hubiera montado particularmente bien, sino porque los otros jinetes no habían conseguido aguantar hasta la ronda final. Había ganado por los errores de los demás, pero así era la vida, a veces.

Estaba contento de que nadie se hubiera fijado en su temblor de manos antes de salir a la arena. Los temblores eran una novedad para él. A pesar de que quería creer que se debían a la larga ausencia de los ruedos, Luke sabía la verdadera razón.

Su madre también lo sabía, y no había tenido ningún reparo en oponerse a que volviera a competir. Desde que mencionó la posibilidad de montar de nuevo, su relación se había enrarecido. Solía llamarle al acabar el torneo, pero aquella noche no lo había hecho. A ella le traería sin cuidado si había ganado o no. En vez de eso, simplemente le envió un mensaje a través del móvil una vez finalizado el torneo para decirle que estaba bien. Ella no había contestado.

Después de un par de cervezas, Luke solo tenía la sensación de haber atenuado un poco el sabor ácido del miedo. Se había encerrado en su camioneta después de cada una de las primeras dos rondas; necesitaba estar solo y calmar los nervios. A pesar de su ventaja en la puntuación global, había considerado la posibilidad de retirarse, pero había logrado dominar aquel instinto y había salido para su última ronda de la noche. Mientras se preparaba en el cajón, oyó cómo el presentador hablaba de su aparatosa caída y de su retirada de los ruedos durante una temporada.

El toro que le había tocado —un animal bravo que se llamaba *Pump and Dump*— saltó enloquecido cuando lo soltaron. Luke apenas fue capaz de permanecer sobre él los ocho segundos reglamentarios. Después, el animal lo arrojó al suelo cuando se soltó del pretal, pero, por suerte, no se hizo daño, y ondeó el sombrero mientras el público lo vitoreaba.

A continuación, llegaron las palmaditas en la espalda y las felicitaciones. Luke no pudo decir que no a tanta gente que se ofrecía a invitarlo a una copa. De todos modos, todavía no tenía ganas de irse a casa. Necesitaba relajarse un rato y repasar su actuación, como de costumbre. Mentalmente, siempre era capaz de aplicar los ajustes que no había podido hacer durante el torneo, y precisaba analizar todos esos pasos si quería continuar. A pesar de haber ganado, su equilibrio distaba mucho de la perfección de antaño. Todavía le quedaba un buen trecho por recorrer.

Estaba repasando mentalmente la segunda ronda cuando reparó en aquella chica por primera vez. Era difícil no fijarse en aquella espléndida melena rubia y en aquellos ojos insondables. Luke tenía la impresión de que ella también estaba sumida en sus propios pensamientos, como él. Era atractiva, pero aparte había algo sano y natural en su apariencia. Era la clase de chica que probablemente se mostraba igual con unos vaqueros en casa que con un vestido elegante.

No parecía una de esas busconas emperifolladas que gravitaban cerca de los jinetes intentando ligar con algún tipo; esas estaban por todas partes y eran fáciles de distinguir. Un rato antes, un par de ellas se le habían acercado en el granero y se habían presentado con gran desparpajo, pero Luke no había mostrado ningún interés en alentarlas. A lo largo de los años había tenido varios ligues de una noche, los suficientes como para saber que, inevitablemente, luego lo dejaban con una desagradable sensación de vacío.

Pero la chica junto a la valla le interesaba. Había algo diferente en ella, si bien no conseguía identificar de qué se trataba. Pensó que quizás era su mirada perdida, casi vulnerable, clavada en un punto en la lejanía. Fuera lo que fuera, Luke tenía la impresión de que lo que ella necesitaba en esos precisos instantes era un amigo. Se planteó entablar conversación con ella, pero desestimó la idea mientras desviaba la vista y la atención hacia los toros, a lo lejos. A pesar de las luces encendidas en los ruedos, todo estaba demasiado oscuro como para apreciar los detalles. Buscó a *Big Uggly Critter*. Pensó que nunca coincidirían, y con indolencia se preguntó si ya lo habrían subido al remolque. Dudaba que su propietario planeara conducir toda la noche. Todavía debía de estar allí. Aun así, tardó un rato en localizarlo.

Estaba mirando a *Big Uggly Critter* fijamente cuando el exnovio borracho apareció en escena. Era imposible no oír la conversación, pero se recordó a sí mismo que no debía intervenir. Y no lo habría hecho, si no fuera por que ese tipejo agarró de malos modos a la chica. Llegados a ese punto, resultaba más que evidente que ella no deseaba tener nada más que ver con él. Así pues, cuando Luke detectó que la rabia de aquella chica se trocaba en miedo, se apartó de la valla movido por un impulso. Sabía que aquello probablemente se volvería contra él, pero, a medida que avanzaba hacia la pareja, pensó de nuevo en el aspecto risueño que tenía la chica unos momentos antes: no le quedaba alternativa.

49

Υ

Luke no perdió de vista al exnovio borracho mientras este se alejaba hecho una furia. Luego se dio la vuelta para darles las gracias a sus compañeros por haberle ayudado. Uno tras otro se alejaron, hasta que Luke y Sophia se quedaron solos.

Sobre sus cabezas, las estrellas se habían multiplicado en el cielo negro azabache. En el granero, la banda de música tocó los últimos acordes de una canción y entonó otra, un clásico de Garth Brooks. Tras soltar un hondo suspiro, Sophia dejó caer los brazos a ambos lados; la brisa otoñal agitaba su melena con suavidad cuando se dio la vuelta para mirarlo.

—Siento mucho que te hayas tenido que meter en este lío. Gracias —dijo Sophia, un poco avergonzada.

Así, de cerca, Luke se fijó en el inusual color verde de sus ojos y en la suave cadencia de su voz, un sonido que le evocó lugares lejanos. Por un momento, se quedó sin habla.

—Lo he hecho gustosamente —acertó a decir.

Al ver que él no añadía nada más, Sophia se colocó un mechón detrás de la oreja.

—Él… no se comporta siempre de ese modo, a pesar de lo que puedas pensar. Hasta hace poco salíamos juntos, y aún no ha aceptado que haya cortado con él.

—Ya me lo imaginaba —reconoció Luke.

—¿Lo has… oído todo? —Su cara dejaba entrever una mezcla de bochorno y cansancio.

—Era imposible no oír la discusión.

Los labios de Sophia se tensaron.

—Lo suponía.

—Si con ello te sientes mejor, te prometo que lo olvidaré todo —sugirió Luke.

Ella estalló en una genuina carcajada, y a él le pareció detectar cierto alivio en aquel gesto.

—Yo también intentaré olvidarme de todo lo que ha pasado —apuntó ella—. Solo deseo…

Sophia hizo una pausa. Luke acabó el pensamiento por ella:

—Cerrar el tema de una vez por todas, supongo. Bueno, al menos por esta noche.

Ella desvió la mirada y dedicó unos momentos a examinar el granero.

—Así es.

Luke removió la tierra con los pies, como si intentara desenterrar palabras del suelo.

—Supongo que tus amigas estarán ahí dentro...

Ella siguió observando las siluetas que se movían cerca de los portones del granero.

—He venido con un grupo de amigas, sí —explicó ella—. Estudio en Wake Forest, y mi compañera de habitación en la residencia de estudiantes ha decidido que lo más conveniente para mí era salir una noche de fiesta con ellas.

—Probablemente se estarán preguntando dónde estás.

—Lo dudo. Se están divirtiendo demasiado como para pensar en mí.

Desde un árbol cercano al redil llegó el sonido de una lechuza, que ululaba desde una rama baja, y los dos se dieron la vuelta hacia el sonido.

—¿Quieres que te acompañe otra vez ahí dentro? Lo digo por si ese tipo vuelve a molestarte...

Ella lo sorprendió al sacudir negativamente la cabeza.

—No, creo que será mejor que me quede aquí un rato más. Eso le dará a Brian la oportunidad de calmarse.

«Solo si deja de beber», pensó Luke. «Bueno, déjalo ya, no es asunto tuyo», se recordó.

—¿Prefieres estar sola?

Sophia se mostró sorprendida por un instante.

—¿Por qué? ¿Acaso te aburro?

—No —contestó él, sacudiendo la cabeza—. En absoluto. Pero no quiero...

—Solo era una broma —lo interrumpió ella.

Sophia se acercó a la valla y apoyó los codos en los listones de madera. Se inclinó hacia delante y luego se volvió hacia él, con el semblante sonriente. Luke la imitó, indeciso.

Ella se dedicó a admirar el paisaje rural, a apreciar los cerros redondeados tan propios de aquella parte del estado. Luke estudió sus facciones en silencio, fijándose en el pequeño lóbulo de su oreja, mientras buscaba algo que decir.

—¿En qué curso estás? —preguntó finalmente.

Sabía que era una pregunta tonta, pero no se le ocurría nada más.

—En el último.

—Eso significa que tienes... ¿veintidós años?

—Veintiuno. —Ella se volvió a medias hacia él—. ¿Y tú?

—Unos cuantos más.

—Pero no muchos más, ¿no? ¿Has ido a la universidad?

51

—Estudiar no era lo mío —replicó al tiempo que se encogía de hombros.

—¿Y te dedicas a los rodeos para ganarte la vida?

—A veces —contestó—. Bueno, cuando consigo permanecer sobre el toro. Otras veces, solo soy un juguete con el que él se entretiene hasta que logro escapar.

Ella lo miró con suspicacia.

—Pues la verdad es que hoy has estado impresionante.

—¿Recuerdas mi actuación?

—Por supuesto. Has sido el que ha obtenido mejor puntuación. Has ganado, ¿verdad?

—No me ha ido mal —admitió él.

Sophia entrelazó las manos.

—Así que eres Luke…

—Collins —concretó él.

—¡Ah, sí! El presentador no paraba de hablar de ti antes de tu turno.

—¿Y?

—La verdad es que no prestaba mucha atención. En esos momentos no sabía que acabarías siendo el héroe que me rescataría esta noche.

Luke buscó algún indicio de sarcasmo, pero no detectó ninguno, y se sorprendió. Con el dedo pulgar apuntó hacia la rueda del tractor y dijo:

—Esos de ahí también han acudido en tu ayuda.

—Ya, pero no han intervenido. En cambio, tú sí. —Sophia hizo una pausa para que el comentario surtiera efecto y luego continuó—: ¿Puedo preguntarte algo en lo que he estado pensando toda la noche?

Luke arrancó una astilla de la valla.

—Adelante.

—¿Cómo se os ocurre montar toros? Podríais mataros en la arena.

«Me lo imaginaba», pensó él. Era la típica pregunta que todo el mundo le hacía. Contestó como de costumbre:

—Es algo que siempre había querido hacer. Empecé de niño. Creo que monté por primera vez un ternero a los cuatro años, y a los nueve ya montaba novillos.

—Pero ¿cómo empezaste? ¿Quién te inició?

—Mi padre —contestó él—. Durante muchos años, se dedicó a la monta de broncos ensillados.

52

—¿Es una modalidad diferente a la de los toros?

—Se rige básicamente por las mismas normas, excepto que es sobre caballos. Ocho segundos, sujetándote con una sola mano mientras el animal intenta arrojarte al suelo.

—Excepto que los caballos no tienen cuernos del tamaño de bates de beisbol, y que son más pequeños y no tan violentos.

—Supongo que tienes razón —concedió Luke.

—Entonces, ¿por qué no compites en la modalidad de monta de broncos ensillados en lugar de con toros?

Luke observó a Sophia, que se alisaba el pelo con ambas manos, en un intento de suavizar la electricidad estática.

—Es una larga historia. ¿De verdad te interesa?

—Si no, no te lo habría preguntado.

Él jugueteó unos segundos con su sombrero.

—Es una vida muy sacrificada, supongo. Mi padre tenía que conducir más de cien mil kilómetros al año, de rodeo en rodeo, solo para clasificarse para las finales nacionales. Lo de estar siempre en la carretera es muy duro para la familia, y mi padre no solo estaba fuera de casa prácticamente todo el tiempo, sino que además en esa época no era algo que estuviera muy bien pagado. Después de restarle los gastos de desplazamiento y los costes de inscripción, probablemente para él habría sido más provechoso tener un empleo por el que le pagaran el salario mínimo. Él no quería esa clase de vida para mí. Cuando se enteró de que los de la monta de toros iban a empezar su propio circuito, pensó que era una buena oportunidad para tener éxito, así que me inició en la práctica. También me toca viajar mucho, pero los rodeos son los fines de semana, y no suele ser complicado entrar y salir del circuito de competiciones. Económicamente también compensa.

—Así que tu padre tenía razón.

—Tenía buen instinto, en todo. —Las palabras se escaparon de su boca sin pensar. Al ver la expresión de Sophia, supo que ella lo había entendido—. Murió hace seis años —dijo con un suspiro.

Sophia no bajó la mirada, e impulsivamente alargó la mano y le tocó el brazo en señal de apoyo.

—Lo siento mucho.

Su mano apenas le había rozado el brazo, pero la sensación permaneció intacta.

—Gracias —dijo él, al tiempo que erguía la espalda.

Empezaba a notar el entumecimiento en todo el cuerpo, como

53

le ocurría siempre después de competir, e intentó concentrarse en esa sensación y cambiar de tema.

—Bueno, ya sabes por qué monto toros.

—¿Y te gusta?

Esa era una pregunta compleja. Durante muchos años se había definido a sí mismo como un jinete, sin vacilar. Pero ¿ahora? No sabía qué contestar, porque ya no estaba seguro.

—¿Por qué quieres saberlo? —replicó.

—No lo sé. ¿Quizá porque no sé nada de este mundo? O tal vez sea pura curiosidad. Pero, claro, quizá solo busco un tema de conversación.

—¿Y cuál es el verdadero motivo?

—Podría revelártelo —dijo ella con picardía, y sus ojos verdes brillaron seductoramente bajo la luz de la luna—. Pero, entonces, ¿qué gracia tendría? El mundo necesita una chispa de misterio.

Luke notó cierto cosquilleo ante el reto encubierto en su voz.

—¿De dónde eres? —le preguntó, sintiendo un creciente interés y solazándose en la conversación—. Tengo la impresión de que no eres de por aquí.

—¿Por qué lo dices? ¿Por mi acento?

—Supongo que eso depende de dónde seas. En el norte, yo sería el que tendría un acento marcado, pero la verdad es que no tengo ni idea de dónde eres.

—De Nueva Jersey. —Sophia hizo una pausa—. No te mofes de mí, ¿vale?

—¿Y por qué iba a hacerlo? Me gusta Nueva Jersey.

—¿Has estado allí alguna vez?

—En Trenton. He participado en varias competiciones en el Sovereign Bank Arena. ¿Conoces esas instalaciones?

—Sé dónde está Trenton —contestó ella—. Está al sur de donde vivo, más cerca de Filadelfia. Yo soy una urbanita del norte.

—¿Has estado en Trenton?

—Un puñado de veces. Pero nunca he estado en el Sovereign Bank Arena. Ni tampoco en ningún rodeo, si quieres que te diga la verdad. Es mi primera vez.

—¿Qué te ha parecido?

—¿Te refieres a si me ha impresionado? Creo que estáis todos locos de atar.

Luke se puso a reír, encantado con su franqueza.

—Ya sabes mi apellido, pero yo no sé el tuyo.

—Danko —dijo ella. Entonces, anticipándose a la siguiente pregunta, explicó—: Mi padre es de Eslovaquia.

—Eso cae cerca de Kansas, ¿verdad?

Sophia pestañeó varias veces. Su boca se abrió y se cerró sin conseguir pronunciar ningún sonido, y, justo cuando iba a explicarle el concepto de Europa, Luke alzó los brazos.

—Solo estaba bromeando. Ya sé dónde está. En el centro de Europa; había formado parte de la antigua Checoslovaquia. Solo quería ver tu reacción.

—¿Y?

—Debería haberte sacado una foto para enseñársela a mis amigos.

Ella arrugó la nariz antes de propinarle un codazo.

—No está bien tomar el pelo a la gente.

—Ya, pero es divertido.

—Sí —admitió ella—. Muy divertido.

—Así que si tu padre es de Eslovaquia…

—Mi madre es francesa. Llegaron a Estados Unidos un año antes de que yo naciera.

Él se volvió hacia ella.

—¿En serio?

—Pareces sorprendido.

—No sé si había conocido antes a una chica medio francesa y medio eslovaca. —Hizo una pausa—. ¡Qué diantre! ¡Ni siquiera sé si había conocido antes a alguien de Nueva Jersey!

Ella se echó a reír. Luke notó que se relajaba, y también supo que quería volver a oír aquella risa otra vez.

—¿Así que vives por aquí? —preguntó Sophia.

—No muy lejos. Un poco más al norte de Winston-Salem, justo a las afueras de King.

—Parece un buen lugar para vivir.

—Es un pueblo pequeño y la gente es muy amable, pero, aparte de eso, poca cosa más. Tenemos un rancho.

—¿Tenéis?

—Mi madre y yo. Bueno, de hecho es su rancho. Yo solo vivo y trabajo allí.

—¿Quieres decir un rancho… de verdad? ¿Con vacas, caballos y cerdos?

—También hay un granero. En comparación, este parece nuevo.

Sophia echó un vistazo al granero detrás de ellos.

55

—Lo dudo mucho.

—Quizá te lo enseñe algún día. Podríamos montar a caballo, si quieres.

Sus ojos se encontraron, aguantaron la mirada unos instantes, y de nuevo ella alargó la mano para tocarle el brazo.

—Pues la verdad es que me encantaría, ¿sabes?

4

Sophia

$\mathcal{N}$o estaba exactamente segura de por qué lo había dicho. Las palabras habían acudido a su boca y no había podido hacer nada por contenerlas. Por un momento se le ocurrió intentar rectificar o darle la vuelta al sentido, pero, por alguna razón, se dio cuenta de que no quería hacerlo.

No tenía nada que ver con su físico, si bien Marcia había dicho una gran verdad: Luke era, sin lugar a dudas, muy atractivo, con un aspecto infantil y con esa sonrisa franca y afable... flanqueada por ese par de hoyuelos. Era delgado y esbelto, con unos hombros anchos que contrastaban con sus caderas estrechas, y la indomable mata de rizos castaños que asomaba por debajo de su tronado sombrero resultaba tremendamente atractiva. Pero lo que más destacaba de su aspecto eran sus ojos; Sophia siempre se quedaba prendada de un par de ojos bonitos. Los de Luke eran de un azul estival, tan vívidos y radiantes que te podían hacer sospechar que se trataba de lentes de contacto de colores, por más que estuviera segura de que él tacharía de absurda esa moda.

Sophia tenía que admitir que también ayudaba que a él le pareciera atractiva. De adolescente había sido un tanto desgarbada, con unas piernas largas y flacuchas, sin nada de redondeces en las caderas, y con cierta tendencia a ocasionales episodios de acné. Hasta el penúltimo año en el instituto no necesitó llevar más que un sujetador de deporte. Todo su cuerpo empezó a cambiar en el último curso, aunque eso lo único que consiguió, básicamente, fue que se sintiera incómoda y acomplejada. Incluso en esos momentos, si se observaba en el espejo, a veces todavía detectaba algún rastro de la quinceañera que había sido, y se sorprendía de que nadie más se diera cuenta.

Por más halagadora que fuera la apreciación de Luke, lo que

más le atraía de él era cómo conseguía imprimir esa sensación de que nada era complicado, desde la impavidez con que se había encarado a Brian hasta la serena y accesible conversación que mantenían. Sophia no había tenido en ningún momento la impresión de que él intentara impresionarla, pero su sereno autodominio lo diferenciaba de los chicos que ella conocía en Wake Forest, especialmente de Brian.

También le gustaba que él se mostrara cómodo cuando ella se encerraba en sus propios pensamientos. Mucha gente sentía la necesidad de llenar cualquier silencio, pero Luke simplemente se dedicaba a mirar los toros, satisfecho en su mundo particular. Después de un rato, Sophia cayó en la cuenta de que la música en el granero había cesado por el momento (seguramente, la banda de música se había tomado un breve descanso), y se preguntó si Marcia la estaría buscando. Deseó que no fuera así, al menos de momento.

—¿Qué tal es la vida en un rancho? —preguntó, rompiendo el silencio—. ¿Qué haces durante todo el día?

Observó que él cruzaba una pierna encima de la otra y clavaba la punta de la bota en el suelo.

—Agitada, supongo. Siempre hay algo que hacer.

—¿Como qué?

Luke se masajeó distraídamente una mano con la otra mientras reflexionaba.

—Bueno, para empezar, hay que dar de comer a los caballos, los cerdos y las gallinas a primera hora de la mañana, y también hay que limpiar los rediles. Hay que examinar el ganado. Cada día he de confirmar el buen estado de todas las reses (que no tengan infecciones oculares, ni cortes hechos con la alambrada de púas, esa clase de exploración). Si hay una que está herida o enferma, intento ocuparme al instante. Después, hay que regar los pastizales, y varias veces al año he de llevar todo el ganado de un prado al siguiente, para que siempre disponga de forraje fresco. Además, un par de veces al año toca vacunarlos, lo que significa que hay que atarlos uno a uno y luego mantenerlos aislados. Aparte tenemos un huerto bastante grande, de uso familiar, y también he de ocuparme de todo lo que hay plantado...

Sophia lo miró, impresionada.

—¿Eso es todo? —bromeó.

—Todavía hay más —continuó Luke—. Vendemos calabazas, arándanos, miel y abetos en Navidad, así que a veces me paso parte del día plantando o deshierbando o regando, o recolectando la miel de las colmenas. Y si llega algún cliente, he de estar allí para atar el abeto o ayudarle a llevar las calabazas al coche, o lo que haga falta. Y luego, por supuesto, siempre hay algo roto que hay que reparar, ya sea el tractor, ya sea el Gator o la valla del granero o el tejado de la casa. —Esbozó una mueca de fastidio—. Créeme, siempre hay algo que hacer.

—Es imposible que hagas todo eso solo —objetó Sophia con incredulidad.

—Cuento con mi madre, y también con un chico que lleva años trabajando para nosotros: José. Básicamente se encarga de aquellas tareas que nosotros no podemos hacer por falta de tiempo. Y cuando es necesario, contratamos a un puñado de jornaleros durante un par de días para que nos ayuden a podar los árboles o lo que haga falta.

Sophia frunció el ceño.

—¿Qué quieres decir con eso de podar los árboles? ¿Te refieres a los abetos?

—Por si no lo sabías, los abetos no crecen con esa forma cónica. Hay que podarlos mientras crecen para lograr ese efecto deseado de «árbol de Navidad».

—¿De veras?

—Además, también hay que rotar las calabazas. No queremos que se pudran por la base; queremos que sean redondas o, como mínimo, ovaladas. De lo contrario, nadie las compraría.

Sophia arrugó la nariz.

—¿De verdad hay que rotarlas, literalmente?

—Sí, y con cuidado, para no romper el tallo.

—Nunca lo habría dicho.

—Mucha gente lo ignora. Pero probablemente tú sabes un montón de cosas que yo no sé.

—Sabes dónde está Eslovaquia.

—Siempre me gustó la geografía y la historia. Pero si me preguntas sobre química o álgebra, probablemente estaría perdido.

—A mí tampoco es que me gustaran mucho esas asignaturas.

—Pero se te daban bien, seguro. Me apuesto lo que quieras a que estabas entre los mejores de tu clase.

—¿Por qué lo dices?

—Vas a Wake Forest. Supongo que debías sacar excelente en todo. ¿Qué estudias?

—Nada que ver con los ranchos, como es obvio.

59

Luke sonrió y los dos hoyuelos volvieron a resaltar.

Sophia rascó un listón de madera con la uña.

—Bellas Artes.

—¿Es algo que siempre te ha gustado?

—¡Qué va! Cuando llegué a Wake Forest no tenía ni idea de lo que quería hacer con mi vida. Empecé a ir a las típicas clases a las que van todos los novatos, con la esperanza de descubrir mi verdadera vocación. Quería encontrar algo que me despertara una verdadera... pasión, ¿sabes?

Hizo una pausa y notó que Luke le dedicaba toda su atención, sin perder detalle. Su interés, auténtico, le hizo recordar de nuevo lo distinto que era de los chicos que conocía en el campus.

—Pero, bueno, era mi primer año, me matriculé en Impresionismo francés, básicamente para llenar el horario, no por ninguna razón en particular. Pero el profesor era extraordinario; sus clases eran amenas e interesantes, y transmitía la pasión que sentía por su especialidad, tal y como deberían hacer todos los profesores. Él conseguía que el arte cobrara vida y pareciera, en cierto modo, relevante... Después de un par de clases, lo tuve claro. Supe qué quería hacer. A medida que iba a más clases de historia del arte, más claro lo tenía: quería formar parte de ese mundo.

—Supongo que estarás encantada de haber asistido a esa primera clase, ¿no?

—Sí, aunque mis padres no tanto. Ellos querían que estudiara Medicina, Derecho o Contabilidad; algo que tuviera una salida laboral.

Luke se alisó la camisa.

—Por lo que sé, lo que importa es tener un título universitario. Si lo tienes, probablemente conseguirás un empleo.

—Eso les digo yo. Pero mi verdadero sueño es trabajar en un museo.

—Pues hazlo.

—No es tan fácil como crees. Hay muchos graduados en Bellas Artes, y solo un puñado de puestos de trabajo disponibles. Además, muchos museos no disponen de presupuesto, lo que significa que están reduciendo personal. Tuve suerte de conseguir una entrevista con el Museo de Arte de Denver. No es un trabajo remunerado, sino de becaria, pero me dijeron que había posibilidades de acabar ocupando un puesto remunerado. Y eso me lleva a preguntarme irremediablemente cómo seré capaz de pagar mis facturas mientras trabaje allí. Y no quiero que mis padres me mantengan;

además, de todos modos, tampoco podrían permitírselo. Mi hermana menor estudia en Rutgers, y tengo dos hermanas más que pronto irán a la universidad y…

De repente se quedó callada, abrumada. Luke pareció leerle el pensamiento y no insistió.

—¿A qué se dedican tus padres? —preguntó, cambiando de tema.

—Tienen una charcutería. La especialidad son los quesos y los embutidos, el pan recién horneado, los bocadillos y las sopas caseras.

—¿Comida de calidad?

—Así es, de buena calidad.

—Entonces, si un día me paso por vuestra charcutería, ¿qué me recomiendas que pida?

—Lo que quieras. Todo está riquísimo. Mi madre prepara una magnífica crema de champiñones. Es mi favorita, pero probablemente la clientela nos conoce más por las hamburguesas con queso. A la hora del almuerzo, siempre hay una larga cola y eso es lo que la mayoría de la gente pide. Incluso ganamos un premio hace un par de años por preparar el mejor bocadillo de la ciudad.

—¿De veras?

—¡Pues sí! El periódico organizó un concurso en el que la gente podía votar. Mi padre enmarcó el certificado y lo tiene colgado junto a la caja registradora. Quizá te lo enseñe algún día.

Luke unió las manos, imitando la postura que ella había adoptado un rato antes y dijo:

—Pues la verdad es que me encantaría, ¿sabes, Sophia?

Ella rompió a reír al reconocer la imitación. Además, le había gustado la forma en que él había pronunciado su nombre, más despacio de lo que estaba acostumbrada a oírlo, pero también con más dulzura; las sílabas se habían enredado en su lengua en una cadencia agradable, sin prisa. Se recordó que apenas le conocía, pero lo más curioso era que no tenía esa impresión. Apoyó nuevamente los codos en la valla.

—Así que los otros chicos que se han acercado a ayudarte… ¿Has venido al rodeo con ellos?

Luke desvió la vista hacia los jinetes y luego volvió a mirarla.

—No —contestó—. La verdad es que solo conozco a uno. Mis amigos están dentro. Probablemente sin quitar ojo a tus amigas.

—¿Por qué no estás con ellos?

61

Empujó suavemente el sombrero hacia atrás con un dedo.

—Estaba con ellos; bueno, hasta hace un rato. Pero no tenía ganas de conversar, así que he salido a tomar el aire.

—Pues ahora sí que parece que tengas ganas de hablar.

—Eso parece —esbozó una tímida sonrisa—, aunque no hay mucho que contar, aparte de lo que ya te he dicho. Monto toros y trabajo en el rancho de la familia. Mi vida no es muy interesante, que digamos.

Sophia lo estudió con la mirada.

—Entonces cuéntame algo que no le digas normalmente a la gente.

—¿Como qué? —receló.

—Lo que quieras —sugirió ella, alzando las manos—. ¿Qué pensabas hace un rato, cuando estabas aquí fuera solo?

Luke se movió incómodo y desvió la vista hacia un punto lejano. Al principio no dijo nada. En un intento de ganar tiempo, dobló las manos sobre la valla.

—Para comprenderlo, creo que necesitarías verlo —respondió despacio—. Pero el problema es que no está exactamente aquí.

—¿Dónde está? —preguntó ella, desconcertada.

—Allí —dijo él, y señaló hacia los rediles.

Sophia vaciló. Todo el mundo había oído alguna de esas historias sobre «chica conoce a chico, y este parece la mar de agradable y simpático, hasta que se queda a solas con ella...». Con todo, mientras lo miraba con atención, no detectó ninguna señal de alarma. Por alguna razón se fiaba de él, y no simplemente porque hubiera acudido en su ayuda. No tenía la sensación de que quisiera engañarla, nada más; incluso tenía la impresión de que si le pedía que la dejara en paz, él se alejaría y nunca más volvería a verlo. Además, aquella noche la había hecho reír. En el poco rato que habían pasado juntos, Sophia se había olvidado de Brian por completo.

—De acuerdo —contestó—. Te acompaño.

Si a Luke le sorprendió su respuesta, no lo demostró. En vez de eso, se limitó a asentir con la cabeza; acto seguido, apoyó ambas manos en la valla y la saltó con pasmosa agilidad.

—¡No te hagas el chulo! —bromeó ella.

Sophia se agachó y pasó entre los listones de madera. Al cabo de un momento, ambos emprendieron el camino hacia los rediles.

Mientras cruzaban el prado en dirección a la valla situada al otro lado, Luke mantuvo una distancia prudente. Sophia estudió las ondulaciones de la valla que trazaba los contornos del campo, maravillándose de la gran diferencia entre ese lugar y la ciudad donde se había criado. Se dio cuenta de que había llegado a apreciar la belleza silenciosa, casi austera de aquel paisaje.

En Carolina del Norte había unas mil comunidades rurales, cada una con su propio carácter e historia. Sophia había llegado a comprender por qué muchos lugareños nunca abandonaban su pueblo natal. A lo lejos, los pinos entreverados con los robles formaban una tupida malla negra. Detrás de ellos, la música se fue amortiguando gradualmente y el canto distante de los grillos en los prados emergió a su paso. Pese a la oscuridad, Sophia notaba que Luke la observaba, aunque con disimulo.

—Después de la siguiente valla hay un atajo —anunció él—. Desde allí podremos llegar a mi camioneta.

El comentario la pilló desprevenida.

—¿Tu camioneta?

—Tranquila —dijo él, alzando las manos—. No iremos a ninguna parte. Ni siquiera nos meteremos dentro. Solo lo digo porque creo que desde la plataforma lo verás mejor. Queda más elevada y es más cómoda. Además, llevo un par de sillas plegables.

—¿Llevas sillas plegables en la camioneta? —lo interrogó Sophia, entrecerrando los ojos en señal de desconfianza.

—Llevo muchas cosas en la caja de la camioneta.

Por supuesto. Como todo el mundo. Seguro que Marcia consideraría que eso daba para un «trabajo de campo».

En ese momento ya habían llegado a la siguiente valla, desde donde se podía apreciar mejor el brillo de las luces en los ruedos. De nuevo, Luke saltó la valla con agilidad, pero esta vez los listones estaban demasiado juntos entre sí como para que Sophia pudiera pasar entre ellos, por más que se encogiera. Al final, se encaramó a la valla y permaneció un momento sentada antes de pasar las piernas al otro lado. Aceptó las manos que Luke le ofrecía como punto de apoyo y de un brinco saltó al suelo. Le gustó su tacto cálido y áspero.

Caminaron hacia una valla cercana y viraron hacia las camionetas. Luke enfiló hacia una negra reluciente con grandes ruedas y una barra de luces en el techo, la única que estaba aparcada con el morro en la dirección opuesta. Luke abrió la puerta trasera abatible y de otro salto se encaramó a la plataforma. Nuevamente, Sophia se agarró a sus manos y solo bastó un pequeño impulso para quedar de pie junto a él en la parte trasera y descubierta de la camioneta.

63

Luke dio media vuelta y empezó a hurgar entre algunos trastos, apartando objetos, de espaldas a Sophia. Ella cruzó los brazos y se preguntó qué opinaría Marcia de su osadía. La podía imaginar sometiéndola a un interrogatorio: «Estamos hablando del chico mono, ¿verdad? ¿Te llevó a su camioneta? Pero ¿en qué estabas pensando? ¿Y si hubiera sido un desequilibrado?». Entre tanto, Luke continuaba enfrascado rebuscando entre los trastos. Sophia oyó un traqueteo metálico antes de que él reapareciera a su lado con la típica silla plegable que la gente suele llevar a la playa. Después de abrirla, la colocó sobre la tarima elevada de la camioneta y le hizo un gesto.

—Siéntate y ponte cómoda. Enseguida estoy contigo.

Ella permaneció de pie sin moverse, y de nuevo imaginó la cara escéptica de Marcia, pero entonces se dijo: «¿Por qué no?». En cierto modo, toda la noche le había parecido surrealista, así que verse sentada de sopetón en una silla plegable en la parte trasera descubierta de una camioneta cuyo propietario era un chico que se dedicaba a montar toros en rodeos le parecía casi una extensión natural.

64 Cayó en la cuenta de que, aparte de Brian, la última vez que había estado a solas con un chico había sido el verano antes de su primer año en Wake Forest, cuando salió a pasear con Tony Russo por el paseo marítimo. Hacía años que se conocían, pero, después de graduarse en el instituto, su relación no llegó a buen puerto. Él era mono e inteligente (en otoño iba a empezar sus estudios en Princetown), pero en su tercera cita intentó meterle mano y...

Luke colocó la otra silla a su lado, interrumpiendo sus pensamientos. Sin embargo, en lugar de sentarse, saltó al suelo, rodeó la camioneta hasta la puerta del conductor y se inclinó hacia el interior de la cabina. Al cabo de un momento, Sophia oyó la radio.

«Country. ¡Cómo no!», pensó para sí, divertida. ¿Qué otra música podría ser?

Después de volver junto a ella, Luke tomó asiento y estiró las piernas, cruzándolas a la altura de los tobillos.

—¿Cómoda? —le preguntó.

—Más o menos. —Ella se revolvió un poco, consciente de lo cerca que estaban el uno del otro.

—¿Quieres que cambiemos de silla?

—No es eso. Es... esto —dijo, acompañando las palabras con un suave bamboleo de los brazos—. Estar aquí sentados en un par de sillas plegables en la parte trasera de tu camioneta. Es una experiencia nueva para mí.

—¿No haces esto en Nueva Jersey?

—Hacemos otras cosas, como ir al cine, salir a cenar, pasar el rato en casa de alguna amiga. Supongo que tú no hacías esas cosas cuando estabas en el instituto, ¿no?

—Claro que las hacía, y las sigo haciendo.

—A ver, ¿cuál es la última película que has visto en el cine?

—¿Qué es un cine?

Sophia necesitó un segundo para comprender que le estaba tomando el pelo, y Luke se echó a reír ante el rápido cambio en su expresión. A continuación, señaló hacia la valla.

—Vistos de cerca, son aún más imponentes, ¿verdad?

Sophia se dio la vuelta y vio un toro que avanzaba lentamente hacia ellos, a pocos metros de distancia, con los músculos del tórax contraídos. Su tamaño la dejó sin aliento; así de cerca, no era como en el ruedo.

—¡Madre mía! —exclamó, sin poder ocultar la sorpresa en su tono. Se inclinó hacia delante al tiempo que añadía—: Es… impresionante. —Se dio la vuelta hacia Luke—. ¿Y tú montas estos bichos? ¿Voluntariamente?

—Cuando se dejan.

—¿Era esto lo que querías que viera?

—Más o menos, bueno, quería que vieras ese de ahí.

Luke señaló hacia el redil más apartado, donde había un toro bayo que movía las orejas y la cola, pero que permanecía inmóvil. Tenía un cuerno torcido, e incluso a distancia Sophia pudo ver el entramado de cicatrices en su costado. Pese a que no era más grande que los demás especímenes, había algo salvaje y desafiante en su pose, y ella tuvo la impresión de que desafiaba a cualquier toro que osara acercarse a él. Podía oír cómo sus hoscos resoplidos rompían el silencio del aire nocturno.

Cuando se dio la vuelta de nuevo hacia Luke, detectó un cambio en su expresión. Él miraba fijamente al toro, con una aparente calma, pero había algo más, algo que Sophia no acertaba a descifrar.

—Te presento a *Big Ugly Critter* —anunció él, sin apartar la vista del animal—. Pensaba en él hace un rato, mientras estaba apoyado en la valla junto al granero.

—¿Es uno de los toros que has montado esta noche?

—No, pero después del rodeo he tenido la sensación de que no podía irme sin verlo. Es muy extraño, ya que al llegar aquí precisa-

65

mente era el último toro que quería ver. Por eso he aparcado la camioneta de espaldas al redil. Y si me hubiera tocado montarlo esta noche, no sé qué habría hecho.

Sophia esperó a que él continuara, pero no lo hizo.

—Por lo que dices, deduzco que lo has montado antes.

—Lo he intentado en tres ocasiones, pero sin éxito —respondió él, sacudiendo la cabeza—. Es lo que se denomina un toro bravo. Solo un par de personas han conseguido aguantar el tiempo reglamentario a lomos de esa bestia, y eso fue hace unos cuantos años. Da vueltas y coces y cambia de dirección, y si te tira al suelo, te embiste con saña por haber intentado montarlo. He tenido pesadillas con ese toro. Le tengo miedo. —Se volvió hacia ella, con la cara medio oculta entre las sombras—. Esto es algo que casi nadie sabe.

Había algo atormentado en su expresión, algo que Sophia no se había esperado.

—Me cuesta creer que le tengas miedo a algo —dijo despacio.

—Ya, bueno…, soy humano —bromeó él—. Tampoco me gustan demasiado los relámpagos, para que lo sepas.

Sophia se sentó con la espalda más erguida.

—Pues a mí me gustan los relámpagos.

—Es distinto cuando estás en medio de un pastizal, sin un lugar donde ponerte a cubierto.

—En eso seguro que tienes razón.

—Es mi turno. Me toca a mí hacerte una pregunta. La que quiera.

—Adelante.

—¿Cuánto tiempo saliste con Brian? —preguntó él.

Sophia casi se echó a reír, aliviada.

—¿Eso es todo? —preguntó, sin esperar una respuesta—. Empezamos a salir cuando yo estaba en el segundo curso de la universidad.

—Es un tipo muy fornido —observó Luke.

—Tiene una beca como jugador de *lacrosse*.

—Debe de ser bueno.

—En *lacrosse* sí —admitió ella—, pero como novio no.

—Sin embargo, saliste con él dos años.

—Sí, bueno… —Sophia encogió las rodillas y las abrazó—. ¿Alguna vez has estado enamorado?

Luke alzó la cabeza, como si intentara buscar la respuesta en las estrellas.

—No estoy seguro.

EL VIAJE MÁS LARGO

—Si no estás seguro, eso es que probablemente no lo has estado.

Él consideró la respuesta unos segundos.

—Es posible.

—¿Cómo? ¿No vas a llevarme la contraria?

—Ya te lo he dicho, no estoy seguro.

—¿Te afectó…, cuando lo vuestro acabó, quiero decir?

Luke frunció los labios y sopesó la respuesta.

—La verdad es que no, pero a Angie tampoco. Solo fue el típico amor adolescente. Después de graduarnos en el instituto, creo que los dos comprendimos que íbamos por caminos distintos. Pero todavía somos amigos. Incluso me invitó a su boda. Me lo pasé muy bien en la fiesta posterior, con una de las damas de honor.

Sophia miró hacia el suelo.

—Yo quería a Brian, quiero decir. Antes me había prendado alguna vez, ya sabes, esos enamoramientos infantiles, como cuando escribes el nombre de un chico en tu carpeta y dibujas unos corazones alrededor. Supongo que la gente acostumbra a poner su primer amor en un pedestal, y al principio yo hacía lo mismo. Ni siquiera estaba segura de por qué él quería salir conmigo; es guapo y tiene una beca por ser un excelente deportista. Además, es popular y rico… Me quedé tan alucinada al ver que se fijaba en mí. Y al principio era tan divertido y encantador… La primera vez que me besó, ya me tenía en el bote. Me enamoré perdidamente, y entonces… —Sophia se contuvo; no deseaba ahondar en los detalles—. Bueno, la cuestión es que rompí con él justo después de que empezaran las clases este año. Por lo visto, se había enrollado con otra chica de su vecindario, durante todo el verano.

—Y quiere recuperarte.

—Sí, pero ¿por qué? ¿Es porque me quiere, o porque no puede tenerme?

—¿Me lo estás preguntando?

—Te pido tu valoración. No porque piense volver con él, porque no lo haré. Te pregunto tu opinión como hombre.

Luke midió las palabras.

—Un poco de ambas cosas, tal vez. Pero deduzco que es básicamente porque se ha dado cuenta de que ha cometido un gran error.

Sophia asimiló el cumplido en silencio. Le gustaba su discreción.

—Me alegro de haberte visto montar esta noche —añadió ella, con absoluta sinceridad—. Lo has hecho increíblemente bien.

—He tenido suerte. Estaba bastante nervioso. Hace bastante tiempo que no montaba.

—¿De veras? ¿Cuánto tiempo?

Luke se alisó los vaqueros, procurando ganar tiempo antes de contestar.

—Dieciocho meses.

Por un instante, Sophia pensó que había oído mal.

—¿Llevabas un año y medio sin montar?

—Así es.

—¿Por qué?

Ella tenía la impresión de que él no sabía cómo contestar.

—Mi última actuación no salió bien…

—¿Tan mal?

—Desastrosamente mal.

Con aquella respuesta, Sophia creyó encajar una pieza en el rompecabezas.

—Por *Big Ugly Critter* —dedujo ella.

—Así es —admitió él.

Con intención de evitar la siguiente pregunta, Luke volvió a centrar el tema de conversación en ella.

—Así que vives en una residencia de estudiantes, ¿eh?

Sophia se dio cuenta del cambio brusco de tema, pero no tuvo inconveniente en seguir el hilo.

—Es mi tercer año en la residencia.

Los ojos de Luke se iluminaron traviesamente.

—¿Es tal como la gente lo describe? ¿Siempre con fiestas de pijamas y guerras de almohadas?

—¡Qué va! Más bien se trata de desfiles de ropa interior y guerras de almohadas.

—¡Vaya! ¡Creo que me gustaría vivir en un lugar como ese!

—Ya, seguro. —Se echó a reír.

—En serio, ¿qué tal es la vida en una residencia de estudiantes? —preguntó, curioso.

—Bueno, somos un puñado de chicas que vivimos juntas, y la mayor parte del tiempo eso está bien. Otras veces, no tanto. Es un mundo con sus normas particulares y su propia jerarquía, lo cual está bien si te van esos rollos. Pero yo nunca los he soportado… Soy de Nueva Jersey, y crecí ayudando a mis padres en un negocio familiar que no daba para mucho. La única razón por la que puedo permitirme estudiar en Wake Forest es porque conseguí una beca que me cubre todos los estudios. No hay muchas chicas con mi perfil en la residencia. No digo que el resto sean todas unas niñas ricas, porque no lo son. Y muchas de ellas trabajaban mientras estudiaban en el instituto. Es solo que...

—Eres diferente —dijo Luke, rematando la frase por ella—. Me apuesto lo que quieras a que no muchas de tus compañeras en la hermandad se arriesgarían a que las pillaran en medio de un prado examinando un toro.

«No estaría tan segura de eso», pensó ella. Luke era el campeón de la noche, y, sin lugar a dudas, se lo podía catalogar de «pedazo de bombón», según las palabras de Marcia. Para algunas de sus compañeras en la residencia de estudiantes, eso habría sido más que suficiente.

—¿Has dicho que tienes caballos en el rancho? —preguntó ella.

—Así es.

—¿Sales a cabalgar a menudo?

—Casi todos los días —contestó él—. Cuando estoy vigilando el ganado. Podría usar el tractor, pero crecí haciendo ese trabajo a caballo. Es lo que estoy acostumbrado a hacer.

—¿Alguna vez sales a cabalgar solo por diversión?

—De vez en cuando. ¿Por qué? ¿Montas a caballo?

—No, no he montado nunca. No hay demasiados caballos en la ciudad de Nueva Jersey. Pero de pequeña me hacía ilusión montar. Creo que todas las niñas sueñan con ello. —Hizo una pausa—. ¿Cómo se llama tu caballo?

—*Caballo*.

Sophia esperó a que él completara el chiste, pero no lo hizo.

—¿Tu caballo se llama *Caballo*?

—A él le da igual.

—Deberías ponerle un nombre noble. Como *Príncipe de los Ladrones* o algo parecido.

—Probablemente lo confundiría.

—Te aseguro que cualquier cosa es mejor que *Caballo*. Es como llamar «perro» a un perro.

—Pues yo tengo un perro que se llama *Perro*. Es un perro boyero australiano. —Luke la miró con absoluta tranquilidad—. Es fantástico con el ganado.

—¿Y a tu madre no le pareció mal?

—Fue ella quien le puso el nombre.

Sophia sacudió la cabeza.

69

—Mi compañera de habitación no se lo creerá cuando se lo cuente.

—¿El qué? ¿Que mis animales tienen, a tu modo de ver, nombres raros?

—Por ejemplo —bromeó ella.

—Háblame de la universidad —sugirió él.

Durante la siguiente media hora, Sophia se dedicó a desgranar su vida diaria. Incluso a ella misma su relato le parecía tedioso (que si clases, que si estudiar, que si vida social los fines de semana). Luke, en cambio, parecía interesado; incluso le hizo alguna pregunta, aunque la mayor parte del tiempo permitió que Sophia divagara.

Ella describió la hermandad —especialmente a Mary-Kate— y habló un poco sobre Brian y cómo se había estado comportando desde el principio de curso. Mientras hablaban, la gente empezó a aparecer por la parcela; algunos se encaminaban directamente a sus camionetas y los saludaban a su paso con una leve inclinación del sombrero, otros se detenían a felicitar a Luke por su actuación.

A medida que transcurría la noche y la temperatura descendía, Sophia empezó a notar que se le erizaba el vello. Cruzó los brazos y se hundió un poco más en la silla.

—Tengo una manta en la cabina, si quieres —le ofreció él.

—Gracias, pero no hará falta —contestó ella—. Será mejor que regrese. No quiero que mis amigas se marchen sin mí.

—Tienes razón. Te acompañaré.

Luke la ayudó a apearse de la camioneta y regresaron por el mismo camino que habían seguido un rato antes; la música fue ganando volumen a medida que se acercaban. Pronto llegaron al granero, que estaba un poco menos concurrido que un rato antes, cuando se habían alejado. Sophia tenía la impresión de haber estado fuera durante horas.

—¿Quieres que entre contigo, por si Brian todavía está por aquí?

—No, no hace falta. No me separaré de mi amiga.

Luke estudió el suelo, luego alzó los ojos.

—Lo he pasado muy bien contigo.

—Yo también. ¡Ah! Y gracias de nuevo. Por lo de antes, quiero decir.

—Ha sido un placer.

Él se despidió con una sutil inclinación de cabeza y después dio media vuelta. Sophia lo observó mientras se alejaba. La historia podría haber terminado allí —y algún tiempo después ella se preguntaría si debería haber permitido que así fuera—, pero, en vez de eso, dio un paso hacia él y las palabras fluyeron por su boca de forma automática.

—¡Espera, Luke!

Él se volvió para mirarla, y ella alzó la barbilla levemente.

—Me has dicho que me enseñarías tu granero. En teoría está más destartalado que este.

Él sonrió, y volvieron a resaltar los hoyuelos en sus mejillas.

—¿Mañana a la una? —propuso—. Por la mañana he de hacer varias cosas. ¿Quieres que pase a buscarte?

—No, ya iré en mi coche —sugirió ella—. Envíame un mensaje al móvil con tu dirección y cómo llegar.

—No tengo tu número.

—Dime el tuyo.

Luke se lo dio y ella lo marcó. Acto seguido, se oyó el timbre. Sophia colgó y se quedó mirando fijamente a Luke, preguntándose por qué había actuado de una forma tan impulsiva.

—Ya lo tienes.

5

Ira

Sigue oscureciendo. Las condiciones meteorológicas del invierno tardío empeoran. El viento se ha intensificado con un fuerte rugido y las ventanas del coche están cubiertas por una gruesa capa de nieve. Es como que te entierren vivo poco a poco. De nuevo vuelvo a pensar en el coche. Es de color beis, un Chrysler de 1988. Me pregunto si alguien lo verá cuando salga el sol o si simplemente se fundirá con el entorno.

—No pienses en esas cosas —dice Ruth—. Alguien vendrá; ya no tardarán.

Está sentada en el mismo sitio que antes, pero con un aspecto distinto; un poco mayor que antes, y lleva un vestido diferente…, un vestido que me resulta vagamente familiar. Me estoy esforzando por evocar algún recuerdo de ella vestida así cuando vuelvo a oír su voz.

—Era el verano de 1940. Julio.

Tras unos momentos, caigo en la cuenta. «Sí —pienso—, eso es. El verano después de mi primer año en la universidad.»

—Ya me acuerdo —digo.

—¡Ya era hora! —bromea ella—. Pero has necesitado mi ayuda. Antes te acordabas de todo.

—Era más joven.

—Yo también era más joven.

—Todavía lo eres.

—Ya no —se lamenta ella, sin poder ocultar su tristeza—. Pero en esa época sí que lo era.

Parpadeo varias veces, intentando sin éxito enfocarla con más precisión. Ella tenía diecisiete años.

—Es el vestido que llevaba cuando te pregunté si querías pasear conmigo.

Sonrío. Es una anécdota que solíamos explicar durante las cenas con amigos, la historia de nuestra primera cita. A lo largo de los años, Ruth y yo perfeccionamos el relato. Aquí en el coche, ella empieza la historia de la misma forma que siempre lo ha hecho con nuestros invitados. Coloca ambas manos en el regazo y suspira; su expresión va de la decepción a la confusión.

—Por entonces, ya sabía que tú nunca me dirigirías la palabra. Un mes antes habías regresado de la universidad y todavía no te habías acercado a mí, así que, después de la oración del sabbat en la sinagoga, me acerqué a ti, te miré directamente a los ojos y te dije: «Ya no salgo con David Epstein».

—Lo recuerdo —admito.

—¿Recuerdas lo que me contestaste? Dijiste: «¡Ah!». Luego te ruborizaste y clavaste los ojos en tus pies.

—Creo que te equivocas.

—Sabes que eso es exactamente lo que sucedió. Luego te dije que me gustaría que me acompañaras a casa.

—Recuerdo que a tu padre no le hizo ninguna gracia.

—Él pensaba que David se convertiría en un hombre de provecho. No te conocía.

—Tampoco le gustaba —replico—. Podía notar sus ojos clavados en la nuca mientras caminábamos. Por eso no saqué las manos de los bolsillos.

Ella ladea la cabeza y me tantea.

—¿Por eso no me dijiste nada mientras caminábamos?

—Quería que él supiera que mis intenciones eran honestas.

—Cuando llegué a casa, me preguntó si eras mudo. Tuve que recordarle que eras un excelente estudiante, que estabas en la universidad, que sacabas muy buenas notas y que al cabo de solo tres años te licenciarías. Cada vez que hablaba con tu madre, ella se aseguraba de recordármelo.

Mi madre. La casamentera oficial.

—Habría sido distinto si tus padres no hubieran ido detrás de nosotros —digo—. Si no hubieran hecho de comparsa, me habría echado a tus pies, te habría tomado la mano, te habría cantado una serenata y luego te habría preparado un ramillete de flores silvestres. Tú te habrías desmayado.

—Ya está aquí el joven Frank Sinatra de nuevo. Eso ya me lo habías dicho antes.

—Solo intento contar la historia con precisión. Había una

73

chica en la universidad a quien yo le hacía tilín, ¿sabes? Se llamaba Sarah.

Ruth asiente con la cabeza, mostrando indiferencia.

—Tu madre me habló de ella. Me dijo que no la habías llamado ni escrito desde que habías vuelto a casa. Yo sabía que lo vuestro no iba en serio.

—¿Hablabas a menudo con mi madre?

—Al principio, no mucho, y mi madre siempre estaba presente. Pero unos meses antes de que volvieras a casa, le pedí a tu madre que me ayudara con mi inglés, y empezamos a quedar una o dos veces por semana. Todavía había muchas palabras que no comprendía. Solía decirle a todo el mundo que fui maestra por mi padre, y era cierto, pero también se lo debo a tu madre. Ella era muy paciente conmigo. Me contaba historias, y también de esa forma me ayudó con el idioma. Me decía que tenía que aprender a contar historias, porque en el sur todo el mundo lo hace.

Sonrío.

—¿Qué te contaba?

—Anécdotas sobre ti.

Lo sé, por supuesto. En los matrimonios longevos apenas queda espacio para los secretos.

—¿Cuál era tu favorita?

Ella reflexiona unos instantes.

—Esa de cuando eras pequeño —puntualiza—. Tu madre me contó que encontraste una ardilla herida, y que, a pesar de que tu padre te prohibió tenerla en el almacén, la escondiste en una caja detrás de la máquina de coser y la cuidaste hasta que estuvo totalmente curada. Cuando se recuperó, la soltaste en el parque, y aunque salió corriendo, tú regresabas al parque todos los días para ver si la encontrabas, por si necesitaba ayuda otra vez. Ella me decía que era una señal de la pureza de tu corazón, que establecías vínculos profundos, y que cuando amabas algo (o a alguien) era para toda la vida.

Tal como había dicho, la casamentera oficial.

Solo después de nuestra boda mi madre me confesó que había enseñado inglés a Ruth a base de contarle anécdotas de mi infancia y de mi juventud. Cuando me enteré, no estuve seguro de que me gustara mucho aquella táctica. Quería creer que me había ganado el corazón de Ruth yo solito, sin ayuda, y así se lo dije. Mi madre se echó a reír y me soltó que ella solo hacía lo que las madres siempre habían hecho por sus hijos. Luego me dijo que mi obligación era demostrar que ella no había mentido, porque eso era lo que se suponía que hacían los hijos por sus madres.

—¡Y yo que pensaba que era un tipo encantador!

—Llegaste a serlo cuando dejaste de tenerme miedo. Pero eso no sucedió en nuestro primer paseo. Cuando finalmente llegamos a la fábrica donde vivía mi familia, dije: «Gracias por acompañarme, Ira», y tú te limitaste a contestar: «De nada». A continuación, diste media vuelta, saludaste a mis padres con una leve inclinación de cabeza y te alejaste.

—Pero a la semana siguiente estuve más acertado.

—Sí, hablaste del tiempo. Dijiste tres veces: «Menudos nubarrones»; y en dos ocasiones añadiste: «Me pregunto si lloverá». Tus habilidades comunicativas eran alucinantes. Por cierto, tu madre me enseñó el significado de esa palabra.

—De todos modos, todavía querías pasear conmigo.

—Sí —afirma ella, mirándome directamente a los ojos.

—Y a principios de agosto, te pregunté si podía invitarte a un refresco de chocolate, que era lo que David Epstein solía hacer.

Ella se alisa un mechón rebelde, sin apartar los ojos de mí.

—Y recuerdo que te comenté que el refresco de chocolate era la cosa más deliciosa que jamás había probado.

Ahí empezó nuestra historia. No es un emocionante relato de aventuras ni el clásico y romántico cuento de hadas que vemos en las películas, pero fue como si en nuestra historia se hubiera producido una intervención divina. Que ella viera algo en mí no tenía sentido, pero yo fui lo bastante astuto como para no dejar escapar la oportunidad. A fin de cuentas, pasábamos prácticamente todos nuestros ratos libres juntos, aunque tampoco es que gozáramos de mucho tiempo libre, que digamos. Por entonces, el final del verano estaba a punto de llegar. Al otro lado del Atlántico, Francia ya se había rendido y se estaba librando la batalla de Inglaterra. Pero, con todo, la guerra en esas últimas semanas nos quedaba lejos, muy lejos. Salíamos a pasear y hablábamos hasta la saciedad en el parque; tal como David había hecho antes que yo, seguí invitándola a refrescos de chocolate. También la llevé un par de veces al cine, y, en una ocasión, invité a Ruth y a su madre a almorzar. Además, siempre la acompañaba a casa desde la sinagoga, con sus padres a diez pasos de distancia de nosotros para concedernos un poco más de privacidad.

—Al final conseguí caerles bien a tus padres.

—Sí —asiente ella—. Pero eso fue porque me gustabas a mí.

75

Me hacías reír, y fuiste el primero en ayudarme a conseguirlo en este país. Mi padre siempre me preguntaba qué habías dicho que me hacía tanta gracia, y yo le contestaba que no era tanto lo que decías, sino la forma en que lo decías. Como la cara que pusiste cuando describiste las habilidades culinarias de tu madre.

—Mi madre era capaz de quemar agua, pero, no obstante, nunca aprendió a cocer un huevo.

—No era tan mala.

—De niño aprendí a comer y a contener la respiración al mismo tiempo. ¿Por qué crees que mi padre y yo estábamos tan delgados como fideos?

Ruth sacude la cabeza.

—Si tu madre supiera cómo la criticabas…

—No le habría importado. Ella sabía que no era una buena cocinera.

Ruth se queda callada un momento.

—¡Cómo me gustaría haber podido pasar más tiempo contigo aquel verano! Me puse muy triste cuando te marchaste a la universidad de nuevo.

—Aunque me hubiera quedado, no habríamos podido estar juntos. Tú también tenías que irte. Te marchabas a Wellesley.

Ella asiente, pero su expresión es distante.

—Tuve mucha suerte con esa oportunidad. Mi padre conocía a un profesor allí, y él me ayudó mucho. Pero, de todos modos, fue un año muy duro para mí. A pesar de que no le habías escrito a Sarah, yo sabía que volverías a verla, y me preocupaba que pudieras enamorarte de ella. Además, tenía miedo de que a Sarah todavía le gustaras, y que ella recurriera a sus encantos para alejarte de mí.

—Eso no habría sido posible de ninguna manera.

—Ya, pero entonces no lo sabía.

Muevo levemente la cabeza, y de repente veo lucecitas blancas en los ángulos de los ojos, una renglera de puntitos junto a las sienes. Cierro los ojos, a la espera de que pase la desagradable sensación de mareo, pero el proceso parece eternizarse. Me concentro, procurando respirar despacio, y al cabo de un rato empieza a atenuarse. El mundo vuelve a cobrar forma poco a poco, y de nuevo pienso en el accidente. Tengo la cara pegajosa, y el airbag deshinchado está recubierto de polvo y sangre. La sangre me asusta, pero, pese a ello, noto que hay magia dentro del vehículo, una magia que me ha devuelto a Ruth. Trago saliva, intentando humedecer la parte posterior de la garganta, pero no lo consigo y lo único que noto es una sensación rasposa.

Sé que Ruth está preocupada por mí. Entre las sombras alargadas, veo que me observa, la mujer a la que siempre he adorado. Vuelvo a pensar en 1940, en un intento de distraerla de sus temores.

—Pero pese a tus recelos sobre Sarah, no volviste a casa hasta diciembre —le recuerdo.

Mentalmente, veo cómo Ruth esboza una mueca de fastidio, su típico gesto cuando me quejo.

—Ya lo sabes; no volví antes porque no tenía dinero para pagar el billete de tren —alega—. Además, trabajaba en un hotel, y no podía marcharme sin más. La beca solo cubría mis estudios, así que tenía que costearme el resto de los gastos.

—Ya, excusas —bromeo.

Como de costumbre, ella no me hace caso.

—A veces me pasaba toda la noche en el mostrador de recepción y luego, por la mañana, tenía que ir a clase. Apenas podía mantenerme despierta con el libro abierto delante de mí en la mesa. No era fácil. Cuando terminé el primer año, me moría de ganas de regresar a casa para pasar el verano, aunque solo fuera para irme derechita a la cama.

—Pero yo eché tus planes por la borda, al aparecer en la estación de tren.

—Sí. —Sonríe ella—. Mi plan se fue al traste.

—Llevaba nueve meses sin verte —recalco—. Quería sorprenderte.

—Y lo conseguiste. En el tren me preguntaba si ya estarías en casa, pero no quería hacerme ilusiones. Y entonces, cuando entramos en la estación y te vi por la ventana, el corazón me dio un vuelco de alegría. Estabas tan guapo…

—Mi madre me había confeccionado un traje nuevo.

Ella ríe con melancolía, sumida en los recuerdos.

—Y trajiste a mis padres contigo.

Me encogería de hombros, pero me da miedo moverme.

—Sabía que también querían verte, así que le pedí el coche prestado a mi padre.

—¡Qué galante!

—O egoísta. De lo contrario, te habrías ido directamente a tu casa.

—Sí, es posible —bromea ella—. Pero, claro, tú también habías

77

pensado en ese detalle. Le habías pedido a mi padre permiso para invitarme a cenar. Me dijo que te presentaste en la fábrica mientras él estaba trabajando para pedírselo.

—No quería darte una razón para decir que no.

—No habría dicho que no, aunque no se lo hubieras pedido a mi padre.

—Ya, pero entonces no lo sabía —apostillo, recurriendo a las mismas palabras que ella ha usado antes.

Somos, y siempre hemos sido, parecidos en tantos aspectos...

—Cuando bajaste del tren aquella noche, recuerdo que pensé que la estación debería estar plagada de fotógrafos, dispuestos a tomarte una instantánea. Parecías una artista de cine.

—Llevaba doce horas en el tren. Estaba horrorosa.

Eso es mentira, y los dos lo sabemos. Ruth era preciosa, y hasta bien entrados los cincuenta, los hombres se volvían a mirarla cuando entraba en cualquier sitio.

—Apenas pude contenerme para no besarte.

—Eso no es verdad —rebate ella—. Tú nunca habrías hecho semejante desfachatez delante de mis padres.

Tiene razón, por supuesto. En vez de eso, me quedé rezagado, para que sus padres salieran a su encuentro y le dieran la bienvenida primero; solo entonces, después de unos minutos, me acerqué a ella. Ruth lee mis pensamientos.

—Aquella noche fue la primera vez que mi padre comprendió realmente lo que yo veía en ti. Ya en casa me dijo que había observado que no solo eras un muchacho muy trabajador y educado, sino que además eras todo un caballero.

—Ya, pero seguía pensando que no era lo bastante bueno para ti.

—Ningún padre cree que exista un hombre lo bastante bueno para su hija.

—Excepto David Epstein.

—Sí —bromea ella—, excepto él.

Sonrío, a pesar de que el leve gesto activa otra descarga eléctrica en mi interior.

—Durante la cena, no podía apartar los ojos de ti. Eras mucho más guapa de como te recordaba.

—Pero volvíamos a ser un par de extraños —subraya ella—. Tuvo que pasar un buen rato antes de que la conversación fuera distendida, como en el verano anterior. Hasta que me acompañaste a casa, creo.

—Me estaba haciendo de rogar.

—No, es que tú eras así de verdad —dice ella—. Y, sin embargo, no eras tú. Te habías convertido en un hombre durante aquel año que habíamos estado separados. Incluso me cogiste de la mano mientras me acompañabas hasta la puerta, algo que nunca antes habías hecho. Lo recuerdo porque me provocó un cosquilleo en el brazo; entonces te paraste y me miraste a los ojos, y en ese momento supe exactamente lo que iba a suceder.

—Me despedí con un beso —admito.

—No —me corrige Ruth, y su voz adopta un registro seductor más grave—. Me besaste, sí, pero no fue solo para despedirte. Incluso entonces fui capaz de percibir la promesa inherente a aquel acto, la promesa de que siempre me besarías de ese modo.

En el coche, todavía puedo evocar el momento: el roce de sus labios con los míos, la sensación de efervescencia y de maravilla mientras la estrechaba entre mis brazos. Pero, de repente, el mundo empieza a rodar de forma vertiginosa, como si estuviera montado en una montaña rusa y, súbitamente, Ruth se esfuma de mis brazos. De nuevo noto cómo mi cabeza presiona con fuerza contra el volante y parpadeo velozmente, deseando que el mundo deje de rodar de esa forma tan desapacible. Necesito agua; seguro que un trago bastará para frenar el vértigo. Pero no hay agua y sucumbo al mareo antes de que todo se vuelva de color negro.

79

Cuando me despierto, poco a poco el mundo recobra su estado. Entrecierro los ojos en la oscuridad, pero Ruth ya no está a mi lado. Me desespero, quiero volver a estar con ella. Me concentro e intento conjurar su imagen, pero no sirve de nada y mi garganta parece obturarse sin remedio.

Pensándolo bien, Ruth tenía razón acerca de los cambios que experimenté aquel año. El mundo había cambiado, y era plenamente consciente del inmenso valor que tenía el tiempo que pudiera pasar con ella ese verano. A fin de cuentas, la guerra era ya una realidad para todos. Japón y China llevaban cuatro años de conflicto bélico y, a lo largo de la primavera de 1941, más países habían caído ante el Ejército alemán, incluidos Grecia y Yugoslavia. Los ingleses se habían retirado frente al Afrika Korps de Rommel hasta Egipto. El canal de Suez estaba amenazado, y por más que entonces no lo sabía, los Panzer y la infantería alemana estaban preparados para llevar a cabo la inminente invasión de

Rusia. Me preguntaba cuánto tiempo duraría el aislamiento de Estados Unidos.

Jamás me había pasado por la cabeza ser soldado; nunca había disparado un arma. No me había sentido, jamás, un combatiente de ninguna causa, pero, sin embargo, amaba mi país, y me pasé gran parte de aquel año intentando imaginar un futuro distorsionado por la guerra. No solo yo trataba de entender el nuevo mundo. A lo largo del verano, mi padre leía entre dos y tres periódicos al día y escuchaba la radio sin parar; mi madre se hizo voluntaria de la Cruz Roja. Los padres de Ruth estaban especialmente asustados, y a menudo los encontraba como encogidos en la mesa, hablando entre susurros. No sabían nada de sus familiares desde hacía varios meses. Por la guerra, comentaban algunos. Pero, incluso en Carolina del Norte, los rumores acerca de la situación de los judíos en Polonia habían empezado a circular.

A pesar de los temores y cuchicheos sobre la guerra, o quizá debido a ellos, siempre consideré el de 1941 como mi último verano de inocencia. Fue el verano en que Ruth y yo pasamos casi todo nuestro tiempo libre juntos, enamorándonos aún más profundamente. Ella acudía a verme a la sastrería o yo iba a verla a la fábrica (Ruth atendía las llamadas telefónicas dirigidas a su tío aquel verano) y, al atardecer, paseábamos bajo las estrellas. Cada domingo, disfrutábamos de una frugal comida campestre en el parque, cerca de nuestras casas, nada excesivo, solo lo justo para aguantar hasta la hora de la cena. Por las noches, a veces íbamos a casa de mis padres o a la suya, donde nos dedicábamos a escuchar música clásica en el fonógrafo. Cuando el verano tocó a su fin y Ruth se montó en el tren con destino a Massachusetts, me replegué en un rincón de la estación, con la cara entre las manos. Sabía que ya nada volvería a ser lo mismo. Sabía que se acercaba el momento en que me llamarían a filas para ir a la guerra.

Al cabo de unos meses, el 7 de diciembre de 1941, mis temores se vieron confirmados.

Durante la noche, continúo debatiéndome entre un estado de consciencia y la inconsciencia. El viento no amaina y la nieve sigue cayendo. En los momentos de lucidez, me pregunto cuándo alboreará el día, y si podré llegar a ver otro amanecer. Pero, sobre todo, sigo concentrado en el pasado, a la espera de que Ruth reaparezca. «Sin ella, ya estoy muerto», me digo a mí mismo.

Cuando me licencié, en mayo de 1942, regresé a casa, pero la sastrería estaba irreconocible. En el espacio que antaño ocupaban los percheros cargados de trajes junto a la puerta, habían instalado treinta máquinas de coser, y otras tantas mujeres se dedicaban a confeccionar uniformes para los militares. Dos veces al día traían las bobinas, de una tela resistente, que inundaban por completo la sala. Mi padre había alquilado el local contiguo que había estado vacante durante años y que era tan espacioso como para albergar sesenta máquinas de coser. Mi madre supervisaba la producción mientras mi padre atendía el teléfono, se encargaba de la contabilidad y se aseguraba de que los envíos llegaban a las bases de la Armada y la Marina que estaban surgiendo en todo el sur.

Yo sabía que pronto se realizaría el sorteo de reclutas. El número que tenía asignado era demasiado bajo como para librarme de ser seleccionado, y eso significaba, o bien acabar en la Armada, o bien en la Marina, bregando en las trincheras. Los valientes eran elegidos para desempeñar dicha función, pero, tal y como ya he dicho, yo no era valiente. En el trayecto en tren de vuelta a casa, ya había decidido alistarme en el Cuerpo Nacional del Ejército del Aire de Estados Unidos. En cierto modo, la idea de luchar en el aire se me antojaba menos espantosa que luchar en tierra firme. Con el tiempo, sin embargo, descubrí cuán equivocado estaba.

Anuncié la decisión de alistarme a mis padres la misma noche que llegué a casa, mientras estábamos los tres de pie en la cocina. Mi madre empezó inmediatamente a retorcer las manos con nerviosismo; mi padre no dijo nada, pero después, mientras anotaba entradas en el libro mayor, me pareció ver un brillo húmedo en sus ojos.

También tenía que tomar otra decisión. Antes de que Ruth regresara a Greensboro, fui a ver a su padre y le dije lo mucho que su hija significaba para mí. Al cabo de dos días, llevé a sus padres en coche hasta la estación, tal como había hecho el año anterior. De nuevo, dejé que la recibieran ellos primero y, de nuevo, invité a Ruth a cenar. Fue allí, mientras cenábamos en un restaurante prácticamente vacío, donde le conté mis planes. A diferencia de mis padres, ella no derramó ni una sola lágrima. Al menos, no en ese momento.

Después de cenar no la llevé a casa directamente. En vez de eso, fuimos al parque, cerca de donde habíamos disfrutado de tantas comidas campestres. Era una noche sin luna, y ya habían apagado las luces. Entrelacé mis dedos con los suyos; apenas podía distinguir sus rasgos.

Acaricié el anillo en mi bolsillo, el que le había comunicado a su padre que quería ofrecer a su hija. Llevaba mucho tiempo debatiéndome, no porque no estuviera seguro de mis propias intenciones, sino porque no estaba seguro de las de ella. Pero la amaba y, antes de partir a la guerra, quería saber si Ruth esperaría mi regreso. Me arrodillé sobre una pierna y le declaré mi amor. Le dije que no podía imaginar mi vida sin ella y le pedí que se casara conmigo. Mientras recitaba las palabras, le ofrecí el anillo. Ella no dijo nada inmediatamente, y mentiría si dijera que, en ese momento, no estaba asustado. Pero entonces, como si leyera mis pensamientos, Ruth tomó el anillo y lo deslizó en su dedo antes de buscar mi mano. Me levanté y me quedé de pie delante de ella, bajo un cielo hermosamente estrellado. Ruth me estrechó entre sus brazos. «Sí», susurró.

Permanecimos abrazados, solos, los dos, enredados el uno en los brazos del otro, durante lo que pareció una eternidad. Incluso en esos momentos, casi setenta años después, puedo sentir su calidez, a pesar del frío que reina en el coche. Puedo oler su perfume, con un toque floral y delicado. Aspiro hondo, intentando aferrarme a esa maravillosa sensación, de la misma forma que me aferré a Ruth aquella noche.

Más tarde, todavía abrazados, paseamos por el parque mientras departíamos sobre nuestro futuro juntos. Su voz rebosaba amor y emoción y, no obstante, aquella parte de la noche siempre es la que me ha provocado un mayor resabio. Me recuerda el hombre que nunca pude ser, los sueños incumplidos. Mientras siento cómo se instala dentro de mí la familiar sensación de vergüenza, detecto otra vez el aroma de su perfume. Ahora es más intenso, y se me ocurre que quizá no sea un recuerdo, sino que realmente puedo olerlo en el coche. Me da miedo abrir los ojos, pero, de todos modos, los abro. Al principio lo veo todo borroso y oscuro. Me pregunto si seré capaz de volver a ver con nitidez alguna vez.

Pero entonces, finalmente, la veo. Su imagen es traslúcida, como un espectro, pero es Ruth. Está aquí. «Ha vuelto a mi lado», pienso, y siento mi corazón henchido de emoción en el pecho. Quiero tocarla, estrecharla entre mis brazos, pero sé que es imposible, así que, en lugar de eso, me concentro. Intento visualizarla mejor, y mientras mis ojos se ajustan, me doy cuenta de que lleva un vestido color beis con volantes en la pechera. Es el que llevaba la noche que le declaré mi amor.

Pero Ruth no está contenta conmigo.

—No, Ira —me reprende, contundente—. No hablemos de eso. De la cena, sí; de tu declaración, sí; pero de eso no.

Incluso ahora, no puedo creer que ella haya vuelto.

—Ya sé que te entristece… —empiezo a decir.

—No me entristece —me replica—. Eres tú quien se pone triste. Has cargado con esa pena desde aquella noche. Nunca debí decir lo que dije.

—Sin embargo, lo hiciste.

En ese momento, ella ladea la cabeza. Su pelo, a diferencia del mío, es castaño y recio, cargado de esperanza de vida.

—Fue la primera noche que te dije que te amaba —evoca ella—. Te dije que quería casarme contigo. Te prometí que te esperaría y que nos casaríamos tan pronto como regresaras.

—Pero eso no es todo lo que dijiste…

—Eso es lo único que importa —enfatiza, alzando la barbilla—. Éramos felices, ¿no? Por todos los años que habíamos pasado juntos, ¿verdad?

—Sí.

—¿Y tú me amabas?

—Desde luego.

—Entonces quiero que me escuches bien, Ira —me ordena al tiempo que se inclina hacia mí, casi incapaz de contener la agitación—: nunca, ni una sola vez, me arrepentí de haberme casado contigo. A tu lado fui feliz; además, me hacías reír. Si pudiera volver a hacerlo, no dudaría ni un momento. Piensa en la vida que compartimos, en los viajes que hicimos, en las aventuras que vivimos. Tal y como tu padre solía decir, hemos compartido el viaje más largo: la vida. Y la mía ha estado colmada de alegrías gracias a ti. A diferencia de otras parejas, nosotros ni siquiera discutíamos.

—Sí que discutíamos —protesto.

—Pero era por tonterías —insiste ella—, no eran discusiones serias. A lo mejor yo me molestaba cuando tú olvidabas sacar la basura, pero eso no es una discusión seria, no es nada; se esfuma con la misma rapidez con que empezó. En un abrir y cerrar de ojos, ya habíamos pasado página.

—Olvidas que…

—Lo recuerdo —me interrumpe ella; sabe perfectamente lo

que iba a decir—. Pero encontramos la forma de superarlo. Juntos. Tal y como siempre hicimos.

Pese a sus palabras, todavía siento remordimientos, un dolor instalado en lo más profundo de mi ser, que desde entonces he llevado siempre a rastras.

—Lo siento —me disculpo finalmente—. Quiero que sepas que siempre lo he sentido.

—No digas eso —me advierte ella, y su voz empieza a quebrarse.

—No puedo evitarlo. Aquella noche hablamos durante horas.

—Sí —admite—. Charlamos sobre los veranos que habíamos pasado juntos. Hablamos de los estudios y de que un día tú te ocuparías del negocio familiar. Más tarde, aquella misma noche, ya de vuelta a casa, me quedé tumbada en la cama, despierta, contemplando el anillo durante horas. A la mañana siguiente, se lo enseñé a mi madre, y ella se sintió muy dichosa por mí. Incluso mi padre estaba encantado.

Sé que está intentando distraerme, pero no funciona. Sigo mirándola fijamente.

—Aquella noche también hablamos de ti. De tus sueños.

Ruth se gira y me da la espalda.

—Sí, hablamos de mis sueños.

—Me dijiste que planeabas convertirte en maestra y que compraríamos una casa que estuviera cerca tanto de la de tus padres como de los míos.

—Sí.

—Y dijiste que viajaríamos, que visitaríamos Nueva York y Boston, y quizás, incluso, Viena.

—Sí —repite Ruth.

Cierro los ojos y siento el peso de la vieja tristeza.

—También me dijiste que querías tener hijos. Era lo que más deseabas, ser madre. Querías dos niñas y dos niños, porque siempre habías soñado con una casa como la de tus primos, bulliciosa y rebosante de vida. Te encantaba ir a visitarlos, porque allí te sentías feliz. Era lo que más deseabas en el mundo.

Después de mi comentario, sus hombros parecen hundirse y vuelve a mirarme.

—Sí —susurra—. Admito que eso era lo que quería.

Las palabras casi me parten el corazón, y siento que algo se desmorona dentro de mí. La verdad es a menudo un arma terrible. Pero ya es demasiado tarde para cambiar el curso de los acontecimientos. Soy un anciano y estoy solo, y con cada hora que pasa me muero un poco más. Me siento cansado, más cansado que nunca.

—Deberías haberte casado con otro —susurro.

Ella sacude la cabeza y, en un acto de bondad que me recuerda nuestra vida juntos, se acerca un poquito más a mí. Con dulzura, traza el perfil de mi mandíbula con un dedo y luego me besa en la coronilla.

—Nunca podría haberme casado con otro. Y ya está bien de hablar de esto. Necesitas descansar. Necesitas dormir.

—No —murmuro. Intento sacudir la cabeza, pero no puedo; la agonía no me lo permite—. Quiero estar despierto. Quiero estar contigo.

—No te preocupes. Estaré aquí cuando despiertes.

—Pero antes habías desaparecido.

—No me había ido. Estaba aquí, y siempre lo estaré.

—¿Cómo puedo estar seguro?

Ella vuelve a besarme antes de contestar con ternura:

—Porque siempre estoy contigo, Ira.

6

Luke

Aquella mañana, levantarse de la cama le había supuesto un esfuerzo doloroso. Mientras se preparaba para cepillar la crin y el lomo de *Caballo*, su espalda había protestado a voz en grito. Al menos el ibuprofeno había aliviado un poco aquel dolor tan agudo, pero todavía le costaba alzar el brazo por encima del hombro. Mientras examinaba el ganado al amanecer, el leve gesto de mover la cabeza de un lado a otro le arrancaba muecas de dolor; en esos momentos valoraba que José estuviera allí para ayudar en los quehaceres del rancho.

Después de colgar el cepillo, vertió unos copos de avena en un balde para *Caballo* y luego enfiló hacia el viejo edificio, consciente de que necesitaría un día o dos más para recuperarse por completo. Los achaques y dolores eran normales después de un rodeo, y Luke había pasado por peores experiencias. No era cuestión de «si» un jinete se lesionaba, sino más bien de «cuándo» y «con qué gravedad».

A lo largo de los años, sin contar el accidente con *Big Ugly Critter*, se había roto las costillas un par de veces y había sufrido un colapso pulmonar, además, se había torcido tanto el ligamento cruzado anterior como el colateral medial, uno en cada rodilla; se había destrozado la muñeca izquierda en 2005, y se había dislocado los dos hombros. Cuatro años antes, había participado en las finales mundiales de la PBR —la asociación de montadores profesionales de toros— con un tobillo roto, usando una bota campera con una horma especial para comprimir los huesos rotos en su sitio. Y, por supuesto, no podía olvidarse de la correspondiente cuota de conmociones cerebrales que había sufrido al salir arrojado por los aires. Durante casi toda su vida, sin embargo, no había deseado otra cosa que continuar montando.

Como Sophia había dicho, quizás estaba loco.

Luke asomó la cabeza por la ventana de la cocina, por encima de la pila, y vio a su madre pasar por delante, ajetreada. Se preguntó cuándo la relación entre los dos volvería a ser normal. En las últimas semanas, ella prácticamente había acabado el desayuno antes de que él apareciera. Le evitaba. Todavía se sentía dolida, y quería que él sintiera el peso de su silencio mientras recogía su plato y lo dejaba solo en la mesa. Sobre todo, quería que se sintiera culpable. Luke suponía que podría haber desayunado en su casa —se había construido una cabaña justo al otro lado del huerto—, pero sabía por experiencia que negarle a su madre esa oportunidad de mostrarse ofendida solo serviría para empeorar las cosas. Tarde o temprano se le pasaría, seguro, aunque todavía tardara unos días.

Mientras subía los bloques de hormigón agrietados, echó un vistazo a la fachada. El techo estaba bien —lo había reemplazado un par de años antes—, pero las paredes de madera necesitaban una mano de pintura. Lamentablemente, antes tendría que lijar las tablas una a una, lo que casi triplicaba las horas de trabajo, unas horas que no tenía.

El rancho había sido construido a finales del siglo XIX, y lo habían pintado y repintado tantas veces que la capa de pintura era probablemente más gruesa que la madera en sí. Las paredes estaban ajadas y las tablas habían empezado a pudrirse por debajo de los aleros. Y hablando de aleros, Luke también tendría que invertir bastante tiempo en arreglarlos.

Abrió la puerta mosquitera del porche y se limpió las botas en el felpudo de la entrada. La puerta principal se abrió con su típico chirrido, y a Luke lo asaltó el aroma familiar a panceta recién salteada y a patatas fritas. Su madre estaba frente a los fogones, removiendo con una espátula unos huevos revueltos en una sartén. La cocina era nueva —Luke la había comprado para ella las pasadas Navidades—, pero los armarios eran los que había de origen en la casa, y la encimera llevaba allí desde que él tenía uso de razón, como el suelo de linóleo. La mesa de roble, construida por su abuelo, se había vuelto mate con los años; en el rincón más apartado, la antigua estufa de leña irradiaba calor. Al verla, Luke pensó que necesitaba cortar más leña. Con el frío ya prácticamente llamando a la puerta, era preciso reponer la pila cuanto antes mejor. La estufa de leña no solo calentaba la cocina, sino toda la casa. Decidió hacerlo después de desayunar, antes de que llegara Sophia.

87

Mientras colgaba el sombrero en el perchero, se fijó en que su madre parecía cansada. No era de extrañar; en el rato que él había tardado en ensillar a *Caballo* y salir a cabalgar, ella ya se había deslomado limpiando los establos.

—Buenos días, mamá —la saludó con voz conciliadora, acercándose a la pila—. ¿Necesitas ayuda? —ofreció mientras se lavaba las manos con brío.

—Ya casi he acabado —contestó ella sin alzar la vista—. Pero puedes poner un par de rebanadas en la tostadora. Está en la encimera, detrás de ti.

Luke hizo lo que le había pedido y luego se sirvió una taza de café. Su madre seguía dándole la espalda, pero podía notar que desprendía la misma aura que en las últimas semanas: «Espero que te sientas culpable, mal hijo; más que mal hijo. Soy tu madre. ¿Acaso no te importan mis sentimientos?».

«Por supuesto que me importan tus sentimientos; por eso precisamente actúo así», se dijo, pero no lo expresó en voz alta. Después de casi un cuarto de siglo en el rancho, juntos, se habían convertido en unos expertos en el arte de conversar sin palabras.

Luke tomó otro sorbo de café mientras oía los rítmicos golpecitos de la espátula en la sartén.

—Esta mañana no ha habido ninguna complicación —dijo—. He examinado los puntos de la ternera que quedó atrapada en la alambrada, y la herida tiene buen aspecto.

—Perfecto. —Después de dejar la espátula sobre la encimera, su madre abrió un armario y sacó varios platos—. Pon la mesa mientras yo sirvo el desayuno.

Luke dejó la taza de café en la mesa y sacó la mermelada y la mantequilla de la nevera. Cuando lo tuvo todo a punto, su madre ya se había sentado a la mesa. Tomó una rebanada de pan tostado y se la ofreció, luego cogió la cafetera y la llevó a la mesa.

—Esta semana, sin falta, necesitamos ocuparnos de las calabazas —le recordó ella, mientras asía la cafetera.

Ni contacto visual ni abrazo de buenos días… Bueno, tampoco era que él lo esperara.

—También tenemos que montar el laberinto —prosiguió ella—. El martes traerán la paja. Y has de tallar un puñado de calabazas.

Ya habían vendido la mitad de calabazas a la primera iglesia bautista de King, pero, además, los fines de semana abrían el rancho al público por si alguien quería comprar las que quedaban. Una de las actividades que tenía más éxito entre los niños —y, por consiguiente, se convertía en una forma de atraer a más adultos— era un laberinto hecho con balas de paja. A su padre se le había ocurrido la idea cuando Luke era pequeño, y con los años habían ido montando laberintos cada vez más complejos. Recorrerlo en busca de la salida se había convertido en algo así como una tradición local.

—Ya me encargaré yo —dijo él—. ¿El plano todavía está en el cajón de la mesa?

—Supongo que sí; si lo dejaste allí el año anterior, tendría que estar allí.

Luke untó su tostada con mantequilla y luego añadió mermelada. Ninguno de los dos dijo nada.

Al cabo, su madre suspiró.

—Llegaste tarde, anoche —soltó al tiempo que alargaba el brazo para coger la mantequilla y la mermelada cuando Luke hubo acabado.

—¿Estabas despierta? No vi ninguna luz encendida.

—Estaba dormida, pero me despertó el ruido del motor de la camioneta.

89

Luke dudaba que eso fuera cierto. Las ventanas de la habitación de su madre no daban a la fachada principal, lo que quería decir que probablemente estaba en el comedor, y eso a su vez significaba que se había quedado despierta, esperándolo, preocupada.

—Estuve con un grupo de amigos. Me convencieron para que me quedara.

Su madre mantenía la vista fija en el plato.

—Lo suponía.

—¿Recibiste mi mensaje de texto?

—Sí —contestó ella, sin añadir nada más.

Ni una sola pregunta acerca del rodeo, ninguna muestra de interés por cómo se sentía él, ni por los achaques y dolores que sabía que estaba experimentando. En lugar de eso, su aura se expandió y llenó la estancia. La angustia y la rabia goteaban del techo, se escurrían por las paredes. Luke tenía que admitir que su madre era realmente buena a la hora de poner la zancadilla para que uno se diera de bruces con su sentimiento de culpa.

—¿Quieres que hablemos? —sugirió Luke al final.

Por primera vez, ella alzó la vista y lo miró.

—No, la verdad es que no.

«Muy bien», pensó él. Pero por más patente que fuera la rabia de su madre, echaba de menos charlar con ella.

—¿Puedo hacerte una pregunta, al menos?

Luke casi podía oír cómo se activaba el engranaje a medida que ella se preparaba para la batalla, lista para dejarlo solo en la mesa mientras ella desayunaba en el porche.

—¿Qué pie calzas? —le preguntó.

El tenedor en la mano de su madre se quedó inmóvil a medio camino entre el plato y su boca.

—¿Quieres saber mi número de zapato?

—Es posible que venga alguien de visita —respondió él mientras ensartaba un huevo con el tenedor—, y tal vez necesite tus botas, si salimos a cabalgar.

Por primera vez en varias semanas, su madre no pudo ocultar su interés.

—¿Hablas de una chica?

Luke asintió y continuó comiendo.

—Se llama Sophia. La conocí anoche. Dijo que quería ver el granero.

Su madre pestañeó, desconcertada.

—¿Por qué quiere ver el granero?

—No lo sé. Fue idea suya.

—¿Quién es?

Luke detectó un destello de curiosidad en los rasgos de su madre.

—Estudia en Wake Forest; está en el último curso. Es de Nueva Jersey. Y si salimos a cabalgar, probablemente necesitará tus botas. Por eso te pregunto qué pie calzas.

La confusión en la expresión de su madre le dio a entender a Luke que, por primera vez en la vida, ella estaba pensando en algo más que en el rancho. O en la monta de toros. O en la lista de tareas que quería que él acabara antes de que se pusiera el sol. Pero el efecto fue solo temporal, y volvió a concentrarse en su plato. A su manera, su madre era tan testaruda como él.

—Un treinta y ocho. En mi armario hay un viejo par que puede usar, si quiere. Y si le van bien.

—Gracias —contestó Luke—. Pensaba cortar un poco de leña antes de que ella llegue, a menos que prefieras que haga otra cosa.

—Solo regar —especificó ella—. El segundo pastizal está seco.

—Ya he abierto el sistema de riego esta mañana. Lo cerraré antes de que ella llegue.

Su madre apartó los huevos a un lado del plato.

—El próximo fin de semana necesitaré tu ayuda para atender a los clientes.

Por la forma de decirlo, Luke supo que ella había planeado sacar el tema a colación, que esa era la razón por la que se había quedado en la mesa con él.

—Ya sabes que no estaré aquí el próximo sábado —replicó él deliberadamente—. Estaré en Knoxville.

—Para montar otra vez.

—Es el último rodeo del año.

—Entonces no hay necesidad de que vayas, ¿no? Quiero decir, no es que el resultado sea importante para la puntuación final, ¿no? —Su voz estaba adoptando un leve tinte arisco.

—No se trata de los puntos. No quiero iniciar la próxima temporada con la sensación de no estar bien preparado.

Nuevamente, la conversación se cortó, y solo se oyeron los sonidos de los tenedores que chocaban contra los platos.

—Anoche gané —remarcó Luke.

—Me alegro por ti.

—El lunes ingresaré el cheque en tu cuenta.

—No, quédatelo —espetó ella—. No lo quiero.

—¿Y el rancho?

Cuando su madre lo miró, él vio menos rabia de la que esperaba. En su lugar distinguió resignación, quizás incluso tristeza, acentuada por una fatiga que le hacía parecer mayor.

—No me importa el rancho. Solo me importa mi hijo.

Después del desayuno, Luke se pasó una hora y media cortando leña, reaprovisionando la pila junto a una de las paredes laterales de la casa. Desde el desayuno, su madre había vuelto a evitarlo y, a pesar de que le molestaba, la simple actividad física con el hacha le sirvió para sentirse mejor, relajar los músculos y apartar de la mente cualquier pensamiento acerca de Sophia.

Lo había cautivado.

No recordaba la última vez que le había pasado una cosa así; por lo menos, no desde Angie, pero incluso en esa ocasión no fue lo mismo. Angie le gustaba, pero no recordaba no podérsela quitar de la cabeza, como le pasaba con Sophia. De hecho, hasta la noche anterior, no habría imaginado que tal cosa fuera posible. Tras la muerte de su padre, le costó horrores concentrarse debidamente para seguir participando en rodeos. Cuando por fin la pena cedió hasta el punto de que fue capaz de pasar un día o dos sin pensar en su padre, se dedicó en cuerpo y alma a convertirse en el mejor montador de toros.

Durante sus años en el circuito profesional, ese había sido su único objetivo, y con cada éxito había elevado el listón, intensificando más su ambición por ganarlo todo.

Esa dedicación exclusiva no dejaba mucho margen a relaciones, excepto aventuras pasajeras e irrelevantes. El último año y medio, sin embargo, esa tendencia había cambiado. Se acabaron los viajes y los entrenos y, a pesar de que siempre había algo por hacer en el rancho, Luke se había acostumbrado a aquel tipo de rutina. Las personas que salían adelante en la actividad agropecuaria estaban avezadas a priorizar, y él y su madre sabían cómo hacerlo de forma eficaz. Eso le había dado más tiempo para pensar, más tiempo para cuestionarse el futuro y, por primera vez en su vida, a veces acababa el día con el anhelo de tener a alguien con quien hablar durante la cena, alguien que no fuera su madre.

Pese a que no se trataba de un pensamiento constante, no podía negar las ganas de intentar encontrar pareja. El único problema era que no tenía ni la menor idea de cómo acometer dicho objetivo…, y con su reciente vuelta a los rodeos, Luke estaba de nuevo ocupado tanto física como mentalmente.

Entonces, de repente, cuando menos lo esperaba, había conocido a Sophia. Pese a que había pasado la mayor parte de la mañana pensando en ella e imaginando la sensación de enredar los dedos en su melena, Luke sospechaba que aquella historia no prosperaría. No tenían nada en común. Ella estaba en la universidad —y encima, estudiaba Bellas Artes—, y cuando se graduara, se marcharía a trabajar a un museo en alguna ciudad lejana.

A su modo de ver, no tenían ninguna oportunidad; sin embargo, no podía apartar de la mente la imagen de ella sentada en la plataforma de la camioneta bajo las estrellas, y tampoco era capaz de evitar plantearse si quizá, solo quizás, existía una posibilidad de que lo suyo funcionara.

Se recordó que apenas se conocían y que probablemente estaba haciendo una lectura demasiado profunda. No obstante, tenía que admitir que estaba nervioso.

Después de cuartear la leña, ordenó un poco la cabaña y se

montó en el Gator para ir a cerrar el sistema de riego. A continuación, se pasó un momento por la tienda para reabastecer la nevera. No sabía si Sophia entraría en la cabaña, pero, si lo hacía, quería estar preparado.

Incluso cuando se metió en la ducha, no consiguió apartarla de sus pensamientos. Levantó la cara hacia el chorro de agua y se preguntó qué mosca le había picado.

A la una y cuarto, sentado en una mecedora en el porche de su cabaña, oyó el sonido de un vehículo que ascendía lentamente por la carretera sin asfaltar, levantando una polvareda hasta las copas de los árboles. *Perro* estaba tendido a sus pies, cerca de las botas camperas que Luke había encontrado en el armario de su madre. El animal se sentó y alzó las orejas antes de mirar a Luke con atención.

—¡Vamos, chico! —lo instó, e inmediatamente *Perro* salió disparado.

Luke agarró las botas y bajó del porche. Ondeó el sombrero mientras se acercaba a la explanada, esperando que ella lo viera a través de los arbustos que flanqueaban la carretera. Si Sophia seguía recto, se dirigiría al rancho; para llegar a su cabaña, tenía que tomar un desvío, franquear una pequeña abertura entre los árboles y seguir por una pista forestal. Costaba distinguir la pista, a menos que uno supiera dónde estaba; habría sido conveniente que la superficie estuviera cubierta de gravilla, pero esa era otra de las actividades en la lista de tareas pendientes para las que Luke no encontraba el momento. Hasta entonces, tampoco había pensado que fuera tan importante, pero, en ese momento, con Sophia cerca y su corazón latiendo más veloz que de costumbre, deseó haberlo hecho.

Por suerte, *Perro* sabía lo que tenía que hacer: había salido corriendo y se había plantado en medio de la pista forestal, como un centinela, por lo que a Sophia no le quedó más remedio que frenar. Acto seguido, *Perro* se puso a ladrar autoritariamente antes de trotar de vuelta hacia Luke. Él volvió a ondear el sombrero hasta que por fin logró captar la atención de Sophia, y entonces ella maniobró para dar la vuelta. Al cabo de un momento, el vehículo se detenía debajo de un imponente magnolio.

Sophia se apeó. Llevaba unos vaqueros desgastados y rotos, con el típico agujero a la altura de la rodilla; parecía estar tan fresca

93

como una rosa. Con sus ojos de gata y su angulosa estructura ósea, con ese leve toque eslavo, era incluso más espectacular bajo la luz del sol que tal como la recordaba de la noche anterior. Luke no podía apartar los ojos de ella.

Lo asaltó el extraño sentimiento de que, en el futuro, siempre que pensara en Sophia, aquella sería la imagen que recordaría. Era demasiado bonita, demasiado refinada y exótica para ese lugar, pero, cuando proyectó esa sonrisa amplia y cordial, sintió una especie de euforia, como si el sol se abriera paso entre la bruma.

—Siento llegar tarde —gritó Sophia mientras se acercaba a la puerta, sin mostrarse ni la mitad de nerviosa que él.

—No pasa nada —contestó Luke al tiempo que se colocaba bien el sombrero; luego hundió las manos en los bolsillos.

—Me he equivocado de salida y he tenido que recular un poco. Pero así he tenido oportunidad de dar una vuelta por King.

Él se movió incómodo, con la vista fija en los pies.

—¿Y?

—Tenías razón. No es tan fantástico, pero la gente es agradable. Un anciano que estaba sentado en un banco me ha indicado el camino correcto —explicó ella—. ¿Cómo estás?

—Bien —dijo él, alzando los ojos.

Si ella se dio cuenta de su nerviosismo, no lo demostró.

—¿Has terminado todo lo que tenías que hacer?

—He revisado el ganado, he cortado leña y he pasado por la tienda a comprar unas cuantas cosas.

—Parece interesante.

Sophia se colocó una mano en la frente, a modo de visera, y dio una vuelta lentamente sobre sí hasta que completó el círculo, examinando el entorno. Por entonces, *Perro* había trotado hasta ella y ya se había presentado a su manera, enredándose entre sus piernas.

—Supongo que este debe de ser *Perro*.

—Único e inigualable.

Ella se agachó y le rascó cariñosamente justo detrás de las orejas. *Perro* agitó la cola como muestra de aprecio.

—Tienes un nombre terrible, *Perro* —le susurró, dedicándole toda su atención.

El animal agitó la cola más efusivamente.

—Este lugar es bonito. ¿Es todo tuyo?

—De mi madre. Pero sí, es parte del rancho.

—¿Es muy grande, la finca?

—Unas trescientas hectáreas —contestó él.

Sophia frunció el ceño.

—No soy capaz de imaginarme tanta extensión, ¿sabes? Soy de Nueva Jersey, una urbanita, ¿recuerdas?

A Luke le gustó la forma en que lo dijo.

—Veamos si así lo entiendes: la finca empieza en la carretera donde has tomado el desvío y sigue unos dos kilómetros y medio en esa dirección, hasta acabar en el río. El terreno tiene forma de abanico, más estrecho en la carretera y ensanchándose hacia el río, donde llega a tener más de tres kilómetros de ancho.

—Eso ayuda —musitó ella.

—¿De veras?

—Bueno, no, la verdad es que no. ¿A cuántas manzanas equivaldría, en una ciudad?

Su pregunta lo pilló desprevenido. Sophia se echó a reír al ver su expresión.

—No tengo ni idea —repuso él.

—Déjalo, era broma —dijo ella, al tiempo que volvía a erguir la espalda—. Pero estoy impresionada con lo que veo. Nunca había estado en un rancho. —Hizo una señal hacia la cabaña detrás de él—. ¿Es tu casa?

Luke se dio la vuelta y siguió su mirada.

—La construí hace un par de años.

—Y cuando dices que la construiste…

—Quiero decir que lo hice casi todo, excepto la parte eléctrica y la fontanería. No tengo licencia para desempeñar esos trabajos. Pero el diseño y levantar la estructura corrieron de mi parte.

—¡Cómo no! —exclamó ella—. Y me apuesto lo que quieras a que si se me avería el coche, también sabrás cómo arreglarlo.

Él volvió la vista hacia el vehículo y lo miró unos segundos con atención antes de contestar:

—Probablemente.

—Eres como… un hombre a la vieja usanza, apañado, mañoso. Muchos chicos no saben cómo hacer todas esas cosas.

Luke no sabía si ella estaba impresionada o si le tomaba el pelo, pero se dio cuenta de que le gustaba la forma en que lograba desestabilizarlo sutilmente. En cierta manera, su conducta la hacía parecer más madura que la mayoría de las chicas que conocía.

—Me alegro de que hayas venido —dijo él.

Durante un momento, pareció que Sophia no estaba segura de cómo interpretar su comentario.

95

—Yo también me alegro de haber venido. Gracias por invitarme.

Luke carraspeó, nervioso.

—¿Te parece bien si visitamos la finca?

—¿A caballo?

—Hay un lugar muy bonito cerca del río —señaló él, sin contestar la pregunta directamente.

—¿Es romántico?

Luke tampoco estaba seguro de cómo contestar esa pregunta.

—Supongo que me gusta —dijo con una voz entrecortada.

—Con eso me basta —agregó ella, entre risas.

Sophia señaló las botas que él sostenía.

—¿Se supone que me las he de poner?

—Son de mi madre. No sé si te irán bien, pero te ayudarán con los estribos. También he traído unos cuantos pares de calcetines. Son míos y probablemente sean demasiado grandes, pero están limpios.

—Me fío de ti —respondió ella—. Si eres capaz de arreglar coches y construir casas, estoy segura de que sabes utilizar una lavadora y una secadora. ¿Puedo probármelos?

Él se los entregó y procuró disimular su admiración por lo bien que le quedaban los vaqueros ajustados mientras ella se dirigía al porche. *Perro* la siguió, moviendo la cola y con la lengua colgando, como si hubiera descubierto a su nueva mejor amiga. Tal como se sentó, el animal empezó a buscarle la mano de nuevo con el hocico, y Luke pensó que era una buena señal: *Perro* no solía mostrarse tan efusivo. Desde la sombra, contempló cómo Sophia se quitaba los zapatos planos. Se movía con una gracia etérea, poniéndose los calcetines y deslizando los pies cómodamente dentro de las botas. Se puso de pie y dio unos cuantos pasos de prueba.

—Nunca he llevado botas camperas —confesó, con la vista fija en los pies—. ¿Qué aspecto tengo?

—Tienes aspecto de llevar botas.

Sophia soltó una carcajada natural y contagiosa, luego empezó a pasearse por el porche, contemplando nuevamente las botas en sus pies.

—Supongo que tienes razón —dijo, y acto seguido se dio la vuelta hacia él—. ¿Tengo pinta de chica vaquera?

—Te falta el sombrero.

—Deja que me pruebe el tuyo —sugirió ella al tiempo que alargaba el brazo.

Luke caminó hacia el porche al tiempo que se quitaba el sombrero, sintiéndose más inseguro que la noche anterior en pleno rodeo. Le entregó el sombrero y ella se lo puso, luego lo ladeó un poco.

—¿Qué tal?

«Perfecta», pensó Luke, más perfecta que cualquier otra chica que conociera. Sonrió a pesar de la repentina sequedad que sentía en la garganta y pensó: «Me parece que tengo un problema, y serio».

—Ahora sí que tienes pinta de chica vaquera.

Sophia sonrió con una mueca traviesa, obviamente encantada con la respuesta.

—Creo que hoy también me quedaré con el sombrero, si no te importa, claro.

—Tengo muchos más —puntualizó él, sin apenas oírse a sí mismo.

Volvió a moverse inquieto, procurando permanecer centrado.

—¿Qué tal anoche? Me preguntaba si habías tenido más problemas.

—¡Ah, no! Ninguno —contestó ella mientras bajaba del porche—. Marcia no se había movido del sitio donde la había dejado.

—¿Brian volvió a molestarte?

—No. Creo que tenía miedo de que estuvieras todavía por ahí cerca. Además, no nos quedamos mucho rato; una media hora, más o menos. Estaba cansada. —Sophia se había colocado ya al lado de Luke—. Me gustan las botas y el sombrero. Son cómodos. Probablemente debería darle las gracias a tu madre. ¿Está ahí dentro?

—No, está en el rancho. Pero no te preocupes, después se lo diré.

—¿Por qué? ¿Acaso no quieres que la conozca?

—No es eso… Es que esta mañana está un poco enfadada conmigo.

—¿Por qué?

—Es una larga historia.

Sophia ladeó la cabeza y lo miró con curiosidad.

—Lo mismo dijiste anoche, cuando te pregunté por qué montabas toros —remarcó ella—. Creo que dices «es una larga historia» cuando, en realidad, lo que quieres decir es «no quiero hablar de ello». ¿Me equivoco?

—No quiero hablar de ello.

Sophia se echó a reír, con la cara encendida de placer.

—Bueno, y ahora, ¿qué toca?

—Supongo que podríamos ir al granero —sugirió él—. Dijiste que querías verlo.

Ella enarcó una ceja.

—Sabes que, en realidad, no he venido a ver el granero, ¿no?

7

Sophia

«¡Vaya! Me parece que he sido demasiado directa», se reprendió Sophia a sí misma tan pronto como las palabras se escaparon de su boca.

La culpa la tenía Marcia. Si no la hubiera agobiado toda la noche y toda la mañana con un sinfín de preguntas acerca de qué había pasado la noche anterior y sobre el hecho de que hoy iba a ir al rancho..., si no hubiera desaprobado los dos primeros conjuntos que Sophia había elegido sin dejar de repetir: «¡No puedo creer que vayas a montar a caballo con ese tío bueno!», Sophia no se habría puesto tan nerviosa. Pedazo de bombón, guaperas, tío bueno... Marcia insistía en usar esas expresiones en lugar de su nombre. Por ejemplo: «Así que ese pedazo de bombón apareció de sopetón y te salvó, ¿eh?», o simplemente: «Está tan bueno...». ¡No le extrañaba que se hubiera pasado de largo en la carretera!

Un rato antes, al aparcar en la explanada, había notado cómo le caían las gotitas de sudor por el pecho. No estaba realmente nerviosa, aunque sin duda estaba al límite, y cuando eso le pasaba solía hablar más de la cuenta y se dejaba llevar por gente como Marcia y Mary-Kate. Pero, entonces, a veces emergía su verdadero yo y soltaba comentarios indebidos. Como en ese momento. Y como la noche previa, cuando dijo que le gustaría salir a cabalgar con él.

Y Luke tampoco había ayudado a arreglar las cosas. Se había acercado hasta su coche vestido con esa camisa chambray azul claro de manga larga y vaqueros, con sus rizos castaños que intentaban escapar por debajo del sombrero. Apenas había alzado esos ojos azules enmarcados por las largas pestañas, sorprendiéndola con su timidez, cuando Sophia sintió un cosquilleo en el vientre. Le gustaba ese chico... y mucho. Pero más que eso, por alguna razón, confiaba en él. Tenía la impresión de que su mundo se regía por un sentido del bien y del mal, que Luke era un chico íntegro. No estaba preocupado intentando aparentar algo que no era, y su cara era un libro abierto. Si ella decía algo que lo sorprendía, se daba cuenta al instante; si le gastaba una broma, él no tenía reparo en reírse de sí mismo. Cuando al final Luke mencionó el granero..., bueno, Sophia no pudo contenerse.

A pesar de que le parecía haber detectado algo similar a una muestra de rubor en su rostro, Luke bajó la cabeza y entró un momento en la cabaña para buscar otro sombrero. Cuando regresó, emprendieron la marcha uno al lado del otro, con paso sosegado. *Perro* se adelantó y poco después regresó hasta ellos antes de volver a salir disparado en otra dirección, como un saco andante rebosante de energía. Poco a poco, Sophia notó que su ansiedad se disipaba.

Bordearon la arboleda que rodeaba la cabaña, y al torcer hacia la carretera la vista empezó a abrirse ante ella. Sophia contempló el rancho, con su enorme porche cubierto y las contraventanas negras, flanqueado por un bosque con árboles muy altos. Más allá sobresalía el viejo granero y unos frondosos pastizales asentados entre unas ondulantes colinas verdes. A lo lejos, vio las orillas de un pequeño lago, con vacas pastando; en el horizonte, unas montañas puntiagudas y de un color azul ceniza enmarcaban el paisaje como una postal. En el lado opuesto a la pista forestal, había un bosquecillo de abetos, plantados en filas rectas y ordenadas. La brisa jugaba con sus ramas, originando un suave sonido aflautado que parecía música.

—No puedo creer que te hayas criado aquí —dijo ella en un suspiro, impregnándose de todo lo que veía—. ¿Ahí vive tu madre? —preguntó al tiempo que señalaba hacia la casa.

—De hecho, yo nací en ese rancho.

—¿Qué? ¿No había caballos lo bastante veloces como para llegar a tiempo al hospital?

Luke se rio, divertido, visiblemente más relajado desde que se habían alejado de la cabaña.

—En el rancho aledaño vivía una señora que era comadrona. Mi madre y ella eran buenas amigas; además, era una forma de ahorrar dinero. Ella es así, me refiero a mi madre. Cuando se trata de recortar gastos, es un verdadero lince.

—¿Incluso a la hora de dar a luz?

—No estoy seguro de si ella estaba angustiada por dar a luz. Al vivir en una granja, ya había asistido a un montón de partos. Además, también ella nació en esa casa, así que probablemente debía pensar: «¿Por qué tanto jaleo?».

Sophia sintió cómo crujía la gravilla bajo sus botas.

—¿Desde cuándo este rancho es propiedad de tu familia? —se interesó.

—Desde hace mucho tiempo. Mi bisabuelo compró la mayor parte de las tierras a finales de 1920. Cuando la Gran Depresión golpeó con más dureza, él fue capaz de sacar provecho. Era un buen hombre de negocios. Después, mi abuelo heredó las tierras, y luego mi madre. Ella tomó las riendas del rancho cuando tenía veintidós años.

Mientras Luke contestaba, Sophia se dedicaba a contemplar todo lo que les rodeaba, sorprendida por lo distante que parecía aquella realidad, pese a su proximidad a la carretera.

Dejaron atrás el rancho, y en el extremo más alejado avistaron unas casetas deterioradas, rodeadas por una valla. Cuando el viento cobró más fuerza, Sophia pudo oler el aroma a conífera y roble. Todo en el rancho representaba un bálsamo refrescante en contraposición al campus donde ella pasaba la mayor parte de su tiempo. «Lo mismo que para Luke este lugar», pensó ella, pero intentó no profundizar en aquella observación.

—¿Qué son esas casetas? —preguntó, señalando con el dedo.

—La más cercana es el gallinero, y la que hay justo detrás es donde tenemos los cerdos. No muchos, tres o cuatro como máximo. Tal como te dije anoche, básicamente nos dedicamos a la cría de ganado.

—¿Cuántas vacas tenéis?

—Más de doscientos pares. También tenemos nueve toros.

Sophia arrugó la frente.

—¿Pares?

—Una vaca y su ternera.

—Entonces, ¿por qué no dices simplemente que tenéis cuatrocientas cabezas de ganado?

—Así es como se cuentan, supongo. De ese modo sabes el tamaño de la vaquería que puedes ofrecer ese año en el mercado. No vendemos las terneras. Hay otros que sí que las venden (por la carne), pero a nosotros se nos conoce por vender carne vacuna orgánica, alimentada con hierba. Nuestros clientes son básicamente restaurantes de alto nivel.

Resiguieron la línea de la valla hasta acercarse a un viejo roble

101

con unas impresionantes ramas que se expandían en todas direcciones como una araña. Cuando pasaron por debajo del dosel que formaban las ramas, los recibió un estridente surtido de cantos de pájaro, que sonaban como si fueran un aviso.

Sophia alzó la vista hacia el granero a medida que se aproximaban, y constató que Luke no había exagerado. Parecía abandonado; la estructura se inclinaba ligeramente y se mantenía en pie por el soporte de unos maderos podridos. La hiedra y el kudzu trepaban por ambos lados, y una sección de la cubierta parecía completamente despojada de tejas.

—¿Qué te parece? —preguntó Luke al tiempo que señalaba hacia la vieja estructura con la cabeza.

—Me pregunto si alguna vez has pensado en derribarlo, aunque solo sea para mostrar un poco de compasión.

—Es más resistente de lo que parece. Lo mantenemos en pie solo por el efecto que proporciona.

—Quizás —apuntó ella, escéptica—. O bien eso, o bien es que nunca tienes tiempo para repararlo.

—Pero ¿qué dices? ¡Deberías haberlo visto antes de las reparaciones!

Ella sonrió. Él se creía tan gracioso…

—¿Ahí es donde tenéis los caballos?

—¿Bromeas? No los pondría en esa trampa mortal.

Esta vez, ella soltó una carcajada, a pesar de sí misma.

—Entonces, ¿para qué usáis el granero?

—Básicamente para guardar trastos. El toro mecánico está ahí dentro, también, y ahí es donde practico, pero sobre todo está lleno de armatostes. Un par de camionetas que ya no arrancan, un tractor de los años cincuenta, bombas de agua usadas o rotas, maquinaria que ya no funciona… La mayor parte es chatarra, pero, tal y como te he dicho, mi madre mira mucho los gastos. A veces puedo encontrar la pieza de recambio que necesito para arreglar alguna cosa.

—¿Te pasa a menudo? Quiero decir, que encuentres piezas útiles.

—No mucho. Pero no puedo pedir un recambio hasta que no me he asegurado de que no puedo apañarme con nada del granero. Es una de las reglas de mi madre.

Más allá del granero se erigía un pequeño establo, con un redil abierto no muy grande. Tres caballos de pecho ancho los estudiaron a medida que se aproximaban. Sophia se quedó mirando a

Luke mientras este abría la puerta del establo y sacaba tres manzanas de la mochila que llevaba.

—¡Ven aquí, *Caballo*! —ordenó con voz firme.

Ante la orden, un equino de color bayo fue hacia él. Los dos caballos más oscuros lo siguieron.

—*Caballo* es mío —explicó Luke—. Los otros se llaman *Simpático* y *Demonio*.

Ella se colocó detrás de él, con gesto preocupado.

—Creo que quizá será mejor si monto a *Simpático*, ¿no?

—Yo no lo haría —contestó Luke—. Muerde e intentará arrojarte de la montura. Se porta muy mal con todo el mundo, salvo con mi madre. *Demonio*, en cambio, es un cielo.

Sophia sacudió la cabeza.

—¿Qué os pasa con los nombres de los animales?

Cuando ella se volvió de nuevo hacia el pastizal, *Caballo* se había colocado a su lado, haciéndola parecer pequeñísima. Ella retrocedió rápidamente, aunque *Caballo* —centrado en Luke y en las manzanas— no pareció ni verla.

—¿Puedo acariciarlo?

—Por supuesto —contestó él mientras le ofrecía la manzana—. Le gusta que le froten el hocico, y que le rasquen detrás de las orejas.

Sophia no estaba preparada para tocarle el hocico, pero deslizó los dedos con suavidad por detrás de las orejas y contempló cómo estas se doblaban de placer, incluso mientras el cuadrúpedo continuaba masticando la manzana.

Luke guio a *Caballo* hasta un establo, y Sophia no perdió detalle de cómo lo preparaba para montar: una brida, una almohadilla y, por último, la silla. Cada movimiento era mecánico y automático. Mientras se inclinaba para ponerle los arreos, los vaqueros se le adhirieron a las piernas, y Sophia sintió un creciente calor en las mejillas. Luke era el chico más atractivo que había visto en su vida. Rápidamente se dio la vuelta y fingió estudiar las vigas mientras él terminaba con *Caballo* y se giraba para ensillar a *Demonio*.

—Ya está —anunció mientras ajustaba la longitud de los estribos—. ¿Estás lista?

—La verdad es que no —admitió Sophia—. Pero lo intentaré. ¿Estás seguro de que es un encanto?

—Es como un bebé —le aseguró Luke—. Solo tienes que agarrarte al pomo de la silla y poner la bota izquierda en el estribo. Luego, pasa la pierna derecha al otro lado por encima de la silla.

103

Sophia hizo lo que él le había dicho y se montó en el caballo, a pesar de que su corazón empezaba a desbocarse. Mientras intentaba ponerse cómoda, se le ocurrió que el animal que tenía debajo era como un músculo gigante a punto de flexionarse.

—Hummm... Es más alto de lo que pensaba.

—No te pasará nada —la calmó Luke, mientras le entregaba las riendas.

Antes de que ella pudiera rezongar, él ya estaba montado sobre *Caballo*, en una actitud totalmente cómoda y relajada.

—*Demonio* es muy pacífico —explicó él—. Solo has de tirar con suavidad de las riendas para que se gire hacia ti, así. Y si quieres que camine, dale unos golpecitos en los costados con los talones. Para que se pare, tira de las riendas con más fuerza.

Luke le hizo un par de demostraciones para asegurarse de que ella lo entendía.

—Recuerdas que es la primera vez que monto, ¿verdad? —insistió Sophia.

—Ya me lo habías dicho.

—Y, solo para que lo sepas, no tengo ningún deseo de hacer ninguna locura. No quiero caerme. Una de mis compañeras en la residencia de estudiantes se rompió el brazo con uno de estos bichos, y..., con los exámenes cerca..., no quiero llevar el brazo escayolado.

Luke se rascó la mejilla, paciente.

—¿Has acabado? —preguntó.

—Solo quiero establecer las normas del juego.

Él suspiró y sacudió la cabeza con el semblante divertido.

—¡Urbanitas! —murmuró, y, tras un movimiento de muñeca, *Caballo* dio la vuelta y empezó a alejarse despacio.

Al cabo de un momento, Luke se inclinaba hacia el suelo para alzar el pestillo de la verja. La puerta se abrió por completo; él la atravesó tranquilamente, mientras que Sophia permanecía inmóvil; el establo le bloqueaba la visión.

—Se supone que has de seguirme —gritó él.

Con el corazón todavía latiendo aceleradamente y la boca tan seca como si estuviera mascando serrín, ella aspiró hondo. No existía ninguna razón para que no fuera capaz de hacerlo. Podía montar en bicicleta, y eso no debía de ser tan diferente, ¿no? La gente montaba a caballo todos los días. Los niños montaban, así que no podía ser tan difícil. Y aunque lo fuera, ¿qué? Ella era capaz de enfrentarse a situaciones duras. Las clases del profesor Aldair de literatura inglesa eran duras; trabajar catorce horas al día en la charcutería los sábados cuando todas sus amigas salían a pasear era duro. ¿Y permitir que Brian la exprimiera? ¡Eso sí que había sido duro! Revistiéndose de una suerte de coraza, agitó las riendas y dio unas pataditas a *Demonio* en ambos costados.

Nada.

Volvió a repetir la acción.

Demonio movió la oreja, pero, aparte de eso, permaneció tan quieto como una estatua.

«¡Vaya! No es tan fácil», pensó ella. Por lo visto, *Demonio* quería quedarse en casa.

Luke y *Caballo* volvieron a aparecer. Él alzó el ala de su sombrero.

—¿Vamos?

—No quiere moverse —explicó ella.

—Dale con los talones y dile lo que quieres que haga. Usa las riendas. Necesita sentir que tú sabes lo que haces.

«Imposible. No tengo ni idea de lo que hago», pensó Sophia.

Volvió a darle unas pataditas, pero nada.

Luke señaló hacia la cabalgadura como un maestro de escuela que estuviera regañando a un niño.

—¡Deja de hacer el tonto, *Demonio*! —ladró—. La estás asustando. ¡Vamos, ven aquí!

Milagrosamente, sus palabras bastaron para conseguir que el animal se moviera sin que Sophia tuviera que hacer nada. Pero, como la pilló desprevenida, osciló hacia atrás en la silla y luego, en un intento de mantener el equilibrio, de forma instintiva se echó bruscamente hacia delante.

La oreja de *Demonio* volvió a moverse, como si se preguntara si le estaban gastando alguna especie de broma.

Sophia sostuvo las riendas con ambas manos, lista para obligar a *Demonio* a dar la vuelta, pero, por lo visto, no necesitaba sus indicaciones. El cuadrúpedo atravesó la verja y resopló cuando pasó por delante de *Caballo*, luego se detuvo mientras Luke cerraba la verja y esperó a que este se colocara a su lado.

Luke obligó a *Caballo* a ir a paso lento pero firme, y *Demonio* parecía contento de caminar junto a él sin tener que escuchar ni una sola palabra de Sophia. Atravesaron la pista forestal y viraron hacia un sendero que bordeaba la última fila de abetos.

El aroma a conífera era más intenso allí. Sophia pensó instinti-

105

vamente en Navidad. A medida que se fue acostumbrando de forma gradual al ritmo de la marcha de la cabalgadura, sintió cómo se quitaba pequeños pesos de encima y su respiración volvió a estabilizarse.

En el extremo más alejado del bosquecillo de abetos nacía una pequeña floresta natural, más o menos del ancho de un campo de fútbol. Los equinos siguieron el camino por una senda cubierta de hierba crecida, casi como con un piloto automático, primero cuesta arriba y luego cuesta abajo, adentrándose en un mundo agreste. Detrás de ellos, el rancho se fue perdiendo poco a poco de vista, y gradualmente Sophia tuvo la impresión de estar en otras tierras lejanas.

Luke no mostraba reparo en dejarla sola con sus pensamientos a medida que se adentraban en el bosque. *Perro* corría delante, con el hocico pegado al suelo, desapareciendo y reapareciendo mientras viraban por aquí y por allá.

Sophia agachó la cabeza para sortear una rama baja y de reojo vio que Luke se inclinaba hacia delante para evitar otra. El terreno se volvía más pedregoso, y la vegetación más tupida.

Los matorrales de moras y acebos hacinados parecían abrazar los troncos de los robles cubiertos de musgo. Las ardillas saltaban veloces de rama en rama en los nogales, emitiendo chillidos estridentes de aviso, mientras los rayos del sol, que se filtraban sesgadamente a través del follaje, conferían al entorno un aspecto casi onírico.

—Esto es precioso —comentó Sophia, con una voz que se le antojó extraña a sus propios oídos.

Luke se giró en la silla.

—Esperaba que te gustara.

—¿Pertenece a vuestra finca?

—Una parte sí. Es un terreno que compartimos con el rancho vecino. Actúa como cortavientos y delimita la propiedad.

—¿Vienes a menudo aquí, con *Caballo*?

—Solía hacerlo. Pero últimamente solo me acerco cuando he de reparar alguna valla. A veces, el ganado llega hasta aquí.

—¡Vaya! ¡Y yo que pensaba que traías aquí a todas las chicas!

Luke sacudió la cabeza.

—Nunca he traído a ninguna chica aquí.

—¿Por qué no?

—Supongo que porque no se me ha ocurrido.

Parecía tan sorprendido como ella. *Perro* se acercó al trote, como si quisiera confirmar si los dos estaban bien, luego volvió a desaparecer.

—Háblame de tu antigua novia. Angie, ¿no?

Luke cambió levemente de posición, sin duda sorprendido de que ella se acordara.

—No hay mucho que contar. Ya te lo dije, fue el típico amor adolescente.

—¿Por qué cortasteis?

Él pareció cavilar unos momentos antes de contestar.

—Empecé a competir en el circuito profesional una semana después de graduarme en el instituto —dijo—. Por entonces, no podía permitirme desplazarme en avión hasta los rodeos, así que me pasaba mucho tiempo en la carretera. Me marchaba el jueves y no regresaba hasta el lunes o el martes. Algunas semanas ni siquiera volvía a casa, y no la culpo por querer algo diferente. Especialmente porque no parecía que la situación fuera a cambiar.

Sophia asimiló la información.

—¿Cómo funciona? —preguntó mientras cambiaba de posición en la silla—. Me refiero a si quieres ser jinete profesional, montar toros. ¿Qué tienes que hacer para meterte en ese mundillo?

—No mucho —contestó él—. Tienes que adquirir el carné de la PBR...

—¿La PBR? —lo interrumpió ella.

—La asociación de montadores profesionales de toros —explicó él—. Son los que patrocinan el circuito. Básicamente, te inscribes y pagas una cuota de ingreso. Cuando llegas al rodeo, hay un sorteo y los jueces te asignan un toro.

—¿Quieres decir que cualquiera puede hacerlo? Si yo tuviera un hermano que quisiera empezar a montar mañana, ¿podría?

—Seguramente sí.

—¡Eso es ridículo! ¿Y si se inscribe alguien que no tiene ninguna experiencia?

—Entonces probablemente se hará daño.

—¡No me digas! —exclamó ella con sarcasmo.

Luke sonrió con cara de niño travieso y jugueteó con el ala del sombrero.

—Siempre ha sido así. En un rodeo, gran parte del premio en metálico procede de los propios competidores, lo que significa que los más diestros están encantados de que haya otros jinetes que no

107

sean tan buenos. Eso significa que tendrán más posibilidades de marcharse a casa con los bolsillos llenos.

—Parece bastante cruel.

—¿Cómo lo harías tú? Puedes practicar tanto como quieras, pero solo hay una forma de saber si puedes montar: intentándolo.

Sophia pensó en la noche anterior y se preguntó cuántos de esos jinetes eran primerizos.

—De acuerdo, pongamos que alguien se inscribe en una competición y, digamos, que es como tú y gana. ¿Cuál es el siguiente paso?

Luke se encogió de hombros.

—La monta de toros difiere un poco de un rodeo tradicional. Los montadores tienen su propio circuito profesional, aunque, en realidad, existen dos circuitos. Tienes el más importante, que es el que dan por la tele todo el tiempo, y luego hay otro más pequeño, que es como una liga menor. Si ganas suficientes puntos en la liga menor, puedes competir en el circuito mayor. En este deporte, el dinero de verdad está en la liga más importante.

—¿Y anoche?

—Anoche se trataba de un rodeo de la liga menor.

—¿Has competido en el circuito más importante?

Luke se agachó y propinó unas palmaditas a *Caballo* en el cuello.

—Competí durante cinco años.

—¿Eras bueno?

—No me iba mal.

Sophia evaluó su respuesta y recordó que él había dicho lo mismo la noche previa, cuando se había coronado campeón.

—¿Por qué tengo la impresión de que eres mucho más bueno de lo que das a entender?

—No lo sé.

Ella lo escrutó.

—Mira, puedes decirme si eres bueno o no. Si no, siempre puedo buscar la información en Google, ¿sabes?

Luke irguió la espalda.

—Me clasifiqué en las finales de la PBR cuatro años seguidos. Para lograrlo, has de estar entre los diez mejores de la clasificación.

—En otras palabras, que eres uno de los mejores.

—Lo era, pero ya no. Ahora estoy empezando de nuevo.

En ese momento, llegaron a un pequeño claro cerca del río y guiaron los caballos hacia la orilla superior, donde detuvieron la marcha. El río no era muy ancho, pero Sophia tenía la impresión de que el agua que se movía despacio era más profunda de lo que parecía. Las libélulas revoloteaban sobre la superficie, rompiendo la quietud, provocando diminutas ondas que se expandían concéntricamente hacia la orilla. *Perro* se tumbó, jadeando tras tanto ejercicio físico, con la lengua colgando por un lado de la boca. Detrás de él, bajo la sombra de un nudoso roble, Sophia se fijó en lo que parecía ser un viejo campamento medio derruido, con una desportillada mesa de madera y una barbacoa abandonada.

—¿Dónde estamos? —se interesó ella, ajustándose el sombrero.

—Mi padre y yo solíamos venir aquí a pescar. Hay un árbol sumergido, y es un lugar fantástico para coger percas. Solíamos pasar el día aquí. Era como nuestro lugar secreto, solo para nosotros dos. Mi madre detesta el olor a pescado, así que pescábamos, limpiábamos las percas y las cocinábamos en esa barbacoa antes de llevarlas al rancho. Otras veces, mi padre me traía aquí después de entrenar, para ver las estrellas. Él nunca acabó la enseñanza obligatoria, pero podía recitar todas las constelaciones del cielo de memoria. Aquí es donde he pasado algunos de los mejores momentos de mi vida.

Sophia acarició la crin de *Demonio*.

—Le echas de menos.

—Siempre —admitió él—. Venir aquí me ayuda a recordarlo tal como era, de la forma que debería ser recordado.

Ella podía oír el dolor en su tono y percibir una evidente tensión en su postura.

—¿Cómo murió? —preguntó con suavidad.

—Regresábamos a casa después de un rodeo en Greenville, en Carolina del Sur. Era tarde y él estaba cansado. De repente, un ciervo intentó cruzar la carretera como una flecha. Mi padre no tuvo tiempo ni siquiera de girar el volante. El ciervo se estampó contra el parabrisas. La camioneta dio tres tumbos, pero, incluso antes de que eso sucediera, ya era demasiado tarde. El impacto le partió el cuello.

—¿Tú estabas con él?

—Lo arrastré hasta la cuneta —recordó—. Lo sostuve entre mis brazos e hice todo lo que pude para reanimarlo, hasta que llegó la ambulancia.

Sophia se estremeció.

—Santo cielo, es terrible.

—Lo sé. Un minuto antes estábamos hablando de rodeos, y al

109

minuto siguiente él estaba muerto. Parecía imposible. Todavía me cuesta creerlo. Porque no es que fuera simplemente mi padre; era mi entrenador, mi compañero y también mi amigo. Y... —Luke se quedó callado de golpe, perdido en sus pensamientos, luego sacudió la cabeza lentamente—. Y no sé por qué te estoy contando todo esto.

—Me alegro de que lo hayas hecho —intentó animarlo ella, con ternura.

Luke agradeció sus palabras con un leve gesto de cabeza.

—¿Cómo son tus padres? —preguntó.

—Son personas... apasionadas —declaró ella al final—. Se apasionan con cualquier tema.

—¿Qué quieres decir?

—Tendrías que vivir con nosotros para entenderlo. Pueden estar como un par de tortolitos, totalmente acaramelados, y al minuto siguiente tirarse los trastos a la cabeza; son más que dogmáticos, tanto en política como en cuestiones medioambientales, o sobre cuántas galletas debíamos comer después de la cena, incluso hasta qué idioma hablar un determinado día de la semana...

—¿Idioma? —la interrumpió él.

—Mis padres querían que fuéramos multilingües, así que el lunes hablábamos en francés, los martes tocaba esloveno, los miércoles era checo. A mis hermanas y a mí nos sacaba de quicio esa medida, especialmente cuando venía alguna amiga a casa, porque la pobre no se enteraba de nada de lo que decíamos. Además, eran perfeccionistas cuando se trataba de las notas escolares. Teníamos que estudiar en la cocina, y mi madre nos hacía una prueba antes de cada examen. Mira, si algún día volvía a casa con una nota que no fuera un excelente, mis padres reaccionaban como si se tratara del fin del mundo. Mi madre se retorcía las manos y mi padre me decía que estaba muy decepcionado conmigo, y yo acababa sintiéndome tan culpable que era capaz de volver a estudiar toda la materia para un examen que ya había hecho. Sé que es porque no querían que tuviera que luchar tanto como ellos habían tenido que hacerlo, pero a veces podía ser bastante asfixiante. Para colmo, todos los miembros de la familia debíamos trabajar en la charcutería, lo que significaba que estábamos casi siempre juntos. Cuando llegó el momento de ir a la universidad, te aseguro que me moría de ganas de tomar mis propias decisiones.

Luke enarcó una ceja.

—Y elegiste a Brian.

—Hablas como mis padres —dijo ella—. Desde el primer día, no les gustó Brian. Por más quisquillosos que a veces se muestren respecto a determinadas cosas, la verdad es que son muy perspicaces. Debería haber escuchado sus consejos.

—Todos cometemos errores —puntualizó él—. ¿Cuántos idiomas hablas?

—Cuatro, incluido el inglés —contestó Sophia al tiempo que empujaba el ala del sombrero hacia atrás, tal como Luke había hecho antes.

—Yo solo hablo uno, incluido el inglés.

Sophia sonrió. Le gustaba su comentario; le gustaba Luke.

—No sé si me servirá de mucho, a menos que acabe trabajando en algún museo en Europa.

—¿Quieres irte a Europa?

—Quizá. No lo sé. De momento, lo que quiero es trabajar en cualquier sitio.

Luke permaneció callado cuando ella acabó, asimilando lo que ella le había contado.

—Después de escucharte me entran ganas de haber sido más tenaz con los estudios. No era mal estudiante, aunque tampoco era brillante. No me esforzaba demasiado. Pero no puedo evitar pensar que debería haber ido a la universidad.

—Creo que es mucho más seguro que montar toros.

Si bien lo había dicho en broma, Luke no sonrió.

—Tienes toda la razón.

Después de abandonar el claro junto al río, le enseñó el resto de la finca. Su conversación se desviaba de un tema al siguiente. *Perro* deambulaba siempre cerca de ellos. Cabalgaron entre los abetos y bordearon las colmenas, y él le enseñó las colinas con prados verdes donde pacía el ganado.

Hablaron de todo, desde la clase de música que les gustaba a sus películas favoritas, así como de las impresiones de Sophia sobre Carolina del Norte. Ella le habló de sus hermanas y de la experiencia de crecer en una gran ciudad, y también sobre la vida enclaustrada en el campus de Wake Forest. A pesar de que sus mundos eran completamente diferentes, ella se sorprendió al descubrir que aquel chico parecía encontrar su mundo fascinante. Ella pensaba que el de Luke sí que era fascinante.

Más tarde, cuando Sophia había adquirido un poco más de con-

111

fianza como amazona, azuzó a *Demonio* para ir al trote y, por último, a medio galope. Luke cabalgaba junto a ella todo el tiempo, pendiente por si tenía que agarrarla si veía que estaba a punto de caerse, avisándola cuando estaba demasiado inclinada hacia delante o hacia atrás, y recordándole que tenía que mantener las riendas sueltas.

A Sophia no le gustó en absoluto cabalgar al trote, pero cuando el caballo se puso a galopar, le pareció más fácil ajustarse al ritmo estable y más dinámico. Cabalgaron de una valla a la otra y de nuevo a la primera, cuatro o cinco veces, galopando un poco más rápido en cada vuelta. Sophia ya se sentía un poco más segura de sí misma, por lo que propinó unas pataditas a *Demonio* para incitarlo a ir más rápido. Su reacción pilló a Luke desprevenido, y necesitó unos segundos para alcanzarla. Mientras corrían el uno junto al otro, ella se solazó con la sensación del viento en la cara, una experiencia atemorizadora y estimulante. En el camino de vuelta, Sophia azuzó a *Demonio* para que corriera aún más, y cuando finalmente se detuvieron, al cabo de unos minutos, ella empezó a reír, desbordada por la inyección de adrenalina y de miedo.

112

Cuando las vertiginosas oleadas de risa incontenible remitieron, los dos se encaminaron hacia los establos despacio. Los equinos todavía resollaban y sudaban, y después de que Luke los desensillara, Sophia ayudó a cepillarlos. Mientras le daba una manzana a *Demonio*, empezó a sentir los primeros pinchazos de dolor en las piernas, pero no le importó en absoluto. ¡Había montado a caballo! ¡Lo había hecho! Y en un arranque de orgullo y de satisfacción, se colgó del brazo de Luke de regreso a la cabaña.

Caminaban sin prisa, sin que ninguno de los dos sintiera la necesidad de hablar. Sophia revivió mentalmente la experiencia de aquel día, contenta de haber ido al rancho. A juzgar por su actitud, Luke también compartía su estado de paz y de satisfacción.

A medida que se aproximaban a la cabaña, *Perro* salió disparado como una flecha hacia el cuenco de agua en el porche; lamió toda el agua entre jadeos y luego se derrumbó sobre su barriga.

—Está cansado —dijo ella, sorprendida por el sonido de su propia voz.

—Se recuperará enseguida. Está acostumbrado a seguirme por las mañanas, cuando salgo a cabalgar. —Luke se quitó el sombrero y se secó las gotitas de sudor de la frente—. ¿Quieres beber algo? No sé tú, pero a mí me apetece una cerveza.

—Pues otra para mí.

—No tardaré ni un minuto —prometió él, y acto seguido enfiló hacia la cabaña.

Mientras se alejaba, ella lo estudió por detrás, intentando averiguar por qué se sentía tan atraída por aquel chico. Todavía estaba intentando descifrarlo cuando Luke salió con un par de botellas de cerveza heladas.

Desenroscó el tapón y le pasó una botella. Al hacerlo, sus dedos se rozaron levemente. A continuación, Luke señaló con la cabeza hacia las mecedoras.

Ella tomó asiento y se inclinó hacia atrás con un suspiro. Con su movimiento, el sombrero se inclinó hacia delante. Casi había olvidado que lo llevaba puesto. Se lo quitó y lo depositó sobre el regazo antes de tomar un sorbo. La cerveza estaba helada y era refrescante.

—Has montado realmente bien —comentó él.

—Quieres decir que he montado bien para ser una principiante, ¿no? Todavía no estoy lista para un rodeo, pero ha sido divertido.

—Tienes buen equilibrio, y eso es algo innato —precisó él.

Pero Sophia no le prestaba atención, sino que miraba por encima del hombro de Luke a un ternero que había aparecido junto a la esquina de la cabaña y que parecía mostrar un inusitado interés en ellos.

—Creo que una de tus vacas se ha perdido —señaló ella—. Una cría.

Él siguió su mirada, y su expresión se enterneció cuando reconoció a la pequeña.

—Es *Mudbath*. No sé cómo lo hace, pero normalmente acaba aquí un par de veces a la semana. Debe de haber una brecha en algún trozo de la verja, pero todavía no la he encontrado.

—Le gustas.

—Me adora —dijo él—. El marzo pasado, tuvimos una racha de frío y de días lluviosos y quedó atrapada en el légamo. Me pasé horas intentando sacarla de ahí, y tuve que alimentarla con un biberón durante unos cuantos días. Desde entonces, viene a verme asiduamente.

—¡Qué tierno! —suspiró ella, intentando no devorar a Luke con la mirada, aunque le costaba mucho controlarse—. Tienes una vida la mar de interesante.

Él se quitó el sombrero y se peinó con los dedos antes de tomar

113

otro sorbo. Cuando habló, su voz había perdido parte de la reserva habitual a la que Sophia se había ido acostumbrando.

—¿Puedo confesarte algo? Y no quiero que me malinterpretes.

—¿Qué pasa?

Transcurrió un eterno instante antes de que Luke continuara.

—Tú haces que mi vida parezca mucho más interesante de lo que es en realidad.

—No te entiendo.

Luke empezó a quitar la etiqueta de la botella, pelando el papel con el pulgar. Ella tuvo la impresión de que él no buscaba una respuesta, sino que más bien esperaba que se le ocurriera algo por inspiración antes de volver a alzar la vista para mirarla.

—Creo que eres la chica más encantadora que jamás he conocido.

Sophia quería decir algo, cualquier cosa, pero sintió como si se hundiera en las profundidades de aquellos ojos azules, y las palabras se desintegraron antes de llegar a aflorar por su boca. Vio que él se inclinaba hacia ella, por un instante en actitud vacilante. Luke ladeó la cabeza un poco, e instintivamente Sophia hizo lo mismo. Sus caras se acercaron.

114

No fue un beso largo ni apasionado, pero, cuando sus labios se unieron, ella tuvo la absoluta certeza que nada le había parecido tan fácil y tan natural en la vida. Fue el final perfecto a una tarde inimaginablemente perfecta.

8

Ira

¿*D*ónde estoy?

Me lo pregunto solo un momento antes de cambiar de posición en el asiento. El dolor me proporciona la respuesta, una repentina descarga, unas agudas punzadas en el brazo y en el hombro. La cabeza parece que me vaya a explotar en mil pedazos, y sufro palpitaciones como si me acabaran de quitar un enorme lastre de encima del pecho.

Durante la noche, el vehículo se ha convertido en un iglú. La nieve en el parabrisas ha empezado a brillar, lo que significa que está saliendo el sol. Es domingo, 6 de febrero de 2011, y según el reloj del salpicadero —he de entrecerrar los ojos para ver la hora que marca— son las siete y veinte de la mañana. Anoche, el sol se ocultó a las seis menos diez de la tarde, y yo había estado conduciendo en medio de la oscuridad durante una hora antes de salirme de la carretera. Hace más de doce horas que estoy aquí atrapado y, si bien sigo con vida, hay momentos en que siento un terror absoluto.

Ya había experimentado esa clase de terror antes. Al verme, aquellos que no me conocen bien no lo dirían nunca. Cuando trabajaba en la sastrería, los clientes solían expresar su sorpresa cuando se enteraban de que había ido a la guerra. Jamás lo mencionaba, y solo una vez le comenté a Ruth lo que me había pasado allí. Nunca volvimos a hablar de ello. Por entonces, Greensboro no era la ciudad próspera que es hoy en día; en muchos aspectos, todavía era un pueblo grande, y mucha de la gente con la que me había criado sabía que había caído herido mientras luchaba en Europa.

Sin embargo, al igual que yo, ellos no mostraban ningún deseo de hablar de la guerra cuando esta tocó a su fin. Para algunos, los recuerdos eran simplemente insoportables; para otros, el futuro era más interesante que el pasado, nada más.

Pero si alguien me lo hubiera preguntado, habría contestado que no valía la pena perder el tiempo escuchando mi historia. Si, con todo, hubieran insistido en saber los detalles, les habría dicho que en junio de 1942 me alisté en el Cuerpo Aéreo del Ejército de Estados Unidos y que, después de jurar bandera, me monté en un tren cargado de cadetes como yo con destino al centro de recepción de las Fuerzas Aéreas, en Santa Ana, California.

Era mi primer viaje a la costa oeste. Me pasé el siguiente mes acatando órdenes, limpiando letrinas y aprendiendo a desfilar correctamente. De allí me enviaron a la Academia de Aviación en Mira Loma, en Oxnard, donde aprendí nociones básicas de meteorología, pilotaje, aerodinámica y mecánica. Durante ese periodo, también hice prácticas con un instructor que me enseñó a pilotar un avión. En esa academia realicé mi primer vuelo en solitario, y al cabo de tres meses había acumulado suficientes horas de vuelo como para pasar a la siguiente fase de formación en Gardner Field, en Taft. De allí me enviaron a Roswell, Nuevo México, para seguir ampliando mi instrucción aeronáutica, y luego regresé a Santa Ana, donde inicié mi formación formal de copiloto. Sin embargo, cuando completé la formación allí, todavía no había terminado. Me enviaron a Mather Fiel, cerca de Sacramento, a una escuela superior de pilotaje, para aprender a orientarme con las estrellas, por estima, mediante el uso de referencias visuales en el suelo. Solo entonces recibí mi licencia.

Todavía tuvieron que pasar dos meses antes de que me enviaran al espacio bélico europeo. Primero, mandaron a la tripulación a Texas, donde nos asignaron el B-17. Después, a Inglaterra. Cuando volé en mi primera misión de combate, en octubre de 1943, había estado entrenando en suelo estadounidense durante casi un año y medio, tan lejos de la acción como posiblemente pudiera estarlo cualquier militar.

Sé que no es lo que a mucha gente le gustaría oír, pero esa fue mi experiencia castrense: formación, traslados y más formación, con fines de semana de permiso y mi primera visita a una playa californiana, donde por vez primera contemplé el océano Pacífico. Pude ver las secoyas gigantes en el norte de California, unos árboles tan impresionantes que parecían imposibles, y también experimenté el irrepetible sentimiento de fascinación al sobrevolar el paisaje desértico al alba. Además, también conocí a Joe Torrey, el mejor amigo que jamás haya tenido.

Teníamos muy poco en común. Él era católico, jugador de béisbol, con una sonrisa desdentada y oriundo de Chicago. Era incapaz de pronunciar una frase completa sin soltar algún taco, pero se reía mucho y se burlaba de sí mismo, y todo el mundo quería salir con él cuando repartían los permisos de fin de semana. Querían que Joe jugara en las partidas de póquer y que saliera a pasear por el centro de la ciudad con ellos, ya que a las mujeres también les parecía irresistible.

No he llegado a entender nunca qué veía Joe en mí, pero gracias a él fui admitido en el grupo. Con él bebí mi primera cerveza mientras estábamos sentados en el embarcadero de Santa Mónica, y fue con él con quien fumé el primer y único cigarrillo de mi vida. Joe era mi confidente, sobre todo en esos días en que echaba de menos a Ruth. Él me escuchaba de una forma que me invitada a continuar hablando hasta que finalmente me sentía mejor. Joe también tenía novia, en Chicago. Se llamaba Marla y era muy guapa. Decía que le traía sin cuidado lo que pasara en la guerra siempre y cuando pudiera regresar al lado de su chica.

Joe y yo acabamos en el mismo B-17. El capitán era el coronel Bud Ramsey, un verdadero héroe y un genio como piloto. Ya había participado en una ronda de misiones de combate y le habían asignado una segunda. Se mostraba sereno y tranquilo bajo las circunstancias más extremas, y sabíamos que teníamos mucha suerte de tenerlo por comandante.

Mi experiencia bélica empezó el 2 de octubre, cuando atacamos una base de submarinos en Emden. Dos días después formamos parte de un escuadrón de trescientos bombarderos que confluimos en Fráncfort. El 10 de octubre bombardeamos un nudo ferroviario en Münster, y el 14 de octubre, un día que pasó a ser conocido como «Jueves Negro», la guerra toco a su fin para mí.

El objetivo era una planta de rodamientos en Schweinfurt. Ya había sido bombardeada unos meses antes, pero los alemanes avanzaban a buen ritmo en su reparación. A causa de la distancia desde la base, nuestra formación de bombarderos no disponía de apoyo aéreo, y esta vez el bombardeo se adelantó de hora. Los cazas alemanes aparecieron en el horizonte; llevaban un buen rato persiguiendo a varios escuadrones, y cuando estuvimos a tiro, las detonaciones de la artillería antiaérea dibujaban una densa niebla que cubría la ciudad. Los cohetes alemanes explotaban a nuestro

117

alrededor, a gran altura, y el avión se zarandeaba a causa de las ondas expansivas. Acabábamos de soltar nuestra carga cuando un buen número de cazas enemigos se nos echó encima. Llegaban de todas direcciones; a nuestro alrededor los bombarderos empezaron a caer del cielo, envueltos en fuego mientras se precipitaban en espiral contra el suelo.

En cuestión de minutos, la formación quedó arrasada. Nuestro artillero recibió un impacto en la frente y cayó de espaldas. Guiado por el instinto, ocupé su asiento y empecé a disparar, gastando unos quinientos cartuchos sin causar ningún daño apreciable al enemigo. En ese momento no creía que fuera a sobrevivir, pero estaba demasiado aterrado para dejar de disparar.

El fuego enemigo nos alcanzó primero en un costado y luego en el otro. Desde mi posición, aventajada, podía vislumbrar unos agujeros gigantescos que iban rasgando el ala. Cuando perdimos un motor tras otro ataque, el avión empezó a trepidar, con un rugido mucho más potente que nada que hubiera podido oír antes. Bud tenía dificultades con los controles.

De repente, el ala se dobló, y el avión empezó a perder altura con una nube de humo en la cola. Los cazas se acercaron para rematar el trabajo, y más balas perforaron el fuselaje. Caímos trescientos metros, luego seiscientos, mil quinientos, dos mil cuatrocientos. Pero no sé cómo conseguimos estabilizar las alas y, como una criatura mitológica, el morro del avión empezó a apuntar hacia el cielo. Nos habíamos salvado de puro milagro, pero nos habíamos separado de la formación y estábamos solos sobre territorio enemigo. Además, todavía estábamos a tiro de la artillería antiaérea.

Bud viró para encararnos hacia casa, en un intento desesperado de escapar, cuando la metralla perforó toda la cabina. Joe fue alcanzado, e instintivamente se volvió hacia mí. Aterrado, vi cómo sus ojos se quedaban en blanco y sus labios formaban mi nombre. Me abalancé hacia él, para hacer algo (cualquier cosa), cuando de golpe caí al suelo, como si me acabaran de abandonar todas las fuerzas. No entendía qué había sucedido. En ese momento no sabía que estaba malherido, e intenté ponerme de pie para ayudar a Joe, pero de nuevo volví a caer de hinojos. De repente, noté una fuerte sensación de ardor y de escozor. Miré hacia abajo y vi que tenía la mitad inferior del cuerpo ensangrentada. El mundo empezó a encogerse a mi alrededor y me desmayé.

No sé cómo conseguimos llegar hasta la base, si no es porque Bud Ramsey obró un milagro. Posteriormente, en el hospital, me contaron que la gente había tomado fotos del avión cuando aterrizó, maravillada de que hubiera sido capaz de mantenerse en el aire. Pero yo no miré las fotos, ni siquiera cuando me recuperé.

Me dijeron que debería haber muerto. Cuando llegamos a Inglaterra, había perdido muchísima sangre y estaba más pálido que un cadáver. Mis pulsaciones eran tan bajas que ni me encontraban el pulso en la muñeca, pero, con todo, decidieron operarme de inmediato. Nadie esperaba que sobreviviera a esa noche, o a la siguiente. Enviaron un telegrama a mis padres en el que les comunicaban que estaba herido y que pronto les enviarían más información. Por «más información», el Ejército se refería a otro telegrama que anunciara mi muerte.

Pero nunca enviaron el segundo telegrama porque, milagrosamente, sobreviví. No se trataba de la elección consciente de un héroe; yo no era un héroe, y además continuaba inconsciente. Más tarde no recordaría ni un solo sueño, ni siquiera si había llegado a soñar algo durante aquellos días en que me debatí entre la vida y la muerte. Por suerte, al quinto día después de la operación empecé a delirar y a gritar en agonía. Acababa de sufrir una peritonitis, y de nuevo tuvieron que operarme de urgencia. Tampoco lo recuerdo, ni ninguno de los días siguientes. La fiebre fue fiel compañera durante trece días, y cada nueva jornada, cuando alguien preguntaba por mi estado, el médico sacudía la cabeza.

Pese a que no me daba cuenta, vinieron a verme Bud Ramsey y los miembros de la tripulación que habían sobrevivido antes de que les asignaran un nuevo avión. Entre tanto, el Ejército envió un telegrama a los padres de Joe Torrey para informarles de la muerte de su hijo. La RAF bombardeó Kassel, y la guerra continuó.

Finalmente, la fiebre remitió cuando el calendario dio paso a noviembre. Al abrir los ojos, no sabía dónde estaba. No podía recordar qué había sucedido y no conseguía mover las articulaciones. Me sentía como si me hubieran enterrado vivo, y tuve que recurrir a todas mis fuerzas para ser capaz de susurrar únicamente una sola sílaba: «Ruth».

El sol va adquiriendo más brillo y el viento se ensaña. Sin embargo, nadie acude en mi ayuda. He conseguido librarme del terror que sentía hace un rato y, en su ausencia, mi mente empieza a divagar. Me digo que no soy la única persona que ha quedado ente-

119

rrada viva en un coche bajo una nevada. Hace poco, en el Canal del Tiempo, vi un reportaje sobre un hombre de Suecia que, al igual que yo, quedó atrapado en su vehículo a medida que la nieve lo iba enterrando vivo. Sucedió cerca de un pueblo que se llama Umeå, próximo al círculo polar ártico, donde las temperaturas caen en picado muy por debajo de los cero grados. Sin embargo, según el presentador, el coche se convirtió en una especie de iglú.

A pesar de que ese hombre no habría sobrevivido si hubiera seguido expuesto de forma prolongada a las inclemencias del tiempo, fue capaz de soportar la temperatura en el interior del vehículo durante bastante tiempo, especialmente porque iba vestido de forma apropiada y disponía de un saco de dormir. Pero esa no es la parte más sorprendente; lo más sorprendente fue cuánto tiempo sobrevivió. Aunque no tenía ni comida ni agua y que solo se alimentó de puñados de nieve, los médicos explicaron que su cuerpo cayó en un estado similar al de hibernación. Sus funciones vitales se redujeron lo suficiente como para poder aguantar sesenta y cuatro días, hasta que lo rescataron.

Recuerdo que pensé: «¡Por todos los santos! ¡Sesenta y cuatro días!». Cuando vi el reportaje, no podía imaginar semejante tragedia. Obviamente, ahora esa noticia me parece diferente. Para mí, estar dos meses en el coche significaría que me encontrarían a principios de abril. Las azaleas ya estarán en flor, hará tiempo que la nieve se habrá fundido, y los días empezarán a ser calurosos. Si me rescatan en abril, probablemente lo hará alguien joven vestido con pantalones cortos y una visera.

Alguien me encontrará antes, seguro. Pero aunque ese pensamiento debería reconfortarme, no lo logra. Ni tampoco me siento alentado por que la temperatura ya no sea tan fría ni por que tenga dos bocadillos en el coche, porque sé que yo no soy aquel tipo sueco. Él tenía cuarenta y cuatro años y no estaba herido; yo tengo el brazo y la clavícula rotos, he perdido mucha sangre, y tengo noventa y un años. Temo que cualquier movimiento brusco pueda acabar con mi vida y, francamente, mi cuerpo lleva los últimos diez años en estado de hibernación. Si mis funciones vitales se reducen un poco más, me quedaré permanentemente en posición horizontal.

El único aspecto positivo es que de momento no tengo hambre, lo cual es muy frecuente a mi edad. En los últimos años he perdido el apetito, y por la mañana me cuesta incluso tomar una taza de café y una tostada. Pero tengo sed. Noto la garganta como si me estuvieran refregando clavos, pero no sé qué hacer. Aunque hay una botella de agua en el coche, tengo miedo de la tortura que sería buscarla.

Además, siento frío, mucho frío. No recordaba haber tiritado tanto desde que estuve en el hospital hace un montón de años. Después de las dos intervenciones quirúrgicas, cuando desapareció la fiebre y pensé que mi cuerpo empezaba a recuperarse, se apoderó de mí un terrible dolor de cabeza y se me hincharon las glándulas del cuello. La fiebre volvió a subir, y sentí un dolor palpitante en aquel lugar donde ningún hombre desea sentirlo. Al principio, los médicos tenían la esperanza de que el segundo ataque de fiebre estuviera relacionado con el primero. Pero no lo estaba. El paciente que tenía al lado en la habitación del hospital mostraba los mismos síntomas. En cuestión de días, enfermaron tres pacientes más en nuestro pabellón. Se trataba de paperas, una enfermedad infantil, pero que en los adultos es mucho más grave. De todos los hombres, yo fui el más perjudicado. Era el más débil, y el virus se ensañó con mi cuerpo durante casi tres semanas. Después de que la enfermedad siguiera su curso, me quedé en apenas cincuenta y dos kilos de peso. Estaba tan débil que no podía ni ponerme de pie sin ayuda.

Tuvo que pasar otro mes antes de que por fin me dieran el alta del hospital, pero no recibí autorización para volar. Todavía estaba muy por debajo del peso normal, y además me había quedado sin mis compañeros de tripulación. Me enteré de que Bud Ramsey había sido derribado cuando sobrevolaba Alemania. No hubo supervivientes.

Al principio, en el Cuerpo Aéreo no sabían qué hacer conmigo, pero finalmente decidieron enviarme de vuelta a Santa Ana. Me convertí en instructor de nuevos reclutas, puesto que ocupé hasta el final de la guerra. Me licencié en enero de 1946. Después de tomar un tren hacia Chicago para presentar mis respetos a la familia de Joe Torrey, regresé a Carolina del Norte.

Como todos los veteranos, lo que quería era olvidarme de la guerra. Pero no podía. Estaba enfadado y resentido, y odiaba en qué me había convertido. Aparte de la noche sobre Schweinfurt, prácticamente no tenía ningún recuerdo de ningún combate; pese a ello, la guerra se resistía a abandonarme. Durante el resto de mi vida he cargado con heridas que nadie puede ver, pero que me resulta totalmente imposible dejar atrás. Joe Torrey y Bud Ramsey eran unos hombres ejemplares; sin embargo, ellos murieron,

121

mientras que yo sobreviví. Eso me ha hecho sentir culpable toda mi vida.

La artillería antiaérea que me perforó el cuerpo me dejó secuelas permanentes: me cuesta horrores andar en las frías mañanas de invierno, y mi estómago no ha vuelto a ser el mismo; no puedo beber leche ni comer nada picante, y jamás he vuelto recuperado todo el peso que perdí. No me he vuelto a subir en un avión desde 1945, y no puedo ver películas bélicas. No me gustan los hospitales. Para mí, después de todo, la guerra —y mi estancia en el hospital— lo cambió todo.

—Estás llorando —me dice Ruth.

En otro lugar, en otro momento, me secaría las lágrimas de la cara con el reverso de la mano. Pero aquí y ahora, me llevaría un esfuerzo que no puedo asumir.

—No me había dado cuenta —contesto.

—A menudo lloras mientras duermes —insiste Ruth—. Al principio de estar casados, te oía gimotear toda la noche, y eso me partía el corazón. Te frotaba la espalda y te acallaba con ternura, y a veces te dabas la vuelta hacia mí y te calmabas. Pero otras veces seguías gimiendo toda la noche, y a la mañana siguiente me decías que no podías recordar el motivo.

—A veces no me acordaba.

Ella me mira fijamente.

—Pero a veces sí —apostilla.

Achico los ojos para enfocarla mejor y pienso que su forma es casi líquida, como si la contemplara a través de las ondulantes olas de calor que emergen del asfalto en verano. Va vestida con un traje azul marino y una diadema blanca, y su voz parece más madura. Al cabo de un momento caigo en la cuenta de que tiene veintitrés años, su edad cuando regresé de la guerra.

—Estaba pensando en Joe Torrey —confieso.

—Tu amigo —asiente ella—, el que se zampó cinco perritos calientes en San Francisco. El que te invitó a tu primera cerveza.

Jamás le conté lo de los cigarrillos; sé que a Ruth no le habría gustado. Ella detestaba el olor a tabaco. Es una mentira piadosa; hace mucho tiempo que me convencí a mí mismo que era lo más adecuado.

—Sí —admito.

La luz de la mañana rodea a Ruth con un halo.

—Me hubiera encantado conocerlo —dice ella.

—Te habría gustado.

Ruth carraspea mientras considera mi respuesta antes de darme la espalda, hacia la ventana colmada de nieve, sumida en sus propios pensamientos. «Este coche se ha convertido en mi tumba», pienso yo.

—También lo pensabas en el hospital —murmura ella.

Muevo la cabeza afirmativamente. Ella suspira, resignada.

—¿No has oído lo que te dije? —me reprende al tiempo que se gira otra vez hacia mí—. Para mí no era importante. No te mentiría en una cuestión así.

—No a propósito. Pero creo que a veces quizá te mentías a ti misma —contesto.

Ella se muestra sorprendida ante mis palabras, aunque solo sea porque me he atrevido a hablar sobre este tema de una forma tan directa. Pero sé que tengo razón.

—Por eso dejaste de escribirme —observa ella—. Después de regresar a California, tus cartas fueron menos frecuentes hasta que al final ya no recibí ninguna. Me pasé seis meses sin saber nada de ti.

—Dejé de escribir porque recordé lo que me habías dicho.

—Porque querías acabar con lo nuestro.

Hay un trasfondo enojado en su voz, y no me atrevo a mirarla a los ojos.

—Quería que fueras feliz.

—No era feliz —suelta ella—. Me sentía confusa y desconsolada, y no comprendía qué había sucedido. Rezaba por ti día tras día, con la esperanza de que me permitieras ayudarte. Pero, en vez de eso, iba hasta el buzón y lo encontraba vacío, por más cartas que yo te enviara.

—Lo siento. Fue un error por mi parte.

—¿Llegaste a leer mis cartas?

—Cada una de ellas. Las leía una y otra vez, y en varias ocasiones intenté escribirte para contarte lo que había sucedido. Pero nunca encontraba las palabras adecuadas.

Ella sacude la cabeza.

—Ni siquiera me dijiste cuándo ibas a volver a casa. Fue tu madre quien me lo dijo, y pensé en irte a esperar a la estación, tal como tú solías hacer cuando era yo la que regresaba.

—Pero no lo hiciste.

—Quería ver si tú contactabas conmigo. Pero fueron pasando

123

los días, y luego una semana, y cuando no te vi en la sinagoga, comprendí que intentabas evitarme. Así que al final me presenté en la sastrería y te dije que necesitaba hablar contigo. ¿Recuerdas lo que me contestaste?

De todas las cosas que he dicho en mi vida, esas son las palabras de las que más me arrepiento. Pero Ruth está esperando, fulminándome con una expresión tensa. Hay un reto desapacible en su actitud expectante.

—Te dije que ya no había nada entre nosotros, que lo nuestro se había acabado.

Ruth enarca una ceja.

—Sí, eso fue lo que dijiste.

—No podía hablar contigo en esos momentos. Estaba...

Cuando callo, ella termina la frase por mí.

—Enfadado. —Asiente con la cabeza—. Lo podía ver en tus ojos, pero incluso entonces sabía que todavía me amabas.

—Así es —admito.

—Pero tus palabras fueron como dardos. Me marché a casa y lloré como no lo había hecho desde que era una niña. Al final mi madre entró, preocupada; ni ella ni yo sabíamos qué hacer. Había perdido ya a tantos seres queridos que no podía soportar la idea de perderte también a ti.

Ruth se refiere a su familia, la que se quedó en Viena. En aquella época no me daba cuenta de lo egoístas que eran mis acciones ni de cómo Ruth podía interpretarlas. Es otro de los remordimientos con los que cargo. Ahora, aquí, en este coche, siento una vergüenza secular.

Ruth, mi sueño, sabe lo que siento. Cuando vuelve a hablar, se expresa con una renovada ternura.

—Pero si lo nuestro se había acabado, yo quería saber la razón, así que al día siguiente fui al bar de delante de la sastrería y pedí un refresco de chocolate. Me senté junto a la ventana y te observé mientras trabajabas. Sé que me viste, pero no acudiste a mi encuentro. Así que regresé al día siguiente, y al siguiente, y solo entonces decidiste por fin cruzar la calle para hablar conmigo.

—Mi madre me obligó —admito—. Me dijo que merecías una explicación.

—Eso es lo que siempre has dicho. Pero creo que tú también querías verme, porque me echabas de menos. Y porque sabías que solo yo podía ayudarte a que te curaras.

Entorno los ojos al oír sus palabras. Ruth tiene razón, por supuesto, toda la razón. Siempre me ha conocido mejor que nadie, mejor incluso que yo mismo.

—Me senté delante de ti —evoco—, y entonces, al cabo de un momento, el camarero me sirvió un refresco de chocolate.

—Estabas tan delgado... Pensé que necesitabas mi ayuda para volver a engordar. Para ponerte tal como eras cuando nos conocimos.

—Nunca estuve gordo —protesto—. Apenas llegaba al peso mínimo cuando me alisté en el Ejército.

—Ya, pero, cuando volviste, estabas en los huesos. El traje te bailaba como si fuera dos tallas más grande. Pensé que el viento se te llevaría volando cuando cruzaste la calle. Me pregunté si alguna vez volverías a ser tú mismo. No estaba segura de que fueras capaz de ser el hombre al que una vez había amado.

—Sin embargo, me diste una oportunidad.

Ella se encoge de hombros.

—No tenía alternativa —contesta, con un brillo en los ojos—. Por entonces, David Epstein ya estaba casado.

Me río a pesar de mí mismo, y mi cuerpo se contrae con espasmos; el calor me quema las neuronas, me invaden las náuseas. Respiro a través de los dientes prietos y gradualmente siento que el embate de dolor empieza a aquietarse. Ruth espera hasta que mi respiración vuelve a estabilizarse antes de proseguir.

—Admito que eso me asustaba. Quería que nuestra relación volviera a ser como antes, así que simplemente fingí que nada había cambiado. Parloteé sobre la universidad, mis compañeras y lo mucho que había estudiado, y que mis padres me habían dado una sorpresa al presentarse en mi graduación. Hablé de mi trabajo como maestra suplente en una escuela que había a la vuelta de la esquina de la sinagoga, pero también mencioné que había hecho una entrevista para optar a un trabajo a tiempo completo a partir de otoño en una escuela de primaria situada en las afueras de la ciudad. También te conté que mi padre iba a reunirse por tercera vez con el decano de la facultad de Bellas Artes en la Universidad de Duke, y que cabía la posibilidad de que mis padres se marcharan a vivir a Durham. Después me pregunté en voz alta si debía olvidarme de mi trabajo y trasladarme también a Durham.

—Y, de repente, supe que no quería que te marcharas.

—Por eso lo dije. —Ella sonríe—. Quería ver tu expresión y, durante apenas un instante, el viejo Ira regresó. Y entonces ya no tuve miedo de haberte perdido para siempre.

—Pero no me pediste que te acompañara hasta tu casa.

—No estabas listo. Todavía cargabas con demasiada rabia. Por eso sugerí que quedáramos una vez a la semana para tomar un refresco de chocolate, tal como solíamos hacer. Necesitabas tiempo, y yo estaba dispuesta a esperar.

—Pero no toda la vida.

—No, no toda la vida. A finales de febrero, había empezado a preguntarme si volverías a besarme alguna vez.

—Quería hacerlo —confieso—. Cada vez que estaba contigo, quería besarte.

—Lo sabía, y por eso me resultaba todo tan confuso. No entendía qué te pasaba. No podía comprender qué era lo que te frenaba, por qué no confiabas en mí. Deberías haber sabido que te amaría por encima de todo.

—Lo sabía. Y precisamente por eso no podía contártelo.

Al final se lo conté, por supuesto, en un frío atardecer de principios de marzo. La había llamado por teléfono y le había pedido si podíamos vernos en el parque, por donde habíamos paseado cientos de veces. En ese momento, no planeaba contárselo, sino que me convencí a mí mismo de que simplemente necesitaba hablar con un amigo, dado que el ambiente en casa se estaba volviendo opresivo.

A mi padre le habían ido bien las cosas durante la guerra —económicamente hablando—, y tan pronto como acabó el conflicto bélico, retomó su negocio como sastre. Se acabaron las máquinas de coser; en su lugar había percheros llenos de trajes, y para cualquiera que pasara por delante de la puerta, probablemente parecía la misma sastrería que antes de la guerra. Pero, dentro, todo había cambiado. Mi padre había cambiado.

En vez de recibir a los clientes en la puerta, tal como solía hacer, se pasaba las tardes en la trastienda, escuchando las noticias en la radio, intentando comprender la locura que había desencadenado las muertes de tanta gente inocente. No quería hablar de nada más; el Holocausto se convirtió en el tema de conversación a la hora de la cena y en cualquier momento libre.

En cambio, cuanto más hablaba él, más se concentraba mi madre en la costura. Ella no podía soportar pensar en esa tragedia. Para mi padre, después de todo, era un horror abstracto; para ella —quien, al igual que Ruth, había perdido amigos y familia— era una cuestión profundamente personal. En ese momento, al sentir todo aquello de un modo tan diferente, empezaron a alejarse el uno del otro, a vivir sus vidas por separado hasta el final de sus días.

Como su hijo, intenté no ponerme de parte de ninguno de los dos. Me dedicaba a escuchar a mi padre y a callar con mi madre. Sin embargo, cuando estábamos los tres juntos, a veces me sorprendía al pensar cómo habíamos olvidado lo que significaba ser una familia.

Tampoco ayudaba que mi padre nos acompañara a mi madre y a mí a la sinagoga. Mis conversaciones privadas con mi madre tocaron a su fin. Cuando mi padre me comunicó que quería hacerme partícipe del negocio familiar como socio —lo que quería decir que los tres estaríamos juntos todo el tiempo—, me desesperé, con la certeza de que no escaparía vivo de aquel pesimismo que se había instalado en nuestras vidas.

—Estás pensando en tus padres —adivina Ruth.

—Siempre fuiste muy buena con ellos.

—Quería mucho a tu madre. A pesar de la diferencia de edad, fue la primera amiga que tuve en este país.

—¿Y mi padre?

—También lo quería. ¿Cómo no iba a quererlo, si era de la familia?

Sonrío. Recordando que en los últimos años ella siempre se mostraba más paciente con él que yo mismo.

—¿Puedo hacerte una pregunta?

—Puedes preguntarme lo que quieras.

—¿Por qué me esperaste, incluso después de que dejara de escribirte? Ya sé que dices que me querías, pero…

—¿Ya estamos otra vez? ¿Te preguntas por qué te quería?

—Podrías haberte casado con quien hubieras querido.

Ruth se inclina hacia mí.

—Ese ha sido siempre tu problema, Ira —me contesta con ternura—. No te ves como los demás te vemos. Según tú, no eres lo bastante apuesto, pero de joven eras muy guapo. Crees que no eres lo bastante interesante, ni lo bastante listo, pero ahí también te equivocas, y el hecho de que no seas consciente de tus mejores cualidades forma parte de tu encanto. Siempre admiras a los demás, como hacías conmigo. Conseguías que me sintiera especial.

—Es que eres especial —insisto.

Ella alza el brazo con fruición.

—¡A eso me refiero! —afirma, riendo—. Eres un hombre con

127

unos sentimientos profundos, que siempre se ha preocupado por los demás, y no soy la única que opina de ese modo. Tu amigo Joe Torrey lo percibió. Estoy segura de que por eso pasaba su tiempo libre contigo. Y mi madre también se dio cuenta, por lo que me animó a no perder la esperanza cuando pensé que te había perdido. Ambas sabíamos que los hombres como tú escasean.

—Me alegro de que acudieras a la cita aquella noche —digo—. Te necesitaba.

—Y yo también supe, desde el momento en que nos pusimos a caminar por el parque, que, por fin, estabas listo para sincerarte conmigo y contarme toda la verdad.

Asiento con la cabeza. En una de mis últimas cartas, le había contado resumidamente lo del bombardeo de Schweinfurt y Joe Torrey. Mencioné las heridas que había sufrido y la subsiguiente infección, pero no se lo había contado todo. Aquella noche, sin embargo, empecé desde el principio; le referí todos los detalles y no le oculté nada. Sentada en el banco del parque, Ruth me escuchó en silencio mientras yo me desahogaba por completo.

Cuando acabé, ella deslizó los brazos por mi cuello y yo me apoyé en su hombro. Las emociones me embestían a sacudidas; las palabras de ánimo que Ruth me susurraba desenterraron los recuerdos que llevaba tanto tiempo intentando encubrir.

No sé cuánto rato tardé en controlar la tormenta que se había desatado en mi interior, pero al final quedé exhausto. Pese a ello, todavía había algo que no había revelado, algo que ni siquiera mis padres sabían.

En el coche, Ruth permanece en silencio. Sé que está reviviendo lo que le conté aquella noche.

—Te conté que había contraído paperas en el hospital, el peor caso que había visto el médico. Y repetí las palabras que me había dicho el doctor.

Ruth sigue callada, pero sus ojos empiezan a brillar.

—Dijo que las paperas pueden causar esterilidad. Por eso intenté poner punto final a nuestra relación. Sabía que, si te casabas conmigo, había muchas probabilidades de que nunca tuviéramos hijos.

9

Sophia

—¿ *Y* entonces qué? —preguntó Marcia.

Estaba de pie delante del espejo, aplicándose una segunda capa de rímel mientras Sophia le contaba su día en el rancho.

—¡No me digas que te acostaste con él! —continuó interrogándola al mismo tiempo que examinaba el reflejo de Sophia en el espejo.

—¡Por supuesto que no! —Sophia cruzó una pierna sobre la otra encima de la cama—. No íbamos en ese plan. Solo nos besamos, y luego hablamos un rato más. Cuando me despedí, volvió a besarme, en el coche. Fue tan... dulce.

—¡Vaya! —replicó Marcia, deteniendo por un momento los trazos en las pestañas.

—No hace falta que ocultes tu decepción, de verdad.

—¿Qué? —contraatacó ella en actitud ofendida—. Yo pensaba que eso era lo que querías, ¿no?

—¡Pero si apenas le conozco!

—Eso no es verdad. Has estado con él... ¿Qué? ¿Más de una hora anoche, y seis o siete horas hoy? ¡Eso son un montón de horas! Muchas horas para hablar. Un paseo a caballo, un par de cervecitas... Si yo hubiera estado en tu lugar, le habría agarrado la mano y lo habría arrastrado dentro de la cabaña.

—¡Marcia!

—¿Qué? Está buenísimo. No me dirás que no te has fijado en ese detalle, ¿eh?

Sophia no quería empezar otra vez a usar esa clase de términos para describir a Luke.

—Es un chico muy agradable —contestó, intentando zanjar el tema.

—¡Mejor todavía! —insistió Marcia, guiñándole el ojo.

Se aplicó una copiosa capa de pintalabios antes de buscar una pinza para el cabello y admitir:

—Pero, de acuerdo, lo entiendo. Tú y yo somos diferentes. Y lo respeto, de verdad. Solo es que me alegro de que hayas puesto punto final a tu culebrón con Brian.

—No he querido tener nada que ver con él desde que cortamos.

—Lo sé —afirmó ella, al tiempo que se recogía su exuberante melena castaña en una cola y la remataba con una flamante pinza—. Ya sabes que hablé con él, ¿verdad?

—¿Cuándo?

—En el rodeo, cuando desapareciste con el pedazo de bombón.

Sophia frunció el ceño.

—No me lo dijiste.

—¿Y qué querías que te contara? Solo intenté distraerlo. Por cierto, Brian no les cayó nada bien a los chicos de la Universidad de Duke. —Marcia se aderezó unos mechones que habían quedado sueltos de la cola con una gracia genuina; acto seguido, miró a Sophia a los ojos a través del espejo—. Tienes que admitir que soy la mejor compañera de habitación que una podría tener, ¿eh? Fui yo quien te convencí para que salieras de juerga. De no ser por mí, te hubieras pasado estos dos días encerrada en este cuarto. Me pregunto cuándo me presentarás a tu nuevo semental.

—No hemos quedado para volver a vernos.

Marcia esbozó una mueca de incredulidad.

—¿Cómo es posible que no hayáis quedado?

«Porque somos diferentes», pensó Sophia, y porque... La verdad es que no sabía el motivo, solo que la forma embriagadora en que Luke la había besado había eliminado su capacidad de pensar de forma práctica.

—Lo único que sé es que el próximo fin de semana estará fuera. Tiene un rodeo en Knoxville.

—¡Pues llámalo! Dile que antes se pase por aquí.

Sophia sacudió la cabeza.

—No pienso llamarlo.

—¿Y si él no te llama?

—Dijo que lo haría.

—Ya, pero muchas veces los chicos dicen eso y luego una no vuelve a saber nunca nada más de ellos.

—Él no es así —lo defendió Sophia, y como para demostrar su alegato, su teléfono empezó a sonar.

Sophia reconoció el número de Luke. Agarró el móvil y de un brinco se incorporó de la cama.

—¡No me digas que es él! ¿Ya?

—Me dijo que me llamaría para confirmar si había llegado sin ningún contratiempo.

Mientras Sophia enfilaba hacia la puerta, apenas se fijó en la cara atónita de su compañera de habitación ni en las palabras que se murmuró a sí misma mientras Sophia salía al pasillo: «De verdad, he de conocer a ese tío».

El jueves por la noche, una hora después de la puesta de sol, Sophia se estaba acabando de arreglar el peinado cuando Marcia se dio la vuelta hacia ella. Llevaba un rato de pie junto a la ventana, a la espera de ver la camioneta de Luke, con lo que había conseguido poner a Sophia más nerviosa de lo que ya estaba.

Marcia había desaprobado tres de sus conjuntos, le había prestado un par de pendientes largos de oro y un collar a juego, y ni se preocupó en ocultar su entusiasmo al saltar emocionada delante de Sophia.

131

—¡Ya ha llegado! ¡Bajaré a abrir la puerta!

Sophia resopló un poco tensa.

—Muy bien, estoy lista. ¡Vamos allá!

—¡No! ¡Tú te quedas unos minutos en la habitación! No querrás que él piense que lo estabas esperando, ¿verdad?

—No era yo la que lo estaba esperando, sino tú —dijo Sophia.

—Ya sabes a qué me refiero. ¡Necesitas hacer una entrada triunfal! Él ha de admirarte mientras bajas las escaleras. No querrás que piense que estás desesperada, ¿verdad?

—¿Por qué complicas tanto las cosas? —protestó Sophia.

—Confía en mí —apuntó Marcia—. Sé lo que me hago. ¡Baja dentro de tres minutos! ¡Cuenta hasta cien, más o menos! ¡Adiós!

Marcia salió disparada. Sophia se quedó sola con los nervios en la boca del estómago, lo que le pareció raro, ya que las tres noches previas había estado hablando con Luke una hora o más por teléfono, retomando la conversación anterior en el punto donde la habían dejado. Luke solía llamarla al anochecer, y ella salía al porche para hablar más cómodamente al tiempo que intentaba imaginar qué aspecto tendría él en ese momento y sin poder parar de recordar el día tan especial que habían pasado juntos.

Pasar unas horas con él en el rancho era una cosa. Eso era sencillo. Pero ¿ver a Luke allí, en la residencia de estudiantes? Para él sería lo mismo que visitar Marte. Durante los tres años que Sophia llevaba viviendo allí, los únicos chicos que habían entrado en la casa —aparte de hermanos, padres o novios que acudían del pueblo o la ciudad natal— eran, o bien chicos de la fraternidad, o bien chicos de la fraternidad recién graduados, o chicos de alguna fraternidad de otra universidad.

Sophia había intentado advertirle con diplomacia, pero no estaba segura de cómo decirle que las chicas en la residencia probablemente lo mirarían como a un espécimen exótico, lo que daría mucho que hablar tan pronto como se marchara.

Le había sugerido quedar en algún lugar fuera del campus, pero él había contestado que nunca había pisado Wake Forest y que quería ver las instalaciones. Sophia contuvo las ganas de bajar corriendo las escaleras y alejarse con él de aquel edificio tan pronto como fuera posible.

Recordó el insistente consejo de Marcia. Aspiró hondo y se examinó por última vez en el espejo. Pantalones vaqueros, blusa y zapatos planos; muy similar al atuendo que había llevado la última vez que habían estado juntos. Se volvió primero hacia un lado y luego hacia el otro, y pensó: «Es todo lo que puedo hacer». A continuación, se regaló una sonrisa coqueta a través del espejo y admitió: «Pero no está nada mal».

Echó un vistazo al reloj de pulsera y dejó que pasara otro minuto antes de abandonar la habitación. Durante la semana, los hombres podían entrar solo hasta el vestíbulo y la salita. Esta, que disponía de sofás y una gigantesca pantalla plana, era el espacio donde a muchas de sus compañeras de residencia les gustaba matar las horas.

Mientras se acercaba a las escaleras al final del pasillo, oyó a Marcia reír. Le sorprendió el silencio de la estancia. Caminó un poco más deprisa, rezando para que ella y Luke pudieran escapar inadvertidos.

Lo vio rápidamente, de pie en el centro de la sala junto a Marcia, con el sombrero en la mano. Como siempre, llevaba botas camperas y pantalones vaqueros, y completaba el atuendo con un cinturón que tenía una enorme hebilla resplandeciente.

Sophia se quedó sin aliento cuando vio que él y Marcia no estaban solos en la salita. De hecho, estaba más concurrida que de costumbre, aunque insólitamente en silencio. Había tres chicos de la fraternidad ataviados con polos, pantalones cortos y mocasines, que miraban a Luke con la misma cara de pasmados que Mary-Kate desde el sofá al otro lado, igual que Jenny, Drew y Brittany, e igual que cuatro o cinco chicas más medio acurrucadas en silencio en el rincón más apartado. Todos intentaban averiguar quién era ese extraño al que nadie había esperado.

Pero Luke no se sentía amedrentado por ese escrutinio tan descarado. Parecía a gusto escuchando a Marcia, que parloteaba sin parar y se ayudaba de las manos para ser más descriptiva. Cuando Sophia se plantó en el umbral, él alzó la vista. Al verla, sonrió. Los hoyuelos se acentuaron. Fue como si Marcia hubiera desaparecido de golpe y como si él y Sophia fueran las dos únicas personas de la habitación.

Aspiró hondo antes de entrar en la salita. Enseguida notó que todas las miradas se posaban en ella. En ese momento, Jenny se inclinó hacia Drew y Brittany y les cuchicheó algo al oído. A pesar de que algo sabían sobre la ruptura entre ella y Brian, era evidente que ninguna conocía a Luke. Sophia se preguntó cuánto tardaría Brian en saber que un vaquero había ido a recogerla a la residencia. Estaba segura de que la noticia correría como la pólvora. No le costaba nada imaginar a varias compañeras marcando algún número de teléfono en sus móviles, incluso antes de que ella y Luke llegaran a la camioneta.

Eso significaba que Brian lo sabría, y no tardaría mucho en averiguar que era el mismo vaquero que lo había humillado el fin de semana anterior. Seguro que no le haría ni la menor gracia, ni tampoco a sus compañeros de la fraternidad. Además, en función de si habían bebido más de la cuenta —los jueves, todo el mundo empezaba a beber antes—, quizá se les pasaría por la cabeza buscar venganza. Súbitamente se sintió incómoda y se preguntó por qué no había reparado antes en aquella posibilidad.

—¿Qué tal? —lo saludó, procurando ocultar su ansiedad.

La sonrisa de Luke se expandió.

—Estás fantástica.

—Gracias —murmuró Sophia.

—¡Este chico me gusta! —intervino Marcia.

Luke la miró sorprendido, antes de volverse hacia Sophia.

—He tenido la suerte de conocer a tu compañera de habitación.

—He intentado averiguar si tiene algún amigo soltero —admitió Marcia.

133

—¿Y?

—Ha dicho que verá lo que puede hacer.

Sophia hizo una señal con la cabeza.

—¿Nos vamos?

Marcia empezó a sacudir efusivamente la cabeza.

—¡Ah, no! ¡Todavía no! ¡Acaba de llegar!

Sophia fulminó a Marcia con la mirada, esperando que su amiga detectara el aviso.

—No podemos quedarnos, de verdad.

—¡Vamos! ¡Tomemos antes una copa juntos! —gorjeó Marcia—. Es jueves por la noche, ¿recuerdas? Quiero que Luke me cuente anécdotas sobre la monta de toros.

Al otro lado de la sala, la expresión de Mary-Kate se iluminó cuando encajó las piezas en el rompecabezas. De pronto había recordado que el sábado pasado Brian había regresado y había contado a todo el mundo que una pandilla de vaqueros lo habían vapuleado. Brian y Mary-Kate siempre habían sido buenos amigos, y cuando ella sacó el móvil, se puso de pie y abandonó la sala, Sophia temió lo peor y reaccionó sin vacilar.

134 —No podemos quedarnos. Tenemos una reserva —insistió con firmeza.

—¿Qué? —Marcia pestañeó—. ¡No me lo habías dicho! ¿Dónde?

Sophia palideció; se había quedado totalmente en blanco. Notó que Luke la escrutaba antes de carraspear.

—En el Fabian's —anunció él de repente.

Marcia desvió la vista de uno al otro.

—Bueno, seguro que no pasará nada si llegáis unos minutos tarde.

—Por desgracia, ya vamos con retraso —terció Luke. Luego miró a Sophia y añadió—: ¿Estás lista?

Sophia se sintió súbitamente aliviada y se ajustó la correa del bolso en el hombro.

—Sí, vamos.

Luke la cogió por el codo con extrema suavidad y la guio hacia la puerta.

—Ha sido un placer conocerte, Marcia.

—Lo mismo digo —soltó ella, desconcertada.

Luke abrió la puerta y se detuvo para ponerse el sombrero. Lucía una expresión divertida mientras se lo ajustaba, como si se diera cuenta de la confusión general en la salita. Con una risita de niño travieso, atravesó el umbral con Sophia agarrada del brazo.

Cuando la puerta se cerró tras ellos, Sophia oyó el estallido de rumores en el interior del edificio. Probablemente Luke también los oyó, pero reaccionó como si nada. En vez de eso, la guio hacia la camioneta y abrió la puerta; luego recorrió el espacio que lo separaba de la otra puerta. Mientras se dirigía al asiento del conductor, Sophia se fijó en una hilera de rostros exaltados —incluido el de Marcia— que habían aparecido en las ventanas de la salita. Se estaba debatiendo entre si despedirse de ellas con la mano o si simplemente no prestarles atención cuando Luke se sentó a su lado y cerró la puerta de golpe.

—¡Vaya! Por lo visto has despertado su curiosidad —exclamó él.

Sophia sacudió la cabeza.

—Te equivocas. No sienten curiosidad por mí.

—¡Ah! Ya lo entiendo. Es porque soy muy flaco, ¿verdad?

Ella se echó a reír, y de repente se dio cuenta de que no le importaba en absoluto lo que los demás pensaran o dijeran de ellos.

—Gracias por seguirme el rollo en la salita.

—¿Por qué te has puesto tan nerviosa?

Sophia le comentó su intranquilidad acerca de Brian y sus sospechas sobre Mary-Kate.

—Lo temía. Me habías dicho que él no te dejaba en paz. En cierta manera, estaba esperando que tu ex irrumpiera por la puerta en cualquier momento.

—Sin embargo, te has atrevido a venir.

—Tenía que hacerlo. —Luke se encogió de hombros—. Me habías invitado.

Ella apoyó la nuca en el reposacabezas, encantada de la actitud sosegada con la que él parecía tomarse todas las cosas.

—Lo siento, pero creo que no podré enseñarte el campus esta noche.

—Tampoco es tan importante.

—Si quieres, te lo enseñaré otro día —prometió ella—, cuando Brian no sepa que estás aquí, claro. Te mostraré los sitios más interesantes.

—Te tomo la palabra.

Así, de cerca, los ojos de Luke eran de un intenso azul celeste, muy llamativo por su pureza. Sophia se quitó una pelusa imaginaria de los pantalones vaqueros.

135

—¿Qué te gustaría hacer?

Él permaneció unos momentos pensativo.

—¿Tienes hambre?

—Un poco —admitió ella.

—¿Quieres que vayamos al Fabian's? No sé si habrá sitio. Sin reserva... Pero podríamos intentarlo si quieres.

Sophia reflexionó y sacudió la cabeza.

—No, esta noche no. Prefiero ir a un lugar diferente, que no sea uno de los establecimientos de moda. ¿Te apetece cenar sushi?

Luke no respondió de inmediato.

—De acuerdo —aceptó al final.

Ella lo miró fijamente.

—¿Has probado el sushi alguna vez?

—Oye, que viva en un rancho no quiere decir que de vez en cuando no salga por ahí.

—¿Y? Todavía no has contestado a mi pregunta.

Él rebuscó entre las llaves antes de insertar la correcta y arrancar el motor.

—No —admitió—, jamás he probado el sushi.

Sophia se echó a reír.

136

Luke siguió las instrucciones de Sophia y condujo hasta el restaurante japonés Sakura. En el interior, la mayoría de las mesas estaban ocupadas, al igual que la barra. Mientras esperaban a la camarera, Sophia echó un rápido vistazo a su alrededor, rezando para que no hubiera nadie conocido. No era el típico local frecuentado por estudiantes —la comida favorita de cualquier universitario eran las pizzas y las hamburguesas—, pero el Sakura tampoco era un desconocido. Sophia había ido alguna vez allí con Marcia. No reconoció a nadie, pero, igualmente, prefirió pedir una mesa en el patio exterior.

En las esquinas resplandecían unas lámparas de calor que emitían ondas cálidas para contrarrestar la gelidez del atardecer. Solo había una mesa ocupada por otra pareja, que estaba a punto de acabar de cenar. En el patio se respiraba una agradable sensación de silencio. La vista no era muy interesante, pero el suave brillo amarillo que proyectaba la lámpara japonesa sobre sus cabezas le confería a aquel lugar un toque romántico.

Después de sentarse, Sophia se inclinó hacia Luke.

—¿Qué te ha parecido Marcia?

—¿Tu compañera de habitación? Parece muy simpática. Aunque un poco tocona, ¿no?

Ella ladeó la cabeza.

—¿Quieres decir pesada?

—No, quiero decir que no paraba de sobarme el brazo mientras hablaba.

Con un gesto indiferente de la mano, Sophia comentó:

—Ella es así. Lo hace con todos. Es la chica más coqueta del mundo.

—¿Sabes qué ha sido lo primero que me ha dicho? ¿Incluso antes de entrar en el vestíbulo?

—Me da miedo preguntar.

—Me ha dicho: «Ya sé que has besado a mi amiga».

Sophia no se mostró sorprendida.

—Marcia es así, es verdad. Suele decir lo que piensa, sin ambages.

—Pero te gusta.

—Sí —concedió Sophia—, me gusta. Siempre ha estado a mi lado cuando la he necesitado. Cree que soy un poco… ingenua.

—¿Y tiene razón?

—En cierto modo sí —admitió Sophia.

137

Tomó los palillos y los rompió por la parte superior para separarlos.

—Antes de ir a estudiar a la universidad, nunca había tenido novio. En el instituto, mis compañeros me consideraban un bicho raro. Además, como trabajaba con mis padres en la charcutería, no tenía demasiado tiempo para ir de fiesta ni nada parecido. Tampoco es que fuera una asocial ni que no supiera lo que la gente hacía los fines de semana. Sabía que en el instituto había drogas, sexo y todo eso, pero básicamente se trataba de rumores o cuchicheos que había oído por casualidad. La verdad es que nunca vi nada específico.

Hizo una pausa antes de continuar.

—Durante mi primer semestre en el campus, aluciné al ver con qué descaro hacían esas cosas. Había oído a algunas chicas que comentaban que se lo habían montado con chicos a los que acababan de conocer, y no estaba segura de si entendía a qué se referían. La mitad de las veces sigo sin estar segura, porque parece como si el significado varíe en función de quien hable. Para algunas, solo quiere decir besuquearse, pero para otras significa acostarse con alguien, y para otras, algo entre medio, no sé si me entiendes. Me pasé buena parte de mi primer año intentando descifrar el significado.

Luke sonrió, y Sophia continuó con su disertación.

—Además, la vida en la hermandad, en general, no es lo que había esperado. Se pasan los días de fiesta en fiesta, y para mucha gente eso significa borracheras y drogas o lo que sea. Admito que en un par de ocasiones me pasé de la raya con el alcohol, hasta acabar fatal, tanto como para vomitar en el cuarto de baño de la residencia. No me enorgullezco, ni mucho menos, pero en el campus hay chicas que se emborrachan todas las semanas y que están todo el fin de semana ebrias. No digo que sea lo habitual en la vida de la hermandad; es una realidad tanto en las residencias como en los apartamentos de estudiantes que viven fuera del campus. Por lo visto, es un hábito bien arraigado. Pero lo que pasa es que no me siento a gusto en esos ambientes, y para mucha gente (incluida Marcia) eso significa que soy una ingenua. Si añadimos el hecho de que no formo parte de la cultura de montármelo con el primero que pase, muchas piensan que soy una mojigata. Incluso Marcia lo cree, un poco. Ella jamás ha entendido por qué alguien querría un novio formal en la universidad. Siempre me dice que lo que menos desea es una relación estable.

Luke cogió sus palillos y también los separó, imitando a Sophia.

—Sé de bastantes chicos que estarían interesados en una chica como ella.

—No, no hace falta que se los presentes, porque, a pesar de lo que ella diga, no sé si es verdad. Creo que Marcia busca algo más genuino, pero no sabe cómo encontrar a un chico que busque lo mismo. En la universidad no hay muchos chicos así. ¿Por qué habría de haberlos, si las chicas se entregan sin reservas? Lo que quiero decir es que puedo comprender por qué uno se acuesta con alguien a quien quiere, pero si apenas le conoce, ¿dónde está la gracia? Eso solo sirve para degradar las relaciones.

Sophia se quedó en silencio, y entonces cayó en la cuenta de que Luke era la primera persona a la que había confesado su punto de vista, algo extraño.

Luke jugueteó con los palillos, sosteniéndolos por los extremos desiguales por donde los había separado, mientras se tomaba su tiempo para considerar la exposición de Sophia. Al cabo, se inclinó hacia delante, hasta quedar justo debajo de la lámpara, y dijo:

—Parece una reflexión muy madura, si quieres que te diga la verdad.

Ella se centró en el menú, un poco avergonzada por el comentario.

—¿Sabes? No has de pedir sushi si no quieres. También tienen pollo y ternera teriyaki.

Luke estudió su menú.

—¿Qué tomarás tú?

—Sushi —contestó ella.

—¿Desde cuándo te gusta el sushi?

—Desde que iba al instituto. Una de mis mejores amigas era japonesa, y siempre me decía que había un restaurante fantástico en Edgewater al que ella iba cuando sentía nostalgia de una buena comida japonesa. Como yo siempre comía en la charcutería, tenía ganas de probar algo nuevo, así que un día fui con ella y me convertí en una adepta. Así que a veces, mientras estudiábamos, nos montábamos en su coche e íbamos a Edgewater, a ese pequeño local indescriptible. Al final nos convertimos en clientes asiduas. Desde entonces, de vez en cuando me entran unas incontrolables ganas de comer sushi, como esta noche.

—Te entiendo —convino él—. En el instituto, cuando competía en el programa para la juventud rural, me iba a una feria local y siempre pedía un Twinkie frito, ya sabes, esos esponjosos pastelitos con crema pastelera.

Sophia se lo quedó mirando sin pestañear.

—¿Estás comparando el sushi con los Twinkies?

—¿Alguna vez has probado un Twinkie frito?

—¡Puaj! ¡Qué asco!

—Sí, ya, bueno, hasta que no pruebes uno, no vale emitir ningún juicio. Están buenísimos. Si te comes muchos, probablemente sufrirás un ataque al corazón, pero, de vez en cuando, no hay nada mejor. Por lo menos es mejor que los Oreos fritos.

—¿Oreos fritos?

—Si necesitas una sugerencia nueva para la charcutería de tus padres, tal como te he dicho, yo apostaría por los Twinkies fritos.

Al principio, Sophia no supo qué decir, hasta que al final soltó en tono serio:

—No creo que nadie en Nueva Jersey sea capaz de comerse esa porquería.

—Te sorprenderías. Podría ser la gran novedad en la ciudad. La gente haría largas colas delante de la tienda todo el día.

139

Sophia sacudió levemente la cabeza y volvió a centrar la atención en el menú.

—Conque el programa para la juventud rural, ¿eh?

—Empecé cuando era un crío. Con cerdos.

—¿De qué se trata, exactamente? He oído hablar del programa, pero no sé qué es.

—De promover el civismo, la responsabilidad y esa clase de actitudes. Pero cuando hablamos de la competición, se trata más de aprender a elegir un buen cerdo cuando todavía es un lechón. Examinas a sus padres, si puedes, con fotos o como sea. Luego intentas elegir el lechón que consideras que tiene posibilidades de convertirse en un codiciado cerdo en la feria. Se trata de escoger una cría robusta, con mucho músculo y no demasiada grasa, y sin imperfecciones. Después, básicamente, te encargas de ella durante un año. Le das de comer y te ocupas de todo. En cierto modo, es como tener un animal doméstico.

—A ver si lo averiguo. A tu lechón le llamaste *Cerdo*.

—Pues no. La primera que cuidé se llamaba *Edith*; el segundo, *Fred*, la tercera fue *Maggie*. Puedo continuar con la lista, si quieres.

—¿Cuántos tuviste en total?

Luke contó con los dedos sobre la mesa.

—Nueve, creo. Empecé en tercero y continué hasta el penúltimo año del instituto.

—Y entonces, cuando crecían, ¿dónde competías?

—En la feria del estado. Los jueces los examinan y luego anuncian el ganador.

—¿Y si ganas?

—Te dan una insignia. Pero ganes o pierdas, igualmente acabas vendiendo el cerdo.

—¿Qué hacen con él?

—Lo que suelen hacer con los cerdos —contestó él—. Llevarlos al matadero.

Sophia arrugó la nariz.

—Quieres decir que lo crías desde que es un lechón, le pones un nombre, te ocupas de él durante un año, ¿y luego lo vendes para que lo maten?

Luke la observó quedamente, con curiosidad.

—¿Qué más quieres hacer con un cerdo?

Ella se quedó boquiabierta, incapaz de responder. Al final, sacudió la cabeza.

—Quiero que sepas que jamás he conocido a nadie como tú, jamás.

—Creo que yo podría decir lo mismo acerca de ti —contraatacó Luke.

141

10

Luke

*I*ncluso después de estudiar el menú, Luke no estaba seguro de qué iba a pedir. Sabía que podía no arriesgarse y decantarse por algo seguro, como el pollo o la ternera teriyaki que ella había sugerido, pero no le apetecía hacerlo. Había oído que bastante gente hablaba maravillas del sushi y sabía que debería probarlo. De eso iba la vida, ¿no? De experimentar.

Sin embargo, había un problema: no tenía ni idea de qué elegir. A decir verdad, el pescado crudo no le llamaba la atención, y las fotos era poco explícitas. Por lo que veía, había que escoger entre el sushi más rojizo, el más rosado o el que tiraba a blanco; ninguno de los tres ofrecía pistas acerca de su sabor.

Luke observó a Sophia por encima del menú. Ella se había aplicado un poco más de rímel y de pintalabios que el que llevaba el día del rancho, y al verla así se acordó de la noche que la conoció. Le parecía imposible que no hubiera transcurrido ni una semana. Pese a que él se declaraba fan de la belleza natural, tenía que admitir que el maquillaje añadía un toque sofisticado a sus rasgos. De camino a la mesa, más de un hombre se había girado al verla pasar.

—¿Cuál es la diferencia entre nigiri-sushi y maki-sushi? —se interesó él.

Sophia seguía leyendo atentamente el menú. Cuando la camarera se acercó a la mesa, ella pidió una Sapporo para cada uno. Luke tampoco tenía ni idea de qué sabor tendría aquella cerveza japonesa.

—Nigiri significa que el pescado lo sirven sobre unos daditos de arroz —especificó ella—. Maki significa que el arroz va enrollado en una lámina de algas.

—¿Algas?

Sophia lo miró con cara de sorpresa.

—Está muy bueno. Te gustará.

Luke frunció los labios, incapaz de ocultar sus dudas. Al otro lado de las ventanas, los clientes ocupaban las mesas en el comedor interior; todos parecían disfrutar de lo que habían pedido —fuera lo que fuese—, y mostraban una absoluta pericia con los palillos. Al menos Luke era hábil en ese sentido; había perfeccionado su destreza de tanto comer comida china para llevar en los desplazamientos a competiciones.

—¿Por qué no pides algo para mí? —propuso él—. Me fío de ti.

—De acuerdo —convino ella.

—¿Qué vas a pedir?

—Varios platos: anago, ahi, aji, hamachi…, y quizás algo más.

Luke alzó la botella con intención de tomar un trago.

—¿Te das cuenta de que todas esas palabras me suenan a chino?

—Anago es anguila —aclaró ella.

La botella se detuvo en el aire.

—¿Anguila?

—Te gustará —le aseguró Sophia, sin ocultar su regodeo.

La camarera se acercó y Sophia recitó los platos como una experta; después los dos se pusieron a departir animadamente, con la única interrupción de la camarera, cuando regresó para servirles la cena. Luke le explicó a grandes rasgos su infancia, que había sido bastante típica, a pesar de sus quehaceres domésticos en el rancho. De sus años en el instituto destacó su paso por el equipo de lucha libre durante tres cursos, las fiestas que marcaban el final de cada año, un puñado de juergas memorables y el baile de graduación. Le contó que, en verano, él y sus padres subían con los caballos a las montañas cerca de Boone para pasar unos días recorriendo pistas forestales, y que esas habían constituido sus únicas vacaciones en familia.

Le habló un poco acerca de sus prácticas en el toro mecánico en el granero y de cómo su padre había manipulado el mecanismo para conseguir que sus sacudidas fueran más bruscas. Las sesiones de práctica habían empezado cuando él todavía estaba en primaria, y su padre era muy crítico con cada uno de sus movimientos. Mencionó algunas de las lesiones que había sufrido a lo largo de los años y describió los nervios que sentía cuando montaba en las finales de la PBR (en una ocasión, estuvo compitiendo para ganar el campeonato hasta la última ronda, pero acabó en tercera posición).

143

Durante todo el rato, Sophia escuchó con palmaria curiosidad y solo le interrumpió en un par de ocasiones para formular alguna que otra pregunta.

Él tenía la sensación de estar bajo su atenta mirada, como si de un enorme foco se tratara. Sophia no perdía detalle. Cuando la camarera retiró los platos, todo respecto a ella le parecía encantador, desde su seductora risa fácil hasta su leve pero evidente acento norteño. Más que eso, Luke tenía la sensación de que con Sophia podía mostrarse tal como era, pese a sus diferencias. Cuando estaba con ella, no le costaba nada dejar atrás el estrés que lo embargaba cuando pensaba en el rancho, en su madre, o en lo que iba a suceder si sus planes no salían como esperaba...

Tan sumido estaba en sus pensamientos que necesitó un momento antes de darse cuenta de que ella lo miraba fijamente.

—¿En qué estás pensando? —le preguntó Sophia.

—¿Por qué?

—Parecías... como... perdido en tu mundo.

—Ah, no, nada.

—¿Estás seguro? Espero que no sea por la anago.

—No. Solo estaba pensando en las cosas que he de hacer antes del rodeo del próximo fin de semana.

Sophia lo miró con incredulidad, pero finalmente preguntó:

—¿Cuándo te marchas?

—Mañana por la tarde —contestó él, aliviado al ver que ella no había insistido—. Cuando acabe las tareas en el rancho, iré en coche hasta Knoxville y dormiré allí. Regresaré el sábado por la noche. Llegaré muy tarde, pero es el primer fin de semana de venta de calabazas. Hoy lo he preparado casi todo para Halloween. José y yo hemos montado un enorme laberinto con balas de paja, entre otras actividades. Y el primer fin de semana siempre acuden muchos clientes. Aunque contemos con el apoyo de José, mi madre necesitará más ayuda.

—¿Por eso se ha enfadado contigo? ¿Porque vas al rodeo?

—En parte, sí —respondió Luke, mientras que con los palillos se dedicaba a empujar una llamativa rodaja rosa de jengibre por el plato—. La verdad es que está enfadada porque he decidido volver a montar.

—¿No está acostumbrada, a estas alturas? ¿O es por la embestida de *Big Ugly Critter*?

—Mi madre está preocupada por si me pasa algo —apuntó él, eligiendo las palabras con cuidado.

144

—Pero ya te has lesionado antes, muchas veces, ¿no?

—Sí.

—¿Acaso hay algo que no me hayas contado?

Luke no contestó de inmediato.

—Mira, cuando llegue el momento, te lo contaré, ¿de acuerdo? —replicó al tiempo que apoyaba los palillos en el plato.

—Podría preguntarle a tu madre.

—Podrías, pero primero tendrás que presentarte.

—Bueno, quizá me pase por el rancho el sábado y lo intente.

—Adelante. Pero si lo haces, ve para trabajar. Te pasarás todo el día llevando calabazas de un lado a otro.

—Soy forzuda.

—¿Alguna vez te has pasado todo un día cargando calabazas?

Sophia se inclinó hacia delante.

—¿Y tú has descargado alguna vez un camión lleno de carne? —Su expresión se volvió victoriosa cuando él no contestó—. Ya ves, tenemos algo en común: los dos somos trabajadores laboriosos.

—Y los dos podemos montar a caballo.

Ella sonrió.

—Es cierto. ¿Qué tal el sushi?

—Estaba bueno —aceptó Luke.

—Me parece que habrías preferido las costillas de cerdo.

—Puedo comer costillas de cerdo cuando quiera. Es una de mis especialidades.

—¿Te gusta cocinar?

—Sí, carne a la brasa. Me enseñó mi padre.

—¿Qué tal si un día me invitas a una parrillada de carne?

—Te prepararé lo que quieras. Bueno, quiero decir, hamburguesas, bistés o costillas de cerdo.

Sophia se inclinó un poco más hacia él.

—¿Qué te apetece hacer ahora? ¿Te gustaría ir a una fiesta organizada por alguna fraternidad, a ver si tenemos suerte y lo pasamos bien?

—¿Y Brian?

—Podríamos ir a otra fiesta, a alguna fraternidad que él nunca frecuente. Además, tampoco tenemos que quedarnos mucho rato. Pero tendrás que deshacerte del sombrero.

—Si a ti te apetece…

—Yo puedo ir cuando quiera; por eso te pregunto si a ti te apetece.

145

—¿Qué clase de fiesta? —preguntó Luke—. ¿La típica con música, un puñado de universitarios empinando el codo y esa clase de tonterías?

—Más o menos.

Él vaciló durante un segundo antes de sacudir la cabeza.

—No me va ese rollo —admitió.

—Ya lo suponía. Bueno, si quieres podemos dar una vuelta por el campus.

—Preferiría dejarlo para otra noche. Así tendrás la obligación de salir conmigo otra vez.

Sophia deslizó el índice por el borde del vaso de agua.

—Entonces, ¿qué quieres que hagamos?

Luke no contestó de inmediato. Por primera vez, se sorprendió al pensar lo diferentes que habrían sido las cosas si hubiera decidido no volver a montar. Su madre no estaba contenta y, francamente, él tampoco estaba seguro de que fuera una buena idea, pero, en cierto modo, su decisión había provocado que acabara saliendo con una chica que sabía que jamás olvidaría.

—¿Te apetece ir en coche hasta un sitio que está un poco lejos? Sé de un lugar donde te aseguro que no encontrarás a nadie que conozcas. Es muy tranquilo, pero de noche es realmente precioso.

146

De vuelta al rancho, la luna bañaba los campos con una luz argentada cuando los dos se apearon de la camioneta. *Perro*, un puntito borroso en medio de la oscuridad, salió corriendo de debajo del porche y se detuvo al lado de Sophia casi como si quisiera darle a entender que estaba esperándolos.

—Espero que no te importe que te haya traído aquí. No estaba seguro de a qué otro sitio podíamos ir —se excusó Luke.

—Ya sabía que me traerías aquí —admitió Sophia al tiempo que se inclinaba para acariciar a *Perro*—. De haberme importado, te aseguro que habría protestado.

Él señaló hacia la cabaña.

—Podemos sentarnos en el porche o, si lo prefieres, hay un lugar muy especial junto al lago.

—¡Ah! Yo pensaba en el río.

—Ya has estado en el río.

Sophia contempló el entorno rural, complacida.

—¿Volveremos a sentarnos en un par de sillas plegables en la parte trasera de la camioneta?

—Por supuesto —respondió él—. Te aseguro que lo preferirás a estar sentada en el suelo. Es un pastizal.

Luke desvió la vista hacia *Perro*, que había empezado a dar vueltas alrededor de las piernas de Sophia.

—¿*Perro* vendrá con nosotros? —inquirió ella.

—Nos seguirá a todas partes, tanto si queremos como si no.

—Entonces prefiero el lago —decidió ella.

—De acuerdo, pero antes deja que coja unas cosas de la cabaña, ¿vale?

Luke la dejó sola, pero no tardó en regresar con una nevera portátil y unas mantas bajo el brazo, que cargó en la caja de la camioneta. Montaron en el vehículo y el motor cobró vida con un rugido.

—¡Tu camioneta parece un tanque! —gritó ella por encima del ruido ensordecedor—. Lo digo por si no lo sabías.

—¿Te gusta? Tuve que modificar el tubo de escape para que sonara así. Incluso añadí un segundo silenciador.

—¡Anda ya! ¡Nadie hace eso!

—Te lo digo en serio. Hay mucha gente que lo hace.

—Quizá los que vivís en un rancho.

—No solo los rancheros. También lo hacen los cazadores y los amantes de la pesca.

—En otras palabras, básicamente cualquiera con una escopeta y que profese pasión por las actividades al aire libre.

—¿Acaso existen otros tipos de personas en el mundo?

Sophia sonrió mientras él daba marcha atrás y luego se encaraba hacia la carretera antes de pasar por delante del rancho.

Luke vio las luces encendidas en el comedor y se preguntó qué estaría haciendo su madre. Pensó en lo que le había contado a Sophia… y en lo que no le había contado.

En un intento de aclarar sus pensamientos, bajó la ventanilla y apoyó el codo en el marco. La camioneta traqueteaba sobre el suelo irregular. Por el rabillo del ojo vio el pelo de Sophia, del color de la mies madura, que se agitaba con la brisa. Ella mantenía la vista fija en la ventanilla del pasajero mientras pasaban por delante del granero en un plácido silencio.

Al llegar al pastizal, Luke se apeó de un salto y abrió una verja, luego volvió a montarse en la camioneta, atravesó la valla separadora y cerró la verja tras ellos. Puso las luces largas y condujo despacio para evitar dañar la hierba. Se detuvo cerca del lago y maniobró antes de apagar el motor, tal como había hecho en el rodeo.

147

—Vigila mucho donde pones los pies —la avisó—. Ya te he dicho que esto es un pastizal.

Luke bajó la ventanilla de Sophia y puso la radio; a continuación, enfiló hacia la parte trasera de la camioneta. Ayudó a Sophia a encaramarse en la plataforma antes de desplegar las sillas. Acto seguido, tal como habían hecho unos días antes, se sentaron en la parte trasera descubierta de la camioneta, si bien esta vez las piernas de Sophia estaban arropadas con una manta. Luke alargó el brazo hasta la nevera portátil y sacó dos botellas de cerveza; las destapó y le pasó una a Sophia. En silencio la observó mientras ella tomaba un trago.

Frente a ellos, el lago era un espejo que reflejaba la luna creciente y las estrellas sobre sus cabezas. A lo lejos, al otro lado del lago, el ganado descansaba cerca de la orilla, con sus blancos pechos resplendentes en la oscuridad. De vez en cuando, una de las vacas mugía y el sonido flotaba sobre el agua, mezclándose con el croar de las ranas y el canto de los grillos. Olía a hierba, a excrementos y a tierra; puros olores rurales.

—Esto es muy bonito —susurró Sophia.

148

Luke pensó que podría usar la misma palabra para describirla a ella, pero no dijo nada.

—Es como el claro en el río —añadió ella—, pero más abierto.

—Más o menos —convino él—, aunque ya te dije que suelo ir allí cuando quiero recordar a mi padre. En cambio, acudo a este lugar cuando me apetece pensar en otras cosas.

—¿Qué cosas?

El agua cercana no se movía y reflejaba fielmente el cielo, como un espejo.

—Muchas cosas. La vida, el trabajo, las relaciones.

Sophia lo atravesó con una mirada incisiva.

—Creía que no habías tenido muchas novias.

—Por eso he de pensar en ellas.

Sophia se echó a reír con una mueca de niña traviesa.

—Las relaciones son complicadas. Pero, bueno, aún soy joven y novata, así que ¿qué sabré yo?

—Entonces, si quisiera pedirte consejo...

—Te diría que preguntes a otra persona. Quizás a tu madre.

—Quizá —contestó él—. Se llevaba muy bien con mi padre; especialmente después de que él abandonó el circuito de competición y estuvo más disponible para ayudar en el rancho. Si él hubiera continuado con los rodeos, no sé si lo habrían conseguido. Era demasiado trabajo para que ella lo asumiera sola. Estoy seguro de que eso fue lo que mi madre le dijo, así que él lo dejó. De joven, cuando le preguntaba por los rodeos, él me contestaba que estar casado con mi madre era más importante que montar caballos.

—Pareces orgulloso de tu madre.

—Así es. Aunque tanto mi padre como ella eran unos trabajadores incansables, ella es la que, en realidad, montó el negocio familiar. Cuando heredó el rancho de mi abuelo, la situación era precaria. Los mercados de ganado suelen fluctuar mucho, y algunos años no se consiguen buenos resultados. A ella se le ocurrió la idea de centrarnos en el creciente interés por la ternera orgánica. Era ella quien se montaba en el coche y se pateaba todo el estado, para repartir folletos y hablar con los propietarios de restaurantes. Sin ella, Collins Beef no existiría. Para ti quizás ese nombre no signifique nada, pero para los consumidores de carne de ternera de gran calidad en Carolina del Norte sí que es importante.

Sophia asimiló aquella información mientras examinaba el rancho a lo lejos.

—Me gustaría conocerla.

—Te la presentaría, pero probablemente a estas horas ya estará durmiendo. Se acuesta muy temprano. De todos modos, estaré de vuelta el domingo, así que si te quieres pasar…

—Creo que lo único que quieres es que te ayude con las calabazas.

—De hecho, estaba pensando más en la hora de la cena. Ya te he dicho que durante el día estaremos muy atareados.

—Me encantaría… Bueno, si a tu madre no le importa, claro.

—Claro que no le importará.

—¿A qué hora?

—¿A eso de las seis?

—Perfecto —dijo ella—. Por cierto, ¿dónde está el laberinto que has mencionado hace un rato?

—Cerca del campo de calabazas.

Sophia frunció el ceño.

—¿Lo vimos el otro día, cuando paseamos por la finca a caballo?

—No, está más cerca de la carretera, cerca de la plantación de abetos.

—¿Cómo es que no lo he visto cuando hemos pasado en coche?

—No lo sé. Quizá porque ya era oscuro.

149

—¿Es un laberinto tenebroso? ¿Con espantapájaros siniestros y arañas y toda esa parafernalia?

—Por supuesto, pero no es tenebroso. Básicamente es para los niños. Una vez, mi padre se excedió un poco y algunos niños acabaron llorando. Desde entonces, intentamos no pasarnos de la raya. Pero hay un montón de ornamentaciones: arañas, fantasmas y espantapájaros, todos con cara simpática.

—¿Podemos ir a verlo?

—Claro. Pero ten en cuenta que no es lo mismo para los adultos, ya que tú puedes ver por encima de las balas de paja. —Luke movió el brazo para espantar un par de mosquitos—. Por cierto, aún no has contestado a la pregunta que te he hecho antes.

—¿Qué pregunta?

—Sobre las relaciones —le recordó él.

Ella se ajustó la manta en el regazo.

—Antes pensaba que entendía lo más básico de una relación, es decir, mi madre y mi padre llevan muchos años casados, y pensaba que yo sabía lo que hacía. Pero supongo que no aprendí la parte más importante.

—¿A qué te refieres?

—A, en primer lugar, elegir bien.

—¿Cómo sabes si eliges bien?

—Bueno... Ahí es precisamente donde se complica mucho todo —contestó con evasivas—. Pero supongo que se trata de tener cosas en común, como ciertos valores. Por ejemplo, yo pensaba que era importante que Brian fuera fiel; en cambio, él funciona con un código de valores diferente.

—Al menos eres capaz de ironizar sobre ello.

—Resulta fácil burlarte cuando ya no te importa. No diré que no me hizo daño, porque mentiría. En primavera, cuando descubrí que se había liado con otra chica, perdí el apetito durante una semana. Perdí unos siete kilos.

—A ti no te sobran siete kilos.

—Lo sé, pero ¿qué podía hacer? A algunos les da por comer cuando se estresan; a mí todo lo contrario. Y cuando volví a casa el pasado verano, mi madre y mi padre se asustaron de verdad. A todas horas me suplicaban que comiera. Todavía no he recuperado todo el peso que perdí. Pero, claro, tampoco es que haya sido fácil recuperar el apetito desde que empezó el curso.

—Al menos estoy contento de que conmigo hayas comido bien.

—Tú no me provocas ansiedad.

—¿Aunque no tengamos muchas cosas en común?

Tan pronto como lo dijo, Luke temió que Sophia detectara su preocupación al respecto, pero ella no pareció darse cuenta.

—Tenemos más cosas en común de lo que crees. En determinados aspectos, nuestros padres son bastante parecidos. Han estado casados mucho tiempo, han trabajado en un negocio familiar muy sacrificado, y han esperado que sus hijos contribuyeran. Mis padres querían que fuera la mejor estudiante; tu padre deseaba que tú fueras un campeón en la monta de toros. Y ambos hemos cumplido sus expectativas. Los dos somos producto de la educación que hemos recibido, y no estoy segura de que eso cambie nunca.

Sorprendiéndose a sí mismo, Luke sintió una extraña sensación de alivio ante aquella respuesta.

—¿Estás lista para que te enseñe el laberinto?

—¿Qué tal si primero acabamos la cerveza? Se está tan bien aquí que me apetece quedarme un rato más.

Mientras apuraban sin prisa el contenido de las botellas, charlaron distendidamente y contemplaron cómo la luna recorría su senda a través del agua. A pesar de que él sentía unas inmensas ganas de volverla a besar, resistió el impulso. En vez de eso, pensó acerca de lo que ella había dicho antes, sobre sus similitudes. Sophia tenía razón, y esperó que eso bastara para que ella continuara yendo al rancho.

Al cabo de un rato, su conversación decayó hasta convertirse en un apacible arrullo. Luke cayó en la cuenta de que no tenía ni idea de lo que debía de estar pensando ella. Instintivamente, se inclinó hacia la manta. Sophia pareció comprender su gesto y, sin decir ni una palabra, le tendió la mano.

El aire nocturno se iba volviendo más fresco y confería a las estrellas un fulgor cristalino. Luke alzó la vista hacia el cielo, y luego volvió a mirar a Sophia. Cuando el dedo pulgar de ella empezó a trazar con suavidad el contorno de su mano, él respondió con el mismo gesto, lleno de ternura. En aquel instante, Luke tuvo la certeza de que se había enamorado de ella y de que no podía hacer nada, absolutamente nada, por remediarlo.

Atravesaron el campo de calabazas en dirección al laberinto sin que Luke le soltara la mano. En cierto sentido, aquel gesto tan sencillo se le antojaba más significativo que los besos anteriores, como

151

si imprimiera un grado más permanente a la relación. Él podía imaginar esa misma escena, caminando juntos cogidos de la mano, durante muchos años en el futuro. Esa constatación lo sorprendió.

—¿En qué estás pensando?

Él avanzó unos cuantos pasos antes de contestar.

—En muchas cosas —dijo al final.

—¿Te habían dicho antes que tienes cierta propensión a mostrarte impreciso?

—¿Te molesta?

—Todavía no lo he decidido —contestó ella, estrujándole la mano cariñosamente—. Cuando me decida, te lo haré saber.

—El laberinto está allí —señaló—. Pero antes quería enseñarte las calabazas.

—¿Puedo coger una?

—Adelante.

—¿Me ayudarás a tallarla para Halloween?

—Podemos tallarla después de la cena. Y para que lo sepas, soy lo que se diría un experto.

—¿Ah, sí?

—Esta semana ya he tallado unas quince o veinte. Algunas aterradoras, otras contentas, de todos los tipos.

Sophia le dedicó una mirada cariñosa.

—¡Vaya! Por lo visto, eres un hombre con numerosos talentos.

Luke sabía que ella se estaba burlando, pero le gustó su sentido del humor.

—Gracias.

—Me muero de ganas de conocer a tu madre.

—Te gustará.

—¿Cómo es?

—No esperes una dama con un vestido floreado y con perlas, sino más bien… con vaqueros, botas y la cabeza coronada con un sombrero de paja.

Sophia sonrió.

—Vale. ¿Algo más que debería saber?

—Mi madre habría sido una magnífica empresaria. Cuando hay que hacer algo, lo hace, y espera que yo actúe del mismo modo. Tiene las ideas claras y no le gusta perder el tiempo. Es una mujer muy fuerte.

—Ya lo suponía. La vida aquí no es fácil.

—Ella es verdaderamente fuerte. El dolor no la amedranta, nunca se queja de nada, ni tampoco va lloriqueando por ahí. Hace tres años, se rompió la muñeca al caerse de un caballo. ¿Y qué crees que hizo? No dijo nada. Continuó trabajando el resto del día, preparó la cena y luego condujo ella misma hasta el hospital. No me di cuenta de nada hasta que al día siguiente la vi con la escayola.

Sophia sorteó unas enredaderas caprichosas, con cuidado para no pisar ninguna calabaza.

—¿Me recordarás que me comporte con la debida educación?

—Lo harás muy bien, seguro. Le gustarás. Os parecéis más de lo que te imaginas.

Cuando ella alzó la vista para mirarlo a los ojos, él especificó:

—Es inteligente. Aunque cueste creerlo, fue la mejor estudiante de su clase en el instituto; le gusta leer; se encarga de la contabilidad, y no se le escapa ni un solo detalle. Tiene una personalidad muy fuerte, pero se exige más a sí misma que a los demás. Su única debilidad era que le pirraban los chicos que llevaban sombrero vaquero.

Sophia se echó a reír.

—¿Y dices que nos parecemos? ¿A mí me pirran los vaqueros?

—No lo sé. ¿Tú qué opinas?

Ella no contestó.

—Tu madre parece una mujer sorprendente.

153

—Lo es —convino Luke—. ¡Y quién sabe! Quizá, si está de buen humor, te cuente una de sus historias. Le encanta contar historias.

—¿De qué clase?

—Sobre cualquier tema. Pero siempre consiguen hacerme reflexionar.

—Cuéntame una —lo exhortó ella.

Luke se detuvo y se agachó junto a una calabaza de gran tamaño.

—De acuerdo —dijo mientras inclinaba la calabaza primero hacia un lado y luego hacia el otro—. Cuando gané el campeonato nacional de rodeo en el instituto...

—Un momento, un momento... —lo atajó ella—. Antes de que sigas... ¡No me digas que en tu instituto organizaban un rodeo!

—Es una práctica normal en todos los institutos. ¿Por qué?

—En Nueva Jersey no.

—Claro que sí. Hay participantes de todos los estados. El único requisito es que estudies en un instituto.

—¿Y ganaste?

—Sí, pero esa no es la cuestión —dijo él, al mismo tiempo que se ponía nuevamente de pie y volvía a cogerle la mano—. Lo que intentaba decirte es que después de que ganara la primera vez, no la segunda, ¿eh? —bromeó él—, me puse a fantasear acerca de mis objetivos y lo que quería hacer y, por supuesto, mi padre también se sumó a darle vueltas al asunto. Mi madre, en cambio, empezó a recoger la mesa, y al cabo de un rato interrumpió mis delirios de grandeza para contarme una historia... y, desde entonces, nunca la he olvidado.

—Cuéntamela.

—Érase un joven que vivía cerca de la playa, en una pequeña y destartalada cabaña. Todos los días salía con su barca de remos a pescar, no solo porque necesitara comer, sino porque en el agua sentía que le invadía una inmensa paz. Pero, dado que también quería mejorar su vida y la de su familia, se esforzaba por traer cada día más y más pescado. Con las ganancias, al final pudo comprarse una barca más grande, para ser más productivo. Eso lo llevó a una segunda barca, y después a una tercera. Los años pasaron y el negocio continuó creciendo, hasta que al final acabó por ser el propietario de una pequeña flota de barcos. Se había convertido en un hombre rico y de éxito, con una gran casa y un negocio próspero, pero el estrés y la presión de gestionar la compañía acabaron por pasarle factura. Cuando se retiró, se dio cuenta de que lo que más deseaba en el mundo era vivir en una pequeña cabaña junto a la playa y pasarse el día pescando en una barca de remos, porque echaba de menos esa sensación de paz y satisfacción que había experimentado de joven.

Sophia ladeó la cabeza.

—Tu madre es una mujer sabia. Esa historia tiene mucho de verdad.

—¿Tú crees?

—Creo que lo que pasa es que la gente normalmente no comprende que las cosas no son nunca tal y como uno había creído que serían.

En ese preciso instante llegaron a la entrada del laberinto. Luke la guio por los pasadizos, señalando aberturas que después de una serie de giros no conducían a ninguna parte; en cambio, otras permitían seguir avanzando sin ningún obstáculo. El laberinto ocupaba un área equivalente a dos campos de fútbol juntos. Les proporcionaría a los niños una actividad larga y entretenida.

Al llegar a la salida, pasaron entre las pilas de calabazas ya recogidas. Había muchas colocadas en primera fila; otras estaban amontonadas en cubos; otras, en montoncitos esparcidos. En el campo todavía quedaban cientos de ellas desperdigadas.

—¿Qué te parece?

—¡Menudo montón! ¿Cuánto tiempo has necesitado para recogerlas y organizarlas?

—Tres días. Pero también teníamos que hacer otras labores, claro.

—¡Uf! ¡Cuánto trabajo!

Sophia deambuló entre las calabazas hasta que al final eligió una de tamaño medio y se la entregó a Luke, antes de volver hacia la camioneta, donde él la cargó en la caja.

Cuando Luke se dio la vuelta, Sophia estaba de pie delante de él. Su melena rubia había adoptado un tono casi blanco bajo la luz de las estrellas. Instintivamente, él le buscó primero una mano y luego la otra, y las palabras fluyeron antes de que pudiera hacer nada por detenerlas.

—Tengo ganas de conocerte mejor, de saberlo absolutamente todo de ti —murmuró.

—Me conoces mejor de lo que crees —respondió ella—. Te he hablado de mi familia y de mi infancia, de la universidad y de lo que quiero hacer en esta vida. No queda mucho por descubrir.

Pero sí que lo había. Había mucho más, y Luke quería saberlo todo.

—¿Por qué estás aquí? —la interrogó en un susurro.

Sophia no estaba segura de comprender a qué se refería.

—Porque me has traído tú, ¿recuerdas?

—Quiero decir, ¿por qué estás conmigo?

—Porque quiero estar contigo.

—Me alegro.

—¿Ah, sí? ¿Por qué?

—Porque eres inteligente y encantadora.

Sophia ladeó la cabeza y lo miró directamente a los ojos, con una expresión más que sugerente.

—La última vez que dijiste que era encantadora, acabaste besándome.

Luke no alegó nada. En vez de eso, se inclinó hacia ella y observó a Sophia, que entornó los ojos lentamente. Cuando sus labios se unieron, sintió algo revelador, como un explorador que por fin llega a unas orillas lejanas que solo había imaginado, de las que, tal vez, apenas ha oído hablar.

155

La besó de nuevo, y luego otra vez. Cuando finalmente se apartó, apoyó la frente contra la de Sophia y resopló despacio, luchando por mantener sus emociones a raya, consciente de que su amor por ella no era algo efímero ni pasajero.

Luke sabía que ya nunca podría dejar de amarla.

11

Ira

*Y*a es domingo por la tarde. Cuando anochezca, habré estado aquí encerrado más de veinticuatro horas. El dolor me ataca cíclicamente, y noto las piernas y los pies entumecidos a causa del frío. Me empieza a doler la cara, que reposa sobre el volante; puedo notar que empiezan a formarse unos moratones. Mi mayor tormento, sin embargo, es la creciente y acuciante sensación de sed. Me muero de ganas de beber agua. Cada vez que inhalo aire, siento unas terribles punzadas en la garganta, y tengo los labios tan resecos y agrietados como un sequeral.

«Agua», pienso otra vez. Si no bebo agua, me moriré. Necesito beber agua; no puedo soportarlo más.

Agua.
Agua.
Agua.

El pensamiento es obsesivo; bloquea cualquier otra cosa. Jamás en la vida he sentido un deseo tan fuerte por algo tan sencillo. Jamás en la vida me he pasado tanto rato planteándome cómo lograrlo. Y no necesito mucha. Solo un poco. Tan solo una tacita y seré el hombre más feliz del mundo. Una sola gota y ya seré feliz.

Pese a todo, sigo paralizado. No sé adónde ha ido a parar la botella de agua, y tampoco estoy seguro de si seré capaz de abrirla si la encuentro. Tengo miedo de que, si me desabrocho el cinturón de seguridad, me precipite hacia delante, y con lo débil que estoy no pueda evitar que la clavícula se incruste en el volante. Podría acabar hecho un ovillo en el suelo del coche, atrapado en una posición de la que me sea imposible escapar. Ni siquiera puedo imaginar la idea de alzar la cabeza del volante, y mucho menos ponerme a rebuscar por el coche.

Sin embargo, la necesidad de beber agua me supera. No puedo apartar el pensamiento de mi mente; es constante e insistente, y me desespero. «Moriré de sed», me digo a mí mismo. Seguro que moriré; no saldré de aquí. ¡Y ni loco conseguiría arrastrarme hasta la banqueta trasera! Los bomberos no me sacarán como una varita de merluza.

—Tienes un sentido del humor muy negro —me reprocha Ruth, interrumpiendo mis pensamientos, y yo he de recordarme a mí mismo que ella no es más que un sueño.

—Creo que la situación reclama esa clase de humor, ¿no te parece?

—Todavía estás vivo.

—Sí, pero ¿por cuánto tiempo?

—El récord está en sesenta y cuatro días. Un hombre en Suecia. Lo vi en el Canal del Tiempo.

—No, lo vi yo en el Canal del Tiempo.

Ella se encoge de hombros.

—Es lo mismo, ¿no?

Admito que tiene razón.

—Necesito agua.

—No, lo que necesitas en estos momentos es hablar. Eso te apartará de la mente la obsesión por el agua.

—Como un truco —digo.

—Yo no soy un truco —me reprende—. Soy tu esposa, y quiero que me escuches.

Obedezco. La miro fijamente y de nuevo me abandono al mundo de los sueños. Mis ojos se cierran y siento como si flotara río abajo. Las imágenes aparecen y desaparecen, una después de otra, mientras me dejo arrastrar por la corriente.

A la deriva.

Sí, a la deriva.

Y entonces, finalmente, mi estado de abandono se materializa en algo real.

En el coche, abro los ojos y parpadeo al constatar que Ruth ha cambiado desde la última vez que la vi. Pero este recuerdo, a diferencia de los anteriores, me resulta claro y conciso.

Ella se muestra tal como estaba en junio de 1946. Estoy completamente seguro, porque es la primera vez que la vi vestida de una manera informal. Ruth, como todo el mundo después de la guerra, está cambiando. Las prendas de ropa cambian. Un poco más tarde, este mismo año, el ingeniero francés Louis Réard inventará el biquini; mientras observo a Ruth con interés, detecto una belleza sinuosa en los músculos de sus brazos. Tiene la piel suave y bronceada por las semanas que ha pasado en la playa con sus padres. Su padre ha invitado a la familia a las islas barrera denominadas Outer Banks, en el océano Atlántico, para celebrar que por fin, ya era oficial, la Universidad de Duke le ha contratado de manera oficial. Se había presentado a varias entrevistas en diversas instituciones, incluso en una pequeña academia de bellas artes experimental ubicada fuera de la ciudad, pero él se sentía más cómodo entre los edificios góticos de la Universidad de Duke. Empezaría a dar clases en otoño; una magnífica noticia después de un difícil año de luto.

Nuestra relación había cambiado desde aquella noche en el parque. Ruth apenas había comentado nada acerca de lo que le había contado, pero, cuando la acompañé a casa, no intenté darle un beso de despedida. Sabía que ella estaba conmovida, e incluso unos meses después admitió que durante las siguientes semanas no fue ella misma. La siguiente vez que la vi, no lucía el anillo de compromiso, pero no podía culparla. Ruth estaba conmocionada, pero también estaba —y con todo el derecho— desazonada porque yo no le había mostrado mi absoluta confianza hasta aquella noche.

Justo después de la pérdida de su familia en Viena, sin duda, mi revelación debió de suponer un duro golpe para ella. Una cosa es declararle a alguien tu amor, y otra cosa distinta es aceptar que amar a esa persona implica sacrificar tus sueños. Y tener hijos —crear una familia, por decirlo de otro modo— había adoptado un significado completamente nuevo para Ruth a raíz de las pérdidas familiares.

Lo comprendí de forma intuitiva, y durante el siguiente par de meses, ninguno de los dos presionó al otro. No hablamos de compromiso, pero seguimos quedando sin ninguna imposición, quizá dos o tres veces a la semana. A veces la invitaba a ver un espectáculo o a cenar; otras nos dedicábamos a pasear por el centro de la ciudad. Había una galería de arte que a Ruth le gustaba mucho, y solíamos pasarnos por allí. La mayor parte de las obras expuestas

159

no eran gran cosa, tanto por el tema como por la técnica, pero, de vez en cuando, Ruth descubría algo especial en un cuadro que yo era incapaz de percibir. Al igual que su padre, sentía predilección por el arte moderno, un movimiento que conformaban pintores como Van Gogh, Cézanne y Gauguin, y sabía distinguir su influencia en incluso las obras mediocres que examinábamos.

Aquellas visitas a la galería y el profundo conocimiento de arte en general que tenía Ruth me abrieron la puerta a un mundo totalmente desconocido. Sin embargo, a veces me cuestionaba a mí mismo si nuestros debates sobre arte se habían convertido en una forma de eludir una conversación más seria acerca de nuestro futuro. Aquellas conversaciones establecían una distancia entre nosotros, pero yo estaba dispuesto a seguir participando en ellos, con el deseo de conseguir tanto el perdón por los sueños rotos como una aceptación de algún tipo respecto a un posible futuro juntos, fuese el que fuese.

Ruth, en cambio, no parecía estar más cerca de una decisión que cuando me escuchó aquella noche fatídica en el parque. No se mostraba distante conmigo, pero tampoco me invitaba a intimar un poco más, y por eso me quedé sorprendido cuando sus padres me invitaron a pasar las vacaciones en la playa con ellos.

Un par de semanas de paseos tranquilos por la playa podía ser lo que realmente necesitábamos, pero, por desgracia, yo no podía ausentarme tanto tiempo. Con mi padre pegado a la radio en la trastienda, me había convertido en la cara visible del negocio, y estábamos más ocupados que nunca. Los veteranos de guerra que buscaban trabajo entraban para comprarse un traje que apenas podían pagar. Las empresas tardaban bastante en contratar a nuevo personal, y cuando aquellos hombres desesperados entraban en la sastrería, yo pensaba en Joe Torrey y en Bud Ramsey, y hacía lo que podía por ellos. Convencí a mi padre para que vendiéramos trajes baratos y ofreciéramos la posibilidad de pagarlos a plazos; además, mi madre los arreglaba sin cobrar nada. Pronto corrió la voz de nuestros precios más que razonables, y aunque ya no abríamos los sábados, las ventas se disparaban todos los meses.

Pese a los inconvenientes, fui capaz de convencer a mis padres de que me prestaran el coche para ir a visitar a la familia de Ruth al final de sus vacaciones, y el jueves por la mañana me planté en la carretera de camino a la playa. El trayecto fue largo; la última hora la pasé conduciendo sobre la arena de la playa.

Durante los años posteriores a la guerra, aquella franja arenosa salpicada de islas ofrecía una belleza salvaje, virgen. La zona, separada en gran parte del resto del estado, estaba poblada por familias que habían habitado allí desde varias generaciones y que se ganaban la vida con la pesca. La hierba salpicaba las dunas modeladas caprichosamente por el viento, y los árboles parecían retorcidas creaciones arcillosas hechas por un niño. De vez en cuando, me cruzaba con caballos salvajes; algunos levantaban la cabeza al verme pasar, sin dejar de agitar la cola como un abanico, para espantar las moscas.

Con el océano rugiendo a un lado y las dunas barridas por el viento al otro, bajé las ventanillas para impregnarme del entorno y me pregunté qué encontraría al llegar a mi destino.

Cuando aparqué sobre la gravilla arenosa, ya atardecía; el sabbat estaba a punto de empezar. Me quedé sorprendido al ver que Ruth me estaba esperando en el porche, descalza y con el mismo vestido que lleva en este momento. Bajé del coche y la miré fijamente. Recuerdo que pensé que estaba radiante; con el pelo suelto alrededor de los hombros y con una luminosa sonrisa, que parecía guardar un secreto destinado solo a nosotros dos. Me saludó con la mano, y yo contuve instintivamente la respiración al ver el destello de un pequeño diamante bajo los últimos rayos del sol de la tarde. Era mi anillo de compromiso, que ella había dejado de llevar en los últimos meses.

Por un momento me quedé helado, pero Ruth bajó los peldaños con agilidad y atravesó la arena como si nada le importara en el mundo. Cuando saltó a mis brazos, aspiré el aroma a agua salada y a viento fresco, un olor que siempre he asociado a ella y a ese fin de semana en particular.

La estreché con ternura, saboreando la sensación de su cálido cuerpo contra el mío, pensando en cómo había echado de menos esos abrazos durante los últimos tres años.

—Estoy muy contenta de verte —me susurró al oído.

Después de un largo y efusivo abrazo, la besé mientras las olas parecían indicarme su beneplácito con sus fuertes rugidos. Cuando ella me besó, supo al instante que ya había tomado una decisión acerca de mí, y mi mundo giró en su órbita.

No era nuestro primer beso, pero, en cierto sentido, se convirtió en mi favorito, aunque solo fuera porque llegó cuando más lo necesitaba y marcó el inicio de uno de los dos periodos más maravillosos y decisivos de mi vida.

161

Y

Ruth me sonríe en el coche, bella y serena, con su vestido veraniego. Tiene la punta de la nariz un poco colorada; la brisa del océano agita su pelo graciosamente.

—Me gusta este recuerdo —admite ella.

—A mí también —respondo yo.

—Sí, porque en esa época era joven, con el pelo recio, sin arrugas, sin flacidez.

—No has cambiado en absoluto.

—*Unsinn* —me regaña con desdén—. Claro que he cambiado. Envejecí, y eso no tiene nada de divertido. Todo lo que en su día resultaba fácil se volvió dificultoso.

—Hablas como yo —replico.

Ella se encoge de hombros, impertérrita ante la revelación de que no es más que un producto de mi imaginación. Tranquilamente, sigue evocando el recuerdo de mi visita.

—Me hacía tanta ilusión que compartieras esas vacaciones con nosotros...

—¡Qué pena que mi visita fuera tan corta!

Ruth espera un momento antes de contestar.

—Creo que para mí resultó muy conveniente pasar un par de semanas sola para reflexionar. Creo que mis padres también se dieron cuenta. Allí no había mucho por hacer, salvo sentarse en el porche, pasear por la arena y saborear una copa de vino cuando se ponía el sol. Tuve mucho tiempo para pensar en mí y en nuestra relación.

—Por eso te abalanzaste sobre mí cuando aparecí —bromeo.

—No me abalancé sobre ti —replica indignada—. Me parece que has distorsionado la realidad. Bajé los peldaños con paso pausado y te abracé tranquilamente. Me habían educado para comportarme como una señorita. Solo te di la bienvenida. Lo demás son cosas tuyas.

Quizá. O quizá no. ¿Cómo lo voy a saber, después de tanto tiempo? Pero supongo que tampoco importa.

—¿Recuerdas lo que hicimos a continuación? —me pregunta ella.

¿Me está poniendo a prueba?

—Por supuesto —contesto—. Entramos en la casa y saludé a tus padres. Tu madre estaba troceando unos tomates en la cocina, y tu padre estaba asando un atún en el porche trasero. Me dijo que, esa misma tarde se lo había comprado directamente a un pescador que estaba atracando la barca en el embarcadero. Parecía orgulloso con su adquisición, y también diferente, allí de pie, junto a las brasas, aquel atardecer…, como más… relajado.

—Fue un verano ideal para él —conviene Ruth—. Por entonces, ya era el encargado de la fábrica, así que los días no le resultaban tan duros. Por primera vez en muchos años, disponíamos de bastante dinero como para poder permitirnos ir de vacaciones. Pero, sobre todo, él estaba entusiasmado con la idea de volver a la docencia.

—Y tu madre estaba contenta.

—El estado de ánimo de mi padre era contagioso. —Ruth hace una pequeña pausa—. Además, igual que me pasaba a mí, ella se había acostumbrado y le gustaba estar allí. Greensboro nunca sería Viena, pero había aprendido el idioma y había hecho algunos amigos. También sabía apreciar la calidez y generosidad de la gente. En cierto sentido, creo que por fin empezaba a considerar Carolina del Norte como su nuevo hogar.

Fuera del coche, el viento levanta sólidos puñados de nieve de las ramas. Ninguno se estampa contra el coche, pero el espectáculo me sirve para recordar exactamente dónde estoy. Aunque la verdad es que en estos precisos momentos no importa.

—¿Recuerdas aquel cielo tan límpido, mientras cenábamos? —pregunto—. Había tantas estrellas…

—Sí, eso era porque estaba muy oscuro, sin luces artificiales, no como en la ciudad. Mi padre también se fijó en ese detalle.

—Siempre me ha encantado esa parte del estado. Deberíamos haber ido todos los años —digo.

—Creo que, si hubiéramos ido todos los años, habría perdido parte de su magia —responde Ruth—. Cada equis años, tal como hacíamos, era perfecto; porque cada vez que regresábamos, parecía inexplorado y fresco de nuevo. Además, ¿cuándo habríamos ido? En verano siempre estábamos de viaje: Nueva York, Boston, Filadelfia, Chicago, incluso California. Y Black Mountain, ¡cómo no! Tuvimos la oportunidad de conocer este país como poca gente lo hace. ¿Qué más se puede pedir?

«Nada», me digo a mí mismo, plenamente consciente de que Ruth tiene razón. Mi casa está llena de recuerdos de esos viajes. No obstante, aunque parezca extraño, aparte de una concha marina que encontramos a la mañana siguiente, no tengo ningún otro ob-

163

jeto de ese lugar y, sin embargo, su recuerdo ha permanecido siempre muy presente.

—Me encantaba cenar con tus padres. Tu padre parecía poder saber cosas sobre cualquier tema.

—Y así era —admite ella—. Su padre había sido maestro, su hermano era maestro. Sus tíos eran maestros. Mi padre provenía de una familia de estudiosos. Pero también sentía curiosidad por ti; estaba fascinado por tu trabajo como piloto de aviación durante la guerra, a pesar de que a ti no te gustaba hablar de ello. Creo que eso incrementó el respeto que sentía por ti.

—Pero tu madre no opinaba lo mismo.

Ruth hace una pausa y sé que está intentando elegir las palabras con sumo cuidado. Juguetea unos instantes con un mechón de pelo que el viento le agita graciosamente; lo inspecciona antes de continuar.

—Ella estaba intranquila. Lo único que sabía era que me habías partido el corazón apenas unos meses antes y que, a pesar de que salíamos otra vez juntos, yo estaba preocupada por algo.

Ruth hablaba sobre las consecuencias de que yo hubiera contraído paperas, y lo que eso significaba para nuestro futuro. No se lo contó hasta al cabo de unos años, cuando el desconcierto de su madre se trocó en tristeza y ansiedad al ver que no la convertíamos en abuela. Con el mayor tacto posible, le reveló que no podíamos tener hijos, intentando no echarme toda la culpa a mí, aunque podría haberlo hecho perfectamente. Otra de sus deferencias, por la que siempre le he estado agradecido.

—Tu madre no habló mucho durante la cena, pero después sonrió, y me sentí más aliviado.

—Le gustó que te ofrecieras para lavar los platos.

—Era lo mínimo que podía hacer. Fue la mejor cena de mi vida.

—Fue deliciosa, ¿verdad? —evoca Ruth—. Un poco antes, mi madre había encontrado un tenderete ambulante en la carretera donde vendían verdura fresca, y había horneado pan. A mi padre se le daba muy bien preparar carne o pescado asado.

—Y cuando terminamos de cenar, fuimos a dar un paseo.

—Sí. Aquella noche fuiste muy descarado.

—No es cierto. Solo pedí una botella de vino y un par de copas.

—Ya, pero tú nunca te comportabas de ese modo. Mi madre no conocía esa faceta tuya. Eso la puso nerviosa.

—Pero éramos adultos.

—Ese era el problema. Tú eras un hombre, y ella sabía que los hombres tienen deseos irrefrenables.

—¿Y las mujeres no?

—Por supuesto que sí. Pero, a diferencia de los hombres, las mujeres no nos dejamos llevar tanto por nuestros deseos. Somos más civilizadas.

—¿Eso te lo dijo tu madre? —pregunto en un tono escéptico.

—No era necesario que me lo dijera mi madre. Yo entendía perfectamente lo que querías. Me mirabas con lascivia.

—Si no recuerdo mal, aquella noche me comporté como un verdadero caballero —replico con un ostensible decoro.

—Ya, pero, no obstante, para mí era novedoso ver cómo intentabas controlar tus impulsos. Especialmente cuando extendiste tu chaqueta y nos sentamos en la arena a saborear el vino. El océano parecía absorber la luz de la luna, y yo podía notar cómo me deseabas, aunque intentaras no demostrarlo abiertamente. Me rodeaste con tu brazo, hablamos y nos besamos, y hablamos un poco más, y yo estaba un poco piripi...

—Lo cual era perfecto —confieso.

—Sí —admite ella, con una expresión nostálgica y un poco triste—. Era perfecto. Sabía que quería casarme contigo. Y estaba segura de que siempre seríamos felices.

Hago una pausa, completamente consciente de lo que ella pensaba, incluso en esos momentos.

—Tenías la esperanza de que el médico se hubiera equivocado.

—Creo que te dije que solo Dios tenía la respuesta, que todo estaba en sus manos.

—Es lo mismo, ¿no?

—Quizá —contesta, luego sacude la cabeza—. Lo único que sé es que allí, sentada contigo, aquella noche, sentí que Dios me decía que hacía lo correcto.

—Y entonces vimos la estrella fugaz.

—Su estela iluminó el cielo —recuerda Ruth, con una voz que, incluso ahora, rebosa emoción—. Era la primera vez que veía una estrella fugaz tan luminosa.

—Te sugerí que pidieras un deseo.

—Lo hice —me dice al tiempo que me mira a los ojos—. Y mi deseo se cumplió apenas unas horas más tarde.

165

Y

Si bien ya era tarde cuando Ruth y yo regresamos a la casa alquilada por sus padres, su madre todavía estaba despierta. La encontramos sentada junto a la ventana. Tan pronto como atravesamos el umbral, ella alzó la vista y nos escudriñó con interés, en busca de algún botón desabrochado o indebidamente abotonado en mi camisa, o de restos de arena en nuestro pelo. Su alivio fue aparente cuando se puso de pie para saludarnos. No obstante, intentó disimularlo.

Charló animadamente con Ruth mientras yo iba al coche a sacar la maleta. Como muchas de las casitas a lo largo de aquel tramo de la playa, la vivienda tenía dos plantas. Ruth y sus padres dormían en las habitaciones situadas debajo de la planta baja; en cambio, la habitación que me enseñó la madre de Ruth estaba pegada a la cocina. Los tres nos quedamos unos minutos en la cocina antes de que Ruth empezara a bostezar. Su madre también bostezó, y yo lo interpreté como un indicador del final de la velada. Ruth no me besó delante de su madre (no era algo que hubiéramos hecho antes, así que nos contuvimos). Ruth salió de la cocina, y su madre no tardó en seguirla.

Apagué la luz y salí al porche trasero, apaciguado por el agua bañada por la luz de la luna y la brisa que se mecía en mi pelo. Me senté fuera durante un buen rato. La temperatura había empezado a descender unos grados. Mis pensamientos iban de Ruth a mí, de Joe Torrey a mis padres.

Intenté imaginar a mi padre y a mi madre en un lugar como aquel, pero no pude. Nunca habíamos ido de vacaciones —el negocio familiar siempre nos mantenía atados—, pero, aunque hubiera sido posible, seguro que no habrían sido unas vacaciones como aquellas. Me costaba tanto imaginar a mi padre asando pescado con una copa de vino en la mano como imaginarlo en la cima del Everest, y aquel pensamiento me entristeció.

El problema era que mi padre no sabía relajarse; parecía vivir siempre dedicado y preocupado por el trabajo. Los padres de Ruth, en cambio, parecían disfrutar de cada momento en la vida. Me había impresionado la forma en que habían reaccionado ante la guerra. Mientras mi madre y mi padre parecían anclados en el pasado —aunque de formas distintas—, sus padres abrazaban el futuro, como dispuestos a aceptar los cambios de la vida. Ellos optaron por sacar el máximo provecho de sus destinos afortunados, y nunca perdieron la sensación de gratitud respecto a todo aquello que tenían y conseguían.

La casa estaba en silencio cuando al final entré. Tentado por la imagen de Ruth, bajé las escaleras de puntillas. Había una habitación a cada lado del pasillo, pero, dado que las puertas estaban cerradas, no sabía cuál era la de Ruth. Me quedé allí, esperando, mirando una puerta y luego la otra, hasta que finalmente di media vuelta y sigilosamente volví por donde había llegado.

Ya en mi habitación, me desvestí y me arrastré hasta la cama. La luz de la luna entraba sesgada a través de las ventanas, bañando la habitación de un resplandor argénteo. Podía oír el sonido cadencioso de las olas, relajante en su monotonía; tras unos minutos, empecé a abandonarme al sueño.

Al cabo, pese a que al principio creí que me lo estaba imaginando, oí que la puerta se abría. Siempre había tenido un sueño poco profundo —más aún desde la guerra— y, aunque al principio solo vi sombras, supe que era Ruth. Desorientado, me senté en la cama al tiempo que ella entraba en la habitación. Después cerró la puerta silenciosamente, a su espalda. Llevaba una bata, y mientras se acercaba a la cama, se desató el nudo con un único movimiento fluido y la prenda cayó al suelo.

Un momento después, ella estaba en la cama. A medida que se deslizaba a mi lado, su piel parecía irradiar destellos eléctricos. Nuestras bocas se unieron y sentí que su lengua me embestía mientras mis dedos se enredaban en su pelo y luego descendían por su espalda. Sabíamos perfectamente que no debíamos hacer ruido, y el silencio ayudaba a que aquel encuentro fuera incluso más excitante. La invité a tumbarse sobre su espalda; la besé en la mejilla y estampé unos besos apasionados por el cuello y luego de nuevo hasta su boca, perdido en su belleza y en el momento.

167

Hicimos el amor y, al cabo de una hora, volvimos a hacerlo. En el intervalo, la estreché amorosamente entre mis brazos y le susurré al oído lo mucho que la quería y que jamás podría haber otra mujer en mi vida. Ruth apenas dijo nada, pero en sus ojos y en sus caricias podía sentir el eco de mis palabras. Justo antes del amanecer, me besó con ternura y volvió a ponerse la bata. Mientras abría la puerta, se volvió para mirarme.

—Yo también te quiero, Ira —susurró.

Tras esas palabras, desapareció.

Me quedé tumbado en la cama hasta que empezó a amanecer, reviviendo las horas que acabábamos de pasar juntos. Me pregunté si Ruth estaba durmiendo o si, al igual que yo, yacía despierta en la cama. ¿Estaría pensando en mí? A través de la ventana, presencié la salida del disco solar, como si naciera del océano: en toda mi vida, jamás he presenciado un amanecer tan espectacular. No abandoné mi cuarto cuando oí a sus padres, que hablaban en voz baja en la cocina para no despertarme. Al cabo, oí la voz de Ruth en la cocina, y todavía esperé un rato antes de ponerme la ropa y abrir la puerta.

La madre de Ruth estaba de pie junto a la encimera, sirviéndose una taza de café. Ruth y su padre estaban sentados delante de la mesa. La madre se dio la vuelta hacia mí y me dedicó una sonrisa.

—¿Has dormido bien?

Me costó mucho no desviar la vista hacia Ruth, pero por el rabillo del ojo me pareció ver un amago de sonrisa en sus labios.

—Como en un sueño —contesté.

12

Luke

*E*n el rodeo de Knoxville, donde Luke había competido por última vez seis años antes, las gradas estaban ya prácticamente llenas. Estaba en el cajón preparando su monta y experimentando el familiar subidón de adrenalina; de repente, el mundo parecía haberse comprimido. Apenas oyó vagamente al presentador relatando los altibajos de su carrera profesional, incluso cuando la multitud se quedó en silencio.

No se sentía preparado. Un rato antes le había entrado el temblor en las manos, y podía notar cómo se acrecentaba el miedo en su interior, lo que dificultaba su concentración. Debajo de él, un toro llamado *Crosshairs* daba coces y se movía violentamente. Luke se obligó a centrarse. Entrelazó con destreza el pretal alrededor del guante mientras los adiestradores mantenían la cuerda tensa debajo de la bestia. Era la misma correa suicida que había usado desde sus inicios, la que había utilizado con *Big Ugly Critter*. Cuando hubo rodeado el pecho del toro con el pretal, *Crosshairs* propinó una impetuosa coz contra la valla y se inclinó bruscamente. Los vaqueros que tensaban la cuerda tiraron de ella con fuerza para contener al toro bravo. *Crosshairs* se echó hacia atrás y Luke acomodó rápidamente la pierna en la posición correcta. Se concentró y, tan pronto como estuvo listo, gritó:

—¡Vamos allá!

La puerta del cajón se abrió. El toro saltó al ruedo, furibundo, con un mugido ensordecedor, inclinó la cabeza hacia el suelo y alzó los cuartos traseros hacia el cielo. Luke procuró mantener el equilibrio, con un brazo alzado mientras *Crosshairs* se encabritaba y giraba bruscamente hacia la izquierda. Luke se adaptó al animal, anticipándose a sus movimientos, y el toro se retorció de nuevo antes de cambiar súbitamente de dirección. Luke no había previsto aquel movimiento y se desestabilizó; perdió un poco el equilibrio, pero consiguió mantenerse a lomos del animal. Sus antebrazos se tensaron cuando intentó corregir la postura, procurando ejercer presión con todo su cuerpo para no caer. *Crosshairs* volvió a encabritarse y empezó a dar vueltas otra vez justo cuando sonó la bocina. Luke liberó la mano del pretal en el mismo instante en que saltaba del toro. Aterrizó a cuatro patas, se puso de pie enseguida y se alejó rápidamente, sin mirar atrás. Cuando se encaramó a la valla, *Crosshairs* ya abandonaba el ruedo. Luke se sentó en la valla, a la espera de ver su puntuación mientras experimentaba la bajada de adrenalina. La multitud rugió cuando anunciaron que había obtenido ochenta y un puntos; una puntuación no tan buena como para colocarse entre los cuatro mejores jinetes, aunque suficiente para seguir en la competición.

Sin embargo, incluso después de haberse recuperado, durante unos minutos no estuvo seguro de si sería capaz de montar otra vez. El miedo volvía a ensañarse con él. El siguiente toro notó su tensión: a los cuatro segundos de la segunda ronda, Luke salió lanzado. Mientras estaba en el aire, sintió un ataque de pánico. Aterrizó sobre una rodilla y sintió una torcedura seca antes de perder el equilibrio y caer hacia un lado. Lo invadió un leve vahído, pero activó todos sus instintos y logró escapar, de nuevo ileso.

La puntuación obtenida en la etapa eliminatoria apenas bastaba para mantenerse entre los primeros quince finalistas. En la ronda final, volvió a probar suerte. Acabó en novena posición.

Después de la competición, envió un mensaje de texto a su madre; acto seguido, se encaminó directamente hacia la camioneta y abandonó el aparcamiento sin demora. Llegó a casa pasadas las cuatro de la madrugada. Al ver las luces encendidas en el rancho, supuso que su madre se había levantado temprano o, lo más probable, que no se había acostado.

Volvió a enviarle otro mensaje de texto después de apagar el motor, sin esperar respuesta.

Como de costumbre, no le contestó.

Por la mañana, después de un par de horas de sueño intranquilo, Luke renqueó hasta el rancho justo cuando su madre preparaba el desayuno. Huevos revueltos, tiras de salchichas y tortitas; el poderoso aroma llenaba la cocina.

—¿Qué tal, mamá? —la saludó.

Cruzó el espacio en busca de una taza, ocultando la cojera tanto como pudo, con la seguridad de que necesitaría algo más que una o dos tazas para ingerir el ibuprofeno que ocultaba en el puño.

Su madre lo estudió mientras se servía el café.

—Te has lesionado —dijo en un tono menos enojado de lo que Luke había esperado.

Más bien parecía preocupada.

—No es nada —contestó él al tiempo que se apoyaba en la encimera y controlaba la mueca de dolor—. Se me hinchó un poco la rodilla en el camino de vuelta a casa, eso es todo. Ya pasará.

Ella frunció los labios, obviamente preguntándose si creerlo o no, antes de asentir con la cabeza.

—Muy bien —dijo ella y, después de colocar la sartén encima de un quemador frío, lo abrazó por primera vez en varias semanas.

El abrazo duró un poco más de lo normal, como si ella intentara recuperar el tiempo perdido. Cuando lo soltó, Luke se fijó en las ojeras y supo que había dormido tan poco como él. Su madre le propinó unas palmaditas en el pecho.

—Vamos, siéntate, ya te sirvo yo el desayuno.

171

Luke se movió despacio, con cuidado de no derramar el café. Cuando hubo estirado la pierna debajo de la mesa en un intento de ponerse cómodo, su madre le puso el plato delante. Después de dejar la cafetera en la mesa, se sentó a su lado. Su plato contenía exactamente la mitad de la comida que ella había puesto en el de Luke.

—Sabía que volverías tarde, así que ya he dado de comer a los animales y he examinado el ganado esta mañana.

No le sorprendió que ella no admitiera que lo había estado esperando despierta, ni tampoco que no se quejara al respecto.

—Gracias —dijo él—. ¿Vino mucha gente ayer?

—Unas doscientas personas, pero por la tarde llovió un poco, así que probablemente hoy habrá más gente.

—¿He de reabastecer de calabazas?

Ella asintió.

—José ya hizo parte del trabajo antes de irse a casa, pero probablemente necesitaremos más calabazas.

Luke dio unos bocados en silencio.

—Me caí —explicó—. Por eso me lesioné la rodilla. Caí mal.

Su madre dio unos golpecitos con el tenedor en el plato.

—Lo sé.

—¿Cómo lo sabes?

—Liz, la secretaria del rodeo, me llamó. Me resumió tu actuación. Hace tiempo que nos conocemos, ¿recuerdas?

Eso sí que no se lo esperaba. No supo qué decir. En vez de eso, se llevó un trozo de salchicha a la boca y lo masticó, con ganas de cambiar de tema.

—Antes de irme, te dije que esta noche vendrá Sophia, ¿verdad?

—A cenar —añadió su madre—. Estaba pensando en una tarta de arándanos de postre.

—No tienes que molestarte.

—Ya está hecha —contestó, señalando con el tenedor hacia la encimera.

En una esquina, debajo de los armarios, Luke vio la bandeja de cerámica favorita de su madre. La tarta estaba decorada con un chorrito de zumo de arándanos alrededor.

—¿Cuándo la has preparado?

—Anoche, después de que se marcharan los últimos clientes. ¿Quieres que prepare un estofado?

—No, pensaba asar unos bistés en la parrilla.

—Entonces, puré de patatas de acompañamiento —añadió ella, pensando con antelación—. Y judías verdes. También prepararé una ensalada.

—No tienes que hacer todo eso.

—Por supuesto que sí. Tenemos una invitada a cenar. Además, ya he probado tu puré de patatas, y si quieres que ella vuelva otro día, será mejor que lo haga yo.

Luke sonrió, divertido. Solo entonces se dio cuenta de que, además de haber horneado la tarta, su madre había limpiado la cocina. Probablemente había hecho lo mismo con el resto de la casa.

—Gracias —le agradeció—. Pero no seas muy dura con ella.

—Yo no soy dura con nadie. Y haz el favor de sentarte con la espalda recta en la mesa.

Luke se echó a reír.

—Supongo que ya me has perdonado, ¿no?

—De ninguna manera —replicó ella—. Todavía estoy enfadada porque te has empeñado en seguir compitiendo, pero no puedo hacer nada por evitarlo. Además, la temporada ya se ha acabado. Supongo que entrarás en razón antes de enero. A veces actúas de forma imprudente, pero me gustaría creer que he sabido criarte debidamente para que no siempre te comportes con esa imprudencia.

Él no dijo nada. No tenía ganas de iniciar una discusión.

—Estoy seguro de que te gustará Sophia —apuntó, cambiando de tema.

—Eso espero. Dado que es la primera chica que invitas a cenar...

—También había invitado a Angie alguna vez.

—Ya, pero se casó con otro. Además, eras un crío. Eso no cuenta.

—No era un crío. Estaba en el último curso del instituto.

—Pues eso, un crío.

Luke cortó otro trozo de tortita y la remojó en el sirope.

—No estoy de acuerdo contigo, pero, por lo menos, me alegro de que volvamos a hablar.

Ella ensartó un trozo de salchicha con el tenedor.

—Yo también me alegro.

Para Luke, el resto del día transcurrió de una forma extraña. Después del desayuno, solía ponerse a trabajar, procurando hacerlo a un buen ritmo para ir tachando quehaceres en la lista de tareas y siempre priorizando. Algunas cosas había que hacerlas inmediatamente, como preparar las calabazas antes de que los clientes empezaran a desfilar, o encargarse de los animales heridos.

Normalmente, las horas solían transcurrir deprisa, mientras él pasaba de una tarea a la siguiente; antes de que se diera cuenta, ya era la hora de comer. Lo mismo pasaba por la tarde. La mayoría de los días se encaminaba hacia el rancho a la hora de cenar con un sentimiento de frustración por no haber terminado determinada labor, preguntándose cómo era posible que las horas pasaran tan rápidamente.

Aquel día prometía no ser diferente y, tal como su madre había previsto, hubo más trabajo que el sábado. Había una hilera de coches y de camionetas a ambos lados de la entrada que casi llegaba hasta la carretera, y se veían niños por todas partes. A pesar del leve dolor de rodilla, Luke transportó calabazas, ayudó a los padres a encontrar a sus hijos en el laberinto y llenó cientos de globos con helio. Eran una novedad de aquel año, igual que los perritos calientes, las patatas fritas y los refrescos, dispuesto todo en una gran mesa que había montado su madre. Pero mientras cambiaba de una tarea a la siguiente, se dio cuenta de que no podía dejar de pensar en Sophia.

De vez en cuando, echaba un vistazo al reloj, con la certeza de que ya había pasado otra hora, pero entonces se daba cuenta de que apenas habían transcurrido veinte minutos.

Quería volver a verla. Había hablado con ella por teléfono el viernes y el sábado, y, en cada una de aquellas llamadas, Luke había sentido nervios en el estómago antes de que ella contestara. Sabía lo que sentía por Sophia; el problema era que no tenía ni idea si ella sentía lo mismo por él. Antes de marcar su número, imaginaba que ella contestaría en un tono normal, sin reaccionar con un desmesurado entusiasmo. Aunque se había mostrado animada y parlanchina en ambas ocasiones, después de colgar Luke había repasado la conversación plagado de dudas acerca de los verdaderos sentimientos de Sophia.

Para él era una experiencia totalmente nueva. No era un adolescente confundido y obsesivo (de hecho, nunca había sido así). Por primera vez en su vida, no estaba seguro de qué hacer. Lo único que sabía era que quería pasar más tiempo con ella y que la hora de la cena parecía no llegar nunca.

13

Sophia

—*Ya* sabes lo que quiere decir, ¿no? ¿Una cena con su madre? —apuntó Marcia al tiempo que esbozaba una mueca de escepticismo.

Mientras hablaba, no paraba de picotear pasas de una cajita. Sophia sabía que esas pasas constituían su desayuno, almuerzo y cena de aquel día. Marcia, al igual que otras chicas en la residencia, hacía dieta para poder tomarse luego un cóctel por la noche sin remordimientos o para compensar las calorías de más que contenía la bebida que ya había tomado la noche anterior.

Sophia se estaba colocando una horquilla en el pelo, a punto de salir.

—Creo que quiere decir que comeremos algo.

—Ya vuelves a contestar con evasivas —advirtió Marcia—. Ni siquiera me has contado lo que hicisteis el jueves por la noche.

—Te dije que al final cambiamos de idea y cenamos en un restaurante japonés. Luego fuimos al rancho.

—¡Vaya, vaya! —exclamó—. Puedo imaginar con gran lujo de detalles qué sucedió después.

—Pero ¿se puede saber qué esperas que te cuente? —soltó Sophia, exasperada.

—¡Pues eso, que me des detalles específicos! Y dado que es obvio que no piensas hacerlo, deduzco que los dos os pusisteis calientes y con ganas de sexo.

Sophia terminó con la horquilla.

—Te equivocas. Pero ¿por qué te interesa tanto…?

—¡Ay, chica! ¡Yo qué sé! —la atajó Marcia—. ¿Quizá por tu aspecto risueño estos últimos días, o porque el viernes en la fiesta no te pusiste tensa cuando viste a Brian, o porque durante el partido de fútbol americano, cuando te llamó tu *cowboy*, te alejaste para hablar tranquilamente con él, a pesar de que nuestro equipo estaba a punto de marcar? Si quieres que te diga la verdad, diría que vuestra relación va en serio.

—Nos conocimos el fin de semana pasado. No puede ir en serio.

Marcia sacudió la cabeza.

—No, mira, no me lo trago, ¿sabes? Creo que ese chico te gusta mucho más de lo que estás dispuesta a admitir. Pero también debería prevenirte de que probablemente no es una buena idea.

Cuando Sophia se volvió hacia ella, Marcia se echó las últimas pasas en la palma de la mano e hizo un borujo con la cajita de cartón. La lanzó a la papelera, pero erró el tiro, como de costumbre.

—Acabas de salir de una relación. Todavía te estás recuperando. Y las relaciones que surgen en periodo de recuperación no funcionan —argumentó con absoluta seguridad.

—No me estoy recuperando de nada. Hace tiempo que corté con Brian.

—No tanto. Y para que lo sepas, él todavía siente algo por ti. Incluso después del incidente del fin de semana pasado, todavía quiere volver contigo.

—¿Y?

—Solo te recuerdo que Luke es el primer chico con el que sales desde la ruptura, lo que significa que no has tenido tiempo para recapacitar sobre qué es lo que realmente buscas. Aún estás descolocada. ¿Acaso no recuerdas cómo actuaste el fin de semana pasado? Casi te da un patatús cuando viste a Brian en el granero. Y de golpe, mientras todavía te encuentras en este estado emocional tan frágil, conoces a otro chico. Pero recuperarse significa darse un tiempo para recapacitar, y las relaciones que surgen en esa fase no funcionan, porque uno no está debidamente centrado. Luke no es Brian, eso ya lo entiendo. Lo que quiero decir es que, dentro de unos meses, quizá quieras algo más que no simplemente un «él no es Brian» y, por consiguiente, si no andas con cuidado, te harás daño. O se lo hará él.

—Solo voy a cenar —protestó Sophia—. Nada del otro mundo.

Marcia se echó las últimas pasas a la boca.

—Si tú lo dices…

A veces, Sophia detestaba a su compañera de habitación. Como en ese preciso instante, sentada al volante de camino al rancho. Llevaba tres días de un humor excelente, incluso se lo había pasado bien en la fiesta y en el partido de fútbol del viernes. Aquel mismo día, unas horas antes, había conseguido redactar bastantes páginas del trabajo sobre el Renacimiento que tenía que entregar el martes. En resumen, había sido una semana magnífica, y entonces, justo cuando se estaba preparando para salir en un estado de ánimo casi eufórico, Marcia había abierto la boca y le había metido todas esas estúpidas ideas en la cabeza. Porque si de una cosa estaba segura era de que no estaba tratando de recuperarse de lo de Brian sin más.

¿De acuerdo?

No se trataba solo de haber roto con Brian, sino que estaba encantada de haberlo hecho. Desde la primavera pasada, la relación entre ellos se había deteriorado; Sophia se sentía como Jacob Marley, el fantasma en el *Cuento de Navidad*, de Dickens, que se ve obligado a arrastrar las cadenas que él mismo se forjó en vida. Después de que Brian le pusiera los cuernos por segunda vez, Sophia erigió un muro emocional entre ella y él, si bien no cortó con él de inmediato. Todavía le amaba, pero no de la misma forma ciega, inocente y apasionada. En parte, sabía que Brian nunca cambiaría, y ese sentimiento no hizo más que consolidarse a lo largo del verano.

Al final, sus instintos le demostraron que tenía razón. Cuando cortó con él, tuvo la impresión de que los dos llevaban mucho tiempo yendo por sendas separadas.

Sophia no podía negar que después se desmoronó. ¿A quién no le pasaría? Llevaban casi dos años saliendo juntos; habría sido extraño que no le hubiera afectado. Pero le dolían mucho más otras cosas que él había hecho: las llamadas, los mensajes de texto, que la siguiera por el campus. ¿Cómo era posible que Marcia no pudiera comprenderlo?

Satisfecha de haber sido capaz de pasar página, Sophia se aproximó a la salida de la carretera que la llevaría hasta el rancho, sintiéndose un poco mejor. Marcia no sabía qué decía. Ella se sentía bien, emocionalmente hablando, y no se estaba recuperando de una ruptura. Luke era un chico estupendo y se estaban conociendo. ¡Ni que fuera a enamorarse perdidamente de él! ¡Vaya, que ni se le había pasado por la cabeza!

¿De acuerdo?

177

Y

Mientras recorría el último tramo de la carretera, seguía intentando silenciar la enervante voz de su compañera de cuarto, sin estar segura de si debería aparcar delante de la cabaña de Luke o un poco más arriba, en la explanada que había delante del rancho. Empezaba a oscurecer, y una fina capa de niebla iba ganando terreno poco a poco. A pesar de los faros, tuvo que inclinarse sobre el volante para ver adónde iba. Conducía despacio, preguntándose si *Perro* aparecería para guiarla. Justo entonces, lo avistó un poco más arriba, junto al desvío.

Perro trotó delante del vehículo. De vez en cuando giraba el hocico hacia atrás para confirmar que ella lo seguía, hasta que llegaron a la cabaña de Luke. Sophia aparcó en el mismo sitio que la vez anterior. Había luz dentro de la cabaña, y atisbó a Luke, apostado junto a la ventana de una estancia que debía de ser la cocina. Cuando apagó el motor y se apeó del coche, Luke ya había salido al porche y se dirigía hacia ella. Llevaba vaqueros, botas y una camisa blanca con las mangas subidas hasta los codos. Le faltaba el sombrero.

Sophia respiró hondo, intentando relajarse al tiempo que deseaba por enésima vez no haber hablado con Marcia. Pese a la oscuridad, estaba segura de que él sonreía.

—¿Qué tal? —gritó él.

Cuando estuvo más cerca, se inclinó para besarla. Sophia aspiró el aroma a champú y jabón. Fue un beso corto, de bienvenida, pero Luke detectó su indecisión.

—Te preocupa algo —dijo.

—No es nada —apostilló ella a la vez que le ofrecía una sonrisa fugaz, aunque no se atrevió a mirarlo a los ojos.

Luke no dijo nada por unos instantes, luego asintió con la cabeza.

—Me alegro de que hayas venido.

A pesar de que la miraba sin vacilar, Sophia se preguntó qué debía de estar pensando.

—Yo también.

Luke retrocedió un paso y hundió la mano en el bolsillo.

—¿Has acabado el artículo?

La distancia propició que Sophia pudiera pensar sin tanta presión.

—No del todo, pero está bastante adelantado. ¿Qué tal por aquí?

—Muy bien —contestó él—. Hemos vendido casi todas las calabazas. Las únicas que quedan son para preparar tartas.

Sophia se fijó, por primera vez, en que Luke tenía el pelo un poco húmedo.

—¿Qué haréis con ellas?

—Mi madre hará conservas. Y luego, durante el resto del año, preparará las tartas más deliciosas y el pan de calabaza más sabroso del mundo.

—Quizá podríais montar otro negocio.

—Ni hablar. Pero no porque ella no sea una buena cocinera, sino porque odiaría pasarse el día en la cocina. Le gusta más estar al aire libre.

Por un momento, ninguno de los dos dijo nada. Por primera vez desde que se habían conocido, Sophia tuvo la impresión de que el silencio se tornaba incómodo.

—¿Estás lista? —preguntó Luke, al tiempo que señalaba hacia la casa—. Hace unos minutos he encendido el carbón para las brasas.

—Estoy lista —anunció ella.

Mientras caminaban, Sophia se preguntó si él le cogería la mano, pero no lo hizo. En vez de eso, la dejó sola con sus pensamientos. Rodearon la plantación de abetos; la niebla seguía espesándose, en especial a lo lejos, donde los pastizales quedaban ya completamente ocultos. El granero no era más que una sombra, y el rancho, con sus luces en las ventanas, parecía una calabaza de Halloween gigante.

Ella podía oír el crujido de la gravilla bajo sus pies.

—¿Sabes que todavía no me has dicho cómo se llama tu madre? ¿Me he de dirigir a ella como señora Collins?

La pregunta pareció desconcertarlo.

—No lo sé, yo siempre la llamo «mamá».

—¿Cuál es su nombre de pila?

—Linda.

Sophia hizo una prueba mental, hasta que al final concluyó:

—Creo que me dirigiré a ella como señora Collins. Dado que es la primera vez que nos conocemos, quiero caerle bien.

Luke se dio la vuelta y, pillándola por sorpresa, le estrechó la mano entre las suyas.

—Le caerás bien.

Antes de que tuvieran tiempo de cerrar la puerta de la cocina, Linda Collins dejó de pulsar el botón de la batidora y miró primero a Luke y luego escrutó a Sophia, antes de darse de nuevo la vuelta hacia Luke. Dejó la batidora en la encimera, con las cuchillas revestidas de puré de patatas, y se secó las manos en el delantal. Tal como Luke había dicho, iba vestida con unos vaqueros y una camisa de manga corta, aunque había reemplazado las botas por unos zapatos cómodos. Llevaba el pelo canoso recogido en una cola de caballo holgada.

—Así que esta es la jovencita que has estado ocultando, ¿eh?

Abrió los brazos y le ofreció a Sophia un rápido abrazo.

—Encantada de conocerte. Soy Linda.

Su cara mostraba los efectos de los años pasados trabajando a pleno sol, si bien su piel estaba menos curtida de lo que Sophia había esperado. Su abrazo le transmitió una fuerza inherente, la clase de tono muscular que provenía del trabajo duro.

—Encantada. Soy Sophia.

Linda sonrió.

—Me alegro de que por fin Luke haya decidido invitarte para que te conozca. Estaba empezando a creer que se avergonzaba de su vieja madre.

—Ya sabes que eso no es verdad —protestó Luke.

Su madre le guiñó el ojo a Sophia antes de abrazar a su hijo.

—¿Qué tal si empiezas a preparar los bistés? Se están marinando en la nevera; así nos darás a Sophia y a mí la oportunidad de conocernos mejor.

—De acuerdo. Pero recuerda que me has prometido que no serías muy dura con ella.

Linda no pudo ocultar su cara de júbilo.

—De verdad, no sé por qué dices esas cosas. ¡Si soy muy campechana! ¿Te apetece beber algo? Esta tarde he preparado té al sol.

—Pues sí que me apetece, gracias —contestó Sophia.

Luke le dedicó una expresión de «buena suerte» antes de enfilar hacia el porche, mientras Linda servía té en un vaso y luego se lo ofrecía a Sophia. Ella tenía su propio vaso en la encimera, y volvió a acercarse a los fogones, donde abrió un frasco de judías verdes que Sophia dedujo que eran del huerto de la finca.

Linda las vertió en una sartén y las salpimentó, luego añadió un poco de mantequilla.

—Luke me ha dicho que estudias en Wake Forest, ¿verdad?

—Sí, estoy en el último curso.

—¿De dónde eres? —le preguntó mientras encendía uno de los

quemadores y bajaba la llama—. Tengo la impresión de que no eres de esta zona.

Se lo preguntó del mismo modo que lo había hecho Luke la noche en que se conocieron, con curiosidad, pero sin mostrar ningún juicio de valor. Sophia respondió contándole todos los detalles básicos de su vida, aunque solo a grandes rasgos. A su vez, Linda le contó algunos pormenores de la vida en el rancho, y la conversación fluyó con tanta facilidad como con Luke. Por la descripción de Linda, era evidente que ella y Luke eran intercambiables cuando se trataba de llevar a cabo las tareas diarias; los dos podían encargarse de todo, aunque Linda se ocupaba más de las cuentas y de cocinar, mientras que Luke se dedicaba al trabajo al aire libre y a reparar la maquinaria, más por preferencia que por otros motivos.

Linda señaló hacia la mesa para que Sophia se sentara, justo en el momento en que Luke entraba de nuevo en la cocina. Él se sirvió un vaso de té y volvió a salir al porche para acabar de preparar los bistés.

—A veces me arrepiento de no haber ido a la universidad —prosiguió Linda—. O, como mínimo, de no haber asistido a algunas asignaturas.

—¿Qué te habría gustado estudiar?

—Contabilidad, y quizás algo relacionado con la agricultura o la gestión de la ganadería. Tuve que aprenderlo todo por mí misma, y cometí un montón de errores.

—Pues se te ve muy cómoda en este entorno —observó Sophia.

Linda no dijo nada. Se limitó a coger el vaso y tomó otro sorbo.

—¿Decías que tienes hermanas menores?

—Tres —puntualizó Sophia.

—¿Cuántos años tienen?

—Tengo una de diecinueve y dos de diecisiete.

—¿Gemelas?

—Mi madre dice que ella ya estaba más que satisfecha con dos, pero mi padre realmente quería un hijo varón, así que lo intentaron una vez más. Según mi madre, casi le dio un ataque al corazón cuando el médico le anunció que esperaba gemelos.

Linda tomó otro sorbo de té.

—Supongo que debió de ser divertido, crecer en una casa llena de gente.

—Bueno, era un piso. Todavía lo es. Pero sí que era divertido, a pesar de que a veces nos faltara espacio. Echo de menos compartir mi cuarto con mi hermana Alexandra. Dormimos en la misma habitación hasta que fui a la universidad.

—Así que sois una familia unida.

—Así es —admitió Sophia.

Linda la escrutó con la misma ternura con que Luke solía hacerlo.

—Pero hay un «pero», ¿no?

—Bueno…, es que… es diferente. Es mi familia, y seguimos muy unidos, pero todo cambió cuando me marché a estudiar a la universidad. Alexandra estudia en Rutgers, pero, más o menos, puede ir a casa todos los fines de semana, a veces incluso durante la semana, y Branca y Dalena todavía viven con mis padres, van al instituto y trabajan en la charcutería de la familia. En cambio, yo estoy lejos de ellos ocho meses al año. En verano, justo cuando empiezo a recuperar la sensación de normalidad, me toca marcharme de nuevo. —Sophia deslizó la uña por la superficie de la mesa de madera, llena de arañazos—. La cuestión es que no sé qué puedo hacer para volver a ser una más. Dentro de unos meses me graduaré, y a menos que acabe con un trabajo en Nueva York o en Nueva Jersey, no sé con qué frecuencia podré ir a visitarlos. ¿Y qué pasará entonces?

Sophia podía notar la mirada incisiva de Linda, y se dio cuenta de que era la primera vez que expresaba esos pensamientos en voz alta. No estaba segura de por qué lo había hecho; quizá porque la conversación con Marcia le había provocado una sensación de inestabilidad, o quizá porque Linda parecía una persona en la que se podía confiar. Mientras expresaba sus temores, de repente se dio cuenta de que hacía tiempo que quería compartirlos con alguien que pudiera comprenderla.

Linda se inclinó hacia delante y le propinó unas palmaditas en la mano.

—Es duro, pero ten en cuenta que eso pasa en casi todas las familias. Los hijos se separan de los padres, los hermanos y las hermanas se distancian por circunstancias de la vida. Pero luego, a menudo, vuelven a unirse. Lo mismo le pasó a Drake y a su hermano…

—¿Drake?

—Mi difunto esposo —explicó—. El padre de Luke. Él y su hermano estaban muy unidos, y entonces Drake empezó a competir en los rodeos y durante muchos años apenas se vieron. Después, cuando Drake se retiró, retomaron el contacto. Esa es la diferencia entre la familia y las amistades. La familia siempre está a tu lado, pase lo que pase, aunque no viva en la casa de al lado. Eso significa que encontrarás una forma de mantener el contacto con ellos; especialmente si valoras tanto ese vínculo.

—Es cierto, lo valoro mucho —admitió Sophia.

Linda suspiró.

—Siempre quise tener hermanos —confesó—. Creía que sería divertido eso de tener a alguien con quien jugar, con quien hablar… Solía pedirle un hermanito a mi madre, y ella siempre contestaba con un «ya veremos». Hasta unos años después no supe que mi madre había sufrido varios abortos espontáneos y… —se le quebró la voz antes de continuar— que ya no podía tener más hijos. A veces, las cosas no salen como uno quiere.

Por su expresión, Sophia intuyó que Linda también había sufrido varios abortos. De repente, retiró la silla para ponerse nuevamente de pie, un gesto más que obvio para zanjar el tema.

—He de cortar unos tomates para la ensalada —apuntó—. Los bistés estarán listos en un pispás.

—¿Puedo ayudar en algo?

—Si quieres, puedes poner la mesa —sugirió Linda—. Los platos están ahí, y los cubiertos en ese cajón —indicó, al tiempo que señalaba con el dedo.

Sophia siguió sus indicaciones y puso la mesa. Linda troceó unos tomates, unos pepinos y cortó la lechuga. Luego lo mezcló todo en un cuenco de vivos colores justo cuando Luke regresaba con los bistés.

—Hay que dejarlos reposar un par de minutos —anunció Luke, mientras depositaba la bandeja en la mesa.

—Justo a tiempo —apuntó su madre—. Solo he de servir las judías y las patatas en unos cuencos y la cena estará lista.

Luke tomó asiento.

—¿De qué hablabais? Desde el porche, daba la impresión de que estabais inmersas en una conversación seria.

—Hablábamos de ti —dijo su madre antes de darse la vuelta con un cuenco en cada mano.

—Espero que no; no soy un tipo tan fascinante.

—Nunca hay que perder la esperanza, hijo —replicó su madre, y Sophia se echó a reír.

La cena fue amena, salpicada de risas y anécdotas. Sophia contó algunas chiquilladas y vicisitudes de la residencia de estudiantes, incluido el hecho de que habían tenido que reemplazar las cañerías porque muchas chicas eran bulímicas, y su vómito picaba las tuberías. Luke relató algunas de las cosas más divertidas que le habían pasado en los rodeos; en una de sus anécdotas, habló de un amigo —del que no quiso decir el nombre— que una vez ligó con una mujer en un bar y que luego descubrió que no era…, bueno, que no era realmente una mujer. Linda amenizó la charla con historias sobre la infancia de Luke y explicó algunas trastadas que había cometido en el instituto, ninguna de ellas demasiado escandalosa. Como muchos de los chicos que Sophia había conocido en el instituto, Luke se había metido en algún que otro lío, pero también supo que todos los años ganaba el campeonato estatal de lucha libre (además de los rodeos, por supuesto). No era de extrañar que no se hubiera sentido intimidado por Brian.

Durante la velada, Sophia se dedicó a observar y a escuchar. Cada minuto que pasaba, las advertencias de Marcia iban perdiendo fuerza. Cenar con Linda y Luke era fácil. Ambos escuchaban y hablaban del mismo modo informal, como lo hacía su familia, algo completamente diferente a sus inhibidos encuentros sociales en Wake Forest.

Tras dar buena cuenta de los bistés, Linda sirvió la tarta que había horneado. Era la cosa más deliciosa que Sophia jamás había probado. Después, los tres recogieron la cocina: Luke lavaba los platos y Sophia los secaba, mientras que Linda envasaba la comida restante y la guardaba.

Era tan parecido a estar en casa, que Sophia pensó en su familia, y por primera vez se preguntó qué opinarían sus padres de Luke.

De camino a la puerta, Sophia abrazó a Linda, igual que Luke. Sophia se fijó nuevamente en la definición de la musculatura en los brazos de aquella mujer mientras abrazaba a su hijo. Cuando se separaron, Linda le guiñó el ojo.

—Ya sé que os quedaréis un rato juntos, pero recuerda, Luke: Sophia tiene clase mañana, así que no la entretengas demasiado. Además, ya sabes que tienes que madrugar.

—Siempre madrugo —alegó él.

—Esta mañana no, ¿recuerdas? —Acto seguido, se volvió hacia Sophia—. Me ha encantado conocerte. Vuelve pronto, ¿de acuerdo?

—Así lo haré —prometió ella.

Luke y Sophia salieron al encuentro del aire frío de la noche. La niebla, que se había vuelto más espesa, otorgaba al paisaje una calidad onírica. El aliento de Sophia se condensaba en pequeñas nubes de vapor. De camino a la cabaña, se colgó del brazo de Luke.

—Me gusta tu madre —admitió—. No es como me la imaginaba, según tu descripción.

—¿Cómo te la imaginabas?

—Supongo que pensaba que me intimidaría. O que se mostraría muy poco afectuosa. No suelo conocer a personas capaces de soportar el dolor de una muñeca rota todo el día sin quejarse.

—Estaba de buen humor —alegó Luke—. Te aseguro que no siempre se muestra tan efusiva.

—¿Como cuando está enfadada contigo, por ejemplo?

—Como cuando está enfadada conmigo, por ejemplo —repitió él—. Y también en otras ocasiones. Cuando hace tratos con los proveedores o va a la feria a vender el ganado, puede ser tremenda.

—Eso es lo que tú dices. A mí me parece una mujer dulce, inteligente y divertida.

—Me alegro. A ella también le has gustado. Para mí era evidente.

—¿Ah, sí? ¿Por qué?

—No te ha hecho llorar.

Sophia le propinó un codazo cariñoso.

—Más vale que seas agradable con tu madre o daré media vuelta y le contaré lo que dices de ella.

—Nunca soy desagradable con ella.

—¿Nunca? —lo pinchó Sophia, en parte en broma y en parte para provocarlo—. De ser así, ella no se habría enfadado contigo.

185

Ya en la cabaña, Luke la invitó a pasar por primera vez. Él entró primero y enfiló hacia la chimenea del comedor, donde había unos troncos apilados. Tomó una caja de cerillas de la repisa y se agachó para encender el fuego.

Mientras tanto, Sophia examinó el comedor y luego la cocina, sorprendida ante la decoración ecléctica. Había un par de modernos sofás bajitos de piel color marrón con pinta de ser muy cómodos, complementados con una mesita rústica sobre la típica alfombra de piel de vaca. Dos mesitas rinconeras desiguales servían de base para unas lámparas de hierro forjado iguales. En la pared, sobre la chimenea, colgaba una cabeza de ciervo con una impresionante cornamenta. La sala era funcional y sin pretensiones, desprovista de trofeos, medallas o artículos enmarcados.

Sophia vio unas pocas fotos de Luke tomadas en algún rodeo, expuestas entre otras más tradicionales: una de su madre y su padre en lo que supuso que era una fiesta de cumpleaños; otra de un Luke jovencito y su padre, en la que ambos sostenían un pez recién pescado; y, por último, una foto de su madre junto a uno de los caballos, en la que su madre sonreía a la cámara.

La cocina, situada a un lado, era más difícil de describir. Al igual que la de su madre, en el centro había una mesa, pero los armarios y las encimeras de madera de arce estaban prácticamente nuevos. En el lado opuesto, el corto pasillo que salía del comedor llevaba al cuarto de baño y a lo que supuso que eran las habitaciones.

En la chimenea, las llamas empezaban a chispear. Luke se puso de pie y se limpió las manos en los vaqueros.

—¿Qué te parece?

—Muy acogedor —contestó ella mientras se acercaba a la chimenea.

186

Se quedaron de pie junto al fuego, dejando que los calentara, antes de dirigirse al sofá. Sophia se sentó junto a Luke y notó que él la observaba atentamente.

—¿Puedo hacerte una pregunta? —dijo él.

—Adelante.

Él vaciló unos instantes.

—¿Te encuentras bien?

—¿Por qué no iba a estarlo?

—No lo sé. Cuando has llegado, parecías preocupada.

Sophia permaneció callada unos momentos. No estaba segura de si contestar o no. Finalmente se decidió: «¿Por qué no?». Se inclinó hacia él al tiempo que le alzaba la muñeca. Luke comprendió lo que ella quería y deslizó el brazo por encima de su hombro, permitiéndole apoyarse en su pecho.

—Solo es una tontería que me ha dicho Marcia.

—¿Sobre mí?

—No, más bien era sobre mí. Ella cree que vamos un poco deprisa y que yo no estoy lista, emocionalmente hablando, para una nueva relación seria. Está convencida de que aún me estoy recuperando de la ruptura con Brian.

Él se apartó para estudiarla.

—¿Y lo estás?

—No tengo ni idea —admitió Sophia—. Todo esto es nuevo para mí.

Luke soltó una carcajada antes de volver a ponerse serio. La abrazó con ternura y le besó el pelo.

—Bueno, si con ello consigo que te sientas mejor, te diré que para mí también es algo nuevo.

La noche fue avanzando, y ellos continuaron sentados frente al fuego, charlando tranquilamente, con familiaridad, como desde el primer día. De vez en cuando, la leña crepitaba en la chimenea y desprendía unas chispas refulgentes que bañaban la estancia con una luminosidad tamizada, íntima y acogedora.

Sophia pensó que no solo era fácil pasar el rato con Luke, sino que además se le antojaba una experiencia totalmente positiva. Con él, podía ser ella misma; era como si pudiera explicarle cualquier cosa, pues él, de forma intuitiva, la comprendía. Con sus cuerpos acurrucados, Sophia tenía la maravillosa impresión de que estaban hechos el uno para el otro.

Con Brian no había tenido la misma sensación. Con Brian, siempre le había preocupado no ser lo bastante buena para él; peor todavía, a veces dudaba si realmente lo conocía. Siempre había tenido la impresión de que todo era fachada, de cara a la galería, y que en realidad no sabía cómo era. Había asumido que era ella la que hacía algo mal, que sin querer creaba barreras entre ellos. Con Luke, en cambio, no le pasaba lo mismo. Se sentía como si lo conociera de toda la vida. Habían sintonizado enseguida. Se dio cuenta de lo que se había estado perdiendo.

Mientras la madera ardía hipnóticamente, las palabras de Marcia acabaron de alejarse de sus pensamientos, hasta que, de repente, ya no la importunaron más. ¡Qué más daba si aquella relación iba demasiado deprisa o no! La cuestión era que Luke le gustaba y que disfrutaba de cada minuto que pasaba con él. No estaba enamorada, pero mientras sentía cómo el pecho de Luke se hinchaba y deshinchaba rítmicamente, no le costó en absoluto imaginar que sus sentimientos pudieran empezar a cambiar muy pronto.

Más tarde, cuando entraron en la cocina para tallar la calabaza, sintió una punzada de pena al pensar que la noche estaba a punto de tocar a su fin. Permaneció de pie junto a Luke, observando con desmedida atención cómo, despacio pero con firmeza, él iba dando forma a la típica calabaza de Halloween, con una apariencia más intrincada de las que ella tallaba cuando era pequeña. En la encimera había cuchillos de diversos tamaños, cada uno con una forma dis-

187

tinta. Sophia observó a Luke, que perfilaba la sonrisa de la boca tallando solo la corteza exterior, hasta dar forma a lo que parecían los labios y los dientes. De vez en cuando, él se apartaba un poco hacia atrás, para examinar su trabajo. Los ojos fueron lo siguiente; de nuevo talló solo la corteza y esculpió con detalle unas pupilas antes de cortar con cuidado el resto.

Luke esbozó una mueca cuando empezó a vaciar el contenido.

—Nunca me ha gustado esta sensación pegajosa —comentó, y ella rio, divertida.

Cuando prácticamente ya había acabado, le ofreció el cuchillo y le preguntó si quería rematar el trabajo. Al notar la calidez de su cuerpo contra el suyo, a Sophia le tembló la mano. Por suerte, la nariz de la calabaza de Halloween salió bien, pero una de las cejas acabó torcida, lo que añadió un toque de locura a su expresión.

Cuando aquella obra de arte estuvo terminada, Luke insertó una pequeña vela y la encendió, luego llevó la calabaza hasta el porche. Se sentaron en las mecedoras y se pusieron otra vez a charlar tranquilamente mientras la calabaza iluminada les mostraba su consentimiento a través de su sonrisa.

Luke arrimó su mecedora a la de Sophia. A ella no le costó nada imaginarse a ambos sentados juntos durante cientos de noches más como aquella. Más tarde, cuando la acompañó hasta el coche, Sophia tuvo la sensación de que él había estado imaginando exactamente lo mismo. Tras colocar la calabaza en el asiento del pasajero, él le cogió la mano y con suavidad tiró de ella hasta que quedaron pegados. Podía ver el deseo en su expresión; podía notar en su abrazo cómo quería que no se marchara. Cuando sus labios se unieron, Sophia supo que quería quedarse. Pero no lo haría; aquella noche no. Aún no estaba lista para eso, pero en aquellos últimos y sedientos besos sintió la promesa de un futuro que deseaba que no tardara en llegar.

14

Ira

*E*l sol de última hora de la tarde empieza a descender en el horizonte. Debería preocuparme por la noche que se avecina; sin embargo, un pensamiento domina mi conciencia.

Agua, en cualquier forma. Hielo, lagos, ríos, cascadas, un manantial; sea como sea, para aliviar el grumo que se me ha formado en la garganta. No se trata de un nudo, sino de un coágulo que ha subido desde vete a saber qué parte de mi cuerpo, un coágulo que obstaculiza el paso del aire y que parece crecer con cada nueva respiración.

189

Reconozco que he estado soñando. No sobre el accidente de coche, no, ya que eso ha sucedido de verdad. Es real y lo sé; es la única cosa real. Cierro los ojos y me concentro, procurando recordar todos los detalles. Pero en mi nebulosa conciencia constituida a base de parches, resulta difícil reconstruir lo que pasó. Yo quería evitar la autopista —los conductores van demasiado rápido, en la autopista— y con un rotulador marqué la ruta a través de carreteras de un solo carril en un mapa que encontré en el cajón de la cocina.

Recuerdo que abandoné la carretera para repostar gasolina y que después me desorienté un momento, sin estar seguro de qué dirección debía tomar. Recuerdo vagamente que pasé por un pueblecito llamado Clemmons. Al cabo, cuando me di cuenta de que me había perdido, seguí una pista de tierra, hasta que al final desemboqué en otra carretera, la 421. Vi señales que indicaban una localidad llamada Yadkinville. El tiempo había empezado a empeorar, pero, por entonces, me daba miedo detenerme. No veía ningún punto de referencia que me resultara familiar, así que seguí trazando las curvas de la carretera hasta que fui a parar a una que conducía directamente a las montañas. No sabía el número de aquella carretera, pero tampoco era relevante, pues la nieve formaba ya una tupida cortina al caer. Todo estaba muy oscuro, tan oscuro que no vi la curva. Me estrellé contra la barrera metálica lateral y oí cómo crujía el metal antes de que el coche se precipitara por la pronunciada cuneta.

¿Y ahora? Ahora estoy solo, sin que nadie me haya encontrado todavía. Me he pasado casi todo un día soñando con mi esposa mientras sigo atrapado en el vehículo. Ruth no está conmigo. Murió en nuestra habitación hace mucho tiempo, y no está sentada a mi lado. La echo de menos. La he añorado durante nueve años, y me he pasado la mayor parte de ese tiempo deseando haber sido el primero en morir. Ella no habría tenido tantos problemas para vivir sola, habría sido capaz de seguir adelante. Siempre fue más fuerte, más inteligente y mejor en todo, y de nuevo pienso que, de los dos, yo fui el más afortunado en nuestra relación. Todavía no entiendo por qué me eligió. Ella era excepcional; en cambio, yo era un tipo normal y corriente, un hombre cuyo mayor logro en la vida fue amarla sin reservas, y eso nunca cambiará. Pero estoy cansado y sediento, y puedo notar cómo me abandonan las fuerzas. Creo que ha llegado el momento de que deje de luchar. Sí, es hora de reunirme con ella. Cierro los ojos y pienso que, si me quedo dormido, volveré a estar con ella...

—No te estás muriendo. —Súbitamente, Ruth interrumpe mis pensamientos con una voz apremiante y tensa—. Ira, todavía no ha llegado tu hora. Querías ir a Black Mountain, ¿recuerdas? Todavía te queda algo por hacer.

—Lo recuerdo —balbuceo.

Incluso hablar entre susurros supone un reto para mí. Noto la lengua como si fuera demasiado grande para caber en mi boca; el coágulo en la garganta se ha desarrollado más. Me cuesta respirar. Necesito agua, hidratación, cualquier cosa que me ayude a tragar, y tragar aire, sin demora. Casi no puedo respirar. Intento inhalar despacio, pero no me llega suficiente aire a los pulmones; de repente, el corazón empieza a latir desbocadamente en el pecho.

Un leve mareo distorsiona mi visión y los sonidos a mi alrededor. «Me muero», pienso. Tengo los ojos cerrados y estoy listo...

—¡Ira! —grita Ruth. Se inclina hacia mí, me coge del brazo y me zarandea—. ¡Ira! ¡Te estoy hablando! ¡Mírame! —me ordena.

Incluso a distancia, detecto su miedo, pese a que ella intenta ocultarlo. Apenas noto el zarandeo, y mi brazo permanece inmóvil, otra señal de que esto no es real.

—Agua —balbuceo.

—Buscaremos agua —dice ella—, pero, de momento, tienes que respirar, y para respirar has de tragar aire. Se te ha formado un coágulo de sangre en la garganta a causa del accidente; te bloquea las vías respiratorias. Te ahogarás.

Su voz suena débil y lejana, y yo no contesto. Me siento como borracho, con resaca. Mi mente está flotando y mi cabeza permanece apoyada en el volante; lo único que quiero es dormir, volatilizarme…

Ruth vuelve a zarandearme.

—¡No pienses que estás atrapado en este coche! —grita.

—Pero lo estoy —apenas logro farfullar.

Incluso en mi confusión mental, sé que mi brazo no se ha movido ni un milímetro y que sus palabras son solo otro truco de mi imaginación.

—¡Estás en la playa!

Siento su aliento en mi oreja, súbitamente seductor, un nuevo estímulo. Su cara está tan cerca que imagino que puedo notar el roce de sus largas pestañas, el calor de su aliento.

—Es 1946. ¿No lo recuerdas? La mañana después de que hicimos el amor —indica—. Si tragas aire, volverás a estar allí de nuevo. Estarás en la playa conmigo. ¿Recuerdas cuando saliste de tu cuarto? Te serví un zumo de naranja en un vaso y te lo ofrecí. ¿No lo ves? Te lo estoy ofreciendo, tómalo…

—No estás aquí.

—¡Estoy aquí y te estoy ofreciendo el vaso! —insiste ella.

Abro los ojos y la veo con el vaso en la mano.

—Bebe —me ordena.

Ruth me acerca el vaso a la boca y lo inclina sobre mis labios.

—¡Bebe! —repite—. ¡No importa si se derrama un poco por el coche!

Es una locura, pero es el último comentario —sobre derramar el zumo por el coche— el que más me llama la atención, porque me recuerda la forma de ser de Ruth y el tono exigente que usaba cuando necesitaba que yo hiciera algo importante. Intento beber, pero no siento nada, excepto serrín al principio y luego… algo más, algo que me obtura la respiración totalmente.

Y, por un instante, lo único que siento es un pánico absoluto.

El instinto de supervivencia es poderoso, y ya no puedo controlar más lo que pasa a continuación, del mismo modo que no puedo dominar mi ritmo cardiaco. En ese momento, inhalo automáticamente, y después sigo inhalando. La fuerte irritación que siento en la garganta da lugar a un regusto ácido, como metálico, y sigo inhalando incluso después de que esa acidez descienda hasta el estómago.

Durante todo el proceso, mi cabeza sigue aplastada contra el volante, y continúo jadeando como un perro sofocado hasta que por fin mi respiración recupera el ritmo normal. Y mientras recobro el aliento, los recuerdos cobran vida.

Ruth y yo desayunamos con su familia, y luego pasamos el resto de la mañana en la playa, mientras sus padres leían en el porche. Unas nubes dispersas se habían empezado a formar en el horizonte, y el viento soplaba más fuerte que el día anterior. Hacia el final de la tarde, los padres de Ruth nos preguntaron si queríamos ir con ellos de excursión a Kitty Hawk, donde Orville y Wilbur Wright escribieron una página de la historia al realizar el primer vuelo en avioneta. Yo ya había estado allí de pequeño. Pero, aunque tenía ganas de ir otra vez, Ruth sacudió la cabeza. Les dijo que prefería dedicar su último día a relajarse.

Una hora más tarde, sus padres ya se habían ido. A esas horas, el cielo se había encapotado, y Ruth y yo abandonamos la playa. En la cocina, la estreché entre mis brazos y permanecimos inmóviles de pie junto a la ventana, admirando el paisaje. Entonces, sin una sola palabra, le cogí la mano y la guie hasta mi habitación.

Pese a que mi visión es borrosa, puedo distinguir a Ruth sentada de nuevo a mi lado. Quizá sea un pensamiento ilusorio, pero juraría que va con la bata que llevaba la noche que hicimos el amor por primera vez.

—Gracias por ayudarme a recuperar el aliento —digo.

—Sabías lo que tenías que hacer. Solo estoy aquí para recordártelo.

—Sin ti no lo habría logrado.

—Sí que lo habrías logrado —afirma ella sin sombra de duda. Entonces se pone a juguetear con el cinturón de la bata y me dice en un tono seductor—: Fuiste muy directo conmigo aquel día en la playa, antes de que nos casáramos, cuando mis padres se fueron a Kitty Hawk.

—Sí —admito—. Sabía que disponíamos de varias horas solos.

—Bueno..., fue una sorpresa.

—Pues no debería haberlo sido. Estábamos solos y tú eras hermosa.

Ruth tira de la bata.

—Debería haberlo interpretado como un aviso.

—¿Un aviso?

—De lo que se avecinaba —explica ella—. Hasta aquel fin de semana, no estaba segura de que fueras… muy apasionado. Pero después, a veces deseaba estar de nuevo con el viejo Ira; el chico tímido, el que siempre se mostraba reservado, especialmente cuando me apetecía dormir.

—¿De verdad era tan pesado?

—No. —Ruth ladea la cabeza y me mira a través de unos ojos seductoramente entrecerrados—. Al contrario.

Pasamos la tarde enredados entre las sábanas, haciendo el amor con más pasión que la noche anterior. En la habitación apretaba el calor, y nuestros cuerpos brillaban de sudor; Ruth tenía el cuero cabelludo húmedo. Un rato después, mientras ella se duchaba, empezó a llover, y me senté en la cocina para escuchar el cadencioso ritmo de la lluvia que caía sobre el techo de hojalata. Me sentía tan satisfecho como jamás lo había estado en la vida.

Sus padres no tardaron en regresar, empapados por el aguacero. Cuando llegaron, Ruth y yo estábamos en la cocina, preparando la cena. Con un sencillo plato de espaguetis con salsa boloñesa, los cuatro nos sentamos a la mesa y su padre empezó a hablar del día, una conversación que sin saber cómo dio paso a un debate sobre arte. Habló del fauvismo, del cubismo, del expresionismo y del futurismo —unas palabras que yo no había oído nunca antes—, y me quedé impresionado no solo por las sutiles diferencias que él expuso de cada uno de esos movimientos, sino por la avidez con que Ruth devoraba cada palabra. La verdad es que yo apenas comprendía nada de aquel discurso; carecía de los conocimientos básicos, pero ni Ruth ni su padre parecieron darse cuenta.

Después de la cena, cuando cesó de llover y las sombras de la noche descendían sobre la playa, Ruth y yo salimos a dar un paseo. El aire era pegajoso, y la arena se nos pegaba a los pies mientras yo trazaba líneas sinuosas con el dedo pulgar en la palma de su mano. Mis ojos se posaron en el agua. Algunos charranes se precipitaban bajo las olas para salir unos segundos después con la misma celeridad, y, justo un poco más allá de las olas más grandes, un grupo de marsopas nadaba en formación saltarina. Ruth y yo los observamos hasta que se difuminaron entre la neblina. Solo entonces me giré para mirarla.

—Tus padres se mudarán en agosto —le dije.

193

Ella me estrujó la mano con ternura.

—La semana que viene irán a Durham, a mirar casas.

—Y tú empezarás a dar clases en septiembre.

—A menos que me vaya con ellos. En ese caso, tendré que buscar un trabajo en Durham.

Por encima del hombro, las luces en la casa se encendieron.

—Entonces supongo que no tengo muchas opciones —le dije.

Propiné una patada a la arena compactada mientras intentaba aunar el coraje necesario antes de volverla a mirar a los ojos.

—Tendremos que casarnos en agosto.

Ante tal recuerdo, sonrío, pero la voz de Ruth interrumpe mi ensoñación. Su decepción es evidente.

—Podrías haber sido más romántico —me suelta enfurruñada.

Por un momento, me siento confuso.

—¿Te refieres… a mi declaración?

—¿A qué otra cosa puede ser? —Ella levanta los brazos—. Podrías haber hincado la rodilla en el suelo, o haber dicho algo sobre el amor imperecedero. Podrías haberle pedido mi mano a mi padre.

—Ya había hecho esas cosas —replico—. La primera vez que me declaré.

—Pero luego rompiste nuestro compromiso. Deberías haber empezado de nuevo. Yo pensaba en la típica petición de matrimonio que uno lee en las novelas románticas.

—¿Te gustaría que lo hiciera en este momento?

—No, ya es demasiado tarde —dice—. Perdiste tu oportunidad.

Pero lo dice en un tono tan deliciosamente pícaro que apenas puedo esperar a volver al pasado.

Firmamos la *ketubah* poco después de regresar de nuestras vacaciones en la playa. En agosto de 1946 me casé con Ruth. La ceremonia se llevó a cabo bajo la *chuppah*, como en las tradicionales bodas judías, aunque no hubo muchos invitados, pues Ruth y yo queríamos una ceremonia íntima. La mayoría eran amigos de mi madre que conocíamos de la sinagoga. Ruth era demasiado práctica como para desear una boda más extravagante. Aunque el negocio iba bien —lo que significaba que yo prosperaba—, ambos queríamos ahorrar tanto como fuera posible para pagar la entrada de la casa que deseábamos comprar en el futuro. Cuando rompí la copa bajo mis pies y vi que nuestras madres aplaudían y nos vitoreaban, supe que casarme con Ruth era el paso más importante que daría en mi vida.

Para la luna de miel, fuimos a pasar unos días al oeste. Ruth nunca había visitado esa parte del estado, y elegimos un hotel que se llamaba Grove Park Inn Resort, en Asheville. Era —y todavía es— uno de los hoteles con más historia del sur, y nuestra habitación daba a la espectacular Cordillera Azul. El hotel también ofrecía rutas de senderismo y pistas de tenis, junto con una piscina que había aparecido en innumerables revistas.

Con todo, Ruth mostró muy poco interés en esas cosas. Tan pronto como llegamos, insistió en ir a visitar el pueblo. Como yo estaba loco por ella, no me importaba qué hacíamos mientras estuviéramos juntos. Al igual que Ruth, tampoco conocía aquella parte del estado, pero sabía que Asheville siempre había sido el lugar de veraneo elegido por las familias ricas. El aire era fresco; la temperatura, agradable; por eso durante la época dorada de Estados Unidos, George Vanderbilt encargó la construcción de Biltmore Estate, que en su época fue la propiedad privada más grande del mundo. Otros norteamericanos adinerados siguieron su ejemplo, y Asheville acabó por convertirse en el destino artístico y culinario preferido en el sur. Los restaurantes contrataban a reputados cocineros de Europa, y las galerías de arte se alineaban en la calle principal del pueblo.

195

En nuestra segunda tarde en el pueblo, Ruth entabló conversación con el propietario de una de las galerías, y allí fue cuando por primera vez oí hablar de Black Mountain, un pueblecito rural muy cercano a Asheville.

Para ser más precisos, por primera vez oí hablar de Black Mountain College.

Pese a haber vivido toda mi vida en Carolina del Norte, nunca había oído hablar de aquella escuela de arte. Para la mayoría de la gente que pasó el resto del siglo allí, la mera mención de Black Mountain College solo despertaba miradas perplejas. Ahora, más de medio siglo después de su cierre, muy pocos recuerdan que existió. Pero, en 1946, la escuela entraba en un periodo floreciente —quizá la etapa más próspera de cualquier universidad en todos los tiempos, y no exagero—, y cuando salimos de la galería, por la expresión de Ruth adiviné que a ella sí que le sonaba ese nombre.

Aquella noche le pregunté sobre ello durante la cena. Me dijo que, unos meses antes, en primavera, su padre había mantenido una entrevista con representantes de la escuela y que le había encantado el lugar. Lo que me pareció más sorprendente, sin embargo, fue que la proximidad al centro constituyera uno de los motivos por los que Ruth había querido pasar la luna de miel en esa zona.

Ella se mostró muy animada durante la cena mientras describía que Black Mountain College era una escuela de arte con un sistema pedagógico liberal y que había sido fundada en 1933; en su facultad estaban algunos de los nombres más emblemáticos de la escena artística del momento. Todos los veranos organizaban talleres de arte, dirigidos por artistas invitados cuyos nombres no reconocí. Mientras Ruth recitaba los nombres que constituían el cuerpo de profesores, se fue animando cada vez más con la idea de pasar a visitar la escuela, dado que estábamos tan cerca.

¿Cómo iba a decirle que no?

A la mañana siguiente, bajo un radiante cielo azul, nos desplazamos en coche hasta Black Mountain y seguimos las señales que indicaban el camino hasta la universidad.

El destino quiso —que conste que yo siempre he creído en el destino; además, Ruth juró que no sabía nada de antemano— que ese día hubiera una exposición de varios artistas en el edificio principal, que se prolongaba hasta el jardín de la parte trasera. Pese a estar abierta al público, no había demasiada gente, y tan pronto como atravesamos la puerta, Ruth se detuvo maravillada y me estrujó la mano con fuerza al tiempo que con los ojos devoraba la escena a su alrededor. Observé su reacción con curiosidad, intentando comprender qué era lo que la cautivaba de aquella manera. A mis ojos, que eran los de una persona que no sabía nada de arte, no había mucha diferencia entre las obras allí expuestas y las de las numerosas galerías de arte que habíamos visitado en los últimos años.

—¡Pero había una gran diferencia! —exclama Ruth, y tengo la impresión de que todavía se sorprende de que yo hubiera podido ser tan ciego.

En el coche, ella luce el mismo vestido de cuello alto que llevaba la primera vez que visitamos Black Mountain. Su voz adquiere el mismo timbre de emoción que oí aquel día.

—Esas obras... no se parecían a nada que hubiera visto antes. No eran como las de los surrealistas; ni siquiera como las de Picasso. Era algo... nuevo, revolucionario. Un gran salto de imaginación, de visión. ¡Y pensar que estaban allí, expuestas en una pequeña universidad en medio de la nada! Fue como encontrar...

Ruth hace una pausa, incapaz de encontrar la palabra precisa. Al ver que no consigue hallarla, acabo la frase por ella.

—¿Un cofre con un tesoro?

Alza la cabeza, entusiasmada.

—¡Sí! —exclama inmediatamente—. ¡Fue como encontrar un cofre con un tesoro en el lugar menos pensado! Pero tú no te diste cuenta en ese momento.

—En aquella época, casi todos los cuadros que veía me parecían una colección de colores aleatorios y garabatos.

—Era expresionismo abstracto.

—Es lo mismo —bromeo, pero Ruth está ensimismada en los recuerdos de aquel día.

—Debimos pasar unas tres horas allí, admirando cada uno de los cuadros.

—Fueron más de cinco horas.

—¡Y tú querías marcharte! —me reprocha.

—Tenía hambre —replico—. Aún no habíamos almorzado.

—¿Cómo podías pensar en comer cuando estábamos presenciando aquellas maravillas, cuando teníamos la oportunidad de hablar con unos artistas tan sorprendentes?

—No podía comprender nada de lo que les decías. Hablabais un idioma totalmente extraño para mí. Te referías a cosas como la intensidad o el rechazo de los conceptos tradicionales, y soltabas palabrejas como futurismo, Bauhaus y cubismo sintético. A un hombre que se ganaba la vida vendiendo trajes todo eso le tenía que sonar a chino.

—¿Incluso después de que mi padre te lo hubiera explicado? —Ruth parece exasperada.

—Tu padre «intentó» explicármelas. Es distinto.

Ella sonríe.

—Entonces, ¿por qué no me pediste que nos marcháramos? ¿Por qué no me agarraste del brazo y me arrastraste hasta el coche?

Esa es una pregunta que Ruth ya me había hecho antes, y cuya respuesta no acabó nunca de comprender.

—Porque sabía que para ti era importante quedarte —contesto, como siempre.

Insatisfecha, insiste de nuevo.

—¿Recuerdas a quién conocimos aquel día? —me pregunta.

—A Elaine —digo automáticamente. El arte no era mi fuerte, pero no olvidaba ni una cara ni un nombre—. Y, por supuesto, también conocimos a su marido, aunque entonces no sabíamos que acabaría dando clases en la escuela. Unas horas después conocimos a Ken, Ray y Robert. Eran estudiantes; bueno, en el caso de Robert, lo sería después. También pasaste bastante rato con ellos.

Por su expresión, sé que está extasiada.

—Aquel día, me enseñaron un montón de cosas. Después de hablar con ellos, fui capaz de entender sus principales influencias, y la conversación me ayudó a comprender mejor hacia dónde se dirigía el arte futuro.

—Pero también te gustaban como personas.

—Por supuesto: eran fascinantes. Y cada uno de ellos era un genio a su manera.

—Por eso continuamos pasando por allí cada día, hasta que la exposición llegó a su fin.

—No podía dejar pasar esa oportunidad. Me sentía afortunada de estar en su presencia.

Mirándolo con perspectiva, sé que tiene razón, pero en ese momento yo solo quería que su luna de miel fuera lo más memorable y satisfactoria posible.

—Tú también eras muy popular entre ellos —remarco—. A Elaine y su esposo les gustó cenar con nosotros. Y la última noche de la exposición, nos invitaron a esa pequeña fiesta privada junto al lago.

Ruth evoca aquellos momentos tan preciados; por unos instantes no dice nada. Su mirada es sincera cuando finalmente me mira a los ojos.

—Fue la mejor semana de mi vida —confiesa.

—¿Por los artistas?

—No —contesta con un leve movimiento negativo con la cabeza—. Por ti.

El quinto y último día de la exposición, Ruth y yo estuvimos juntos muy poco rato. No por nada, sino porque ella deseaba conocer a más profesores de la escuela, así que a mí no me importó pasear nuevamente por la exposición y charlar con los artistas que habíamos conocido esos días.

Y entonces se acabó. Con el fin de la exposición, los siguientes días los dedicamos a actividades más propias de recién casados. Por las mañanas realizábamos rutas de senderismo, y por las tardes leíamos en la piscina y nos bañábamos. Cada noche cenábamos en un restaurante diferente; en nuestro último día, después de que yo llamé por teléfono y guardé las maletas en el maletero, Ruth y yo nos montamos en el coche. Nos sentíamos más relajados que nunca.

Nuestro viaje de vuelta nos llevó una última vez a Black Mountain, y a medida que nos acercábamos al desvío en la carretera, miré a Ruth de reojo. Podía notar su deseo de volver a aquel lugar. Deliberadamente, tomé la salida y me dirigí hacia la escuela. Ruth me miró, con cara de sorpresa, obviamente preguntándose qué me proponía.

—Solo será una visita rápida —alegué—. Quiero enseñarte algo.

Atravesé el pueblo y de nuevo tomé la curva que ella reconoció. Y tal como hizo en esos instantes, Ruth empieza a sonreír.

—Me llevabas otra vez al lago junto al edificio principal —recuerda—, donde asistimos a la pequeña fiesta que organizaron la última noche de la exposición. El lago Eden.

—La vista era tan hermosa que quería volver a verla.

—Ya. Eso fue lo que me dijiste en esos momentos, y yo te creí. Pero no eras sincero.

—¿No te gustaba la vista? —pregunto inocentemente.

—No íbamos allí para admirar la vista —apostilla—. Íbamos allí por la sorpresa que me habías preparado.

Ahora soy yo quien sonríe.

Cuando llegamos, le pedí a Ruth que cerrara los ojos. Ella se avino, recelosa. La agarré cariñosamente por el brazo y la llevé por el caminito sin asfaltar que conducía al mirador. Era una mañana fría y nublada. La vista era aún más bonita durante la fiesta privada, pero eso no importaba. Cuando la dejé en el punto exacto, le dije que abriera los ojos.

Allí, en unos caballetes, había seis cuadros, pintados por los artistas de las obras que Ruth más había admirado. También eran los pintores con los que había pasado más rato: Ken, Ray, Elaine, Robert. También había dos cuadros que había pintado el marido de Elaine

—Por un momento, no comprendí qué pasaba —me dice Ruth—. No sabía por qué habías montado todo eso para mí.

—Porque quería que los vieras bajo la luz natural del día —le explico.

199

—Que viera los cuadros que habías comprado.

Era cierto. Eso era lo que había estado haciendo mientras Ruth se dedicaba a conocer a otros profesores de la escuela. La llamada telefónica de aquella mañana fue para confirmar que los cuadros estarían expuestos junto al lago.

—Sí, los cuadros que había comprado.

—Sabes lo que hiciste, ¿verdad?

Yo elijo mis palabras con cuidado.

—¿Te hice feliz? —pregunto.

—Sí, pero ya sabes a qué me refiero.

—No compré los cuadros por ese motivo. Los compré porque te apasionaban.

—Y sin embargo… —empieza a decir ella y luego calla, como incitándome a que sea yo quien lo diga.

—Y, sin embargo, no me costaron tanto dinero —admito sin vacilar—. En ese momento, esos pintores no eran lo que llegaron a ser. Eran simplemente un grupo de jóvenes artistas.

Ruth se inclina hacia mí, como alentándome para que continúe.

—¿Y…?

Cedo con un suspiro, consciente de lo que ella quiere oír.

—Los compré —digo— porque soy un egoísta.

No estoy mintiendo. A pesar de que los compré para Ruth porque la amaba, a pesar de que los compré porque ella adoraba esos cuadros, también los compré por mí.

¿Por qué? Es la mar de sencillo: la exposición cambió a Ruth. Yo había estado en innumerables galerías de arte con ella, pero, durante nuestras visitas a Black Mountain College, me di cuenta de que algo florecía en su interior. De una forma extraña, aquella experiencia activó un aspecto sensual de su personalidad, amplió su carisma natural. Mientras estudiaba un cuadro, su mirada se afilaba y su piel resplandecía; todo su cuerpo reflejaba una pose tan intensa y atractiva que los que la rodeaban no podían evitar mirarla.

Ruth, por su parte, no era consciente de su transformación. Yo estaba convencido de que ese era el motivo por el que los artistas se sentían tan atraídos por ella, del mismo modo que me pasaba a mí. También fue el motivo por el que accedieron a desprenderse de los cuadros que compré.

Ella podía mantener aquel halo eléctrico, profundamente sensual, incluso mucho tiempo después de que hubiéramos abandonado la exposición y regresado al hotel. Durante la cena, su mirada parecía brillar con una mayor sabiduría, y sus movimientos tenían una gracia especial que yo no había apreciado antes. Apenas podía esperar a encerrarme con ella de nuevo en la habitación, donde se mostraba sorprendentemente apasionada y aventurera. Recuerdo que en esos momentos pensé que, fuera lo que fuera lo que la estimulaba de aquella manera, no quería que nunca se acabara.

En otras palabras, tal y como acabo de admitir frente a Ruth, los compré porque era egoísta.

—No eres egoísta —me reprende—. Eres el hombre menos egoísta que jamás haya conocido.

Ruth está tan deslumbrante como aquella última mañana de nuestra luna de miel, mientras permanecíamos de pie junto al lago.

—Qué bien que nunca hayas quedado con otro hombre, porque, si no, seguro que opinarías todo lo contrario.

Ella se echa a reír.

—Ya, ya, tú sigue bromeando. Siempre te ha gustado hacer el payaso. Pero te repito que no fue el arte lo que me cambió.

—No lo sabes. No podías verte a ti misma.

Ruth vuelve a reír antes de quedarse en silencio. De repente, se pone seria; quiere que preste atención a sus palabras.

—En mi opinión, sí que amaba el arte, pero, más que eso, me encantaba que quisieras compartir conmigo mi pasión. ¿Puedes entender la importancia que para mí tenía saber que me había casado con un hombre capaz de hacer tales cosas? Para ti no significa nada, pero quiero que me escuches bien: no hay muchos hombres que sean capaces de pasarse cinco o seis horas al día en su luna de miel hablando con extraños y mirando cuadros, sobre todo si no saben casi nada sobre el tema.

—Te podrías haber ahorrado el último cumplido.

—Lo que intento decir es que no se trataba del arte. Era tu forma de mirarme mientras yo admiraba los cuadros lo que me cambió. En otras palabras, fuiste tú quien cambió.

Ya habíamos hablado de eso muchas veces, a lo largo de los años, y es obvio que tenemos puntos de vista diferentes al respecto. No cambiaré de opinión, ni ella tampoco, pero supongo que eso no importa. Sea como sea, la luna de miel estableció una tradición que

201

seguimos repitiendo casi todos los veranos. Después de que en el *New Yorker* apareciera aquel decisivo artículo, nuestra colección pasó a definir, en muchos sentidos, nuestra relación.

Aquellos seis cuadros (que enrollé despreocupadamente y coloqué en el asiento trasero del coche para el trayecto de vuelta a casa) constituyeron los primeros de docenas, luego de cientos, hasta más de mil cuadros que acabamos por adquirir para nuestra colección. Aunque todo el mundo conoce a Van Gogh, Rembrandt y Leonardo de Vinci, Ruth y yo nos centramos en el arte moderno norteamericano del siglo XX, y muchos de los pintores que conocimos a lo largo de esos años crearon unas obras emblemáticas que más tarde serían codiciadas por museos y otros coleccionistas.

Andy Warhol, Jasper Johns y Jackson Pollock se convirtieron en pintores muy conocidos, pero otros como Rauschenberg, De Kooning y Rothko, artistas con menor prestigio, también crearon unas obras extraordinarias que acabarían por venderse en las subastas de Sotheby's y Christie's por decenas de millones de dólares, a veces incluso más. *Woman III*, de Willem de Kooning, fue vendida por más de ciento treinta y siete millones de dólares en 2006; pero muchísimas obras más, incluidas algunas de artistas como Ken Noland y Ray Johnson, también alcanzaron precios de venta millonarios.

Por supuesto, no todos los pintores modernos lograron la fama, y no todos los cuadros que compramos adquirieron un valor excepcional, pero eso jamás fue importante a la hora de adquirir una nueva obra de arte.

De hecho, mi cuadro preferido no vale nada, económicamente hablando. Lo pintó un antiguo alumno de Ruth, y lo tengo colgado sobre la chimenea; se trata, pues, de una pintura de un aficionado cuyo significado es especial solo para mí. La reportera del *New Yorker* ni siquiera reparó en él, y yo no me molesté en explicarle por qué era tan especial para mí, porque sabía que no lo entendería.

A fin de cuentas, tampoco comprendió qué quería decir cuando le expliqué que el valor monetario del arte no significaba nada para mí. Ella solo parecía interesada en saber qué criterio habíamos seguido para seleccionar aquellas obras, pero, incluso después de explicárselo, tampoco pareció satisfecha.

—¿Qué fue lo que no entendió? —me pregunta Ruth súbitamente.

—No lo sé.

—¿Le dijiste lo mismo de siempre?

—Sí.

—Entonces, ¿por qué no lo entendió? Yo simplemente comentaba qué impresión me provocaba una pintura...

—Y yo me dedicaba a observarte mientras hablabas —remato la frase por ella—. Con ello me bastaba para saber si debíamos comprarla o no.

No era una ciencia exacta, pero a nosotros nos funcionaba, pese a que a la reportera mi explicación pareció defraudarla. En la luna de miel funcionó perfectamente, aunque ni Ruth ni yo fuimos capaces de comprender del todo las consecuencias que ello supondría en los siguientes cincuenta años.

Al fin y al cabo, no todas las parejas se dedican a comprar cuadros de Ken Noland ni Ray Johnson durante su luna de miel. Ni tampoco una pintura de Elaine, la nueva amiga de Ruth, cuyas obras cuelgan en las paredes de los museos de arte más importantes del mundo, incluido el Museo Metropolitano de Arte de Nueva York. Y, por descontado, resulta prácticamente imposible imaginar que Ruth y yo fuéramos capaces de elegir no solo una pintura espectacular de Robert Rauschenberg, sino dos cuadros pintados por el marido de Elaine, Willem de Kooning.

203

15

Luke

$\mathcal{P}$ese a que había estado preocupado pensando en Sophia desde la noche en que se conocieron, esos temores no podían compararse con la obsesión que sintió al día siguiente. Mientras reparaba la valla en un pastizal lejos del rancho, reemplazando los listones que habían empezado a pudrirse, de repente se sorprendió a sí mismo sonriendo bobaliconamente al pensar en ella. Incluso la lluvia, un frío aguacero otoñal que lo dejó empapado, no consiguió empañarle el humor.

Más tarde, mientras cenaba con su madre, ella ni siquiera intentó ocultar la risita de satisfacción que le dio a entender que era plenamente consciente del efecto que Sophia tenía sobre él.

Después de la cena, Luke la llamó y se pasaron una hora hablando por teléfono; los siguientes tres días transcurrieron según el mismo patrón. El jueves por la noche, él condujo hasta Wake Forest, donde por fin tuvieron la oportunidad de pasear por el campus. Sophia le enseñó el icónico edificio Wait Chapel, situado en el corazón del campus, y el edificio que albergaba la biblioteca Reynolds. Después pasearon por las majestuosas explanadas de césped Hearn y Manchester cogidos de la mano.

El campus estaba en silencio; hacía rato que las aulas se habían vaciado de estudiantes. Las hojas ya empezaban a caer masivamente y formaban una tupida capa bajo los árboles. En las residencias de estudiantes, las luces resplandecían; Luke oyó amortiguados algunos compases de música mientras los estudiantes se preparaban para otro fin de semana.

El sábado, Sophia volvió a ir al rancho. Primero disfrutaron de un pequeño paseo a caballo; después, ella lo siguió por todas partes, mientras él realizaba diversas tareas en la finca, ayudándolo siempre que podía.

De nuevo cenaron en casa de su madre y luego se encerraron en la cabaña de Luke, donde las resplandecientes llamas del fuego les ofrecieron el mismo ambiente acogedor de la semana anterior. Como ya empezaba a ser habitual, Sophia regresó a la residencia cuando en la chimenea ya solo quedaban rescoldos (todavía no estaba lista para pasar la noche con él). Al día siguiente, Luke fue a buscarla al campus para ir a Pilot Mountain State Park, uno de los parques estatales de la zona. Subieron hasta el Big Pinnacle, la montaña redondeada del parque, donde saborearon una comida campestre y disfrutaron de una vista impresionante.

Durante la semana habían echado en falta la paleta de colores otoñales, pero, allí, bajo aquel cielo totalmente despejado, el horizonte se prolongaba ininterrumpidamente hasta Virginia.

La semana después de Halloween, Sophia le invitó otra vez a la residencia. Aquel sábado por la noche había una fiesta. A diferencia de la primera vez que pisó el edificio, la novedad de la profesión de Luke y el hecho de que salieran juntos había dejado de ser un tema de interés. Así pues, tras los saludos de rigor, nadie les prestó mucha atención. Luke se mostró todo el rato receloso, por si aparecía Brian, pero este no se dejó ver. De camino a la puerta, cuando abandonaban la fiesta, no pudo contenerse y se lo dijo a Sophia.

—Ha ido al partido de fútbol americano en Clemson —le contó ella—. Por eso era una noche ideal para que vinieras.

A la mañana siguiente, él volvió hasta la residencia para recogerla. Pasearon por Winston-Salem, donde admiraron el distrito histórico de Old Salem, antes de regresar al rancho para ir por tercera semana consecutiva a cenar a casa de su madre. Más tarde, mientras se estaban despidiendo junto al coche, Luke le preguntó si estaba libre el fin de semana siguiente; quería llevarla a un lugar donde él había ido de vacaciones cuando era pequeño, un sitio donde podrían hacer excursiones a caballo en un entorno espectacular.

Sophia le dio un beso y luego sonrió.

—Me parece una idea genial.

205

Cuando Sophia llegó al rancho, Luke ya había metido los caballos en el remolque y había cargado la camioneta. Apenas unos minutos después, circulaban por la carretera hacia el oeste, mientras Sophia intentaba sintonizar la radio. Eligió una emisora de *hip-*

hop, y fue subiendo el volumen hasta que Luke no pudo soportarlo más y cambió a otra de *country*.

—Me preguntaba cuánto tiempo aguantarías —dijo ella, con una risita burlona.

—Solo creo que esta música encaja mejor con este viaje, con los caballos y todo.

—En mi opinión, nunca has desarrollado el gusto por otros tipos de música.

—Escucho otra música.

—¿Ah, sí? ¿Cómo qué?

—*Hip-hop*. Durante la última media hora. Pero por suerte he cambiado. Empezaba a notar unas incontenibles ganas de bailar, y no me gustaría perder el control de la camioneta.

Sophia soltó una risita de niña traviesa.

—Sí, claro. ¿A que no sabes qué? Ayer me compré unas botas camperas. ¡Mi primer par de botas! ¡Mira! —Alzó los pies, y se mostró totalmente orgullosa mientras él las admiraba.

—Ya me había fijado antes, cuando he guardado tu bolsa en la camioneta.

—¿Y?

—No cabe duda de que estás adquiriendo costumbres lugareñas. Antes de que te des cuenta, ya le echarás el lazo a una res como una profesional.

—Lo dudo —dijo ella—. Por lo que sé, no hay demasiadas vacas que merodeen cerca de los museos. Pero quizá podrías enseñarme a hacerlo este fin de semana.

—No he traído el lazo. Sin embargo, me he acordado de traer un sombrero de más. Es uno de los más bonitos que tengo. Lo llevé en las finales de la PBR.

Ella lo miró con recelo.

—¿Por qué será que a veces tengo la impresión de que intentas cambiarme?

—Solo te ofrezco… un perfeccionamiento.

—Será mejor que te andes con cuidado, o le diré a mi madre lo que acabas de decir. De momento, le he hecho creer que eres un buen chico, y supongo que querrás caerle bien, ¿no?

Luke soltó una carcajada.

—Lo tendré en cuenta.

—Dime, ¿adónde vamos? ¿Me comentaste que solías ir allí de niño?

—Es un lugar que descubrió mi madre. Había salido con inten-

EL VIAJE MÁS LARGO

ción de ampliar el negocio, y topó con ese paraje por casualidad. Antes era un campamento de verano, pero no era viable para sus dueños, así que decidieron abrirlo al turismo ecuestre, para poder explotar el negocio durante todo el año. Realizaron algunas mejoras en las cabañas y añadieron una cuadra para caballos en la parte trasera de cada una de ellas. Mi madre se enamoró del lugar. Ya lo verás cuando lleguemos.

—Me muero de ganas de verlo. Pero ¿cómo has conseguido convencer a tu madre para que puedas tomarte todo el fin de semana libre?

—He hecho casi todo el trabajo antes de irme, y le he ofrecido a José una paga extra si la ayudaba en mi ausencia. Mi madre estará bien.

—Creía que decías que siempre había algo que hacer.

—Y es cierto. Pero ella puede encargarse de las cosas que quedan por hacer. No hay nada urgente pendiente.

—¿No sale nunca del rancho?

—Sí, sí que sale. Intenta ver a los clientes como mínimo una vez al año, y nuestros clientes están repartidos por todo el estado.

—¿Alguna vez se toma unos días de vacaciones?

—No es algo que le llame la atención.

—Todo el mundo necesita unas vacaciones de vez en cuando.

—Lo sé. Y he intentado convencerla. Incluso una vez compré un par de pasajes para un crucero.

—¿Y los aceptó?

—Los devolvió y obtuvo un reembolso. La semana del crucero, mi madre condujo hasta Georgia para examinar un toro que estaba a la venta, y al final lo compró.

—¿Para montar?

—No, como semental. Aún lo tenemos en el rancho. Es bastante agresivo, pero hace el trabajo.

—¿Tiene amigas, tu madre? —preguntó Sophia tras un momento.

—Algunas. Y de vez en cuando va a verlas. Durante una época fue asidua a una peña de *bridge*, donde coincidía con varias mujeres del pueblo. Pero últimamente está intentando averiguar cómo puede incrementar el tamaño de la vaquería, lo que le lleva gran parte de su tiempo. Quiere añadir otras doscientas reses, pero no disponemos de suficientes terrenos de pastoreo, así que está intentando encontrar más pastizales.

—¿Por qué? ¿Acaso no está ya bastante ocupada?

207

Luke agarró el volante con la otra mano antes de suspirar.

—En estos momentos no nos queda otra alternativa.

Él podía notar la mirada inquisitiva de Sophia, pero no quería hablar de ello, así que cambió de tema.

—¿Irás a casa de tus padres el Día de Acción de Gracias?

—Sí —contestó ella—. Bueno, eso si mi coche no me deja tirada en medio del trayecto. Cuando lo pongo en marcha, el motor hace un ruido bastante raro, como un chirrido, como si se quejara.

—Probablemente se trate de una correa floja.

—Ya, bueno, probablemente la reparación sea bastante cara, y en estos momentos mi presupuesto es limitado.

—Si quieres, puedo ocuparme yo; probablemente pueda repararlo.

Ella se volvió hacia él.

—¿Por qué será que no dudo que puedas hacerlo?

Tardaron un poco más de dos horas en llegar a aquel paraje. El cielo se había ido llenando lentamente de nubes que se esparcían por encima de las puntiagudas montañas azuladas que salpicaban el horizonte. Al cabo de un rato, la carretera empezó a ascender, y el aire se tornó más puro y fresco. Hicieron una parada en una pequeña tienda para comprar provisiones que guardaron en las neveras portátiles que llevaban en la plataforma de la camioneta.

Después de dejar el pueblo atrás, Luke tomó un desvío de la carretera principal y condujo por una estrecha carretera llena de curvas que parecía excavada en la montaña. Por el lado de Sophia, se abría un profundo despeñadero, y a través de su ventana se podían ver las copas de los árboles. Por suerte, apenas había tráfico, pero cuando un vehículo pasaba en dirección opuesta, Luke tenía que agarrar firmemente el volante con ambas manos para controlar las ruedas del remolque, que rozaban el borde de la carretera asfaltada.

Dado que hacía muchos años que no iba por allí, Luke aminoró la marcha, en busca del desvío. Justo cuando empezaba a pensar que se había pasado de largo, avistó la curva. Tomó una pista forestal, cuya pendiente en algunos tramos era más pronunciada de lo que recordaba, y para controlar la tracción, puso la función *overdrive* mientras conducía despacio entre los árboles situados a ambos lados y que apenas dejaban espacio para el vehículo.

Cuando llegaron a su destino, lo primero que pensó Luke fue

que el lugar estaba prácticamente igual, con las doce cabañas dispersas en forma de semicírculo frente a la cabaña principal que hacía las veces de recepción y de tienda de productos básicos. Detrás de esa cabaña había un lago reluciente, con esa clase de agua azul cristalina que solo se encuentra en las montañas.

Después de pasar por recepción, Luke descargó las neveras y dio de beber a los caballos mientras Sophia daba un corto paseo hasta el barranco. Admiró la vista del valle, que tenía un desnivel de más de trescientos metros. Cuando Luke terminó con los caballos, se unió a ella junto al barranco y se dedicaron a contemplar las magníficas montañas; sus ojos iban de un pico al siguiente. A sus pies había una serie de ranchos y carreteras sin asfaltar flanqueadas por robles y arces. Todo parecía de miniatura, como figuritas en un diorama.

Junto al barranco, el rostro de Sophia dejaba ver lo maravillada que estaba, tanto como él cuando, de niño, contempló aquella vista por primera vez.

—No había visto nada parecido —murmuró ella, asombrada—. Prácticamente me he quedado sin aliento.

Luke la observó, preguntándose cómo era posible que se hubiera enamorado de ella tan rápidamente. Mientras estudiaba las graciosas líneas de su perfil, estuvo seguro de que nunca había visto a nadie más increíble.

—Lo mismo digo.

209

16

Sophia

Solo estuvieron dentro de la cabaña el tiempo necesario para que Sophia guardara los víveres en la nevera y se fijara en la bañera con cuatro patas de estilo antiguo que había en el cuarto de baño. Su impresión inicial fue que el lugar era decadente pero acogedor, ideal para pasar una noche. Entre tanto, Luke estaba ocupado preparando bocadillos para salir de excursión, junto con la fruta, las patatas fritas y las botellas de agua que había comprado en la tienda.

Guardó la comida en las alforjas antes de que enfilaran con las cabalgaduras hacia una de la docena de rutas que cruzaban la propiedad. Como de costumbre, él montó a *Caballo* y ella a *Demonio*. Sophia tenía la impresión de que, poco a poco, *Demonio* se iba acostumbrando a ella. El cuadrúpedo le buscó la mano con el hocico y relinchó satisfecho cuando Luke lo ensilló. A pesar de que podría parecer extraño, dado que se hallaba en un lugar desconocido, Sophia apenas tuvo que tirar de las riendas para dirigirlo.

El sendero ascendía ante ellos, con curvas estrechas y sinuosas entre unos árboles tan impresionantes que Sophia dudaba que alguien hubiera pasado por allí antes. En ciertos tramos, se ensanchaba hasta ofrecer unas vistas panorámicas que solo había visto en postales. Cabalgaron a través de praderas de un exuberante color verde con la hierba crecida, y Sophia intentó imaginar esos prados rebosantes de flores silvestres y mariposas en verano. Estaba contenta de haber salido con la chaqueta y el sombrero vaquero, ya que los árboles proyectaban su sombra prácticamente en todo el sendero; además, a medida que ascendían a mayores altitudes, el aire era cada vez más fresco.

Cuando la senda era demasiado angosta para cabalgar uno al lado del otro, Luke le hacía una señal para que ella pasara delante, y a veces él quedaba un poco rezagado. En esos momentos, Sophia se imaginaba como una de las primeras pobladoras de aquella zona, una pionera que se dirigía hacia el oeste, sola en medio de un vasto paisaje todavía virgen.

Cabalgaron un par de horas antes de detenerse a comer en un claro cerca de la cumbre. En aquel magnífico mirador, se sentaron sobre unas rocas y comieron tranquilamente, contemplando un par de halcones que volaban en círculo en el valle. Después de comer, siguieron la ruta durante otras tres horas, a caballo, a veces por pistas forestales que pasaban junto a barrancos de vértigo. En esas ocasiones, el peligro activaba al máximo el sentido de alerta de Sophia.

Emprendieron el camino de regreso a la cabaña una hora antes de que empezara a anochecer. Al llegar cepillaron a los caballos, antes de premiarlos con unas manzanas junto con su comida habitual. Cuando hubieron acabado, la luna había empezado a alzarse. Era una luna llena y lechosa, acompañada de las primeras estrellas.

—¿Sabes qué? Me apetece un baño antes de cenar —comentó Sophia.

—¿Te importa si me ducho yo primero?

—Mientras no acabes con toda el agua caliente…

—Me ducharé rápido; te lo prometo.

Mientras Luke ocupaba el cuarto de baño, Sophia entró en la cocina y abrió la nevera, donde había una botella de Chardonnay junto con un paquete de seis cervezas Sierra Nevada Pale Ale que habían comprado por el camino. Sophia se debatió entre abrir la botella de vino o una cerveza. Al final se puso a buscar el sacacorchos en los cajones.

No había copas de vino en los armarios, pero encontró una pequeña jarra que pensó que serviría. Abrió la botella sin dificultad y se sirvió un poco.

Agitó el vino en la jarra, con la sensación de ser una niña que jugaba a ser mayor. La verdad era que solía sentirse así, a pesar de estar a punto de graduarse en la universidad. Nunca había vivido en un piso de alquiler, por ejemplo; nunca había trabajado para nadie que no fuera su familia; nunca había tenido que pagar una factura de la luz, y aunque ya no vivía con sus padres, Wake Forest no era la vida real.

La universidad no era la vida real. Sophia sabía que era un mundo de fantasía, completamente diferente al que se enfrentaría dentro de pocos meses. Sus clases, a diferencia del mundo laboral,

211

empezaban a las diez de la mañana y solían acabar hacia las dos de la tarde. Las noches y los fines de semana los dedicaba casi por completo a divertirse, a hacer vida social y a desafiar los límites. No tenía nada que ver con el día a día de sus padres; por lo menos, esa era su impresión.

Por más divertida que fuera la vida universitaria, a veces no podía evitar pensar que su existencia se había detenido en los últimos años. Hasta que conoció a Luke, no se dio cuenta de lo poco que había aprendido en la universidad.

A diferencia de ella, Luke parecía una persona adulta. Él no había ido a la universidad, pero comprendía la vida real: la gente, las relaciones y el trabajo. Había sido uno de los mejores en el mundo en algo —la monta de toros—, y a ella no le quedaba la menor duda de que volvería a serlo. Podía arreglar cualquier cosa, y se había construido su propia casa. En cierto sentido, él ya había alcanzado muchos objetivos en la vida. A Sophia le parecía que ella estaba aún muy lejos de esta situación. ¡Quién sabía si incluso podría conseguir un trabajo algo relacionado con lo que había estudiado! Un empleo que le permitiera vivir...

212

Lo único que sabía era que estaba allí con Luke, y que pasar el rato con él la hacía sentirse como si, por fin, estuviera avanzando en la dirección correcta. Porque fuera lo que fuese lo que había entre ellos, era algo del mundo real, lejos de la burbuja de fantasía de la vida universitaria. Luke era más real que nadie que hubiera conocido hasta ese momento.

Oyó el golpe seco en la cañería cuando Luke cerró el paso del agua, y eso interrumpió su hilo discursivo. Con la jarrita llena de vino en una mano, exploró la cabaña. La cocina era pequeña y funcional, con unos armarios de aspecto económico. Aunque la encimera estaba desportillada y la pila tenía manchas de herrumbre, olía a desinfectante y a lejía. Se notaba que habían barrido el suelo hacía poco y que habían quitado el polvo.

El suelo de la pequeña sala de estar era de madera de pino; las paredes, de tablas de madera de cedro. Había suficiente espacio para un raído sofá con una tela a cuadros y un par de mecedoras. Las ventanas estaban flanqueadas por unas cortinas azules. Solo había una lámpara en una esquina.

Sophia atravesó la estancia para encender la luz, y al hacerlo descubrió que solo se iluminaba la bombilla pelada de la cocina, lo que sin duda explicaba las velas y las cerillas en la mesita. En una estantería en la pared opuesta a las ventanas vio una selección de libros ordenados aleatoriamente que supuso que debían haber dejado otros clientes que habían pasado antes por allí, unos señuelos de caza —patos— y una ardilla disecada.

Un pequeño televisor con la antena en forma de uve descansaba en el centro de la estantería, y a pesar de que ni se molestó en comprobarlo, dudó que recibiera más de uno o dos canales, como máximo.

De nuevo oyó el ruido del agua. Unos momentos después, la puerta del cuarto de baño se abrió con un chirrido y Luke apareció, con aspecto limpio y fresco, vestido con unos pantalones vaqueros y una camisa blanca con botones hasta el cuello y arremangada. Iba descalzo, y tenía aspecto de haberse pasado los dedos por el pelo húmedo en lugar de un peine. Desde la otra punta de la sala, se fijó en una pequeña cicatriz blanca en su mejilla. No había reparado en ella hasta ese momento.

—El cuarto de baño es todo tuyo. He abierto el grifo para que se llene la bañera.

—Gracias. —Sophia le dio un beso rápido cuando pasó a su lado—. Probablemente tardaré una media hora.

—No hay prisa. De todos modos, todavía he de preparar la cena.

—¿Otra de tus especialidades? —preguntó alzando la voz desde la habitación, donde recogió la bolsa que había preparado para el fin de semana.

—Es un plato que me gusta.

—¿Alguien más te ha dicho si le gusta?

—Buena pregunta. Supongo que pronto lo descubriremos, ¿verdad?

Tal y como había prometido Luke, la bañera se estaba llenando de agua. Estaba más caliente de lo que había esperado, y abrió el otro grifo para intentar enfriarla un poco. Qué pena que no dispusiera de sales de baño o de aceite para bebés perfumado.

Se desvistió. Sentía las piernas entumecidas, así como la parte inferior de la espalda. Esperaba no tener muchas agujetas, para poder salir de excursión el día siguiente.

Tomó la jarra con el vino y se metió en la bañera. Sentía que aquello era un verdadero lujo, a pesar del modesto entorno.

El cuarto de baño disponía de una ducha separada, y Luke había colgado la toalla que había usado en la barra. Sophia sintió un cosquilleo en el vientre al pensar que, apenas unos minutos antes, él había estado allí desnudo.

213

Era consciente de lo que podía suceder aquel fin de semana. Por primera vez, no se despedirían junto al coche; aquella noche, ella no regresaría a la residencia. Pero estar con Luke se le antojaba como algo natural; le parecía lo correcto, aunque no podía negar que no tenía demasiada experiencia en esa clase de cosas.

Brian había sido el primer y único chico con el que se había acostado. Sucedió después de la cena de Navidad formal organizada por la fraternidad de Brian, cuando ya llevaban dos meses saliendo juntos. No pensó que fuera a pasar aquella noche, pero, como el resto de los asistentes a la fiesta, se estaba divirtiendo y probablemente bebiendo más de la cuenta, y, cuando él la llevó a la habitación, acabaron en la cama. Brian se mostró insistente, la habitación parecía dar vueltas a su alrededor de forma vertiginosa, y una cosa condujo a la otra.

Por la mañana, Sophia no estaba segura de qué pensar acerca de lo que había sucedido, y Brian tampoco estaba a su lado para ayudarla; apenas recordaba haber oído que él hablaba con algunos amigos la noche anterior sobre ir a tomar unos cuantos *bloody mary* con ellos a la mañana siguiente. Se metió como pudo en la ducha, con un espantoso dolor de cabeza, y mientras se relajaba bajo el chorro de agua, un millón de pensamientos le pasaron por la mente. Estaba contenta de haberlo hecho por fin —como cualquier otra chica, se preguntaba qué tal sería la experiencia— y de que hubiera sido con Brian, en una cama, y no en el asiento trasero de un coche o en otro espacio igual de incómodo.

Por alguna razón, sin embargo, la embargó también cierto sentimiento de tristeza. Podía imaginar lo que pensaría su madre —o todavía peor, su padre— y, francamente, había esperado que fuera más..., más especial. Una experiencia con un sentido pleno, romántica y memorable. Pero la verdad era que en esos momentos lo único que quería era regresar al campus.

Después de todo, suponía que Brian era como la mayoría de los chicos. Cuando estaban solos, siempre buscaba una relación física, y durante un tiempo Sophia pensó que también era lo que ella quería. Pero entonces le pareció que eso era todo lo que él buscaba, y aquello empezó a molestarla, incluso antes de que él le pusiera los cuernos.

Y ahora estaba allí, sola con un chico con el que pasaría la noche por primera vez. Se preguntó por qué estaba tan nerviosa. Mojó la esponja y se la pasó delicadamente por la piel, imaginando qué estaría haciendo Luke en esos instantes en la cocina. Se preguntó si estaría pensando en ella, relajada en la bañera. Tal vez incluso se la estaría imaginando desnuda, y de nuevo sintió un cosquilleo en la parte inferior del vientre.

Sophia se dio cuenta de que eso era lo que ella deseaba. Quería enamorarse de alguien en quien pudiera confiar. Y confiaba en Luke. Desde que se conocían, nunca la había presionado para hacer nada que ella no quisiera hacer; ni una sola vez se había comportado de otra forma que no fuera la propia de un completo caballero. Cuanto más tiempo pasaba con él, más convencida estaba de que Luke era el chico más atractivo que había conocido. ¿Acaso conocía a alguien más capaz de trabajar con sus manos como él, que la hiciera reír de ese modo, que fuera inteligente y encantador, seguro de sí mismo y tierno? ¿Y quién más era capaz de llevarla a uno de los sitios más bonitos del mundo para pasear a caballo?

En la bañera y saboreando el vino sin prisa, por primera vez se sintió más madura que su edad. Apuró el vino con una sensación de calidez y de absoluta relajación, y cuando el agua empezó a enfriarse, salió de la bañera y se cubrió con una toalla. Rebuscó en la bolsa con intención de sacar un par de vaqueros, pero entonces pensó que Luke siempre la había visto con vaqueros. Cambió de idea y sacó de la bolsa una falda y una blusa entallada. Luego dedicó un rato a arreglarse el pelo, encantada de haber pensado en llevar tanto el secador como las pinzas para resaltar los rizos. Después llegó el turno del maquillaje: añadió un toque más de rímel y de sombra del que solía aplicarse. Para ver su reflejo, tuvo que pasar varias veces la mano por el viejo espejo, para desempañarlo del vapor.

Terminó de arreglarse con un par de pendientes largos de oro que su madre le había regalado las últimas Navidades. Cuando estuvo lista, se miró por última vez en el espejo, respiró hondo, recogió la jarra vacía y salió al pasillo.

Luke estaba en la cocina, de espaldas a la puerta, removiendo algo en una cacerola en el fogón. En la encimera junto a él había una caja de galletas saladas y una cerveza. Sophia vio que cogía la botella y daba un trago largo.

Él no la había oído salir del cuarto de baño. Por unos momentos, se dedicó a observarlo en silencio, admirando lo bien que le quedaban los vaqueros por detrás, así como sus movimientos tranquilos y elegantes mientras cocinaba. Sin hacer ruido, se desplazó hasta la punta de la mesa y se inclinó hacia delante para encender las velas. A continuación, retrocedió un paso para contemplar la escena, y luego enfiló de nuevo hacia la puerta para apagar la luz. La

215

cocina quedó más oscura; las pequeñas llamas de las velas titilantes proyectaban un ambiente más íntimo.

Luke se dio cuenta del cambio en la luz y echó un vistazo por encima del hombro.

—¡Ah, hola! —la saludó mientras ella se le acercaba—. No sabía que habías acabado de…

No pudo acabar la frase. Sophia emergió de las sombras hasta quedar iluminaba por la tenue luz amarilla de la cocina. Durante un instante eterno, Luke no pudo hacer otra cosa que admirar su belleza; ella reconoció la esperanza y el deseo en sus ojos, que reflejaban sus propios sentimientos.

—Sophia —susurró él, con una voz tan suave que apenas era audible.

Pero en su nombre, ella pudo escuchar todo lo que Luke no había sido capaz de expresar con más palabras. En aquel momento, supo que él estaba realmente enamorado. Quizá fuera una ilusión, pero Sophia también sintió en aquel instante que, pasase lo que pasase, él siempre estaría a su lado.

—Perdona por mirarte con tanto descaro —se disculpó Luke—. Es que estás tan guapa…

Sophia sonrió al tiempo que seguía acercándose a él. Cuando se inclinó para besarla, no tuvo ninguna duda: estaba enamorada de Luke.

Después del beso se sintió un poco rara, como mareada, y notó que a Luke le pasaba lo mismo. Él le dio la espalda para bajar el fuego; de paso, cogió la cerveza, pero se dio cuenta de que se la había acabado. Dejó el casco junto a la pila y enfiló hacia la nevera para sacar otra botella. Entonces reparó en la jarrita que Sophia sostenía en la mano.

—¿Te sirvo más vino? —le preguntó.

Sophia asintió con la cabeza sin decir nada, por miedo a que el tono delatara su estado. Al pasarle la jarra, le rozó los dedos y sintió un agradable estremecimiento en la mano. Luke abrió la botella y le sirvió más vino.

—Podemos cenar ya, si te apetece —dijo él al tiempo que le entregaba la jarra y volvía a tapar la botella con el corcho—, aunque tendrá mejor sabor si dejamos que siga cociendo a fuego lento durante media hora más. He cortado unos tacos de queso, el que hemos comprado antes, por si tienes hambre.

—Me parece bien, pero mejor si nos sentamos en el sofá, ¿no?

Luke guardó la botella de vino y sacó otra cerveza para él, luego cogió el plato con el queso. Había añadido unos granos de uva al plato, y también tomó la caja de galletas saladas de la encimera antes de seguir a Sophia hasta el sofá.

Dejó la comida en la mesita rinconera, pero se quedó con la cerveza mientras se acomodaban el uno junto al otro. Luke abrió un brazo, ella se inclinó hacia él y recostó la espalda en su pecho. Sophia notó el brazo a su alrededor, justo por debajo de los pechos, y apoyó un brazo sobre el de Luke. Podía notar su respiración en el pecho, que subía y bajaba rítmicamente, mientras las velas ardían despacio.

—Qué silencio hay aquí —remarcó al tiempo que Luke dejaba la cerveza sobre la mesita y la estrechaba también con el otro brazo—. Fuera no se oye nada.

—Probablemente oirás los caballos más tarde —afirmó él—. No son los animales más silenciosos del mundo, que digamos, y están justo al otro lado de la pared de la habitación. Además, a veces los mapaches suben hasta el porche y derriban todo lo que encuentran a su paso.

—¿Por qué dejasteis de frecuentar este lugar? —se interesó ella—. ¿Fue por lo de tu padre?

—Tras su muerte —respondió él en un tono más apagado—, muchas cosas cambiaron. Mi madre estaba sola, y yo viajaba para ir a las competiciones. Cuando estaba en casa, siempre tenía la impresión de que había tantas cosas pendientes por hacer…, pero supongo que eso solo es una excusa. Para mi madre, este era el lugar de ellos dos. Yo me pasaba todas las horas fuera, cabalgando, nadando o jugando, por lo que después de cenar caía rendido en la cama. Mi madre y mi padre disponían de este espacio para ellos solos. Unos años después, cuando estaba en el instituto, a veces se escapaban aquí solos, sin mí…, pero ahora ella no quiere volver. Ya se lo he sugerido, pero me contesta sacudiendo la cabeza. Creo que quiere recordar este lugar tal como era cuando mi padre todavía estaba con nosotros.

Sophia tomó otro sorbo de vino.

—Hace un rato estaba pensando en todo lo que has pasado. En cierto sentido, es como si ya hubieras vivido una vida entera.

—Espero que no. No me gustaría que pensaras que ando de capa caída.

217

Ella sonrió, consciente del contacto entre su cuerpo y el de Luke, intentando no pensar en lo que podía suceder más tarde.

—¿Recuerdas la noche que nos conocimos? ¿Cuándo hablamos por primera vez y tú me llevaste a ver los toros?

—Por supuesto.

—¿Te habrías imaginado que acabaríamos aquí?

Luke cogió la botella de cerveza y tomó un sorbo antes de apoyarla en el sofá, junto a Sophia. Ella notó el cristal frío junto al muslo.

—Aquella noche me sorprendió que incluso me dirigieras la palabra.

—¿Por qué te sorprendió?

Él le besó el pelo.

—¿No lo entiendes? Eres perfecta.

—¡No soy perfecta! —protestó ella—. ¡Ni mucho menos! —Agitó el vino en la jarrita—. Si no, pregúntale a Brian.

—Lo que pasó con él no tiene nada que ver contigo.

—A lo mejor no, pero...

Luke no dijo nada, concediéndole tiempo para que considerara lo que iba a decir. Sophia se volvió hacia él y lo miró a los ojos.

—Te conté que en primavera me vine abajo, ¿verdad? ¿Y que perdí mucho peso porque no podía comer?

—Sí, me lo contaste.

—Todo eso es verdad. Pero no te dije que durante un tiempo incluso se me pasó por la cabeza la idea del suicidio. No es que llegara a hacer ninguna tontería; era más como un «concepto», una noción en la que me refugiaba para sentirme mejor. Me despertaba y no me importaba nada; no podía comer, y entonces pensaba que había una forma certera de acabar con todo mi sufrimiento: terminar con todo. Incluso entonces, sabía que era un disparate y, tal como he dicho, nunca pensé en llevar a cabo el plan. Pero solo con saber que tenía la opción, me convencía de que todavía controlaba la situación. En esos momentos, era lo que más necesitaba, pensar que no había perdido el control. Poco a poco, fui capaz de salir de aquel estado depresivo. Por eso, la siguiente vez que Brian me fue infiel, fui capaz de poner punto final a nuestra relación. —Entornó los ojos, y el recuerdo de aquellos días pasó como una sombra por su cara—. Probablemente pensarás que has cometido un gran error al fijarte en mí.

—De ningún modo —contestó Luke.

—¿Aunque esté loca?

—No estás loca. Has dicho que, en realidad, nunca consideraste hacer ninguna tontería.

—Pero ¿por qué se me ocurrió la idea? ¿Por qué me pasó por la cabeza?

—¿Todavía piensas en esa posibilidad?

—Nunca, no desde la pasada primavera.

—Entonces, yo no me preocuparía demasiado. No eres la primera persona en el mundo que «piensa» en esa salida. Hay una gran diferencia entre pensar y considerar, e incluso un paso de gigante entre considerar e intentarlo.

Sophia sopesó el comentario: Luke tenía razón. De todos modos, rebatió:

—Lo planteas de una forma demasiado lógica.

—Probablemente porque no tengo ni idea de lo que estoy hablando.

Ella le estrujó el brazo con ternura.

—Nadie sabe nada sobre esto. Ni mi madre ni mi padre; ni siquiera Marcia.

—Tranquila, no se lo contaré a nadie. Pero, si te vuelve a pasar, sería conveniente que hablaras con alguien que tenga un mejor conocimiento del tema que yo; alguien que pueda darte una respuesta correcta, que pueda ayudarte a salir del atolladero.

—Acepto tu consejo, aunque espero que no vuelva a pasar.

Permanecieron sentados en silencio. Sophia seguía notando la calidez del cuerpo de Luke contra el suyo.

—Sigo pensando que eres perfecta —concluyó él, y su comentario consiguió arrancarle una sonrisa a Sophia.

—Eres un adulador —bromeó ella, que, acto seguido, ladeó la cabeza para poder besarlo en la mejilla—. ¿Puedo hacerte una pregunta?

—Adelante —la invitó él.

—Has dicho que tu madre quiere doblar el número de cabezas de ganado, y cuando te he preguntado por qué, has dicho que no le queda otra opción. ¿A qué te refieres?

Luke trazó unas líneas con suavidad con el dedo en su palma de la mano.

—Es una larga historia.

—¿Otra vez? Entonces, contéstame sí o no: ¿tiene algo que ver con *Big Ugly Critter*?

Sophia notó cómo se contraían los músculos de Luke involuntariamente, aunque solo fue por un instante.

—¿Por qué lo dices?

—Digamos que es una corazonada. Nunca terminaste de contarme esa historia, tampoco, así que tengo la impresión de que pueden estar relacionadas. —Ella vaciló unos instantes—. He acertado, ¿verdad?

Luke aspiró hondo antes de soltar el aire lentamente.

—Creía que conocía los movimientos de ese toro —empezó a decir—. Y así era, al menos al principio. Pero durante la prueba cometí un error. Me incliné demasiado hacia delante y *Big Ugly Critter* echó la cabeza hacia atrás bruscamente. El golpe que recibí fue tan fuerte que me dejó inconsciente. Cuando caí al suelo, me arrastró por la arena. Me dislocó el hombro, pero eso no fue lo peor.

Luke se rascó la mejilla, luego continuó, con una voz firme pero distante.

—Mientras yacía en el suelo, el toro volvió a por mí. Fue una embestida un tanto aparatosa, y acabé en la UCI durante unos días. Pero los médicos hicieron un magnífico trabajo, fui muy afortunado. No obstante, tuve que quedarme en el hospital mucho tiempo, y luego, los meses de rehabilitación. Mi madre...

Luke se quedó callado. Aunque estaba contando la historia sin emoción, Sophia notó que su propio corazón empezaba a acelerarse al imaginar las heridas.

—Mi madre... hizo lo que haría cualquier madre, ¿no? Hizo todo lo que pudo para asegurarse de que recibía la mejor atención posible. El problema es que yo no tenía un seguro médico. En la monta de toros, los jinetes no podemos optar a un seguro médico, porque nuestra profesión es muy peligrosa. Por lo menos, en esa época no podíamos. La organización del circuito ofrece una cobertura mínima, pero ni mucho menos cubría el coste de los cuidados hospitalarios que necesité. Así que mi madre tuvo que hipotecar el rancho.

Volvió a hacer otra pausa. Parecía haber envejecido de repente.

—Los términos que fijó el banco no fueron muy convenientes, y el próximo verano toca revisión de los tipos de interés. Justo ahora, el rancho no genera suficientes ingresos como para cubrir esos futuros pagos del préstamo. Apenas podemos pagarlos en estos momentos. El año pasado hicimos todo lo que estuvo en nuestras manos para obtener un poco más de dinero, pero no funcionó. Nos falta bastante para poder pagar la deuda.

—¿Y eso qué significa?

—Significa que tendremos que vender el rancho. O que, al final, el banco se lo quedará. Y es todo lo que tiene mi madre. Ella consiguió que el negocio prosperara; ese rancho es su vida. —Luke exhaló sonoramente antes de proseguir—. Tiene cincuenta y cinco años. ¿Adónde irá? ¿Qué hará? Yo todavía soy joven; puedo ir a donde sea. Pero para ella, ¿perderlo todo? ¿Por mi culpa? No puedo hacerle esa trastada. De ninguna manera.

—Por eso has vuelto al mundo de los rodeos —dedujo Sophia.

—Sí —admitió él—. Nos ayudará a pagar las deudas; si tengo una buena racha los próximos años, podríamos devolver un buen pellizco del dinero que debemos. He de conseguir rebajar la deuda para que sea manejable.

Sophia encogió las piernas y se abrazó las rodillas.

—Entonces, ¿por qué no quiere que vuelvas a montar?

Luke pareció elegir las palabras con cuidado.

—No quiere que vuelva a sufrir un accidente. Pero ¿qué otra alternativa me queda? Yo tampoco quiero volver a montar, para mí ya no es lo mismo. Pero no sé qué otra cosa puedo hacer. Tal como está la situación, solo podremos aguantar hasta junio, quizá julio. Y luego…

A Sophia se le encogió el corazón al advertir el sentimiento de culpa y la angustia en su expresión.

221

—Quizá encontréis el pastizal de más que necesitáis.

—Quizás —admitió él, aunque no muy seguro—. Bueno, de todos modos, ya sabes lo que pasa con el rancho. No todo es tan idílico. Es una de las razones por las que quería traerte aquí. Porque estar aquí contigo significa que no he de pensar en la cuestión, que no he de preocuparme. Lo único que he hecho desde que hemos llegado ha sido pensar en ti y en lo mucho que me alegro de que estés conmigo.

Tal como él había predicho, uno de los caballos relinchó ruidosamente. La estancia se estaba quedando fría; el aire fresco de la montaña parecía filtrarse por las ventanas y por las paredes de madera.

—Será mejor que eche un vistazo a la cena —comentó él—. No vaya a ser que se queme.

Sophia se apartó con renuencia para que Luke pudiera ponerse de pie. El sentimiento de culpa que lo embargaba por ser el responsable de que el rancho estuviera en peligro era tan sincero, tan evidente, que ella no pudo evitar levantarse también del sofá y seguirlo hasta la cocina. Quería que supiera que estaba allí para reconfortarlo, no porque él lo necesitara, sino porque ella quería hacerlo. El amor que sentía por Luke lo alteraba todo, y quería que él lo supiera.

Luke estaba removiendo la salsa de chile cuando ella se colocó justo detrás de él y lo estrechó por la cintura con ambos brazos. Él permaneció rígido y ella lo abrazó con más fuerza antes de relajar los brazos. Luke se dio la vuelta y la abrazó. Sus cuerpos quedaron pegados, y ella se apoyó en él. Durante un largo rato, permanecieron en esa posición. Se sentía tan bien con ella…

Sophia podía notar los latidos del corazón en su pecho, podía escuchar el ritmo reposado de su respiración. Hundió la cabeza en su cuello y aspiró su aroma. Al hacerlo, la invadió el deseo, como nunca. Lentamente le besó el cuello y percibió cómo a él se le aceleraba la respiración.

—Te quiero, Sophia —susurró Luke.

—Yo también te quiero —susurró ella a su vez, mientras él acercaba la cara hasta quedar tan solo a escasos centímetros de la suya.

El único pensamiento que tenía Sophia cuando empezaron a besarse fue que así debería ser siempre, para siempre. Vacilantes al principio, sus besos se tornaron más apasionados, y cuando ella alzó los ojos, supo que su deseo era transparente. Lo deseaba abiertamente, como nunca antes había deseado a nadie. Tras besarlo otra vez, se inclinó por encima de él para apagar el fuego. Sin apartar la mirada de sus ojos, le cogió la mano y lentamente empezó a guiarlo hacia la habitación.

17

Ira

Anochece de nuevo, y todavía sigo aquí, acunado por el silencio, enterrado por el implacable invierno glacial y blanco, e incapaz de moverme.

He sobrevivido más de un día. A mi edad, y teniendo en cuenta mi difícil situación, eso debería ser motivo de celebración. Pero me voy debilitando. Solo el dolor y la sed parecen reales. Mi cuerpo se derrumba, y a duras penas consigo mantener los ojos abiertos. No tardarán en cerrarse de nuevo, y me pregunto si volverán a abrirse. Miro a Ruth fijamente, preguntándome por qué no dice nada. Ella no me mira; me dedico a admirar su perfil. Cada vez que parpadeo, ella parece cambiar. Es joven, después mayor, y nuevamente joven; me pregunto qué piensa con cada transformación.

La quiero mucho, pero he de admitir que, en cierto modo, siempre ha sido un enigma para mí. Por las mañanas, cuando nos sentábamos a la mesa a desayunar, ella desviaba la vista hacia la ventana, con la mirada ausente. En esos momentos tenía el mismo aspecto que ahora, y mi vista solía seguir la suya. Permanecíamos sentados en silencio, contemplando los pájaros que revoloteaban de rama en rama, o las nubes que iban cambiando poco a poco. A veces la estudiaba con curiosidad, intentando intuir sus pensamientos, pero ella solo ofrecía una leve sonrisa, perfectamente satisfecha de que me mantuviera en la sombra.

Eso me gustaba. Me gustaba el misterio que le confería a mi vida. Me gustaba aquel silencio esporádico que se instalaba entre nosotros, ya que el nuestro era un silencio cómodo. Incluso diría más: era un silencio apasionado, un silencio que tenía su origen en el confort y el deseo. A menudo me he preguntado si eso nos convertía en una pareja única, o si es algo que la gente experimenta con frecuencia. Me entristecía pensar que fuéramos una excepción, pero he vivido lo suficiente como para llegar a la conclusión de que lo que Ruth y yo compartimos fue una bendición insólita.

Ruth continúa callada. Quizás ella también esté reviviendo los días que antaño compartimos.

Después de que Ruth y yo regresáramos de nuestra luna de miel, nos embarcamos en el proyecto de crear una vida juntos. Por entonces, sus padres ya se habían mudado a Durham, y Ruth y yo nos quedamos con mis padres mientras buscábamos una casa que nos gustara. Pese a que cierto número de nuevos vecinos se estaban instalando en Greensboro, Ruth y yo queríamos un hogar con carácter.

Dedicamos mucho tiempo a visitar casas en el barrio antiguo, y fue allí donde encontramos una de estilo reina Ana —una barroca casa victoriana, con un toque de extravagancia y detalles cuidados— construida en 1886, con un gablete en la fachada principal, una torre redonda y porches que adornaban la fachada frontal y la trasera.

Mi primer pensamiento fue que era demasiado grande para nosotros dos, con más espacio del que precisábamos. También necesitaba una reforma integral, pero a Ruth le gustaban las molduras y los toques artesanos, y a mí me gustaba ella, así que cuando dijo que dejaba la decisión en mis manos, al día siguiente no dudé en ir a hablar con el dueño para negociar el precio.

Mientras finalizábamos el papeleo con el banco para que nos concedieran el crédito —nos instalamos al mes siguiente—, me reincorporé a la sastrería y Ruth iniciaba, entusiasmada, su trabajo de maestra. Admito que me sentía un poco tenso por ella.

Los alumnos de la escuela rural en la que la habían contratado eran básicamente niños campesinos. Dos de ellos se presentaron el primer día de clase sin zapatos. Solo un puñado parecía interesado en aprender, y había bastantes que no sabían ni leer. Era la clase de pobreza que Ruth jamás había experimentado. Y no me refiero tanto a que no tuvieran dinero, sino a que carecían de sueños.

Nunca había visto a Ruth tan agotada como en aquellos primeros meses en la escuela, ni nunca más la vería de ese modo. Un maestro necesita tiempo y experiencia para preparar las clases y sentirse cómodo incluso en las mejores escuelas, y a menudo Ruth se quedaba trabajando hasta que anochecía en la pequeña mesa de nuestra cocina, pensando en nuevas formas de atraer a sus alumnos.

No obstante, por más agobiada que estuvo durante aquel primer semestre, quedó patente que enseñar a tales estudiantes, incluso más que las obras de arte que de vez en cuando adquiríamos, no solo era su vocación, sino que constituía su verdadera pasión.

Se entregó al trabajo con una energía obsesiva que me sorprendió. Quería que sus alumnos aprendieran, pero, más que eso, deseaba que valoraran la educación de la misma forma que lo hacía ella. El reto al que se enfrentaba con unos estudiantes tan desaventajados la estimulaba aún más. Mientras cenábamos, me hablaba de sus alumnos y me contaba las «pequeñas victorias» que la hacían sonreír durante días.

«¿Sabes que hoy uno de mis alumnos ha conseguido algo nuevo en clase?», y acto seguido, me contaba con exactitud lo que había sucedido. Me decía que un niño había compartido inesperadamente un lápiz con otro compañero, o cómo había mejorado su caligrafía, o el orgullo que había demostrado una alumna después de acabar su primer libro. La verdad es que Ruth apreciaba a esos chicos. Se percataba si uno estaba triste, y les hablaba como lo haría una madre; cuando se enteró de que bastantes de ellos eran tan pobres que no podían llevar nada de comer a la escuela, empezó a preparar bocadillos en casa por las mañanas. Y sin prisa pero sin pausa, sus estudiantes respondieron a sus cuidados, como las plantas al sol y al agua.

Al principio se angustiaba al pensar en la posibilidad de que los niños no la aceptaran. Dada su condición de judía en una escuela en la que prácticamente todos los alumnos eran cristianos, y además porque era de Viena y tenía acento alemán, no estaba segura de si la verían como a una intrusa.

Nunca me lo confesó abiertamente, pero lo supe a ciencia cierta un día en diciembre, cuando por la noche la encontré sollozando en la cocina. Primero me asusté, al ver sus ojos rojos e hinchados; imaginé que a sus padres les había pasado algo grave o quizá que ella misma se había visto involucrada en un accidente. Entonces me fijé en que la mesa estaba llena de manualidades. Me explicó que sus alumnos —todos sin excepción— le habían llevado regalos para celebrar la Janucá.

Ella jamás supo cómo se habían enterado. No les había hablado de esa fiesta judía, ni tampoco tenía claro si sus alumnos comprendían el significado de aquella celebración. Unos días después, me

225

dijo que oyó que uno de los niños le explicaba a otro que «la Janucá es la fiesta de los judíos para celebrar el nacimiento de Jesús», pero lo importante era lo que aquellos niños habían hecho por ella.

La mayoría de los regalos eran manualidades sencillas —piedras pintadas, postales hechas a mano, una pulsera con conchas de nácar—, pero en cada uno de aquellos presentes había amor, y más tarde consideré que fue en ese momento cuando Ruth por fin aceptó Greensboro, Carolina del Norte, como su hogar definitivo.

A pesar de la enorme carga de trabajo que soportaba, poco a poco fuimos capaces de amueblar nuestra casa. Durante aquel primer año, dedicamos muchos fines de semana a hacernos con antigüedades. Del mismo modo que Ruth tenía buen ojo para el arte, demostró tener un don para seleccionar el mobiliario que haría que nuestra casa fuera no ya insólitamente bonita, sino también acogedora.

El verano siguiente, iniciamos las reformas. La casa necesitaba un tejado nuevo, y la cocina y los cuartos de baño, aunque funcionales, no eran del gusto de Ruth. Había que pulir los suelos y reemplazar bastantes ventanas. Cuando compramos la casa, decidimos que esperaríamos hasta el verano para iniciar las reformas, porque de ese modo Ruth tendría tiempo para supervisar las obras.

Yo estaba encantado de que ella quisiera asumir aquella responsabilidad. Mis padres habían reducido incluso más las horas que pasaban en la sastrería, pero el negocio no había hecho más que crecer en aquel año en que Ruth empezó a dar clases. Tal como mi padre había hecho durante la guerra, de nuevo alquilé el local contiguo. Amplié la tienda y contraté tres empleados más. E incluso así, me costaba mucho dar abasto. Al igual que Ruth, a menudo trabajaba todos los días hasta la noche.

Las reformas en la casa tardaron más, y costaron más, de lo que habíamos considerado inicialmente. Aquello nos dio más trabajo del previsto.

A finales de julio de 1947, por fin, el último albañil guardaba las herramientas en su camioneta. Con aquellos cambios —algunos sutiles, otros radicales— conseguimos sentirnos completamente cómodos en nuestra casa, y he vivido allí durante sesenta y cinco años. A diferencia de mí, la casa todavía se conserva bastante bien. Las cañerías no se atascan, los armarios se abren y cierran con facilidad, y los suelos están tan lisos como una mesa de billar, pero yo he de utilizar mi andador para desplazarme de una habitación a otra. Si de algo puedo quejarme es de la corriente de aire, aunque, pensándolo bien, hace tanto tiempo que siento frío que ya he olvidado la sensación de pasar calor. Para mí, la casa sigue llena de amor. En estos momentos de mi vida, no puedo pedir nada más.

—Sí que está llena —resopla Ruth—, pero de trastos.

Detecto una nota de desaprobación en su tono y la miro a los ojos antes de contestar:

—Pues a mí me gusta como está.

—Es peligroso.

—No es peligroso.

—¿Ah, no? ¿Y si hay un incendio? ¿Cómo saldrás de allí?

—Si hubiera un incendio, también me costaría salir de la casa si estuviera totalmente vacía.

—¡Excusas!

—Soy viejo, incluso puede que con un poco de demencia senil.

—No tienes demencia senil. Lo que pasa es que eres más terco que una mula.

—Lo tendré en cuenta. Existe una gran diferencia entre la demencia senil y la terquedad.

—Esta situación no es buena para ti. Los recuerdos a veces te entristecen.

—Quizá —contesto, mirándola sin parpadear—. Pero los recuerdos son lo único que me queda.

227

Ruth tiene razón acerca de los recuerdos, por descontado. Pero también la tiene en relación con la casa. Está llena, pero no de trastos, sino de las obras de arte que coleccionamos a lo largo de los años. Durante mucho tiempo, conservamos los cuadros en un almacén, en unas cámaras con control de temperatura que alquilé por un tiempo. Ruth lo prefería así —le preocupaban mucho los incendios—, pero, tras su muerte, contraté a dos personas para que llevaran los cuadros a casa. Ahora las paredes son un caleidoscopio de pinturas, y los cuadros llenan cuatro de las cinco habitaciones.

Hace años que no uso la sala de estar ni el comedor, pero allí hay un montón de cuadros apilados. A pesar de que cientos de esas obras estaban enmarcadas, la mayoría no lo estaba. Las guardo en unas cajas planas de madera de roble, etiquetadas por el año que las encargué al carpintero de la localidad, separadas con hojas de papel sin ácido para que se conserven mejor.

He de admitir que en la casa se respira un ambiente de extravagancia desordenada que algunos podrían incluso considerar claustrofóbica —los periodistas que me entrevistaron se paseaban de una habitación a otra con la mandíbula desencajada—, pero todo está limpio. El servicio de limpieza que tengo contratado envía una mujer a mi casa dos veces por semana para mantener impecables las habitaciones que todavía uso y, aunque muy pocas de las mujeres que han pasado por la casa hablaban inglés, sé que Ruth habría estado encantada de contratarlas. Ruth aborrecía el polvo y el desorden de cualquier tipo.

No me preocupa el montón de obras de arte que tengo en casa; al revés, me ayudan a recordar algunos de los mejores años de mi matrimonio, incluidos nuestros viajes a Black Mountain College.

Después de dar por concluidas las reformas, los dos necesitábamos unas vacaciones, y pasamos nuestro primer aniversario en Grove Park Inn, en el mismo hotel donde habíamos pasado la luna de miel. De nuevo, visitamos la escuela de arte, pero esta vez fuimos recibidos por varios amigos. Elaine y Willem no estaban allí, pero Robert y Ken sí, y nos presentaron a Susan Weil y a Pat Passlof, dos artistas extraordinarios cuyas obras también están expuestas en numerosos museos. Aquel año, regresamos a casa con catorce cuadros más.

Incluso entonces, sin embargo, ninguno de los dos pensaba en convertirse en coleccionista. Después de todo, no éramos ricos, y la compra de esas pinturas supuso un gran esfuerzo económico por nuestra parte, sobre todo después de las reformas de la casa. Tampoco las colgamos todas enseguida. En vez de eso, Ruth las iba cambiando de sitio, de una habitación a otra, en función de su estado de ánimo. En más de una ocasión, al entrar en casa tuve la impresión de estar en una hogar igual y diferente al mismo tiempo.

En 1948 y 1949, fuimos de nuevo a Asheville y a Black Mountain College. Compramos más cuadros. Cuando regresamos a casa, el padre de Ruth sugirió que nos tomáramos más en serio nuestra afición. Al igual que Ruth, él podía apreciar la calidad de las obras que habíamos adquirido, y nos inculcó una idea: reunir una verdadera colección, una serie que algún día pudiera ser digna de un museo. A Ruth le gustó aquella idea. Pese a que no tomamos ninguna decisión oficial al respecto, empezamos a ahorrar prácticamente todo el sueldo de Ruth, y ella se pasó gran parte del año escribiendo cartas a los artistas que conocíamos, pidiéndoles opinión acerca de otros pintores que creíamos que nos podrían interesar.

En 1950, después de un viaje a los Outer Banks, fuimos a Nueva York por primera vez. Pasamos tres semanas visitando todas las galerías de arte de la ciudad, reuniéndonos con los propietarios y artistas que nuestros amigos nos habían presentado. Aquel verano, establecimos las bases de una red de colaboradores que continuaría creciendo durante las siguientes cuatro décadas. Al final de aquel verano, regresamos al sitio donde todo había empezado, casi como si no nos quedara más remedio.

No estoy seguro sobre cuándo fue la primera vez que oímos los rumores acerca de que Black Mountain College podía estar a punto de cerrar sus puertas —1952 o 1953, creo—, pero, al igual que el profesorado y los artistas que habíamos acabado por considerar como buenos amigos, queríamos descartarlos. En 1956, sin embargo, nuestros temores se vieron confirmados. Cuando Ruth oyó la noticia, lloramos juntos: para nosotros era el final de una era. Aquel verano, viajamos de nuevo al nordeste. A pesar de que sabía que ya no sería lo mismo, terminamos el viaje en Asheville, en nuestro aniversario. Como siempre, pasamos por la universidad, pero mientras nos hallábamos de pie junto a las aguas del lago Eden, contemplando los edificios vacíos, no pude evitar preguntarme si nuestro idilio con aquella institución no había sido más que un sueño.

Al cabo de un rato, nos encaminamos hacia el lugar donde una vez habían estado expuestos nuestros primeros seis cuadros. Permanecimos junto a las silenciosas aguas azules. Pensé que el nombre del lago era totalmente adecuado. Después de todo, para nosotros, aquel lugar había sido como el mismísimo Edén. Sabía que fuera cual fuera el camino que nos deparase la vida, nunca olvidaríamos aquel lugar.

Ruth se quedó sorprendida cuando le ofrecí una carta que había escrito la noche anterior. Era la primera carta que le escribía desde la guerra. Después de leerla, Ruth me abrazó con ternura. En aquel momento, supe qué era lo que tenía que hacer para mantener vivo ese sitio en nuestros corazones. Al año siguiente, en nuestro undécimo aniversario, le escribí otra carta, que ella leyó bajo los mismos árboles plantados en las orillas del lago Eden. De esa forma iniciamos una nueva tradición en nuestro matrimonio.

En total, Ruth recibió cuarenta y cinco cartas, y las conservó todas. Están guardadas en una caja que ella tenía sobre la cómoda. A veces la sorprendía leyendo alguna, y por su sonrisa podía adivinar que estaba reviviendo algún momento que hacía tiempo que había olvidado. Aquellas cartas se convirtieron en una especie de diario para ella. Con el paso de los años, empezó a releerlas con más frecuencia, a veces las leía todas de una tirada en una sola tarde.

Las cartas parecían transmitirle sosiego, y creo que precisamente por eso, al cabo de unos años, ella decidió escribirme a mí. No encontré la carta hasta después de su muerte, pero, en muchos sentidos, su carta me salvó la vida. Ella sabía que la necesitaría, ya que me conocía mejor que nadie, incluso mejor que yo mismo.

Pero Ruth no ha leído todas las cartas que le he escrito. No pudo hacerlo. Aunque las escribí para ella, también las escribí para mí. Cuando falleció, coloqué otra caja junto a la original. Esa segunda caja contiene cartas escritas con mano temblorosa, manchadas solo por mis lágrimas, no por las suyas. Hay algunas sobre cómo habría sido nuestro siguiente aniversario. A veces tengo la tentación de leerlas, tal como ella solía hacer, pero me duele pensar que Ruth no pudo hacerlo.

Por eso, en vez de leerlas, las sostengo entre las manos. Cuando el dolor se torna insoportable, me paseo por la casa y admiro los cuadros. Y, a veces, al hacerlo, me gusta imaginar que Ruth ha regresado para visitarme, igual que lo ha hecho esta vez en el coche, porque sabe, incluso ahora, que no puedo vivir sin ella.

—Puedes vivir sin mí —dice Ruth.

Fuera del coche, el viento se ha calmado por fin y la oscuridad no parece tan opaca. Me digo a mí mismo que debe de ser por la luz de la luna, y caigo en la cuenta de que ha dejado de nevar. Mañana por la noche, si todavía estoy vivo, el tiempo empezará a mejorar, y el martes se fundirá la nieve. Por un momento, ese pensamiento me aporta esperanza, pero de la misma forma rápida que ha llegado, el sentimiento me abandona. No viviré para verlo.

Me siento débil, tan débil que incluso centrar la vista en Ruth me resulta una ardua labor. El interior del vehículo ondea en círculos, y quiero agarrar la mano de Ruth para estabilizarme, aunque sé que es imposible. En lugar de eso, intento recordar el efecto de su tacto, pero la sensación se me resiste.

—¿Me estás escuchando? —pregunta ella.

Cierro los ojos, intentando frenar la sensación de mareo, pero únicamente se incrementa; unas espirales de colores explotan frente a mis ojos.

—Sí —susurro al cabo, con una voz seca que emerge de las cenizas volcánicas de mi garganta.

La sed ataca de nuevo, más vengativa que nunca. Peor que antes, infinitamente peor. Ha pasado ya más de un día desde la última vez que bebí agua, y el deseo de beber me consume, cada vez con más fuerza, con cada nueva respiración fatigosa.

—La botella de agua está ahí —me indica Ruth de repente—. Creo que está en el suelo, junto a mis pies.

Su voz es suave y melodiosa, y yo intento sumergirme en aquella eufonía para evitar pensar en lo más obvio.

—¿Cómo lo sabes?

—No estoy totalmente segura. Pero ¿en qué otro sitio podría estar? No está en el asiento.

«Tiene razón», me digo a mí mismo. Probablemente esté en el suelo, pero de ninguna forma conseguiría llegar hasta allí.

—No importa —digo al final, con desesperanza.

—¡Por supuesto que importa! ¡Has de encontrar una forma de llegar hasta la botella!

—No puedo. No tengo fuerzas.

Ella parece asimilar mi objeción y se queda un momento callada. En el coche, creo que la oigo respirar antes de darme cuenta de que soy yo quien ha empezado a jadear, con una respiración sibilante. De nuevo vuelvo a notar el coágulo que me obtura la garganta.

—¿Te acuerdas del tornado? —me pregunta de repente.

Hay algo en su voz que me implora que me concentre, y me pregunto a qué se refiere. ¿El tornado? Al principio no significa nada, pero, entonces, lentamente, el recuerdo empieza a cobrar forma.

Hacía una hora que había regresado a casa del trabajo cuando el cielo adoptó un ominoso tono verde grisáceo. Ruth salió al porche para investigar qué pasaba, y recuerdo que la agarré por la mano y la arrastré hasta el cuarto de baño situado en el centro de la casa. Fue el primer tornado de su vida. Nuestra casa no sufrió desperfectos, pero un poco más abajo, en la misma calle, un árbol cayó y aplastó el coche de un vecino.

—Fue en 1957 —anuncio—. En abril.

—Sí —afirma ella—, así es. No me sorprende que te acuerdes. Tú siempre recuerdas el tiempo que hizo tal día o tal otro, aunque hayan pasado años.

—Lo recuerdo porque me asusté.

231

—Pero también estás al día en cuanto al tiempo.

—Miro el Canal del Tiempo.

—Eso está muy bien. En ese canal dan muchos programas que valen la pena. Hay tanto que aprender…

—¿Por qué estamos hablando de esto?

—Porque hay algo que debes recordar; algo más —contesta en tono ansioso.

No entiendo a qué se refiere. En mi deplorable estado de agotamiento, me doy cuenta de que tampoco me importa. La respiración sibilante se acentúa y cierro los ojos; empiezo a flotar en un mar de oscuridad, sobre unas olas ondulantes, hacia un horizonte remoto, lejos de aquí, lejos de ella.

—¡Hace poco viste algo interesante! —grita ella.

Sin embargo, yo sigo desvariando; en este preciso momento vuelo fuera del coche, bajo la luna y las estrellas. La noche se está despejando y el viento se ha calmado, y yo me siento tan cansado que sé que dormiré hasta la eternidad. Noto cómo se relajan mis extremidades y mi cuerpo se torna más ligero.

—¡Ira! —grita ella de nuevo; el pánico en su voz va en aumento—. ¡Hay algo importante que debes recordar! ¡Lo dieron en el Canal del Tiempo!

Su voz suena lejana, casi como un eco.

—¡Un hombre en Suecia! —grita—. ¡Él no tenía ni comida ni agua!

A pesar de que apenas la oigo, las palabras se filtran en mi cerebro. «Sí», admito, y el recuerdo, como el tornado, también empieza a cobrar forma.

«Umeå. Círculo polar ártico. Sesenta y cuatro días.»

—¡Él logró sobrevivir! —grita otra vez.

Ruth intenta reanimarme. Se inclina hacia mí y coloca la mano sobre mi muslo. En ese momento, dejo de delirar. Cuando abro los ojos, estoy de nuevo en el coche.

«Enterrado en su coche bajo la nieve. Sin comida ni agua.»

Sin agua…

Sin agua…

Ruth sigue inclinada sobre mí, tan cerca que puedo oler el ligero aroma a rosas de su perfume.

—Sí, Ira, él no tenía agua —insiste con el semblante serio—, así que, ¿cómo sobrevivió? ¡Vamos, recuerda!

Parpadeo y noto los ojos escamosos, como los de un reptil.

—Nieve —digo—. Ese hombre comió nieve.

Ella me sostiene la mirada y yo sé que me está incitando a desviar la vista.

—Aquí también hay nieve —recalca—, hay nieve justo al otro lado de tu ventana.

Al oír sus palabras, noto como un resurgir dentro de mí, a pesar de mi estado tan débil. Me pregunto si la batería no se habrá descargado por completo. Recuerdo vagamente que los limpiaparabrisas funcionaban después del accidente; recuerdo que los activé y los desactivé, y aunque tengo miedo de moverme, me aventuro a alzar el brazo izquierdo despacio, muy despacio. Me inclino apenas unos milímetros hacia delante, sobre el muslo, y luego levanto el brazo, moviéndolo hacia el reposabrazos. El esfuerzo me parece sobrehumano, y me tomo unos segundos para recuperar el aliento. Pero Ruth tiene razón. Hay agua muy cerca, y alargo el dedo hacia el botón. No sé si la batería todavía funciona. Tengo miedo de que se haya descargado, pero sigo alargando el dedo hacia delante. Un impulso primitivo me empuja a hacerlo.

«Por favor, que la batería funcione —me digo a mí mismo—. Funcionaba después del accidente.»

Por fin mi dedo llega hasta el botón y lo pulso con esperanza.

Como un milagro, un frío cortante invade súbitamente el interior. La sensación de frío es brutal, y sobre la palma de mi mano se posa una pequeña cantidad de nieve. ¡Qué cerca estoy de conseguir mi objetivo! Pero estoy encarado en la dirección contraria. He de alzar la cabeza. El esfuerzo parece inasumible, pero oigo la llamada del agua y es imposible no contestar.

Levanto la cabeza, y el brazo, el hombro y la clavícula explotan de dolor. Mi visión queda totalmente en blanco, y luego se vuelve todo negro, pero persisto en mi objetivo. Noto la cara hinchada, y, por un instante, creo que no lo conseguiré. Quiero volver a apoyar la cabeza en el volante; quiero que el dolor remita; sin embargo, mi mano izquierda avanza hacia mí. La nieve se está fundiendo y puedo notar el agua que gotea; mi mano sigue moviéndose.

De repente, justo cuando estoy a punto de abandonar el intento, mi mano alcanza la boca. Siento la nieve húmeda, maravillosa, y mi boca parece recobrar la vida. Puedo notar la humedad en mi lengua, fría e incisiva, y sabe a gloria. Siento cómo cada una de las gotas de agua se desliza garganta abajo. El milagro me envalentona y decido recoger otro puñado de nieve. Trago un poco más y las agujas desaparecen. Mi garganta vuelve a rejuvenecer, como Ruth, y aunque el coche está helado, ni siquiera siento frío. Tomo

233

otro puñado de nieve, y luego otro, y el agotamiento que sentía hace apenas unos minutos desaparece. Me siento cansado y débil, pero es una sensación mucho más soportable en comparación. Cuando miro a Ruth, puedo verla con absoluta nitidez. Ella tiene treinta y tantos años, la edad en que brillaba más bella que nunca. Está resplandeciente.

—Gracias —digo al fin.

—No tienes que darme las gracias. —Se encoge de hombros—. Pero será mejor que subas la ventana, no vaya a ser que te enfríes.

Obedezco, sin apartar los ojos de ella.

—Te amo, Ruth —digo con un hilo de voz.

—Lo sé —responde ella con una expresión llena de ternura—. Por eso he venido.

El agua me ha reanimado de un modo que parecía imposible hace pocas horas, mentalmente. Mi cuerpo sigue magullado y todavía me da miedo moverme, pero Ruth parece satisfecha con mi recuperación. Permanece sentada en silencio, escuchando la cháchara de mis pensamientos. Estoy preocupado por si alguien llegará a encontrarme o no...

La verdad es que en este mundo me he vuelto más o menos invisible. Incluso cuando llené el depósito de gasolina —lo que generó que me perdiera, ahora que lo pienso—, la mujer de detrás del mostrador mantenía la vista clavada en un punto por encima de mi hombro, hacia un joven con vaqueros. Me he convertido en una de esas figuras que los jóvenes temen (por si ellos acaban igual), como otro anciano anónimo, un pobre hombre viejo y hundido que ya nada puede ofrecer a este mundo.

Mis días son intrascendentes: momentos simples y placeres incluso más simples. Como, duermo y pienso en Ruth; deambulo por la casa y contemplo los cuadros; por las mañanas, doy de comer a las palomas que se concentran en el patio trasero. Mi vecino se queja de eso. Según él, esos pájaros son molestos portadores de enfermedades. Quizá tenga razón, pero él también taló un magnífico arce cuyas ramas se extendían hasta mi propiedad simplemente porque estaba cansado de recoger las hojas, así que no considero que valga la pena tomarme en serio su opinión. De todos modos, me gustan los pájaros. Me gustan sus sosegados arrullos y disfruto observando cómo mueven la cabeza rítmicamente hacia delante y hacia atrás mientras van en busca de las semillas que les echo en el suelo.

Sé que la mayoría de la gente considera que llevo una vida de recluso. Así fue como me describió la reportera. Por más que desprecie este mundo y todo lo que implica, hay cierta verdad en lo que escribió sobre mí. Soy viudo desde hace bastantes años, un hombre sin hijos. Por lo que sé, no tengo familiares vivos. Mis amigos, aparte de mi abogado, Howie Sanders, ya hace tiempo que fallecieron, y desde la noticia bomba —la que desató la locura con el artículo en el *New Yorker*— apenas salgo de casa. Es más sencillo así, pero a menudo me pregunto si debería haber concedido aquella entrevista a la periodista. Probablemente no, pero cuando Janice o Janet —o como se llame— se presentó en la puerta sin avisar, su pelo negro y sus ojos inteligentes me recordaron a Ruth, y de repente me encontré con que ella estaba ya en el comedor. Estuvo en casa seis horas. Todavía no sé cómo se enteró de lo de la colección; probablemente por algún marchante del norte —son más cotillas que las colegialas—, pero, de todos modos, no la culpo por todo lo que pasó a continuación. Ella hacía su trabajo, y yo podría haberle pedido que se fuera. Sin embargo, en vez de eso, contesté a sus preguntas y accedí a que sacara fotos.

Cuando se marchó, rápidamente la borré de mi cabeza. Entonces, al cabo de unos meses, un joven con voz chillona y que se presentó a sí mismo como el encargado de verificar datos para la revista me llamó para comprobar la versión de la reportera. Con total ingenuidad, le di las respuestas que él quería, y unas semanas después recibí un pequeño paquete por correo. La periodista tuvo la consideración de enviarme una copia del número en el que aparecía el artículo.

No hace falta decir que aquel artículo me puso de muy mal humor. Tras leer lo que ella había escrito, lo tiré a la basura; pero, cuando me calmé, lo recuperé del contenedor y lo volví a leer. Ahora me doy cuenta de que la chica no tenía la culpa de no haber entendido lo que había intentado explicarle. A fin de cuentas, para ella, la colección era lo único importante de aquella historia.

Eso sucedió hace seis años. A partir de ese momento, mi vida dio un giro radical. Tuve que poner rejas en las ventanas y vallar el jardín. Tuve que contratar un sistema de seguridad, y la policía empezó a patrullar por delante de mi casa como mínimo dos veces al día. Recibí una avalancha de llamadas: reporteros, productores, un guionista que me prometió que llevaría la historia a la

235

gran pantalla, tres o cuatro abogados, dos individuos que alegaron ser familiares míos, primos lejanos por parte de la familia de Ruth... Extraños en busca de un golpe de suerte y de limosna. Al final, decidí desconectar el teléfono, ya que todos sin excepción —incluida la reportera— solo pensaban en las obras de arte en términos económicos.

Todas aquellas personas fueron incapaces de ver que no se trataba de dinero; eran los recuerdos inherentes a esos cuadros. Si Ruth tenía las cartas que yo le escribía, yo tenía las pinturas y los recuerdos. Cuando contemplo las obras de Rauschenberg, de De Kooning y de Warhol, revivo el momento en que Ruth me abrazó mientras estábamos de pie junto al lago; cuando contemplo el cuadro de Jackson Pollock, revivo nuestro primer viaje a Nueva York en 1950. A medio camino, decidimos desviarnos hasta Springs, una localidad cerca de East Hampton en Long Island. Nos apetecía. Era un esplendoroso día de verano y Ruth llevaba un vestido amarillo. Ella tenía veintiocho años, y cada día que pasaba estaba más guapa, un detalle que a Pollock no le pasó desapercibido.

Estoy convencido de que fue el porte elegante de Ruth lo que lo convenció para permitir que dos extraños se metieran en su estudio. También explica por qué al final accedió a vendernos un cuadro recién pintado, un gesto que no repetiría nunca más con nadie. Un poco más tarde, aquel mismo día, de camino hacia la ciudad, nos detuvimos en una pequeña cafetería de Water Mill. Era un lugar encantador, con los suelos de madera desgastados y unos ventanales soleados, y el propietario nos guio hasta una mesa en el patio. Aquel día, Ruth pidió dos copas de vino blanco, algo ligero y dulce, y lo bebimos a sorbitos mientras contemplábamos el estrecho de Long Island. La brisa era suave; el día, cálido. Cuando avistamos una barquita a lo lejos, nos preguntamos cuál debía ser su destino.

Al lado de ese cuadro hay otro de Jasper Johns. Lo compramos en 1952, el verano en que Ruth llevó el pelo más largo. Se le empezaban a formar las primeras arrugas en las comisuras de los ojos, que le añadían un toque de feminidad madura a su rostro. Los dos habíamos estado en la azotea del Empire State aquella mañana; más tarde, en la quietud de la habitación del hotel, Ruth y yo hicimos el amor durante horas antes de que ella se quedara dormida entre mis brazos. No pude dormir aquel día. En vez de eso, me dediqué a contemplarla, observando cómo su pecho ascendía y descendía pausadamente, sintiendo su piel cálida pegada a la mía. En la habitación en penumbra, mientras contemplaba su cabello exten-

236

dido sobre la almohada, no pude evitar preguntarme si podía haber un hombre más afortunado que yo sobre la faz de la Tierra.

Por eso deambulo por nuestra casa a medianoche; por eso la colección sigue intacta; por eso nunca he vendido ni un solo cuadro. ¿Cómo podría hacerlo? Entre los aceites y pigmentos habitan mis recuerdos de Ruth; en cada cuadro evoco un capítulo de nuestra vida. Para mí no existe nada más preciado. Son todo lo que me queda de la esposa a la que amé más que a la vida misma, y continuaré admirando esas obras y recordándola hasta que ya no pueda hacerlo.

Antes de fallecer, a veces Ruth se unía a mí en aquellas rondas nocturnas, ya que ella también disfrutaba dejándose llevar por el pasado. Le gustaba recordar anécdotas, aunque jamás se dio cuenta de que ella era la heroína de todas aquellas historias. Me cogía de la mano mientras paseábamos de habitación en habitación, solazándonos a medida que el pasado cobraba vida.

Mi matrimonio aportó una inmensa felicidad a mi vida, pero últimamente lo único que he experimentado ha sido tristeza. Comprendo que el amor y la desdicha van de la mano, ya que lo uno no puede existir sin lo otro; no obstante, muchas veces me pregunto si ese intercambio es justo. A mi modo de entender, todo hombre debería morir como ha vivido; en sus últimos momentos, debería estar rodeado y reconfortado por aquellas personas a las que siempre ha querido.

Pero ahora ya sé que, en mi último suspiro, estaré solo.

237

18

Sophia

*L*as siguientes semanas fueron uno de esos interludios insólitos y maravillosos en los que casi todo contribuía a que Sophia creyera que nada podía ser mejor.

Las clases eran estimulantes; sus notas excelentes. Y a pesar de que no había recibido noticas del Museo de Arte de Denver, su tutor la recomendó para una beca en el Museo de Arte Moderno de Nueva York. Tenía concertada una entrevista con ellos para las vacaciones de Navidad. No era un trabajo remunerado, y probablemente tendría que desplazarse cada día desde casa, si al final obtenía el puesto, pero se trataba del MoMA. Nunca, ni en sus sueños más descabellados, habría considerado aquella posibilidad.

En el poco tiempo que pasaba en la residencia, se había fijado en que Marcia volvía a caminar dando saltitos, una forma de andar que la delataba cuando se enamoraba. Su amiga se mostraba de un excelente humor todo el día, a pesar de negar que un chico tuviera algo que ver con su estado anímico.

Mary-Kate, a su vez, había reducido significativamente sus responsabilidades en la hermandad. Aparte de asistir a las reuniones obligatorias, Sophia estaba durante la mayor parte del tiempo libre de cualquier obligación respecto a la hermandad. Seguramente se debía a su propio desapego, pero, bueno, al menos funcionaba. Lo mejor de todo era que no se había topado con Brian por el campus, ni él tampoco le había enviado ningún mensaje de texto ni la había llamado, lo que ayudaba a que le resultara más fácil olvidar que incluso habían salido juntos.

Además, por supuesto, estaba Luke.

Por primera vez, Sophia tenía la impresión de que comprendía lo que significaba amar a alguien. Desde aquel fin de semana en la cabaña —aparte del Día de Acción de Gracias, que Sophia aprovechó para ir a ver a su familia— habían pasado juntos todos los sábados por la noche en el rancho, prácticamente el uno en los brazos del otro todo el tiempo. Entre beso y beso, la sensación de la piel desnuda de Luke pegada a la suya tenía un efecto eléctrico. Ella disfrutaba con el sonido de su voz, mientras Luke no se cansaba de repetirle que la adoraba y lo mucho que significaba para él. En la oscuridad, ella recorría sus cicatrices con ternura; a veces descubría alguna nueva. Hablaban hasta las primeras luces del alba, y solo hacían una pausa para hacer de nuevo el amor. La pasión que sentían el uno por el otro era embriagadora, algo completamente diferente a lo que ella había experimentado con Brian.

Era una conexión que trascendía al acto físico. Sophia se había ido acostumbrando a la forma silenciosa en que Luke se levantaba de la cama los domingos por la mañana para dar de comer a los animales y examinar el ganado, procurando no despertarla. Normalmente, ella se volvía a quedar medio dormida, solo para despertarse un poco más tarde con una humeante taza de café y la presencia de Luke a su lado.

A veces se quedaban un buen rato en el porche, una hora o más, o simplemente preparaban juntos el desayuno. Casi siempre sacaban los caballos a pasear, a veces toda la tarde. El aire frío invernal teñía las mejillas de Sophia de un color encarnado y hacía que le dolieran las manos; no obstante, en aquellos momentos, ella se sentía más cercana a Luke y al rancho, de una forma que la empujaba a preguntarse cómo era posible que hubiera tardado tanto en encontrarlo.

239

A medida que se aproximaban las vacaciones, pasaban prácticamente todos los fines de semana en la plantación de abetos. Mientras Luke se encargaba de talar los árboles, atarlos y transportarlos hasta los vehículos, Sophia estaba apostada junto a la caja registradora para cobrar. Durante los ratos de calma, podía dedicarse a estudiar para los exámenes.

Luke también había empezado a practicar en el toro mecánico. A veces lo veía encima del capó de un tractor oxidado en el destartalado granero. El toro estaba instalado en un cuadrilátero improvisado doblemente acolchado con gomaespuma para amortiguar sus caídas. Solía empezar a un ritmo lento, montando solo con la suficiente fuerza como para desentumecer la musculatura, antes de incrementar la velocidad de movimiento del mecanismo. El toro daba vueltas, sacudidas y cambiaba de dirección abruptamente, pero Luke conseguía permanecer erguido, con la mano alzada y alejada del cuerpo. Montaba tres o cuatro veces, luego hacía una pausa para recuperar el aliento. A continuación, volvía a subirse al cuadrilátero; a veces las sesiones de práctica se alargaban hasta un par de horas.

Aunque nunca se quejaba, ella podía apreciar su rigidez por la forma en que fruncía los labios al cambiar de posición o al alterar la dirección de su marcha. Los domingos por la noche a menudo él acababa tumbado en la cama, rodeado de velas mientras Sophia le masajeaba los músculos, intentando aliviarle el entumecimiento y la tensión.

En vez de quedarse en el campus, preferían salir a cenar o ir al cine, y una vez incluso fueron a un bar con *country* en directo, donde tocaba la misma banda que había estado amenizando la fiesta la noche en que se conocieron, y por fin Luke le enseñó a bailar en línea. Él conseguía que el mundo fuera, en cierto modo, más vívido, más real, y cuando no estaban juntos, Sophia no podía evitar pensar en Luke.

La segunda semana de diciembre llegó acompañada de un prematuro frente frío, una fuerte borrasca que provenía de Canadá. Era la primera nevada de la temporada, y aunque prácticamente toda la nieve ya se había fundido la tarde del día siguiente, pasaron parte de la mañana admirando el bello manto blanco que cubría el rancho antes de encaminarse hacia la plantación de abetos en lo que acabó por ser el día más ajetreado hasta ese momento.

Más tarde, tal como ya se había convertido en un hábito, fueron a la casa de su madre. Mientras Luke estaba ocupado cambiando las pastillas de los frenos de su camioneta, Linda enseñó a Sophia a hornear. Él no mentía sobre lo deliciosas que estaban esas tartas, y las dos pasaron una tarde amena encerradas en la cocina, charlando y riendo, con los delantales cubiertos de harina.

Cuando Sophia estaba con Linda no podía evitar pensar en sus padres y en todos los sacrificios que habían hecho por ella. Al ver cómo Linda y Luke bromeaban y se tomaban el pelo recíprocamente, Sophia se preguntaba si ella tendría la misma relación con sus propios padres algún día. Atrás quedaba la niña pequeña que ellos recordaban; en su lugar no solo había ya una mujer madura, sino quizá también una amiga.

Formar parte de la vida de Luke la hacía sentirse más adulta. Con solo un semestre por delante para acabar los estudios superiores, ya no se preguntaba si tenía sentido haber pasado por la universidad. Era consciente de que los altibajos, los sueños y los esfuerzos constituían parte de la vida, un viaje que la había llevado hasta un rancho cercano a un pueblo llamado King, donde se había enamorado de un vaquero que se llamaba Luke.

—¿Otra vez? —masculló Marcia.

Su amiga cruzó las piernas sobre la cama al tiempo que se cubría los muslos con el jersey dos tallas más grande que llevaba puesto, antes de seguir lamentándose.

—¿Cómo? ¿No te ha bastado con doce fines de semana seguidos en el rancho?

—¡Qué exagerada eres! —Sophia esbozó una mueca de fastidio, antes de añadirse una última capa de brillo a los labios.

A su lado, su pequeña bolsa de viaje ya estaba preparada.

—Por supuesto que soy exagerada. Pero es nuestro último fin de semana antes de las vacaciones de Navidad. El miércoles nos iremos a casa, y apenas he pasado ni un día entero contigo durante todo el semestre.

—Pero si estamos juntas casi todo el tiempo —protestó Sophia.

—No —objetó Marcia—. Antes sí que estábamos juntas casi todo el tiempo. Te pasas prácticamente todos los fines de semana en el rancho con él. Ni siquiera fuiste a la fiesta que la hermandad organizó el fin de semana pasado. «Nuestra» fiesta de Navidad.

—Ya sabes que no me gustan esa clase de celebraciones.

—¿Quieres decir que «a él» no le gustan?

Sophia frunció los labios, sin querer saltar a la defensiva, pero notando las primeras señas de irritación ante el tono de Marcia.

—Mira, ni él ni yo queríamos ir, ¿vale? A él le tocaba trabajar y necesitaba mi ayuda.

Marcia se pasó la mano por el pelo, visiblemente exasperada.

—No sé cómo decirte esto sin que te enfades conmigo.

—¿Decir el qué?

—Cometes un error.

—¿De qué estás hablando?

Sophia bajó la barra de brillo de labios y se volvió para mirar a su amiga.

Marcia alzó los brazos, crispada.

—Mira, te lo plantearé de otro modo: imagina qué dirías si yo estuviera en tu lugar y tú en el mío. Digamos que acabara de salir de una relación que ha durado dos años…

241

—No me lo imagino —la atajó Sophia.

—Bueno, ya sé que cuesta, pero inténtalo. Lo hago por ti. Pongamos que acabo de pasar por una ruptura traumática y que, tras varias semanas encerrada en mi habitación, de golpe y porrazo conozco a un chico. Así que hablo con él y al día siguiente voy a su casa, y después habló con él por teléfono y quedo con él el siguiente fin de semana. En un abrir y cerrar de ojos, empiezo a tratarlo como si fuera lo único que me importa en el mundo, y paso todos mis minutos libres con él. ¿Qué pensarías? ¡Qué casualidad haber conocido a mi hombre ideal justo cuando me estaba recuperando de una ruptura traumática! Quiero decir, ¿qué posibilidades tenéis?

Sophia podía notar que la sangre empezaba a bullir en sus venas.

—No entiendo qué es lo que intentas decirme.

—Digo que quizás estés cometiendo un error. Y que, si no andas con cuidado, podrías salir mal parada.

—No me estoy equivocando —espetó Sophia, cerrando la cremallera de la bolsa con brusquedad—. Y no saldré mal parada. Me gusta estar con Luke.

—Lo sé. —Marcia suavizó el tono; a continuación, propinó unas palmaditas a su lado en la cama antes de suplicar—: Vamos, siéntate, porfa.

Sophia se debatió entre atravesar la habitación o tomar asiento en la cama. Marcia la miraba sin pestañear.

—Ya sé que te gusta —expresó con absoluta sinceridad—. De verdad, lo entiendo. Y me alegro de que de nuevo hayas encontrado la felicidad. Pero ¿hacia dónde va vuestra relación? Mira, si yo estuviera en tu lugar, estaría encantada de salir con él y divertirme, dejarme llevar por la corriente y vivir pensando solo en el presente. Pero nunca me permitiría a mí misma pensar ni por un minuto que pasaré el resto de mi vida con ese chico.

—Es que no lo pienso —objetó Sophia.

Marcia se estiró el jersey.

—¿Seguro? Porque esa no es la impresión que tengo. —Hizo una pausa, y su expresión adoptó un gesto casi de tristeza—. No deberías haberte enamorado de él. Y cuanto más tiempo pases con él, peor será para ti.

Sophia se sulfuró.

—¿Por qué haces esto?

—Porque no piensas con claridad —contestó Marcia—. Si lo

hicieras, estarías pensando en que estás a punto de acabar tus estudios en la universidad. ¡Por el amor de Dios! ¡Pronto serás una graduada en Bellas Artes de Nueva Jersey! Luke, en cambio, monta toros y vive en un rancho en la Carolina del Norte rural. ¿No te preguntas qué pasará dentro de seis meses, cuando te gradúes?

Hizo otra pausa, como si quisiera obligar a Sophia a concentrarse en lo que le estaba diciendo.

—¿Te imaginas viviendo en un rancho los próximos cincuenta años? ¿Montando a caballo, cuidando vacas y limpiando cuadras el resto de tu vida?

Sophia sacudió la cabeza.

—No...

—¡Ah! —exclamó Marcia, sin dejar que su amiga se explayara—. Entonces quizá sea que ves a Luke viviendo en Nueva York mientras tú trabajas en un museo, ¿no? Tal vez te imagines con él los domingos por la mañana en los bares más modernos de la ciudad, saboreando capuchinos y leyendo el *New York Times*, ¿no? ¿Es así como ves vuestro futuro juntos?

Sophia no contestó. Marcia se inclinó hacia ella y le estrujó la mano.

—Ya sé que estás muy enamorada de él —prosiguió—. Pero vuestras vidas no están simplemente en caminos diferentes, sino que pertenecen a mundos distintos, y eso significa que a partir de ahora será mejor que prestes mucha atención a tus sentimientos, porque, si no lo haces, podrías acabar con el corazón completamente destrozado.

243

—Esta noche estás muy callada —dijo Luke entre sorbo y sorbo de chocolate caliente.

Sophia acunaba su taza con las manos, con la vista fija en los copos de nieve que caían al otro lado de la ventana, la segunda nevada de la temporada, aunque en esa ocasión era evidente que no cuajaría. Como de costumbre, Luke había encendido el fuego en la chimenea, pero ella no podía zafarse de la sensación de frío.

—Lo siento —se excusó ella—. Solo es que estoy un poco cansada.

Ella podía notar la mirada insistente de Luke, que, por alguna razón, aquella noche le provocaba un extraño desasosiego.

—¿Sabes qué pienso? Creo que Marcia te ha dicho algo que te ha molestado.

Sophia no contestó de inmediato.

—¿Por qué lo dices? —preguntó al cabo de unos momentos, con una voz más débil de lo que ella misma había esperado.

Luke se encogió de hombros.

—Cuando te he llamado para decirte que ya iba de camino, no había forma de que callaras en el teléfono, en cambio, cuando he llegado a la residencia, estabas taciturna. Además, me he fijado en la forma en que tú y Marcia os echabais miraditas de soslayo, como si acabarais de compartir alguna clase de confesión y ninguna de las dos estuviera satisfecha con el resultado.

Sophia notaba en sus manos el calor que irradiaba la taza.

—Para ser un chico que puede pasarse todo el día sin hablar, eres muy perspicaz —soltó ella, mirándolo de reojo.

—Por eso soy perspicaz.

Aquella respuesta le recordó por qué habían hecho buenas migas tan rápido. Pero ya no estaba segura de si eso había sido buena idea o no.

—Ya vuelves a darle a la cabeza —la reprendió—, y me está empezando a poner nervioso.

A pesar de la tensión, Sophia se echó a reír.

—¿Adónde crees que va esto? —preguntó de repente, repitiendo la pregunta que Marcia le había planteado.

—¿Te refieres a nuestra relación?

—Solo quedan unos meses para que me gradúe, en primavera. ¿Qué pasará entonces? ¿Qué sucederá cuando regrese a Nueva Jersey, o cuando encuentre trabajo en algún museo?

Luke se inclinó hacia delante, depositó la taza en la mesita antes de volverse lentamente para mirarla de nuevo a la cara.

—No lo sé —contestó.

—¿No lo sabes?

La expresión de Luke era ilegible.

—Al igual que tú, no puedo predecir el futuro.

—Eso suena a excusa.

—No estoy buscando excusas —alegó—, solo intento ser honesto.

—¡Pero no has contestado! —gritó ella, escuchando y al mismo tiempo detestando su propia desesperación.

Luke mantuvo un tono conciliador.

—A ver qué te parece esto: te quiero. Quiero estar contigo. Encontraremos la forma de que lo nuestro funcione.

—¿De verdad lo crees?

—No lo habría dicho si no lo creyera.

—¿Aunque eso signifique que tengas que ir a vivir a Nueva Jersey?

Las llamas mantenían la mitad de la cara de Luke oculta entre las sombras.

—¿Quieres que vaya a vivir a Nueva Jersey?

—¿Qué hay de malo en Nueva Jersey?

—Nada, ya te dije que había estado en varias ocasiones y que me gusta.

—Pero…

Por primera vez, Luke bajó la vista.

—No puedo dejar el rancho hasta que no esté seguro de que mi madre podrá apañarse sola —declaró con firmeza.

Lo comprendía, pero, sin embargo…

—Tú quieres que me quede aquí, después de graduarme, ¿verdad?

—No. —Luke sacudió la cabeza—. Nunca te pediría que hicieras tal cosa.

Sophia no podía ocultar su exasperación.

—Entonces, insisto, ¿qué haremos?

Él apoyó ambas manos en las rodillas.

—No somos la primera pareja que se enfrenta a una situación similar. Mi impresión es que, si ha de salir bien, hallaremos la forma de seguir adelante con esta relación. No, no tengo todas las respuestas, y no, no puedo decirte cómo acabará lo nuestro. Y si hoy fuera el día en que tenías que marcharte, estaría más preocupado, pero nos quedan seis meses, y quién sabe lo que puede pasar hasta ese momento… Quizá gane varios torneos y no tenga que estar tan preocupado por el rancho, o quizás un día, mientras esté clavando un listón en la valla, descubra un tesoro enterrado. O tal vez acabemos por perder el rancho e igualmente tendré que irme a vivir a otro sitio. O quizá tú consigas un trabajo en Charlotte que te permita desplazarte hasta allí cada día y vivir aquí. No lo sé.

Luke se inclinó hacia ella, sin duda para intentar darle más fuerza a sus palabras. Después de una breve pausa, concluyó:

—Lo único de lo que estoy seguro es de que, si los dos queremos, encontraremos la forma de que lo nuestro funcione.

Sophia sabía que era la única cosa que él podía decir, pero la incertidumbre acerca de su futuro todavía le provocaba cierto desasosiego. Sin embargo, no lo expresó en voz alta. En vez de eso, se

245

acercó más a él y permitió que Luke deslizara el brazo a su alrededor y sintió la calidez de su cuerpo contra el suyo. Resopló pesadamente, deseando que, de algún modo, el tiempo pudiera detenerse, o, como mínimo, ralentizarse.

—De acuerdo —susurró ella.

Luke le besó el pelo, luego apoyó la barbilla en su coronilla.

—Te quiero, ¿sabes?

—Lo sé —susurró Sophia—. Yo también te quiero.

—Te echaré de menos cuando te vayas.

—Yo también.

—Pero me alegro mucho de que pases las Navidades con tu familia.

—Yo también.

—Quizá vaya a verte a Nueva Jersey y te dé una sorpresa.

—Lo siento, no puedes hacer eso —subrayó ella sin vacilar.

—¿Por qué no?

—No digo que no puedas ir a visitarme. Lo que digo es que ya no será una sorpresa. Acabas de echarlo a perder.

Luke se quedó unos momentos pensativo.

—Sí, supongo que he metido la pata, ¿verdad? Bueno, quizá te sorprenda si no voy a visitarte.

—Ni se te ocurra. Mis padres quieren conocerte. Nunca han conocido a un vaquero, y sé que tienen esa estúpida imagen en sus cabezas de que tú te paseas por ahí con un revólver en el cinturón y hablas con un deje gangoso.

Luke soltó una carcajada.

—Supongo que los decepcionaré.

—No, de ninguna manera, estoy segura.

Luke sonrió.

—¿Tienes algún plan para Nochevieja?

—No, creo que no. ¿Por qué?

—Pues ya lo tienes.

—Perfecto. Pero no puedes presentarte en mi casa esa noche. Tendrás que pasar un rato con mis padres.

—Pues muy bien —dijo él. A continuación, señaló hacia un rincón—. ¿Quieres ayudarme a decorar el árbol?

—¿Qué árbol?

—Lo tengo en el porche. Lo elegí ayer y lo arrastré hasta aquí. Es más bien pequeño y no muy tupido; creo que nadie lo habría comprado, pero pensé que aquí quedaría bien. Ya sabes lo que te perderás.

Ella se inclinó hacia él.

—No hace falta que me lo digas. Ya sé lo que me perderé.

Al cabo de una hora, Sophia y Luke se apartaron para admirar su trabajo.

—No ha quedado perfecto —apuntó Luke, con los brazos cruzados mientras examinaba el árbol engalanado con apenas un par de guirnaldas—. Necesita algo más.

—No podemos hacer mucho más, que digamos —reconoció Sophia, inclinándose hacia el árbol para ajustar una tira de lucecitas—. Muchas de las ramas ya están medio caídas.

—No es eso —indicó él—. Creo que… Espera un momento. Enseguida vuelvo. Sé exactamente lo que necesita. Dame un minuto…

Sophia lo vio desaparecer en la habitación; unos segundos más tarde, regresó con una caja de regalo de un tamaño mediano, adornada con un lazo. Pasó por delante de ella y dejó la caja debajo del árbol, luego volvió a ponerse a su lado.

—Mucho mejor —dictaminó él.

Ella lo miró sin pestañear.

—¿Es para mí?

—Por lo visto, sí.

—¡No es justo! ¡Yo no te he comprado nada!

—No quiero nada.

—Bueno, de todos modos, me siento fatal.

—Tranquila, ya me pagarás más tarde en especie.

Sophia lo estudió con interés.

—Sabías que diría eso, ¿verdad?

—Formaba parte de mi plan.

Ella desvió la vista hacia el regalo.

—¿Qué es?

—Ábrelo y lo sabrás —la animó él.

Sophia se acercó al árbol y cogió la caja. Era lo bastante ligera como para averiguar lo que contenía incluso antes de deshacer el lazo y levantar la tapa. Lo sacó y lo mantuvo alzado delante de sus ojos, para examinarlo con atención. De color negro y hecho de paja, estaba decorado con cuentas de collar y una cinta que mantenía en su sitio una pequeña pluma.

—¿Un sombrero vaquero?

—Un sombrero vaquero muy bonito —precisó él—. Para chicas.

247

—¿Acaso hay alguna diferencia?

—Bueno, yo no me pondría uno adornado con una pluma ni con cuentas de collar. He pensado que, como vienes tan a menudo, te irá bien tener tu propio sombrero.

Ella se inclinó para darle un beso.

—Es perfecto. Gracias.

—Feliz Navidad.

Sophia se puso el sombrero y miró a Luke con actitud coqueta.

—¿Qué tal me queda?

—Precioso —contestó él—. Pero es que tú siempre estás preciosa.

19

Luke

$\mathcal{A}$ menos de un mes para el inicio de la temporada —y con Sophia en Nueva Jersey—, Luke intensificó sus sesiones de entrenamiento. En los días anteriores a Nochebuena, no solo incrementó el tiempo de duración de su práctica sobre el toro mecánico en cinco minutos más cada día, sino que añadió ejercicios de resistencia al programa.

Nunca había sido partidario de levantar pesas, pero al margen de las tareas que desempeñaba en el rancho —últimamente consistían sobre todo en vender los últimos abetos que quedaban— procuraba escabullirse al inicio de cada hora para realizar flexiones; a veces hacía un total de cuatrocientas o quinientas al día. Por último, remataba la sesión con abdominales y otros ejercicios básicos para fortalecer el estómago y la parte inferior de la espalda. Por la noche, cuando se desplomaba en la cama, se quedaba dormido al cabo de unos segundos.

A pesar de los músculos doloridos y del cansancio, Luke constató que iba recuperando gradualmente sus destrezas. Su equilibrio estaba mejorando, y así lograba mantenerse sentado en la silla con más facilidad. Sus instintos también se iban afinando, lo que le permitía anticipar los giros y las sacudidas. En los cuatro días después de Navidad, se desplazó en coche hasta Henderson Country, donde practicó montando toros vivos. Un conocido suyo tenía las instalaciones donde podía ejercitarse. Pese a que los toros no fueran de la mejor calidad, era un entrenamiento más conveniente que practicar en el toro mecánico. Aquellos animales nunca eran predecibles, y si bien Luke llevaba casco y un chaleco acolchado, se dio cuenta de que estaba tan nervioso como en los días anteriores a competir en McLeansville, en octubre.

Se esforzaba mucho, cada vez un poco más. La temporada empezaba a mediados de enero, y necesitaba un inicio potente. Tenía que ganar o colocarse en la posición más alta posible para obtener los puntos suficientes que le permitieran clasificarse para el circuito mayor en marzo. En junio ya sería demasiado tarde.

Su madre veía lo que hacía, y poco a poco empezó de nuevo a distanciarse de él. Su rabia era patente, pero también su tristeza. Luke deseó que Sophia estuviera con ellos, aunque solo fuera para suavizar aquella creciente incomodidad. Pero, bueno, lo que de verdad deseaba era que Sophia estuviera allí, y punto. Con ella en Nueva Jersey para pasar las vacaciones navideñas con su familia, Nochebuena había sido una noche tranquila, y Navidad también había sido un día apagado. Luke no se presentó en casa de su madre hasta la hora de comer. La tensión de ella era palpable.

Luke estaba contento de haber acabado con los abetos. Aunque las ventas habían ido bien, el mes dedicado a la plantación implicaba que todo los demás trabajos se retrasaran, y el mal tiempo no ayudaba en nada. La lista de las tareas pendientes aumentaba, y eso le preocupaba, particularmente porque sabía que al año siguiente le tocaría viajar mucho. Su ausencia solo provocaría que su madre tuviera que cargar con más trabajo.

A menos, por supuesto, que empezara a ganar desde el primer torneo.

Al final, todo se reducía a eso. Pese a la venta de abetos, que permitiría que su madre añadiera siete pares de cabezas a la vaquería, los ingresos económicos no iban ni mucho menos a bastar para pagar las deudas.

Y con ese pensamiento en la cabeza, Luke se encaminó hacia el granero para practicar, contando los días que faltaban para Nochevieja, cuando por fin volvería a ver a Sophia.

Salió temprano del rancho, y llegó a Nueva Jersey apenas unos minutos antes de la hora del almuerzo. Después de pasar la tarde con los padres y las hermanas de Sophia, ni Luke ni ella habían querido enfrentarse a las multitudes de Times Square para celebrar la llegada del año nuevo. En vez de eso, disfrutaron de una cena tranquila en un modesto restaurante tailandés antes de regresar al hotel de Luke.

En las horas que siguieron a la medianoche, Sophia permaneció tumbada boca abajo mientras Luke trazaba pequeños círculos en la parte más baja de su espalda.

—Para —ordenó ella al final, moviéndose de un lado a otro para zafarse de él—. No lo conseguirás.

—¿Qué es lo que no conseguiré?

—Ya te he dicho que no puedo quedarme. Tengo toque de queda.

—Pero si tienes veintiún años —protestó él.

—Ya, pero estoy en casa de mis padres, y ellos imponen sus normas. Y que conste que han sido más que permisivos al dejar que hoy salga hasta las dos. Normalmente, he de estar de vuelta a la una.

—¿Qué pasaría si te quedaras conmigo?

—Probablemente pensarían que nos hemos acostado juntos.

—Es que nos hemos acostado juntos.

Sophia giró la cabeza para mirarlo.

—No tienen por qué saberlo. Y tampoco tengo intención de contárselo tan explícitamente.

—Pero solo estoy aquí una noche. Mañana por la tarde me marcharé.

—Lo sé, pero las normas son las normas. Además, seguro que no querrás que mis padres te cojan manía, ¿verdad? Les gustas, aunque mis hermanas me han dicho que estaban decepcionadas porque no llevabas tu sombrero vaquero.

—No quería desentonar.

—Lo has hecho muy bien. Especialmente cuando has empezado a hablar sobre el programa para la juventud rural otra vez. ¿Te has dado cuenta de que han mostrado la misma reacción que yo cuando se han enterado de que vendiste esos pobres cerditos para que acabaran en el matadero después de criarlos como animales domésticos?

—Tenía pendiente darte las gracias por sacar el tema a colación.

—De nada. —Sophia sonrió, con carita de niña traviesa—. ¿Has visto qué cara ha puesto Dalena? Pensaba que se le iban a salir los ojos de las órbitas. Por cierto, ¿qué tal está tu madre?

—Bien.

—Supongo que estará enfadada contigo, ¿no?

—Más o menos.

—Ya se le pasará.

—Eso espero.

Él se inclinó y la besó. Aunque ella le devolvió el beso, emplazó las manos en el pecho de Luke y lo apartó con suavidad.

251

—Puedes besarme todo lo que quieras, pero, de todos modos, tendrás que llevarme de vuelta a casa.

—¿No me puedo colar sigilosamente en tu habitación?

—Imposible; duermo con mis hermanas. Eso sería un poco raro, ¿no?

—De haber sabido que no te quedarías conmigo, no habría conducido tantas horas hasta aquí para verte.

—No te creo.

Él se echó a reír antes de ponerse serio otra vez.

—Te he echado de menos.

—No, no es verdad. Has estado demasiado ocupado como para echarme de menos. Cada vez que te llamaba, estabas enfrascado con alguna cosa. Entre el trabajo y los entrenos, probablemente ni te quedaba tiempo para pensar en mí.

—Te he echado de menos —repitió Luke.

—Lo sé. Yo también. —Sophia se incorporó y le acarició la cara—. Pero, lamentablemente, no nos queda más remedio que vestirnos. Recuerdas que mañana te esperamos en casa para almorzar, ¿verdad?

252

De vuelta a Carolina del Norte, Luke tomó la decisión de redoblar las horas de práctica. Quedaban menos de dos semanas para su primer rodeo de la temporada. Los dos días en Nueva Jersey le habían dado a su cuerpo la posibilidad de descansar. Hacía semanas que no se sentía tan bien. El único problema era que hacía tanto frío como en Nueva Jersey, y odiaba la gelidez en el granero. En eso estaba pensando cuando enfiló hacia allí para practicar.

Acababa de encender las luces del granero y se disponía a realizar estiramientos antes de su primer entreno sobre el toro mecánico cuando oyó que la puerta se abría con un chirrido. Se volvió justo en el momento en que su madre emergía de las sombras.

—Hola, mamá —la saludó, sorprendido.

—Hola —contestó ella. Al igual que él, iba abrigada con un anorak—. He pasado por tu casa. Al ver que no estabas, he supuesto que te encontraría aquí.

Él no dijo nada. En el silencio, su madre se encaramó al cuadrilátero acolchado; sus pies se hundían con cada nuevo paso que daba hasta que se detuvo al otro lado del toro. Inesperadamente, alargó el brazo y deslizó la mano por encima de la máquina.

—Recuerdo cuando tu padre lo trajo a casa —dijo—. Al principio esta clase de trastos causaron furor, ¿sabes? La gente quería montar en ellos por esa vieja película con John Travolta, y prácticamente todos los bares de estilo *country* tenían uno, pero, al cabo de un año o dos, el interés desapareció. Cuando uno de esos bares iba a ser derribado, tu padre preguntó si podía comprarles el toro. No le costó mucho dinero, pero de todos modos era más de lo que podíamos permitirnos en aquella época, y recuerdo que me enfadé mucho con él. Él había estado en Iowa o en Kansas, o no sé dónde, y condujo todo el trayecto de vuelta para dejar el toro mecánico antes de salir inmediatamente de nuevo hacia Texas para participar en otra serie de rodeos.

Su madre hizo una pausa antes de continuar.

—Cuando regresó de Texas se dio cuenta de que no funcionaba. Tuvo que desmontarlo y volverlo a montar prácticamente desde cero, y le llevó casi un año conseguir que se moviera tal y como él quería. Pero entonces naciste tú y ya no tardó mucho en retirarse. El toro se quedó aquí encerrado, acumulando polvo, hasta que un día te montó sobre él…, creo que tenías dos años. Yo me enfadé de nuevo, por más que el toro casi no se movía. De algún modo, sabía que acabarías por seguir los pasos de tu padre. Nunca quise que te dedicaras a la monta de toros; siempre consideré que era una forma descabellada de intentar ganarse la vida.

En su voz, Luke oyó una inusual nota de amargura.

—¿Por qué no dijiste nada?

—¿Qué querías que dijera? Estabas tan obsesionado como tu padre. A los cinco años te rompiste el brazo al montar en un becerro, pero no te importó. Te pusiste como una fiera solo porque no podrías montar durante varios meses. ¿Qué podía hacer? —Su madre no esperaba una respuesta, y suspiró—. Mucho tiempo, albergué la esperanza de que te cansaras. Probablemente era la única madre en el mundo que rezaba para que su hijo se interesara por los coches, las chicas o la música, pero nunca lo hiciste.

—También me gustan esas cosas.

—Quizá, pero montar era tu vida; era todo lo que querías hacer. Solo soñabas en montar y… —Ella entornó los ojos y los mantuvo cerrados durante unos segundos antes de continuar—: Tenías madera. Por más que lo detestara, sabía que poseías el talento, el deseo y la motivación para ser el mejor del mundo. Y yo me sentía orgullosa de ti. Pero, incluso entonces, se me partió el corazón. No porque no creyera que lo conseguirías, sino porque sabía que lo

253

arriesgarías todo con tal de alcanzar tu sueño. Y vi cómo te lesionabas una y otra vez y cómo volvías a intentarlo sin desfallecer.

Su madre apoyó todo el peso de su cuerpo en la otra pierna para cambiar de posición.

—Lo que quiero que recuerdes es que, para mí, siempre serás mi pequeño, el niño que sostuve entre mis brazos justo después de nacer.

Luke permaneció en silencio, abrumado por una vergüenza familiar.

—Dime, ¿todavía sientes que no podrías vivir sin montar? ¿Todavía ardes en deseos de ser el mejor?

Él clavó la vista en las botas antes de alzar la cabeza.

—No —admitió de mala gana.

—Ya lo suponía.

—Mamá…

—Ya sé por qué lo haces. Del mismo modo que tú sabes por qué no quiero que lo hagas. Eres mi hijo, pero no puedo detenerte, y eso también lo sé.

Luke resopló ruidosamente, consciente de la incomodidad de su madre. Llevaba escrita la resignación en la frente, como si se tratara de un tatuaje.

—¿Por qué has venido, mamá? —preguntó con suavidad—. No ha sido para decirme esto, ¿verdad?

Ella esbozó una sonrisa melancólica.

—No, de hecho he venido a ver cómo estabas, para confirmar que te encuentras bien. Y para que me cuentes cómo ha ido el viaje a Nueva Jersey.

Había algo más, y Luke lo sabía, pero decidió contestar a su pregunta y no insistir.

—El viaje ha ido estupendamente, aunque ha sido demasiado corto. Me siento como si hubiera pasado más rato en la camioneta que con Sophia.

—Probablemente sea cierto. —Ella le dio la razón—. ¿Y su familia?

—Son unas personas muy agradables. Una familia muy unida. En la mesa no paraban de reír.

Ella asintió con la cabeza.

—Eso es bueno. —Cruzó los brazos y se frotó la mangas para entrar en calor—. ¿Y Sophia?

—En plena forma.

—Ya he visto cómo la miras.

—¿Ah, sí?

—Es más que evidente lo que sientes por ella.

—¿Ah, sí? —repitió Luke.

—Eso es bueno. Sophia es especial. Me ha encantado conocerla. ¿Crees que vuestra relación tiene futuro?

Luke cambió de posición, visiblemente incómodo.

—Eso espero.

Su madre lo miró con el semblante serio.

—Entonces, probablemente, deberías decírselo.

—Ya lo he hecho.

—No —replicó su madre, sacudiendo la cabeza—. Deberías decírselo.

—¿Decirle el qué?

—Lo que los médicos nos dijeron —matizó, sin preocuparse por medir sus palabras—. Deberías decirle que, si sigues montando, probablemente dentro de un año ya no estés vivo.

20

Ira

—Cuando te paseas de noche por casa, no haces lo que dices que haces —dice Ruth de repente.

—¿Qué quieres decir? —Me sorprende oír su voz otra vez, después del largo silencio.

—No son como el diario que compusiste para mí con tus cartas. Yo podía leerlas todas de una tirada, pero tú no contemplas todas las pinturas. Hay un montón que están amontonadas en las habitaciones llenas de trastos, y hace años que no las ves. Tampoco miras las que están guardadas en las cajas de roble. Ya no tienes ni fuerza para abrir esas cajas.

Es cierto.

—Quizá debería contratar a alguien para que colgara algunos cuadros en la pared, tal como tú solías hacer —aventuro.

—Sí, pero, cuando yo lo hacía, sabía cómo combinarlos para conseguir el mayor efecto. Tú no tienes tanto gusto como yo. Simplemente harías que alguien los colgara en cualquier parte.

—Me gusta la sensación ecléctica.

—No es ecléctico. Es abigarrado e incrementa el riesgo de incendio.

Sonrío burlonamente.

—Entonces es una suerte que nadie vaya a visitarme.

—No —me contradice ella—. Eso no es bueno. Quizá parezcas tímido, pero el contacto social te fortalecía.

—Tú me fortalecías —la rectifico.

A pesar de la oscuridad reinante en el coche, veo que esboza una mueca de fastidio.

—Me refiero a tus clientes. Siempre mostraste una forma especial en el trato. Por eso conseguiste establecer una clientela leal. Y por eso la sastrería se fue a pique cuando la vendiste, porque los nuevos propietarios estaban más interesados en hacer dinero que en ofrecer un buen servicio.

Quizá Ruth tenga razón en eso, pero a veces me pregunto si las condiciones cambiantes en el mercado influyeron en su cierre. Incluso antes de que me retirara, la sastrería había ido perdiendo clientes en los últimos años. Los grandes almacenes, con una mayor selección, habían abierto sus puertas en otras zonas de Greensboro, y la gente empezaba a abandonar la ciudad para instalarse en barrios residenciales que habían ido surgiendo en la periferia, por lo que las tiendas en el centro empezaron a notar el descenso en las ventas. Previne al nuevo propietario sobre ese cambio de hábitos, pero él contestó que su intención era seguir adelante, y yo cerré el trato con la conciencia tranquila. A pesar de que la sastrería ya no era mía, sentí una fuerte punzada de remordimiento cuando me enteré de que iban a cerrarla después de más de noventa años. A los viejos comercios locales, como el que yo regentaba, les ha pasado como a los carros tirados por caballos, los látigos que usaban los cocheros y los antiguos teléfonos de disco giratorio.

—Mi trabajo no se parecía al tuyo —digo finalmente—. Nunca me apasionó de la forma en que tú adorabas tu trabajo.

—Yo tenía los veranos libres, para disfrutar de unas largas vacaciones.

Sacudo la cabeza. O más bien, imagino que lo hago.

—Era por los niños —recalco—. Tú eras su fuente de inspiración, pero ellos también te inspiraban a ti. Por más memorables que fueran nuestros veranos, al final siempre estabas ilusionada con la idea de volver a la escuela. Porque echabas de menos a los niños. Echabas de menos sus risas, su curiosidad y su forma inocente de interpretar el mundo.

Ella me mira, con las cejas alzadas.

—¿Y tú cómo lo sabes?

—Porque me lo dijiste.

257

Ruth daba clases a los niños de tercero de primaria. En su opinión, era uno de los periodos educacionales clave en la vida de un estudiante. La mayoría de los alumnos tenían ocho o nueve años, una edad que ella consideraba un momento crucial en la vida. A esa edad, los estudiantes son lo bastante mayores como para comprender conceptos que habrían sido totalmente ajenos a ellos solo un año antes, pero todavía son lo bastante jóvenes como para aceptar que los adultos los guíen con una confianza casi ciega.

También era, según Ruth, el primer año en que los chavales empezaban a diferenciarse académicamente. Algunos alumnos comenzaban a destacar, mientras que otros empezaban a fracasar; pese a que existían innumerables motivos para explicarlo, en aquella escuela en particular, en aquella época, a muchos de sus estudiantes —y a sus padres— les daba absolutamente igual. Los alumnos iban a la escuela hasta los quince años y luego abandonaban los estudios para trabajar todo el día en el rancho familiar.

Incluso para Ruth, aquel era un reto difícil de superar. Esos niños eran los que le quitaban el sueño por las noches, por los que se preocupaba de una forma obcecada, por eso dedicaba muchas horas a la planificación de sus clases, en busca de formas para captar la atención de sus alumnos y de sus padres. Hacía que plantaran semillas en tazas y que luego las etiquetaran, para animarlos a leer; hacía que los alumnos salieran a cazar bichos y que luego los identificaran por su nombre, solo para incentivar su curiosidad intelectual acerca del mundo natural. Los exámenes de matemáticas siempre incluían alguna pregunta acerca del rancho o de dinero: «Si Joe ha recogido cuatro cestas de melocotones de cada árbol, y había cinco árboles en cada fila, ¿cuántas cestas de melocotones podrá vender Joe?» O: «Si tienes doscientos dólares y compras semillas por valor de ciento veinte dólares, ¿cuánto dinero te queda?».

Se trataba de un mundo que los alumnos tomaban por importante; generalmente, conseguía captar su atención. Si bien algunos terminaron por abandonar los estudios, a veces pasaban a visitarla al cabo de unos años, para agradecerle que les hubiera enseñado a leer, a escribir y a realizar operaciones matemáticas básicas.

Ruth se sentía orgullosa de eso, y de los estudiantes que al final se graduaron y fueron a la universidad, por supuesto. Pero, de vez en cuando, le tocaba un alumno que conseguía que valorara nuevamente por qué había decidido dedicarse a la docencia. Y eso me recuerda al cuadro colgado sobre la chimenea.

—Estás pensando en Daniel McCallum —me dice Ruth.

—Sí, tu alumno favorito.

Su expresión se ilumina. Sé que puede verlo de una forma tan vívida como el primer día que lo conoció. Por entonces, ya llevaba quince años ejerciendo de maestra.

—Era un chico muy difícil —recuerda.

—Eso fue lo que me dijiste.

—Cuando llegó al colegio, era como un animalito salvaje. Llevaba los pantalones siempre sucios, y nunca estaba quieto en la silla. Cada día tenía que regañarlo por algún motivo.

—Pero le enseñaste a leer.

—Enseñé a leer a todos mis alumnos.

—Pero él era diferente.

—Sí —admite Ruth—. Era más alto y corpulento que el resto, y solía pegar a sus compañeros durante la hora del recreo; los pobres siempre iban marcados con moratones en los brazos. En mi opinión, me salieron canas por culpa de Daniel McCallum.

No he olvidado nunca cómo Ruth se quejaba de aquel chico, pero sus palabras, al igual que en este momento, siempre contenían una nota de afecto.

—Era la primera vez que iba al colegio. No comprendía las normas.

—Sabía las normas, pero al principio le importaban un comino. Solía sentarse al lado de una niña muy guapa que se llamaba Abigail, y constantemente le tiraba del pelo. Yo le decía: «No hagas eso», pero él ni caso. Al final lo castigué a sentarse en la primera fila, para poder vigilarlo en todo momento.

—Y entonces descubriste que no sabía leer ni escribir.

—Sí. —Incluso ahora, su tono muestra cierto desaliento.

—Fuiste a hablar con sus padres y te enteraste de que habían muerto. Daniel vivía con un hermanastro y la esposa de este, y ninguno de los dos quería que el chico fuera al colegio. Además, viste que los tres vivían en una chabola.

—Tú también lo sabes, porque aquel día me acompañaste hasta su casa.

Asiento con la cabeza.

—Durante el trayecto de vuelta, no abriste la boca.

—Me angustiaba pensar que en este país, tan rico, todavía hubiera gente que vivía en unas condiciones tan precarias. Y me angustiaba que ese pobre chico no tuviera a nadie en la vida que cuidara de él.

—Así que decidiste no solo enseñarle, sino que te convertiste en su tutora, tanto dentro como fuera de la escuela.

—Daniel se sentaba en la primera fila —recuerda ella—. Yo no habría sido una buena maestra si no hubiera conseguido enseñarle al menos lo más básico.

259

—Pero también sentías pena por él.

—¿Cómo no? Su vida no era fácil. Y, sin embargo, más tarde me enteré de que había muchos niños como Daniel.

—No —la contradigo—, para nosotros, solo había uno.

Daniel entró en nuestra casa por primera vez a principios de octubre. Era un chiquillo desgarbado y muy alto, de rudos modales, los propios de un ambiente campesino, y con una timidez que me sorprendió. No me estrechó la mano en aquella primera visita, ni siquiera me miró a los ojos. En lugar de eso, permaneció con las manos en los bolsillos y la vista fija en el suelo. Aunque Ruth se quedaba con él un rato después de las clases, aquella noche volvió a sentarse a la mesa de la cocina con él mientras yo me acomodaba en el comedor para escuchar la radio. Después, ella insistió en que Daniel se quedara a cenar.

Daniel no era el primer estudiante que cenaba en nuestra casa, pero fue el único que lo hizo con cierta asiduidad. Ruth alegaba que en parte se debía a su situación familiar. El hermanastro de Daniel y su esposa apenas tenían dinero para cubrir los gastos de la casa, y estaban resentidos porque el *sheriff* los había obligado a enviar a Daniel a la escuela.

La verdad era que tampoco parecía que les gustara que Daniel estuviera en la casa. El día que Ruth fue a visitarlos, encontró a la pareja sentada y fumando cigarrillos en el porche. Respondieron a sus preguntas con monosílabos e indiferencia. A la mañana siguiente, Daniel apareció en la escuela con morados en la mejilla y un ojo tan rojo como un rubí. Al ver aquella carita, a Ruth se le partió el corazón, y eso la impulsó a ayudarlo con más firmeza.

Pero no eran simplemente los maltratos lo que la angustiaban. Cuando le daba clases después de la escuela, a menudo oía los rugidos del estómago del pobre chaval. Ruth le preguntaba si tenía hambre, pero él decía que no. Al final, Daniel acabó por admitir que a veces pasaba días enteros sin probar bocado, y en un arrebato Ruth sugirió llamar al *sheriff*, pero el pequeño le suplicó que no lo hiciera, porque no tenía otro lugar adonde ir. Finalmente, lo invitó a cenar.

Después de aquella primera visita, Daniel empezó a cenar con nosotros dos o tres veces por semana. A medida que se iba sintiendo más cómodo en nuestra compañía, la timidez fue desapareciendo, reemplazada por una cortesía casi formal. Me estrechaba la mano y se dirigía a mí como «señor Levinson», y nunca se olvidaba de preguntarme por la salud de mi padre. Su seriedad me impresionaba a la vez que me entristecía, quizá porque parecía producto de su vida, tan prematuramente dura. Pero ese chaval me gustó desde el principio. De hecho, con el paso de los meses, me fui encariñando más y más con él. Ruth, por su parte, acabó por quererlo como a un hijo.

Sé que, hoy en día, se considera inapropiado usar tal expresión para describir el sentimiento de un maestro hacia un alumno, y quizás entonces también lo fuera. Pero el suyo era un amor maternal, un amor que nacía del afecto y de la preocupación, y Daniel floreció bajo el cuidado de Ruth.

Ruth no se cansaba de repetirle que creía en él, que estaba segura de que de mayor podría ser lo que quisiera. Le aseguraba que podría cambiar el mundo si se lo proponía, para convertirlo en un lugar más digno para él y para los demás, y Daniel parecía creerla. Era como si su mayor deseo fuera complacerla. Así, dejó de ser un estorbo en clase. Se esforzó mucho por ser mejor estudiante, y Ruth se sorprendió al ver con qué facilidad asimilaba los conceptos. Aunque careciera de estudios, era increíblemente inteligente. En enero, ya leía con la misma fluidez que el resto de sus compañeros. En mayo, iba casi dos años adelantado, no solo en lectura, sino en todas las otras materias. Mostraba una memoria prodigiosa; era una verdadera esponja: asimilaba todo lo que Ruth o yo le explicábamos.

Como si deseara ganarse el corazón de Ruth, mostró interés en los cuadros que adornaban las paredes de nuestra casa. Después de cenar, Ruth solía pasearse con él por las estancias y le enseñaba las pinturas de nuestra colección. Él iba de la mano de Ruth, escuchando la descripción de las obras que ella le ofrecía, mientras sus ojos iban de los cuadros a su cara y otra vez a los cuadros. Al final, acabó por saber los nombres de todos los artistas, así como sus estilos. Por eso supe que Daniel había acabado por querer tanto a Ruth como ella a él.

En una ocasión, Ruth me pidió que les tomara una foto a los dos juntos. Cuando se la regaló, el chico la tuvo el resto de la tarde entre las manos. Unos meses más tarde, lo pillé un día contemplando esa misma foto con cara de fascinación. Cada vez que Ruth lo acompañaba hasta su casa, él jamás se olvidaba de darle las gracias. El último día de escuela, antes de que se alejara para jugar con sus amigos, le dijo que la quería mucho.

261

Por entonces, a Ruth ya se le había ocurrido la idea de preguntarle a Daniel si quería vivir con nosotros de forma permanente. Hablamos sobre el asunto, y la verdad es que a mí no me habría importado. Daniel era un encanto, y así se lo dije a Ruth. Al final del año escolar, todavía no estaba segura de cómo sacar el tema a colación. No estaba segura de si Daniel aceptaría, de si, en realidad, querría vivir con nosotros, ni tampoco sabía cómo sugerírselo al hermanastro de Daniel. No había garantías de que la ley nos amparara. Ruth no dijo nada el último día de clase. En vez de eso, decidió posponer el asunto hasta que regresáramos de las vacaciones. Durante nuestros viajes aquel verano, Ruth y yo hablamos de Daniel a menudo.

Decidimos hacer todo lo que estuviera en nuestras manos para lograr que la adopción fuera un hecho. Cuando finalmente regresamos a Greensboro, sin embargo, encontramos la chabola vacía; por lo visto, llevaba varias semanas abandonada. Daniel no regresó al colegio en agosto, ni nadie pasó a buscar sus notas. Nadie parecía conocer su paradero ni qué había sucedido con la familia.

Los estudiantes y el resto de los maestros pronto se olvidaron de él, pero para Ruth fue diferente. Se pasó semanas llorando cuando se enteró de que no solo se había ido, sino que posiblemente nunca más volvería a verlo. Insistió en visitar los ranchos de la zona, con la esperanza de que alguien pudiera darle alguna pista de la familia.

En casa, examinaba con desmedida atención el correo, a la espera de recibir una carta de él; no pudo ocultar su decepción cuando, día tras día, no llegaba ninguna. Daniel había llenado un espacio vacío en Ruth que yo no podía llenar, algo que le faltaba a nuestro matrimonio. Aquel año, se había convertido en el hijo que ella siempre había anhelado, el hijo que yo jamás le daría.

Me encantaría decir que Ruth y Daniel volvieron a encontrarse, que, unos años después, él contactó con ella, aunque solo fuera para informarla de lo que hacía. Ella pensó mucho en él, pero, con el paso del tiempo, empezó a mencionar su nombre cada vez con menor frecuencia, hasta que al final dejó de hablar de él.

Pese a ello, sabía que Ruth jamás lo olvidaría y que una parte de ella nunca dejaría de buscarlo. Era a Daniel a quien ella buscaba cuando conducíamos por las solitarias carreteras del condado y pasábamos por delante de ranchos ruinosos; era a Daniel a quien ella esperaba ver cuando regresaba al colegio después de los veranos que pasábamos en estudios y galerías de arte lejanos.

Una vez, le pareció verlo en las calles de Greensboro durante un desfile el Día de los Veteranos, pero cuando conseguimos abrirnos paso entre el hervidero de gente, ya había desaparecido, si es que en realidad había estado allí.

Después de Daniel, no volvimos a invitar a ningún alumno a nuestra casa.

Dentro del coche, el frío glacial me cala los huesos, como resultado de haber abierto la ventanilla. El hielo reluce sobre el salpicadero; cada vez que respiro, se forma una nube de vapor delante de mis labios. Aunque ya no tengo sed, mi garganta y mi estómago siguen congelados por la nieve. El frío se ha instalado dentro y fuera de mí, por todas partes y no puedo dejar de temblar.

A mi lado, Ruth mantiene la vista fija en la ventana. Me doy cuenta de que puedo ver la luz de las estrellas a través del parabrisas. La nieve no se ha fundido todavía, pero la luna le confiere un brillo plateado sobre los árboles, por lo que puedo deducir que lo peor de la tempestad ya ha pasado. Esta noche, la nieve que cubre el coche formará una capa congelada, pero o mañana o pasado mañana, la temperatura subirá y el mundo se zafará del abrazo blanco del invierno a medida que la nieve empiece a fundirse.

Eso es bueno y malo a la vez. Mi coche será visible desde la carretera, lo cual es bueno, pero yo necesito nieve para sobrevivir, y, dentro uno o dos días, se habrá fundido toda.

—De momento te encuentras bien —apunta Ruth—. No te preocupes por mañana hasta que tengas que hacerlo.

—Para ti es fácil decirlo —refunfuño—. Yo soy el que está atrapado aquí dentro.

—Ya, pero es por tu culpa. No deberías haber conducido —me reprende, tajante.

—¿Ya estamos otra vez?

Ella se gira hacia mí con una mueca desabrida. Ahora tiene cuarenta y pocos años, y luce una melena corta. Lleva un vestido de líneas sencillas y de un rojo intenso, que era su color preferido, con unos botones exageradamente grandes y unos elegantes bolsillos. Como otras muchas mujeres en los años sesenta, Ruth era una admiradora de Jacqueline Kennedy.

—Has sido tú quien ha sacado el tema.

—Solo buscaba un poco de consuelo.

—Ya te estás quejando otra vez. Con los años te has vuelto

263

muy quejica; como con el vecino que taló el árbol, y con la chica en la gasolinera que pensó que eras invisible.

—No me estaba quejando, simplemente era una observación; es diferente.

—No deberías quejarte; no resulta atractivo.

—Hace años que ya no resulto atractivo.

—Te equivocas —rebate ella—. Tu corazón todavía es hermoso, tus ojos todavía son bondadosos, y eres un hombre bueno y honesto. Con eso basta para ser atractivo toda la vida.

—¿Estás flirteando conmigo?

Ruth enarca una ceja.

—No lo sé, ¿a ti qué te parece?

Está flirteando, lo sé. Y por primera vez desde el accidente, aunque solo sea por un momento, siento que me invade una sensación de calidez.

«Es extraño las vueltas que da la vida», pienso. Los momentos clave, combinados con decisiones y acciones conscientes, y con una buena dosis de esperanza, pueden arrastrarte a un futuro que parece predestinado.

Uno de esos momentos sucedió cuando conocí a Ruth. No mentía cuando le dije que, en aquel instante, supe que un día nos casaríamos.

Sin embargo, la experiencia me ha enseñado que el destino es a veces cruel, y que incluso en ocasiones no basta con una buena dosis de esperanza. Para Ruth, eso quedó claro cuando Daniel entró en nuestras vidas. Por entonces, ella tenía cuarenta años; yo era un poco mayor. Esa era otra razón por la que Ruth no podía dejar de llorar tras la marcha de Daniel. Por entonces, todo era un poco diferente: ambos sabíamos que ya éramos demasiado mayores para adoptar un niño. Cuando Daniel desapareció de nuestras vidas, no pude dejar de concluir que el destino había conspirado contra ella una última vez.

Aunque Ruth sabía lo de las paperas y, pese a ello, se había casado conmigo, supe que siempre había albergado la esperanza secreta de que el médico se hubiera equivocado. No existía ninguna prueba definitiva, después de todo, y admito que yo también albergaba cierta esperanza. Pero como estaba tan enamorado de mi esposa, la idea no me quitaba el sueño. En nuestro primer año de casados, hacíamos el amor a menudo, y si bien Ruth recordaba cada mes el sacrificio que había hecho al casarse conmigo, al principio no se mostró impaciente. Creo que ella creía que solo con su profundo deseo de tener un hijo, tarde o temprano sucedería el milagro. Su fe no expresada en palabras era que ya llegaría nuestro momento, y por eso creo que nunca hablamos de la posibilidad de adoptar.

Fue un error. Lo sé, pero entonces no lo sabía. Los años cincuenta llegaron y pasaron, y nuestra casa empezó a llenarse de arte. Ruth comenzó a dar clases en la escuela y yo estaba muy ocupado con la sastrería. Y, a pesar de que los años pasaban, ella todavía conservaba cierta esperanza. Y entonces, como una respuesta durante tanto tiempo esperada a su plegaria, llegó Daniel. Y se convirtió primero en su alumno y luego en el hijo que ella siempre había deseado. Pero cuando aquella ilusión se desvaneció tan súbitamente, solo le quedé yo. Y eso no era suficiente.

Los siguientes años fueron duros para ambos. Ella me echaba la culpa, y yo también me culpaba a mí mismo. Los prístinos cielos de nuestro matrimonio se tornaron grises y tormentosos, y luego melancólicos y fríos. Las conversaciones eran forzadas, y empezamos a pelearnos por primera vez. A veces parecía que le costara permanecer en la misma habitación que yo. Ruth pasaba muchos fines de semana en casa de sus padres, en Durham —su padre estaba cada vez más delicado de salud— y en ocasiones no hablábamos durante días.

Por la noche, el espacio que nos separaba en la cama parecía abismal, como un océano que ni ella ni yo pudiéramos atravesar a nado. Ruth no quería hacerlo, y yo tenía mucho miedo de intentarlo, y continuamos separándonos más y más. Hubo incluso una época en la que ella se planteó si quería seguir casada conmigo. Por las noches, después de que se hubiera acostado, me quedaba sentado en el comedor, deseando ser otra persona, la clase de hombre capaz de haberle dado lo que ella quería.

Pero no podía. Estaba destrozado. La guerra me había arrebatado la única cosa que ella había querido en la vida. Sentía pena por Ruth y rabia hacia mí mismo, y detestaba que eso nos estuviera pasando a nosotros. Habría hecho cualquier cosa con tal de verla feliz de nuevo, pero no sabía cómo conseguirlo, y mientras los grillos cantaban en las cálidas noches de otoño, yo me llevaba las manos a la cara y lloraba sin parar, desconsoladamente.

265

Y

—Nunca te habría dejado —me asegura Ruth—. Siento mucho haberte tratado así.

Sus palabras están cargadas de arrepentimiento.

—Pero consideraste la posibilidad.

—Sí —admite—, pero no de la forma que tú crees. No era una idea seria. A todas las mujeres casadas se les pasa esa idea por la cabeza alguna vez. Y a los hombres también.

—Yo jamás me lo planteé.

—Lo sé —dice ella—, pero tú eres diferente.

Sonríe, alarga el brazo y me coge la mano. A continuación, me acaricia los nudillos y los huesos.

—Una vez te vi, en el comedor.

—Lo sé.

—¿Recuerdas lo que pasó después?

—Te acercaste a mí y me abrazaste.

—Era la primera vez que te veía llorar desde aquella noche en el parque, después de la guerra. Me asusté mucho. No sabía qué te pasaba.

—Era por nosotros —confieso—. No sabía qué hacer. No sabía cómo hacerte feliz de nuevo.

—Pero tú no podías hacer nada —aduce ella.

—Estabas tan... enfadada conmigo.

—Estaba triste, que es distinto.

—¿Acaso importa? De una forma u otra, tú eras desdichada conmigo.

Ruth me estruja la mano con ternura, y siento su piel, suave, contra la mía.

—Eres un hombre inteligente, Ira, pero a veces creo que no comprendes muy bien a las mujeres.

He de admitir que en eso tiene razón.

—Me quedé devastada cuando Daniel desapareció. Me habría encantado que él formara parte de nuestras vidas. Y sí, me entristecía no haber tenido hijos. Pero también estaba triste porque se me estaba pasando el arroz, aunque para ti eso no tenga sentido. A los treinta años no me importaba, ya que por primera vez en mi vida sentía que era una mujer adulta. Pero, para las mujeres, superar la barrera de los cuarenta no siempre resulta tan fácil.

Ruth hace una pausa para tomar aliento.

—El día de mi cumpleaños, sin poderlo evitar pensé que ya había vivido la mitad de mi vida. Cuando me miraba al espejo, ya no era una jovencita quien me devolvía la mirada. Era un pensamiento fútil, lo sé, pero me deprimía. Y mis padres también envejecían; por eso iba a visitarlos a menudo. En esa época, mi padre se había jubilado y tenía problemas de salud, ya lo sabes. A mi madre le costaba ocuparse de él. En otras palabras, no había nada que ayudara a levantarme el ánimo. Aunque Daniel se hubiera quedado con nosotros, igualmente habrían sido unos años duros.

Reflexiono acerca de lo que acaba de decir. Ya me había contado eso mismo antes, pero a veces me pregunto si es totalmente sincera.

—Para mí fue muy importante tu muestra de apoyo aquella noche.

—¿Qué más podía hacer?

—Podrías haber dado media vuelta y regresar a la habitación.

—No, no podría haberlo hecho. Me partió el corazón verte en aquel estado.

—Me besaste hasta que dejé de llorar.

—Sí.

—Y después nos abrazamos en la cama. Era la primera vez desde hacía mucho tiempo.

—Sí —repite.

—Y la situación empezó a mejorar entre nosotros.

—Ya tocaba. —Suspira—. Estaba cansada de tanta tristeza.

—Y sabías que yo te seguía queriendo muchísimo.

—Sí —admite—. Siempre lo supe.

En 1964, en nuestro viaje a Nueva York, Ruth y yo vivimos una especie de segunda luna de miel. No lo habíamos planeado, ni tampoco hicimos nada extraordinario; fue más como una especie de celebración diaria que marcaba que, en cierto modo, habíamos superado lo peor. Paseamos por las galerías de arte cogidos de la mano y empezamos a reír de nuevo. Su sonrisa no ha sido nunca tan contagiosa como aquel verano. Fue también el verano de Andy Warhol.

Su arte, tan comercial y a la vez tan original, no me atraía. No le veía el sentido a un cuadro de latas de sopa. Ruth tampoco, pero quedó encantada con él cuando se lo presentaron. Creo que fue la única ocasión en que compró algo simplemente por la arrolladora personalidad del artista.

Intuyó que se convertiría en un creador que definiría los años

267

sesenta, y compramos cuatro litografías originales. Por entonces, su obra ya era considerada cara —todo es relativo, por supuesto, especialmente si consideramos su valor en la actualidad—, y después de la adquisición, nos quedamos sin dinero. Tras solo una semana en el norte, regresamos a Carolina del Norte y nos fuimos a los Outer Banks, donde alquilamos una casita cerca de la playa. Aquel verano, Ruth se puso un biquini por primera vez, aunque se negaba a lucirlo en ningún otro sitio que no fuera el porche trasero, con la barandilla envuelta con toallas para evitar que alguien pudiera verla.

Después de nuestra estancia en la playa, pasamos por Ashevile, como siempre. Le leí la carta que había escrito mientras estábamos de pie junto al lago, y los años siguieron pasando. Lyndon Johnson fue elegido presidente y aprobaron las leyes de los derechos civiles. La guerra en Vietnam tomaba impulso, mientras que en Estados Unidos se empezaba a oír hablar mucho sobre la lucha contra la pobreza. Los Beatles causaban furor y las mujeres se convirtieron en una fuerza de trabajo masiva.

Ruth y yo éramos plenamente conscientes de todo aquello, pero lo que más nos importaba era la vida en nuestra casa. Vivíamos como siempre lo habíamos hecho, los dos trabajábamos y en verano coleccionábamos obras de arte, desayunábamos en la cocina y compartíamos las anécdotas del día durante la cena. Compramos cuadros de Victor Vasarely y Arnold Schmidt, Frank Stella y Ellsworth Kelly. Nos gustaba la obra de Julian Stanczak y Richard Anuszkiewicz, y también adquiríamos pinturas de esos dos artistas. Además, nunca olvidaré la expresión de Ruth cuando eligió cada una de esas obras.

Fue alrededor de esa época cuando empezamos a utilizar la cámara de fotos. Hasta ese momento, aunque parezca extraño, nunca había sido una prioridad para nosotros. A lo largo de nuestras vidas, solo llegamos a llenar cuatro álbumes. Pero para mí son suficientes. Paso las páginas y veo cómo Ruth y yo vamos cumpliendo años. Hay una foto que Ruth me hizo en mi cincuenta aniversario, en 1970, y otra de ella en 1972, cuando celebró la misma efemérides. En 1973, alquilamos la primera de las cámaras en el almacén, para guardar parte de nuestra colección. En 1975, nos embarcamos en el QE2 rumbo a Inglaterra. Incluso entonces, no podía imaginar subir de nuevo a un avión.

Pasamos tres días en Londres y otros dos en París antes de subir a un tren con destino a Viena, donde pasamos las siguientes dos semanas. A Ruth, regresar a la ciudad que antaño había sido su hogar le provocaba nostalgia y dolor a la vez. Aunque normalmente yo podía discernir cómo se sentía, pasé gran parte de ese tiempo preguntándome qué podía decir.

En 1976, Jimmy Carter fue elegido presidente, después de Gerald Ford, quien a su vez había reemplazado a Richard Nixon. La economía estaba por los suelos y había largas colas en las gasolineras. Sin embargo, Ruth y yo apenas prestábamos atención a esos cambios, ya que nos enamoramos de un nuevo movimiento de arte llamado «abstraccionismo lírico», que tenía sus raíces tanto en Pollock como en Rothko.

Aquel año —fue cuando Ruth dejó de teñirse el pelo— celebramos nuestro trigésimo aniversario de boda. Pese a que nos costó una pequeña fortuna y tuve que pedir un préstamo, le regalé los únicos cuadros que he comprado yo solo en toda mi vida: dos pequeños Picassos, uno del periodo azul y otro del rosa. Aquella noche, ella los colgó en la habitación, y, después de hacer el amor, nos quedamos tumbados en la cama, contemplándolos durante horas.

En 1977, como tenía poco trabajo en la sastrería, empecé a construir pajareras en mi tiempo libre con kits que compraba en la tienda de bricolaje. Esta fase no duró demasiado, quizá tres o cuatro años, pero mis manos estaban cada vez más torpes y al final terminé por dejarlo, justo cuando empezaba la era Reagan.

269

Si bien la prensa anunciaba que el endeudamiento no era un problema para el país, acabé de pagar el préstamo que había solicitado para comprar los Picassos, por si acaso. Ruth se torció el tobillo y pasó un mes con muletas. En 1985, vendí la sastrería y empecé a cobrar la pensión; en 1987, después de cuarenta años dando clases, Ruth también se jubiló. La escuela y el barrio organizaron una fiesta en su honor. Durante toda la etapa dedicada a la docencia, fue nombrada «maestra del año» en tres ocasiones. Y en ese periodo, mi cabello pasó de negro a gris y luego a blanco, haciéndose más ralo con cada año que pasaba. Las arrugas en nuestras caras se volvieron más profundas, y ambos nos dimos cuenta de que ya no podíamos ver ni de cerca ni de lejos sin gafas.

En 1990, cumplí setenta años. En 1996, para nuestras bodas de oro, le regalé a Ruth la carta más larga que jamás había escrito. Ella la leyó en voz alta y, cuando lo hizo, me di cuenta de que apenas podía oírla. Al cabo de dos semanas, me colocaron un audífono, que acepté con resignación.

Envejecía irremediablemente. Aunque Ruth y yo jamás volvimos a experimentar una etapa tan oscura en nuestro matrimonio como tras la desaparición de Daniel, las cosas no siempre fueron fáciles.

Su padre murió en 1966. Y un par de años después fue su madre la que falleció, a causa de un derrame cerebral. En los años setenta, Ruth descubrió un bulto en su pecho, y hasta que no le hicieron la biopsia y el resultado salió negativo, temió que fuera cáncer. Mis padres fallecieron con un año de diferencia el uno del otro a finales de los ochenta. Ruth y yo permanecimos de pie frente a sus tumbas, en actitud solemne: éramos los últimos supervivientes de nuestras respectivas familias.

Yo no podía prever el futuro, pero ¿quién puede hacerlo? No sé qué esperaba de los años que nos quedaban por vivir juntos. Suponía que continuaríamos tal como lo habíamos hecho hasta entonces, ya que era la única vida que yo había conocido. Quizá viajaríamos menos —cada vez nos costaba más, incluso caminar mucho rato seguido suponía un esfuerzo—, pero, aparte de eso, no habría ninguna otra diferencia.

270 No teníamos hijos ni nietos a los que visitar, ni tampoco ningún viaje urgente que hacer fuera del país. Ruth empezó a dedicar más tiempo al jardín y yo empecé a dar de comer a las palomas. Comenzamos a tomar vitaminas, y los dos perdimos el apetito. Supongo que debería haber tenido presente que, en nuestras bodas de oro, Ruth ya había sobrevivido a sus padres, pero yo tenía miedo de considerar lo que aquella idea podía implicar. No podía imaginar mi vida sin ella, pero el Señor tenía otros planes.

En 1998, Ruth sufrió un ataque de apoplejía, como su madre. Le afectó la parte izquierda del cuerpo. Aunque todavía era capaz de moverse por la casa, nuestros días de coleccionismo tocaron a su fin y nunca más volvimos a comprar ninguna obra de arte. Al cabo de dos años, en una fría mañana de primavera, mientras estábamos sentados en la cocina, se le quebró la voz en mitad de una frase, incapaz de completar su pensamiento. Supe que había sufrido otro ataque. Estuvo tres días hospitalizada. Le hicieron un sinfín de pruebas, y, aunque regresó a casa, ya nunca más pudimos mantener una conversación en la que las palabras fluyeran libremente.

El lado izquierdo de su cara perdió aún más flexibilidad, y empezó a olvidar palabras de lo más comunes. Estos problemas la angustiaban más que a mí; yo seguía viéndola tan hermosa como el primer día. No cabía duda de que yo ya no era el hombre que había sido. Mi cara estaba arrugada y enjuta. Cuando me miraba al espejo, el tamaño de mis orejas nunca cesaba de asombrarme.

Nuestras rutinas se simplificaron incluso más; un día llevaba al otro, sin más. Por la mañana le preparaba el desayuno, y comíamos juntos mientras ojeábamos la prensa; después, nos sentábamos en el jardín y dábamos de comer a las palomas. A última hora de la mañana echábamos una cabezada, y pasábamos el resto del día leyendo o escuchando música, o íbamos al supermercado. Una vez a la semana, la llevaba a la peluquería para que una peluquera le lavara y le peinara el cabello, algo que sabía que la hacía feliz. Cada agosto, me pasaba las horas en mi escritorio componiendo una carta para mi esposa, y en nuestro aniversario la llevaba en coche hasta Black Mountain, donde, de pie junto al lago, tal como siempre habíamos hecho, ella leía las palabras que yo había escrito.

A esas alturas de nuestras vidas, hacía ya mucho tiempo que las aventuras habían quedado atrás, pero yo estaba satisfecho, ya que nuestro viaje más largo seguía su curso. Incluso entonces, mientras yacíamos en la cama, estrechaba a Ruth entre mis brazos y rezaba, egoísta, para que fuera yo el primero en morir, porque incluso entonces ya podía intuir lo inevitable.

En la primavera de 2002, una semana después de que las azaleas en el jardín hubieran florecido esplendorosamente, pasamos nuestra mañana como siempre, y por la tarde planeamos salir a cenar el viernes. Era algo que no solíamos hacer, pero los dos estábamos de humor. Recuerdo que llamé al restaurante para reservar mesa a primera hora. Por la tarde salimos a dar un paseo. No muy largo, justo hasta el final del bloque; luego dimos media vuelta.

Pese a que corría una agradable brisa, Ruth no pareció notarla. Hablamos brevemente con uno de nuestros vecinos —no el cascarrabias que taló el árbol, otro—, y después regresamos a casa, satisfechos con lo que hasta ese momento había sido un día relativamente normal.

Ruth no me dijo nada acerca de la jaqueca, pero a última hora de la tarde, antes de que nos preparásemos para salir a cenar, ella enfiló despacio hacia la habitación. En ese momento no le di importancia; yo estaba leyendo en el sillón reclinable y debí quedarme adormilado unos minutos. Cuando desperté, Ruth todavía no había vuelto. La llamé.

Al ver que no contestaba, me levanté del sillón. Volví a llamarla mientras recorría el pasillo. Cuando la vi tendida en el suelo cerca de la cama, el corazón me dio un vuelco. Inmediatamente pensé que había sufrido otra parálisis, pero era peor. Mientras intentaba reanimarla con el boca a boca, noté que me iba encogiendo de pánico.

La ambulancia llegó al cabo de unos minutos. Primero los oí llamar a la puerta; luego empezaron a aporrearla. En esos momentos, sostenía a Ruth entre mis brazos y no quería separarme de ella. Los oí entrar y llamar a voz en grito. Entonces les contesté. Llegaron corriendo a la habitación, donde encontraron a un anciano abrazando a la única mujer de su vida.

Fueron muy amables y me hablaron con voz suave mientras uno de ellos me ayudaba a ponerme de pie y el otro se encargaba de Ruth. Les supliqué que la ayudaran, intentando sonsacarles una promesa de que se recuperaría. Le pusieron una mascarilla de oxígeno y la colocaron en la camilla de la ambulancia; a mí me permitieron instalarme a su lado mientras la llevaban a gran velocidad hasta el hospital.

Cuando el médico salió para hablar conmigo en la sala de espera, lo hizo con mucha delicadeza. Me cogió del brazo mientras recorríamos el pasillo. Las baldosas eran grises y los tubos fluorescentes me lastimaban la vista. Le pregunté si mi esposa estaba bien; le pregunté cuándo podría verla. Pero él no contestó. En lugar de eso, me acompañó hasta una habitación vacía y cerró la puerta detrás de mí. Su expresión era muy seria. Cuando desvió la mirada hacia el suelo, supe exactamente lo que me iba a decir.

—Siento tener que darle malas noticias, señor Levinson, pero no hemos podido hacer nada...

Al oír aquellas palabras, me agarré a la barandilla de la cama para no caerme. La habitación pareció encogerse a medida que el médico hablaba. Mi visión se fue volviendo telescópica hasta que no pude ver nada más que su cara. Sus palabras sonaban metálicas y carecían de sentido, pero eso no importaba. Su expresión era franca. Yo había reaccionado demasiado tarde. Ruth, mi querida Ruth, había muerto en el suelo mientras yo dormitaba en la otra estancia.

No recuerdo cómo abandoné el hospital. Los siguientes días se me antojan borrosos. Mi abogado, Howie Sanders, un preciado amigo tanto de Ruth como mío, me ayudó con los preparativos del funeral, un servicio privado y con poca gente. Después, encendieron las velas, esparcieron cojines por toda la casa, y yo guardé la shivá durante una semana.

La gente entraba y salía, personas que hacía años que conocíamos. Vecinos —incluido el que había talado el arce—, clientes de la sastrería, tres propietarios de galerías de arte de Nueva York y media docena de artistas. Cada día se acercaban varias mujeres de la sinagoga para cocinar y limpiar. En todos esos días, no dejé de desear poder despertarme de aquella pesadilla en que se había convertido mi vida.

Gradualmente, la gente dejó de pasar por casa, hasta que ya no quedó nadie. No había nadie a quien llamar, nadie con quien hablar, y la casa quedó sumida en un silencio absoluto. Yo no sabía cómo vivir así, y el tiempo se volvió implacable. Los días pasaban despacio; no podía concentrarme. Leía el periódico y luego no recordaba nada de lo que había leído. Me pasaba horas sentado antes de darme cuenta de que había dejado la radio encendida en el porche. Incluso los pájaros no conseguían levantarme el ánimo; los miraba fijamente y me decía a mí mismo que Ruth debería haber estado allí sentada, a mi lado, que deberíamos de rozarnos las manos cada vez que cogíamos la bolsa con alpiste.

Nada tenía sentido, ni yo quería encontrárselo. Pasaba los días en la letárgica agonía de una depresión. Las noches eran aún peor. De madrugada, mientras permanecía tumbado en la cama medio vacía incapaz de conciliar el sueño, notaba la humedad que empapaba poco a poco mis mejillas. Me secaba los ojos y, de repente, volvía a quedarme paralizado ante la definitiva ausencia de Ruth.

273

21

Luke

*T*odo se remontaba a la embestida de *Big Ugly Critter.*

Aquel toro que le provocaba pesadillas, el que lo había mantenido apartado de los rodeos durante dieciocho meses.

A Sophia le había contado algo de lo que había pasado y un poco acerca de las lesiones que había sufrido. Pero no todo. De pie en el granero, después de que su madre lo dejara solo de nuevo, Luke se recostó sobre el toro mecánico y revivió el pasado que había intentado olvidar.

Ocho días antes de que fuera consciente de lo que había sucedido. Aunque sabía que se había lesionado y, a base de esfuerzo había conseguido recordar vagamente aquel aparatoso accidente, no tenía ni idea de que había estado tan cerca de la muerte. Luke no sabía que, además de fracturarse el cráneo, el toro le había aplastado la vértebra C1 y que se le había formado un gran coágulo de sangre en el cerebro.

No le había contado a Sophia que los médicos no le habían recompuesto los huesos en la cara hasta casi un mes después, por temor a causarle un trauma adicional. Tampoco le había mencionado que le habían dicho que nunca se recuperaría por completo de la lesión en la cabeza, y que en una sección de su cráneo le habían insertado una pequeña placa de titanio. Los médicos le dijeron que otro impacto en la cabeza, aunque no fuera muy fuerte, con o sin casco, probablemente lo mataría. La placa que le habían colocado en su cráneo roto estaba demasiado cerca del bulbo raquídeo como para protegerlo de forma adecuada.

En su primera charla con los médicos, Luke no preguntó tanto como era de esperar. En ese momento decidió dejar de montar, y se dijo a sí mismo que no cambiaría de opinión. Sabía que echaría de menos los rodeos y que probablemente se preguntaría el resto de su vida qué se siente al ganar el campeonato, pero no deseaba jugar con la muerte. Además, en ese momento, pensaba que todavía tenía mucho dinero en el banco.

Y lo tenía, aunque no era suficiente. Su madre había hipotecado el rancho para que le concedieran el préstamo necesario para cubrir los gastos de las monumentales facturas médicas. Aunque ella le había dicho muchas veces que le importaba un comino lo que pasara con el rancho, en el fondo Luke sabía que sí que le importaba. El rancho era su vida, todo lo que tenía. Y el modo en que había actuado desde el accidente confirmaba lo que sentía por aquel rancho. El año anterior, su madre había trabajado hasta llegar al puro agotamiento para intentar evitar lo inevitable. Por más que ella dijera lo contrario, Luke sabía la verdad…

Él podía salvar el rancho. No, no ganaría suficiente dinero en un año —ni siquiera en tres— para liquidar el préstamo, pero era un jinete lo bastante hábil como para ir amortizándolo con las cuotas mensuales, incluso si competía solo en el circuito menor.

Admiraba los esfuerzos de su madre con los abetos en Navidad, las calabazas en Halloween y el intento de agrandar la vaquería, pero los dos sabían que con eso no bastaba. Luke había oído bastante acerca del costoso mantenimiento de eso o lo otro como para saber que la situación era complicada incluso en los mejores tiempos.

¿Qué se suponía que tenía que hacer? O bien fingía que todo iba a salir bien —lo cual no era posible—, o bien tenía que hallar el modo de solucionar el problema, y sabía perfectamente cómo arreglarlo: lo único que tenía que hacer era competir con la idea de ganar.

Pero aunque le fuera bien en el circuito, podía morir.

Era muy consciente de los riesgos. Por eso le temblaban las manos cada vez que se preparaba para montar. No era que estuviera anquilosado ni que lo devoraran los nervios habituales previos a la prueba; era el hecho de que, cuando usaba el pretal suicida para mantenerse sobre el toro, no podía evitar preguntarse si aquella sería la última vez que montaría.

No era posible montar con esa clase de miedo. A menos, por supuesto, que hubiera mucho en juego; y lo que estaba en juego era, nada menos, que el rancho y la vida de su madre. No iba a perder el rancho por su culpa.

Sacudió la cabeza. No debía pensar en esas cosas. Ya le resultaba bastante difícil conseguir la suficiente confianza para siquiera competir. No quería pensar en que no era capaz de montar.

Y que podía morir en el proceso…

Luke no le había mentido al médico cuando le dijo que estaba preparado para abandonar el circuito. Sabía lo que esa clase de vida podía reportarle a un hombre; había visto cómo su padre torcía el gesto por las mañanas a causa del dolor, y él también había experimentado los mismos problemas. Se había entrenado a fondo y había dado lo mejor de sí, pero no había funcionado. Y hasta dieciocho meses atrás, eso no le había importado.

Pero, en aquel momento, de pie junto al toro mecánico, sabía que no le quedaba otra alternativa. Se puso los guantes, aspiró hondo y se encaramó al toro. Colgarse de un cuerno exigía un gran control. Se aferró a uno con la mano libre. Pero quizá porque la temporada ya estaba cerca, o quizá porque no le había contado toda la verdad a Sophia, no podía apretar el botón. Por lo menos, todavía no.

Se dijo que sabía lo que pasaría, e intentó convencerse de que estaba preparado. Pasase lo que pasase, estaba listo para montar, se estaba preparando para montar. Era un jinete; eso era lo que había hecho desde que tenía uso de razón, y volvería a hacerlo. Montaría, porque se le daba bien montar, y de ese modo se solucionarían todos los problemas…

Pero con una mala caída podía morir…

De repente, le empezaron a temblar las manos. Procuró calmarse —no sin esfuerzo— y finalmente pulsó el botón.

De vuelta de Nueva Jersey, Sophia se desvió para pasar por el rancho antes de ir al campus. Luke la estaba esperando y había puesto en orden tanto la casa como el porche, por si ella le visitaba.

Ya había oscurecido cuando el coche se detuvo delante de la cabaña. Él bajó los peldaños del porche de un salto, preguntándose si algo habría cambiado entre ellos. Sus temores se disiparon tan pronto como ella se apeó del auto y corrió a su encuentro.

Luke la abrazó cuando ella saltó sobre él y enredaba las piernas alrededor de su cintura. Allí, abrazados, se alegró de verla tan guapa. Una vez más, estuvo seguro de cuánto la quería y se preguntó qué les depararía el futuro.

Y

Aquella noche hicieron el amor, pero Sophia no podía quedarse en la cabaña. A la mañana siguiente empezaba el nuevo semestre y tenía clase a primera hora. Cuando las luces traseras de su coche desaparecieron en la carretera, Luke se dio la vuelta y enfiló hacia el granero para una última sesión de práctica. No estaba de humor, pero, a tan solo dos semanas del inicio de la competición, se dijo que todavía le quedaba mucho trabajo por hacer.

De camino al granero, tomó la decisión de acortar el entreno más de lo normal. No estaría más de una hora. Se sentía cansado, hacía frío y echaba de menos la presencia de Sophia.

En el granero, realizó un rápido calentamiento y saltó sobre el toro. Al reconstruir el mecanismo, su padre lo había modificado para que las prácticas fueran más intensas y el toro pudiera alcanzar más velocidad; además, había manipulado el botón de control para que Luke pudiera sostenerlo con la mano libre. Por la fuerza de la costumbre, él mantenía el puño a medio cerrar cuando montaba toros vivos, pero hasta ese momento nadie le había preguntado por qué lo hacía o, probablemente, nadie había reparado en el gesto.

277

Cuando estuvo listo, puso el mecanismo en marcha a una velocidad baja-media, de nuevo solo lo bastante como para ir calentando la musculatura. Después incrementó la velocidad un poco más, y por último pulsó el botón hasta alcanzar la velocidad media-alta. En sus sesiones de práctica, montaba dieciséis segundos, exactamente el doble del tiempo obligatorio en la competición. Su padre había calibrado la máquina para establecer esas pautas más largas, alegando que de ese modo le resultaría más fácil montar en los rodeos. Y quizá fuera verdad. No obstante, el ejercicio resultaba el doble de duro para su cuerpo.

Después de cada intervalo, Luke se tomaba un respiro para recuperarse. Hacía una pausa más larga cuando completaba tres series. En momentos como ese su mente solía quedarse en blanco, pero aquella noche no pudo evitar revivir de nuevo el accidente con *Big Ugly Critter*. No sabía por qué las imágenes habían ocupado su mente, pero no podía apartarlas. Notó que sus nervios se disparaban cuando su vista se posó en el toro mecánico. Había llegado la hora de practicar de verdad, a más velocidad. Su padre había calibrado cincuenta movimientos diferentes para que se produjeran en una secuencia aleatoria, para que Luke nunca supiera qué podía esperar. A lo largo de los años, eso le había ido muy bien, pero en aquellos instantes deseó saber exactamente qué movimiento realizaría el mecanismo a continuación.

Cuando los músculos en su mano y en el antebrazo se hubieron recuperado, volvió a acercarse al toro mecánico y se encaramó. Montó tres veces, luego tres más, y por último otras tres. De aquellos nueve intentos, consiguió llegar al final del ciclo en siete ocasiones. Contando el tiempo de recuperación, llevaba más de cuarenta y cinco minutos practicando. Entonces decidió hacer tres series más y dejarlo hasta el día siguiente.

No lo consiguió.

Al montar por segunda vez en la segunda serie, notó que perdía el equilibrio. En aquel instante, no se alarmó demasiado. Había salido disparado por los aires un millón de veces y, a diferencia de los rodeos, el área que rodeaba el toro estaba cubierta de colchonetas blandas. Incluso en el aire, no tuvo miedo; intentó dar la vuelta para caer de la forma que quería: o bien de pie, o bien a cuatro patas.

Consiguió aterrizar de pie, y la colchoneta absorbió el impacto como solía hacerlo, pero, por alguna razón, perdió el equilibrio, se tambaleó e instintivamente intentó mantenerse de pie para no caer de hinojos. Dio tres pasos atropellados y cayó hacia delante. La parte superior de su cuerpo salió propulsada más allá del área acolchada, y se golpeó la cabeza contra el suelo compacto.

Su mente vibró como la cuerda de una guitarra acabada de tensar. Vio relucir unos destellos de luz dorada mientras intentaba enfocar la vista. La habitación empezó a rodar vertiginosamente, pasando de una oscuridad total a iluminarse de nuevo. El dolor apareció, primero penetrante y luego incisivo, agudo.

Luke necesitó un minuto para aunar fuerzas y ponerse de pie, con gran dificultad, agarrándose al viejo tractor para permanecer erguido. El miedo se apoderó de él mientras examinaba con cuidado el chichón que le había salido en la frente con la punta de los dedos.

Estaba inflamado y blando, pero, a medida que seguía palpándose, se convenció de que no había más heridas. No se había roto nada; de eso estaba seguro. Por lo que podía ver, las otras partes de su cabeza estaban intactas. Allí de pie, tomó aire y empezó a avanzar con cautela hacia la puerta.

Ya en el exterior, su estómago se convulsionó abruptamente. Luke se dobló hacia delante. Volvieron las náuseas y vomitó junto a la puerta. Solo una vez, pero aquello fue suficiente para que se dispararan todas sus alarmas. Ya había vomitado en otras ocasiones después de sufrir alguna contusión, por lo que dedujo que eso era lo que le pasaba. No necesitaba ir al médico para saber que le prohibirían practicar durante una semana, quizás incluso más tiempo.

O, para ser más precisos, le prohibirían volver a montar para siempre.

Con todo, se encontraba bien. Había sido un buen susto —un gran susto—, pero había sobrevivido. Se tomaría unos días de descanso, a pesar de lo poco que quedaba para iniciar la temporada. Mientras se encaminaba cojeando hacia su cabaña, intentó ser positivo. Había practicado mucho, y un descanso no le iría nada mal. Cuando retomara los entrenamientos, probablemente estaría más fuerte que nunca. Sin embargo, en el fondo, a pesar de sus intentos de convencerse a sí mismo, no podía librarse del sentimiento de miedo que se cernía sobre él.

¿Qué iba a contarle a Sophia?

Al cabo de dos días, todavía no estaba seguro. Fue a visitarla a la universidad. Mientras paseaban por las zonas menos concurridas del campus a avanzadas horas de la noche, Luke no se quitó el sombrero, para ocultar el moratón en la frente. Consideró la posibilidad de contarle el accidente, pero tenía miedo de las preguntas que ella podría formular y en qué podrían derivar. No tenía todas las respuestas. Al final, cuando ella le preguntó por qué estaba tan callado, se excusó alegando que estaba agotado por los largos días de trabajo en el rancho; lo cual era cierto, ya que su madre había decidido llevar el ganado al mercado antes de que Luke empezara la temporada de rodeos, por lo que ambos habían pasado unos días extenuantes echando el lazo para atrapar las reses y arreando el ganado para meterlo en los camiones.

Pero, por entonces, Luke sospechaba que Sophia lo conocía lo bastante bien como para darse cuenta de que estaba extraño. Cuando se presentó en el rancho el siguiente fin de semana luciendo el sombrero que él le había regalado y una chaqueta gruesa y larga, se dedicó a observarlo mientras ensillaban los caballos, aunque no hizo ningún comentario en aquel momento.

En lugar de eso, dieron el mismo paseo del primer día, por las sendas festoneadas de árboles, hacia el río. Finalmente, ella se encaró a él.

—Bueno, ya está bien. Quiero saber qué es lo que te pasa. Llevas una semana muy raro.

—Lo siento, todavía estoy un poco cansado.

Luke sentía los potentes rayos del sol como si fueran dagas que le taladraban el cráneo, agravando el constante dolor de cabeza que tenía desde que se había dado aquel golpe en la cabeza.

—Te he visto cansado antes. Es algo más, pero no puedo ayudarte si no sé de qué se trata.

—Estoy pensando en el próximo fin de semana. Ya sabes, la primera competición del año.

—¿En Florida?

Luke asintió con la cabeza.

—En Pensacola.

—He oído decir que es un sitio muy bonito, con playas de arena blanca y fina.

—Probablemente, aunque no tendré la oportunidad de verlas. Conduciré de vuelta después del rodeo el sábado.

Luke pensó en el entreno del día anterior, el primero desde el accidente. Había ido bastante bien —su equilibrio no parecía haberse alterado—, pero el martilleo en la cabeza lo obligó a desistir después de cuarenta minutos.

—¿Conducirás de noche?

—El rodeo es por la tarde. Probablemente estaré de vuelta a eso de las dos de la madrugada.

—Entonces, ¿quieres que nos veamos el sábado?

Luke se propinó unos golpecitos con la mano en el muslo.

—Si te pasas por aquí, sí, aunque estaré hecho polvo.

Ella entrecerró los ojos como un par de rendijas por debajo del borde de su sombrero.

—¡Vaya! No parece que te haga mucha ilusión verme.

—Sí que quiero verte. Lo que pasa es que no quiero que te sientas obligada a venir hasta aquí.

—Entonces, ¿irás tú al campus? ¿Quieres que pasemos un rato en la residencia de estudiantes?

—La verdad es que no.

—Entonces, ¿quieres que quedemos en algún otro sitio?

—He de almorzar con mi madre, ¿recuerdas?

—Pues me pasaré por aquí.

Ella esperó una respuesta, y su frustración fue en aumento cuando él no dijo nada. Al cabo de un rato, se volvió en la silla para mirarlo.

—¿Se puede saber qué te pasa? ¿Estás enfadado conmigo por algún motivo?

Era la oportunidad perfecta para explayarse. Luke intentó encontrar las palabras, pero no sabía por dónde empezar: «He intentado decirte que puedo morir, si sigo montando».

—No estoy enfadado contigo —contestó evasivo—. Solo es que estoy pensando en la temporada que empieza y en lo que he de hacer.

—¿En estos momentos? —Sophia no parecía convencida.

—Pienso en eso todo el tiempo. Y pensaré en eso durante toda la temporada. Y, para que lo sepas, a partir de la semana que viene me tocará viajar con frecuencia.

—Lo sé, ya me lo habías dicho —replicó ella con inusual brusquedad.

—Cuando organicen el circuito al oeste del país, lo más seguro es que la mayoría de las semanas no pueda volver a casa hasta entrada la noche del domingo.

—Lo que intentas decirme es que no nos veremos tan a menudo, y que, cuando estemos juntos, tú estarás pensando en otras cosas, ¿no?

—Más o menos. —Luke se encogió de hombros.

—No es divertido, ¿sabes?

—¿Qué quieres que haga?

—¿Qué te parece si intentas no pensar en el próximo fin de semana en estos momentos? ¿Qué tal si hoy nos dedicamos a pasarlo bien juntos, dado que pronto tendrás que empezar a viajar y no te veré tan a menudo? Quizá sea el último día entero que podamos pasar juntos.

Él sacudió la cabeza.

—No es tan fácil.

—¿Cómo que no es tan fácil?

—No puedo dejar de pensar en la temporada que tengo por delante —espetó él, alzando la voz—. Mi vida no es como la tuya. No es como ir a clase y pasar los ratos libres tirado en el césped del campus cuchicheando con Marcia. Yo vivo en el mundo real. Tengo responsabilidades.

Luke vio la cara de estupefacción de Sophia, pero siguió con su discurso, reafirmándose aún más con cada nueva palabra.

—Mi trabajo es peligroso. Estoy desentrenado, y sé que debería haber practicado más esta semana. Pero he de empezar fuerte el próximo fin de semana, o mi madre y yo lo perderemos todo. Así

281

que por supuesto que pensaré en la temporada que está a punto de empezar, y sí, estaré distraído, pensando en otras cosas.

Sophia parpadeó varias veces seguidas, desconcertada.

—Vaya, parece que alguien está de mal humor hoy.

—No estoy de mal humor —refunfuñó él.

—Podrías haber contestado con alguna excusa.

—No sé qué quieres que diga.

Por primera vez, la expresión de Sophia se endureció y él vio que ella hacía un esfuerzo por mantener un tono conciliador.

—Podrías haberme dicho que quieres verme el domingo, por más cansado que estés. Podrías haberme dicho que, aunque estarás un poco distraído, no he de tomármelo como una cuestión personal. Podrías haber dicho: «Lo siento, Sophia, tienes razón. Disfrutemos de este día juntos». Pero, en vez de eso, me sueltas que ir a la universidad no es nada comparado con lo que tú haces «en el mundo real».

—La universidad no es el mundo real.

—¡Eso ya lo sé! —exclamó ella, enfadada.

—Entonces, ¿por qué te molesta tanto que lo haya dicho?

Sophia tiró de las riendas para obligar a *Demonio* a detener el paso.

—¿Estás de guasa? Porque, la verdad, te estás comportando como un verdadero idiota. ¿Me estás diciendo que tú tienes responsabilidades y, en cambio, yo no? Pero ¿tú sabes lo que estás diciendo?

—Solo intentaba contestar a tu pregunta.

—¿Insultándome?

—No te estaba insultando.

—¿Crees que lo que haces es más importante que lo que yo hago?

—Es más importante.

—¡Para ti y para tu madre! —gritó Sophia—. ¡Lo creas o no, mi familia también es importante para mí! ¡Mis padres son importantes! ¡Tener estudios es importante! ¡Y sí, tengo responsabilidades! Y también tengo presión, porque, como tú, tampoco quiero fracasar. ¡Yo también tengo sueños!

—Sophia...

—¿Qué? ¿Ya estás listo para ser más razonable? Pues mira, ¿sabes qué? ¡No te molestes! ¡He conducido hasta aquí para pasar el día contigo, y tú lo único que intentas es que nos enzarcemos en una riña!

—No intento iniciar una riña —murmuró él.

Pero ella ya no lo escuchaba.

—¿Por qué haces esto? —insistió ella—. ¿Por qué te comportas de este modo? ¿Se puede saber qué te pasa?

Luke no contestó. No sabía qué decir. Sophia se lo quedó mirando, esperando, antes de sacudir la cabeza, decepcionada. Acto seguido, tiró de las riendas para obligar a *Demonio* a dar media vuelta y reemprendió la marcha. Mientras desaparecía en dirección a los establos, Luke se quedó solo entre los árboles, preguntándose por qué no lograba reunir el coraje suficiente para contarle la verdad.

22

Sophia

—¿Así que diste media vuelta y lo dejaste ahí plantado? —preguntó Marcia, sentada junto a Sophia, que estaba tumbada en la cama.

—No sabía qué otra cosa podía hacer —replicó ella al tiempo que apoyaba la barbilla en las manos—. Estaba tan furiosa que no soportaba estar más rato con él.

—Bueno, supongo que yo también me habría enfadado —respondió Marcia, dándole la razón—. Quiero decir, ambas sabemos que los exámenes finales de historia del arte son cruciales para el moderno funcionamiento de la sociedad. Si eso no supone una gran responsabilidad, entonces, ¡ya me dirás!

Sophia esbozó una mueca de fastidio antes de ordenar a Marcia que se callara.

Su amiga no le hizo caso y siguió con su chanza.

—Especialmente cuando se trata de encontrar un trabajo que te permita ganarte la vida.

—¿Quieres hacer el favor de callar de una vez?

—Solo intentaba animarte chinchándote un poco —dijo Marcia, propinándole un cariñoso codazo.

—Pues no estoy de humor, ¿vale?

—¡Ay, chica! ¡Pero si no hablaba en serio! De todos modos, me alegro de que estés aquí. Ya me había hecho a la idea de pasarme todo el día sola, y prácticamente toda la noche.

—¡Estoy intentando expresarte lo que siento!

—Lo sé. Echaba de menos hablar contigo. Hace años que no hablamos.

—Pues no creo que hablemos más si sigues con esa actitud. En vez de ayudarme, lo estás complicando todo aún más.

—¿Qué quieres que haga?

—¡Que me escuches! Quiero que me ayudes a entender qué ha pasado.

—Te escucho. He oído todo lo que has dicho.

—¿Y?

—Bueno, la verdad, me alegro de que al final os hayáis peleado. ¡Ya era hora! En mi opinión, una relación no es totalmente seria hasta que no se ha pasado por una pelea real. Hasta entonces, todo es de color de rosa. Al fin y al cabo, uno no sabe si algo es verdaderamente importante hasta que no lo ha puesto a prueba. —Le guiñó el ojo—. Y el revolcón tras la reconciliación es siempre espectacular.

Sophia torció el gesto.

—¿Es que no piensas en nada más que en sexo?

—No siempre, pero ¿con Luke? —Soltó una sonrisa lasciva—. Si yo estuviera en tu lugar, guapa, intentaría hacer las paces lo antes posible. ¡No me negarás que es un pedazo de bombón!

—¿Quieres dejar de cambiar de tema? ¡Tienes que ayudarme a comprender qué ha pasado!

—¿Y qué crees que estoy haciendo?

—¿Hacer todo lo posible por irritarme?

Marcia la miró con una expresión honesta.

—¿Sabes qué pienso, a partir de lo que me has contado? Que él está nervioso sobre qué sucederá entre vosotros dos. Se pasará la mayoría de los fines de semana fuera, de viaje, y antes de que te des cuenta, tú te habrás graduado, y él cree que no te quedarás por aquí, así que probablemente su intención sea empezar a marcar distancias.

«Quizá», pensó Sophia. La respuesta parecía lógica, pero…

—Hay algo más. Nunca se había comportado de ese modo antes. Estoy segura de que hay algo más.

—¿Acaso hay algo que no me has contado?

«Podría perder el rancho», pensó Sophia. Pero no se lo había dicho a Marcia, ni pensaba decírselo. Luke le había confiado el secreto, y no pensaba traicionar su confianza.

—Sé que está bajo mucha presión —contestó Sophia evasivamente—. Quiere ganar o quedar en una buena posición, y está nervioso.

—¡Pues ya tienes tu respuesta! —concluyó Marcia—. Está nervioso y bajo presión, y tú vas y le dices que no piense en ello. Por eso se ha puesto un poco a la defensiva y ha reaccionado así,

285

porque, a su modo de ver, te muestras indiferente ante lo que le preocupa.

«Quizá», pensó Sophia.

—Estoy segura de que en estos momentos probablemente se arrepiente de lo que ha dicho —continuó Marcia—. Y me apuesto lo que quieras a que no tardará más de unos minutos en llamarte para pedirte perdón.

Luke no llamó. Ni aquella noche, ni la siguiente, ni la posterior. El martes, Sophia pasó la mayor parte del día alternativamente pendiente del móvil por si él le enviaba algún mensaje y preguntándose si debía llamar ella. A pesar de que no se perdió ni una clase y tomó apuntes, le costaba mucho concentrarse en las explicaciones de los profesores.

Entre clase y clase, mientras abandonaba un edificio para ir a otro, repasaba las palabras de Marcia y se decía que tenían sentido. Con todo, no podía borrar la imagen de Luke, con aquella expresión de... ¿qué? ¿Desazón? ¿Hostilidad? No estaba segura de si podía describirse con esas palabras, pero, sin lugar a dudas, parecía como si hubiera intentado apartarla de él.

¿Por qué, después de que su relación hubiera fluido de una forma tan fácil y cómoda durante tanto tiempo, empezaba a torcerse de repente?

Había algo que no tenía sentido. Sophia decidió marcar su número y llegar al fondo de la cuestión. En función del tono de Luke, sabría casi de inmediato si se lo estaba simplemente tomando demasiado a pecho o si de verdad algo iba mal.

Hundió la mano en el bolso y sacó el móvil, pero justo cuando estaba a punto de marcar el número, alzó la vista y contempló al otro lado de la explanada el bullicio y el trajín familiar de la vida en el campus. Chicos y chicas con mochilas, un estudiante montado en bicicleta que se dirigía hacia quién sabía dónde, un grupo de turistas que visitaban la universidad y que se había detenido delante del edificio de recepción, y a lo lejos, debajo de un árbol, una pareja, uno frente al otro.

No había nada inusual en aquella escena, pero, por alguna razón, algo logró captar su atención. Sophia bajó el móvil y, sin poderlo evitar, fijó toda su atención en la pareja. Estaban riendo, con las frentes casi pegadas, la mano de la chica acariciaba el brazo del chico. Incluso a distancia, su atracción mutua era más que patente.

Sophia estaba segura, pero, claro, la verdad era que conocía mucho a ese par. Lo que estaba viendo era definitivamente una escena de algo más que una buena amistad, y ya no le quedó la menor duda cuando vio que se besaban.

Sophia no podía apartar la vista. Todos los músculos de su cara se habían tensado de golpe.

Por lo que sabía, él no había pasado por la residencia de estudiantes, ni tampoco había oído sus nombres mencionados juntos, lo cual era prácticamente imposible en un campus ávido de secretos, lo que significaba que habían mantenido la relación en secreto hasta ese momento, no solo de cara a ella, sino respecto a todo el mundo.

Pero ¿Marcia y Brian?

Su compañera de habitación no le jugaría tal trastada, ¿no? Especialmente, sabiendo lo que Brian le había hecho.

Sin embargo, ahora que caía en la cuenta… Sophia recordó que Marcia había mencionado a Brian varias veces en las últimas semanas, ¿y no había admitido que todavía hablaba con él? ¿Qué había dicho Marcia acerca de Brian, incluso cuando aún la perseguía por todas partes? «Es divertido, guapo y rico. ¿A quién no le gustan esas cosas?» Tampoco podía olvidar que entre ellos había habido algo, tal y como a Marcia le gustaba señalar, antes de que apareciera Sophia.

Sabía que no debería importarle. No quería tener nada que ver con Brian, y ya hacía meses que había roto con él. Marcia podía quedárselo si quería. Pero cuando Marcia alzó la vista en dirección a Sophia, inexplicablemente, a Sophia se le llenaron los ojos de lágrimas.

—Iba a contártelo —se excusó, avergonzada, cosa extraña.

Estaban de nuevo en su habitación, y Sophia miraba por la ventana con los brazos cruzados. Era lo único que podía hacer para mantener la calma.

—¿Cuánto hace que sales con él?

—No mucho —respondió Marcia—. Pasó a verme por mi casa durante las vacaciones de Navidad y…

—¿Por qué él? Recuerdas que me hizo mucho daño, ¿verdad? —A Sophia se le empezó a quebrar la voz—. Creía que eras mi mejor amiga.

—¡No había planeado que pasara esto! —masculló Marcia.

—Pero ha pasado.

—Tú estabas fuera todos los fines de semana, y yo coincidía con él en las fiestas. Siempre acabábamos hablando, normalmente de ti...

—¿Me estás diciendo que es culpa mía?

—No —contestó Marcia—. No es culpa de nadie. Yo no lo había planeado, pero cuanto más hablábamos y nos íbamos conociendo el uno al otro...

Sophia no escuchó el resto de la explicación de Marcia; notaba el estómago tan agarrotado que esbozó una mueca de dolor involuntariamente. Cuando la habitación quedó en silencio, intentó mantener la voz firme.

—Deberías habérmelo contado.

—¡Lo hice! Te dije que a veces charlaba con él, y también insinué que éramos amigos. Eso era todo hasta hace unas pocas semanas, te lo juro.

Sophia se dio la vuelta y miró a la que era su mejor amiga y, a la vez, su peor pesadilla en ese momento.

—Esto no está... bien, no, no está bien.

—Pensaba que ya no sentías nada por él —balbuceó Marcia. Sophia estaba lívida.

—¡Y no siento nada por él! ¡No quiero ni verlo! Pero no se trata de Brian, sino de nosotras dos, de ti y de mí. ¡Te acuestas con mi exnovio! —Se pasó la mano por el pelo—. Marcia, las amigas no se dan puñaladas por la espalda. ¿Cómo se te ocurre siquiera intentar justificarte?

—Sigo siendo tu amiga —alegó Marcia en un tono suave—. No es que piense invitarlo a subir a esta habitación cuando tú estés aquí...

Sophia apenas oía lo que Marcia le decía.

—Te la pegará, y lo sabes, como hizo conmigo.

Marcia sacudió la cabeza con vehemencia.

—Ha cambiado. Sé que no me crees, pero es verdad.

Al oír aquello, Sophia supo que ya no había nada más que hablar. Enfiló hacia la puerta con paso firme, y de camino agarró el bolso que descansaba sobre la mesa. Al llegar al umbral, se volvió hacia Marcia.

—Brian no ha cambiado —declaró con absoluta seguridad—. Te lo aseguro.

Y

La costumbre y la desesperación la llevó de nuevo hasta el rancho. Como siempre, Luke apareció en el porche justo cuando ella se apeaba del coche. Incluso a distancia, él pareció darse cuenta de que algo iba mal. A pesar de que llevaban varios días sin hablar, avanzó hacia ella con los brazos abiertos.

Sophia se refugió en ellos. Durante un buen rato, él simplemente la abrazó mientras ella lloraba.

—Todavía no sé qué hacer —se lamentó Sophia, apoyándose de nuevo en el pecho de Luke—. No puedo obligarla a que deje de verlo.

Luke la estrechaba entre sus brazos en el sofá. Ambos mantenían la vista fija en el fuego. Él había dejado que Sophia se desahogara durante un buen rato, dándole la razón de vez en cuando, pero, sobre todo, consolándola con su silenciosa y reconfortante presencia.

—No —convino él—, probablemente no sea una buena idea.

—Pero ¿qué se supone que he de hacer cuando estén juntos? ¿Fingir que no los veo?

—Probablemente sería lo mejor, dado que ella es tu compañera de habitación.

—Saldrá mal parada —repitió Sophia por enésima vez.

—Probablemente.

—Seré la comidilla de todas mis compañeras. Cada vez que me vean, cuchichearán o se burlarán de mí o me compadecerán; no me quedará más remedio que aguantar las burlas durante el resto del semestre.

—Probablemente.

Ella se quedó callada un momento.

—¿Piensas darme la razón en todo lo que diga?

—Probablemente —contestó él con una sonrisa.

—Al menos me alegro de que no sigas enfadado conmigo.

—Siento mucho lo que pasó. Tenías razón: me comporté como un estúpido. Me pillaste en un mal día y me descargué contigo. No debería haberlo hecho.

—Todos podemos tener un mal día.

Luke la abrazó con más fuerza sin decir nada. Solo más tarde a ella se le ocurrió que él no le había contado por qué aquel día había estado de tan mal humor.

289

Y

Después de pasar la noche en el rancho, Sophia regresó a la residencia de estudiantes y respiró hondo antes de entrar en su habitación. Todavía no estaba lista para hablar con Marcia, pero con un rápido vistazo se dio cuenta de que no tenía que haberse preocupado.

Marcia no estaba, ni tampoco había ido a dormir.

Había pasado la noche con Brian.

23

Luke

Cuando Luke partió hacia Pensacola unos días después, lo hizo con el cargo de conciencia de que no había practicado suficiente. El dolor de cabeza palpitante y persistente le dificultaba pensar y le imposibilitaba entrenarse. Se dijo que si lograba recuperarse y competir en condiciones aceptables en ese primer torneo, tendría una oportunidad de restablecerse por completo a tiempo para el siguiente rodeo.

No sabía nada acerca de *Stir Crazy*, el primer toro que le tocó montar en Pensacola. No había dormido bien después del largo trayecto en coche, y de nuevo le habían empezado a temblar las manos. Aunque el dolor de cabeza había menguado un poco, todavía podía sentir el zumbido en las orejas: era como si tuviera un abejorro dentro de la cabeza. Solo reconoció a un puñado de jinetes; la otra mitad apenas alcanzaba la edad reglamentaria para montar, o eso parecía. Todos se movían inquietos, intentando mantener los nervios a raya, todos aferrándose al mismo sueño: ganar o clasificarse; ganar dinero y puntos y, pasara lo que pasara, no lesionarse en una mala caída como para no poder competir a la semana siguiente.

Tal como había hecho en McLeansville, se quedó cerca de la camioneta; prefería estar solo. Desde el aparcamiento podía oír el griterío de la multitud. Cuando, de repente, oyó que ascendía el murmullo de la gente, seguido apenas unos segundos después por la categórica frase del presentador: «¡Así son las cosas, a veces!», supo que el toro había arrojado al jinete.

A él le tocaba montar en decimocuarta posición, y aunque cada jinete solo permanecía unos segundos sobre el toro, normalmente había un descanso de varios minutos entre un competidor y el siguiente. Aún debían de faltar unos quince minutos, pensó, quizá solo para mitigar sus nervios.

Luke no quería estar allí.

No quería estar allí. En ese momento, lo vio claro; de hecho, ya hacía tiempo que lo sabía. Darse cuenta de eso le hizo dudar, desestabilizarse incluso, como si el suelo se sacudiera bajo sus pies. No estaba listo para competir. Y quizá, solo quizá, nunca lo estaría.

Al cabo de quince minutos, sin embargo, se encaminó despacio hacia la arena.

Más que nada, fue el olor lo que le permitió continuar. Se trataba de una respuesta instintiva y familiar que se había vuelto mecánica con el paso de los años. El mundo se encogía a su alrededor, Luke desconectaba del sonido de la multitud y de las voces del presentador, y ponía toda su atención en los jóvenes adiestradores que le ayudaban a prepararse. Las cuerdas estaban tensas. Entrelazó con fuerza el pretal alrededor del guante y se aseguró de que lo tenía perfectamente agarrado; se centró en el toro; esperó una milésima de segundo para asegurarse de que todo estaba en orden, luego hizo una señal al encargado de que ya podía abrir la puerta del cajón.

—¡Vamos allá!

Stir Crazy salió con un leve corcoveo, y luego otro, antes de retorcerse bruscamente hacia la derecha, sin tocar el suelo con las cuatro patas. Pero Luke estaba preparado y se mantuvo pegado al lomo, sin perder el equilibrio, mientras el toro corcoveaba dos veces más y luego empezaba a dar vueltas a gran velocidad.

Luke se adaptó instintivamente a todos los cambios y, tan pronto como sonó la bocina, se zafó del pretal con la ayuda de la otra mano libre y saltó al suelo. Cayó de pie, y corrió hacia la valla de la arena. Antes de que el animal hubiera dejado de dar corcoveos, ya estaba fuera de peligro.

La multitud seguía vitoreando y el presentador les recordó que Luke había ocupado una vez la tercera posición en la clasificación global. Él se quitó el sombrero y saludó a los asistentes antes de dar media vuelta y regresar a la camioneta.

Por el camino, el dolor de cabeza reapareció con una fuerza demoledora.

Y

El segundo toro que le tocó montar se llamaba *Candyland*. Luke ocupaba el cuarto lugar en el grupo.

De nuevo, efectuó todos los preparativos de forma mecánica; el mundo se encogió hasta su mínima expresión. Le había tocado un toro más agresivo, más sorpresivo. A lomos de la bestia, Luke oyó los rugidos de aquiescencia de la multitud. Aguantó los segundos reglamentarios y de nuevo escapó de la arena mientras el animal parecía decepcionado.

La puntuación obtenida en aquella ronda lo colocó en la segunda posición.

Pasó la siguiente hora sentado al volante de la camioneta, con la sensación de que le iba a estallar la cabeza. Combinó un puñado de pastillas de ibuprofeno con otras de paracetamol, pero el remedio no consiguió mitigar el dolor. Se preguntó si se le debía de estar abotargando el cerebro e intentó no pensar en lo que pasaría si el toro lo arrojaba por los aires.

Al llegar a su última ronda aquella noche, Luke sabía que estaba en una buena posición: podía ganar. Un poco antes, sin embargo, otro de los finalistas había terminado con la puntuación más alta del día.

En el cajón, ya no se sentía nervioso. Le había tocado un buen toro, no tan traicionero como el segundo. Sin embargo, suponía un mayor reto que el primero, lo que quedó reflejado en la puntuación que obtuvo.

Se decidiría quién era el ganador en función de la actuación del líder en la última ronda. Pero el jinete perdió el equilibrio sobre el toro y no logró recuperarlo, por lo que cayó al suelo. A pesar de que había quedado en segunda posición en las finales, Luke acabó por ganar en la clasificación general. La primera competición de la temporada y había acabado primero, precisamente lo que necesitaba.

Recogió el cheque y envió un mensaje de texto a su madre y otro a Sophia para informarlas de que ya iba de camino a casa. Entonces, ya montado en el coche, con la sensación de que la cabeza le iba a estallar, se sorprendió de que le importaran un bledo los puntos obtenidos en la clasificación.

—Tienes un aspecto terrible —se sobresaltó Sophia—. ¿Te encuentras bien?

Luke intentó esbozar una sonrisa confiada. Tras derrumbarse en la cama hacia las tres de la madrugada, se había despertado después de las once. Le dolía toda la cabeza y todo el cuerpo. Automáticamente, fue en busca de los calmantes e ingirió varias pastillas antes de enfilar con paso tambaleante hacia la ducha, donde dejó que el chorro de agua caliente se filtrara a través de sus músculos magullados y entumecidos.

—Estoy bien —contestó él—. Ha sido un largo viaje, y desde que me he levantado esta mañana no he parado de trabajar, reparando una parte de la valla que estaba rota.

—¿Estás seguro? —preguntó Sophia, escéptica—. Pareces enfermo.

Desde que había llegado al rancho aquella tarde, lo había estado escrutando como una madre preocupada por su hijo.

—Solo estoy cansado, nada más. Han sido dos días muy intensos.

—Lo sé, pero has ganado, ¿verdad?

—Sí, he ganado.

—Eso es genial. Lo digo por el rancho. —Sophia arrugó la frente.

—Sí —repitió él, sin mostrar ningún entusiasmo—. Es bueno para el rancho.

24

Sophia

Luke estaba ausente otra vez. No como el fin de semana anterior, pero, definitivamente, le pasaba algo. Y no era solo agotamiento. Estaba pálido, con un tono de piel casi cetrino. Pese a que lo negaba, sabía que sentía mucho más dolor que de costumbre. A veces, cuando realizaba un movimiento rápido e inesperado, Sophia veía cómo fruncía los labios o contenía la respiración.

La cena con la madre de Luke había sido un tanto tensa. Aunque Linda estaba contenta de verla, Luke había permanecido todo el rato en el porche trasero, encargándose de la carne a la parrilla, mientras ella y Linda charlaban. Era como si intentara evitarlas. Durante la cena, procuraron no tocar ciertos temas, lo cual resultó curioso. Luke no habló de su evidente dolor, su madre no le preguntó nada acerca del rodeo, y Sophia se negó a mencionar ni a Marcia ni a Brian, ni tampoco comentó nada de la horrorosa semana que había pasado en la residencia de estudiantes. Porque la verdad era que había sido horrorosa, una de las peores de su vida.

Tan pronto como regresaron a la cabaña de Luke, él enfiló directamente hacia la habitación. Sophia oyó cómo destapaba un frasco y se servía unas píldoras, y seguidamente sacaba otras de otro frasco. Lo siguió hasta la cocina, donde se las tragó todas con la ayuda de un vaso de agua.

Alarmada, vio cómo se inclinaba hacia delante y apoyaba ambas manos en el borde de la encimera, con la cabeza colgando hacia el suelo.

—¿Es muy fuerte? —susurró ella, apoyando ambas manos en la espalda de Luke—. El dolor de cabeza, quiero decir.

Él respiró hondo un par de veces antes de contestar.

—Estoy bien.

—Es obvio que no te encuentras bien —replicó ella—. ¿Cuántas píldoras te has tomado?

—Un par de cada —admitió Luke.

—Pero he visto que tomabas más antes de cenar…

—Obviamente, no han surtido efecto.

—Si te duele tanto, deberías ir al médico.

—No es necesario —contestó él en un tono apagado—. Ya sé lo que me pasa.

—¿Qué te pasa?

—Tengo una contusión.

Sophia abrió los ojos como platos.

—¿Qué? ¿Te golpeaste la cabeza cuando saltaste del toro?

—No —dijo él—. Caí mal durante un entreno hace un par de semanas.

—¿Hace un par de semanas?

—Sí —admitió él—. Y cometí el error de volver a entrenar demasiado pronto.

—¿Quieres decir que hace dos semanas que te duele la cabeza? —Sophia intentó contener el pánico creciente, para que no se le notara en la voz.

—Bueno, no todo el tiempo. Pero al montar ayer, volvió a agravarse.

—Entonces, ¿por qué montaste, con una contusión?

Luke mantuvo la vista clavada en el suelo.

—No tenía alternativa.

—¡Claro que tenías alternativa! ¡Has cometido una estupidez! ¡Vamos! ¡Ahora mismo te llevo a urgencias!

—No —se obcecó él.

—¿Por qué no? —preguntó ella, desconcertada—. Conduciré yo. Necesitas que te vea un médico.

—Ya he tenido dolores de cabeza como este antes, y sé lo que me dirá el médico. Me dirá que haga reposo, y no puedo.

—¿Quieres decir que volverás a montar el próximo fin de semana?

—He de hacerlo.

Sophia intentó pero no logró comprender lo que él le decía.

—¿Por eso tu madre está tan enfadada contigo? ¿Porque te estás comportando como un verdadero idiota?

Él no contestó de inmediato. En vez de eso, suspiró.

—Ella ni siquiera lo sabe.

—¿No se lo has dicho? ¿Por qué no?

—Porque no quiero que lo sepa. La preocuparía.

Sophia sacudió la cabeza.

—Mira, no entiendo por qué piensas seguir compitiendo cuando sabes que con eso lo único que consigues es agravar tu contusión. Es peligroso.

—Ya he superado la angustia que me provoca este pensamiento —contestó él.

—¿Qué quieres decir? No te entiendo.

Luke irguió poco a poco la espalda y se dio la vuelta para mirarla con una expresión resignada, como si le estuviera pidiendo disculpas.

—Porque —dijo finalmente—, incluso antes de la contusión, no debería haber vuelto a montar.

No estaba segura de si lo había oído bien. Parpadeó, desconcertada.

—¿No deberías haber vuelto a montar? —repitió.

—Según los médicos, corro un gran riesgo cada vez que monto.

—¿Por qué?

—En el accidente, *Big Ugly Critter* no solo me derribó y me arrastró por el suelo. Te dije que me embistió, pero no te dije que me fracturó el cráneo, muy cerca del bulbo raquídeo. Llevo una pequeña placa de metal, pero, si tengo una mala caída, no bastará para protegerme.

Mientras él hablaba en un tono apático, Sophia sintió un escalofrío que le recorrió todo el cuerpo. Luke no podía hablar en serio...

—¿Me estás diciendo que podrías morir?

Sophia no esperó a recibir respuesta.

La invadió el pánico.

—Eso es lo que me estás diciendo, ¿verdad? ¿Que morirás? ¿Y no me lo habías dicho? ¿Por qué no me lo habías dicho?

De repente, todas las piezas encajaron en el rompecabezas: el deseo de Luke de ver aquel toro la primera noche que se conocieron, por qué su madre estaba tan enfadada con él, su tensa preocupación antes del inicio de la temporada...

—Bueno, se acabó —soltó ella, intentando suprimir el terror en su voz—. No volverás a montar, ¿me has oído? ¡Se acabó! ¡A partir de ahora, ni hablar de toros!

Luke volvió a quedarse callado, pero ella podía ver en su cara

297

que no lo había convencido. Se acercó a él y lo estrechó entre sus brazos, abrazándolo con desesperación. Podía notar los latidos del corazón de Luke, podía notar los músculos vigorosos en su pecho.

—No quiero que lo hagas. No puedes hacerlo, ¿entendido? Por favor, dime que no volverás a montar. Hallaremos la forma de salvar el rancho, ¿de acuerdo?

—No hay ninguna otra salida.

—¡Siempre hay otra salida!

—No, no la hay —sentenció Luke.

—Mira, sé que el rancho es importante, pero no es más importante que tu vida. Lo sabes, ¿no? Empezarás de nuevo, con un nuevo rancho, o trabajarás en uno…

—Yo no necesito ningún rancho —la interrumpió él—. Lo hago por mi madre.

Sophia se apartó, sintiendo una rabia incontenible.

—¡Pero ella tampoco quiere que lo hagas, porque sabe que es una gran equivocación! ¡Sabe que es una locura, porque tú eres su hijo!

—Lo hago por ella…

—¡No es verdad! ¡Lo haces para no sentirte culpable! ¡Piensas que estás actuando con nobleza, pero la verdad es que eres un maldito egoísta! Es el acto más egoísta que…

No pudo acabar la frase. Su pecho subía y bajaba agitado.

—Sophia…

—¡No me toques! —gritó—. ¡También a mí me harás daño! ¿Es que no lo entiendes? ¿Te has parado siquiera un minuto a pensar que yo no quiero que mueras? ¿O cómo me sentiría si eso pasara? ¡No! ¡Porque no piensas en mí! ¡Ni en tu madre! ¡Solo piensas en ti, en tus sentimientos!

Ella retrocedió un paso.

—Y pensar que me has mentido sobre una cuestión tan grave… —susurró.

—No te he mentido…

—¡Una mentira por omisión! —replicó Sophia con amargura—. ¡Me has mentido porque sabías que no estaría de acuerdo contigo! Que me alejaría de una persona que es capaz de hacer algo tan…, tan estúpido. ¿Y por qué? ¿Porque querías acostarte conmigo? ¿Solo por un revolcón?

—No…

Aquella negación le pareció excesivamente débil a Sophia, que notaba cómo las lágrimas calientes rodaban por sus mejillas sin poderlas controlar.

—Mira…, no puedo…, no puedo soportarlo. Encima…, esto no. Ha sido una semana horrible, con todas mis compañeras cuchicheando y Marcia evitándome… Te necesitaba esta semana, necesitaba hablar con alguien. Pero comprendía que tú tenías que montar. Lo aceptaba porque era tu trabajo. Pero ¿ahora? ¿Ahora que sé que la única razón por la que lo hacías era porque intentabas matarte?

Las palabras afloraron precipitadamente, casi con la misma rapidez con la que su mente procesaba la información. Sophia le dio la espalda y agarró el bolso. No soportaba estar allí con él ni un minuto más.

—No puedo soportarlo…

—¡Espera!

—¡Ni me hables! ¡No quiero oír cómo intentas explicar por qué para ti es tan importante morir…!

—No moriré.

—¡Sí que morirás! ¡Quizá no te conozca tanto como para estar tan segura, pero tu madre sí! ¡Y los médicos te lo han dicho! ¡Sabes que lo que haces está mal! —Sophia respiraba agitadamente—. Cuando decidas obrar con sentido común, podremos hablar. Pero hasta entonces…

No acabó la frase. Se colgó el bolso en el hombro, salió disparada de la cabaña y corrió hacia el coche. Puso una marcha y casi se empotró contra el porche mientras maniobraba atropelladamente al mismo tiempo que pisaba el acelerador a fondo, apenas incapaz de ver a través del torrente de lágrimas.

299

Sophia se sentía vacía.

Luke la había llamado dos veces desde que había regresado a la residencia de estudiantes, pero ella no había contestado. Estaba sentada en su habitación, sola. Sabía que Marcia estaba con Brian, pero, no obstante, y aunque le pesara, la echaba de menos. Desde la pelea, Marcia había pasado todas las noches con Brian, pero Sophia sospechaba que no era tanto por estar con él como porque se sentía demasiado avergonzada para mirarla a la cara.

Todavía estaba enfadada con Marcia. Le había dado una puñalada por la espalda, y Sophia no podía simplemente fingir que no estaba molesta. Una buena amiga no se liaba con un ex; llámese regla básica o lo que uno quiera, pero las amigas no se hacen esas trastadas, nunca.

Con todo, pese a que en parte sentía que debería haber roto la amistad con Marcia, no había sido capaz de pronunciar las palabras, porque en el fondo sabía que no lo había hecho a propósito. No había urdido un plan ni había intentado hacerle daño deliberadamente. Marcia no era así, y Sophia sabía de primera mano que Brian podía ser encantador cuando se lo proponía, y sospechaba que esa había sido su táctica, porque así era Brian. Él sabía perfectamente lo que hacía, y no le quedaba ni la más mínima duda de que eso de salir con Marcia era su forma de intentar recuperar a Sophia. Él quería herirla una última vez destruyendo su amistad con Marcia.

Y de paso, seguro, también heriría a Marcia. Su amiga acabaría comprendiendo cómo se las gastan los tipos como Brian. Después, se sentiría incluso peor de lo que se sentía probablemente en esos momentos. En cierto modo, le estaría bien empleado. Sin embargo...

Sophia quería hablar con Marcia. Necesitaba hablar con ella de inmediato; hablar sobre Luke, solo hablar y punto, como estaban haciendo algunas compañeras en el piso inferior y en el pasillo. Sophia podía oír el sonido de sus voces, que se filtraba a través de la puerta.

De todos modos, no quería estar con ellas, porque aunque no hicieran ningún comentario, sus expresiones eran más que elocuentes. Últimamente, cada vez que Sophia entraba en la residencia, las habitaciones y los pasillos quedaban en silencio, y ella podía intuir exactamente lo que sus compañeras estaban pensando y preguntándose. «¿Cómo crees que se siente? He oído que ella y Marcia no se hablan. Me da pena, la pobre. No puedo ni imaginar lo que debe de estar pasando.»

Sophia no podía enfrentarse a aquello en ese preciso momento, y, a pesar de todo, se lamentó de que Marcia no estuviera allí. Jamás se había sentido tan sola.

Las horas pasaban. Fuera, el cielo se fue llenando lentamente de nubes invernales, a contraluz con la tamizada luminosidad plateada de la luna. Tumbada en la cama, Sophia recordó las noches en que ella y Luke se dedicaban a contemplar el cielo. Recordó los paseos a caballo y cuando hacían el amor, así como las cenas en casa de su madre. Evocó al detalle aquella primera noche, cuando se conocieron y acabaron sentados en un par de sillas plegables en la caja de la camioneta.

¿Por qué se arriesgaría a morir? Por más que lo intentaba, no podía comprenderlo. Sabía que tenía más que ver con su sentimiento de culpa que con cualquier otra razón, pero ¿valía la pena arriesgar la vida? Sophia creía que no, y sabía que la madre de Luke tampoco lo aceptaba. Pero él parecía decidido a sacrificarse. Eso era lo que no alcanzaba a entender. Cuando la llamó por tercera vez, aún no se sintió lista para contestar.

Empezaba a oscurecer, y la residencia se iba quedando lenta e inexorablemente en silencio. Sophia se sentía exhausta; sin embargo, sabía que no conseguiría conciliar el sueño. Mientras intentaba comprender a Luke, no pudo evitar preguntarse qué había sucedido exactamente la noche que sufrió el accidente con *Big Ugly Critter*. Había mencionado que le habían tenido que insertar una placa en la cabeza, pero tenía la impresión de que el susto había sido incluso peor. Lentamente, se levantó de la cama y enfiló hacia el portátil que descansaba sobre la mesa.

Con una sensación tanto de aprensión como de necesidad de saber de una vez por todas lo que había sucedido, escribió su nombre en la página de búsqueda.

301

No se sorprendió al encontrar varias entradas, incluso una breve biografía en Wikipedia. Después de todo, había sido uno de los mejores jinetes del mundo. Pero Sophia no estaba interesada en su biografía. Añadió las palabras *Big Ugly Critter* después de su nombre y pulsó el botón de búsqueda, esperando con ansiedad mientras se abría la pantalla de YouTube.

El vídeo solo duraba dos minutos. Se estremeció al comprobar que lo habían visto más de medio millón de personas. No estaba segura de si quería ver aquellas imágenes, pero al final pulsó el botón de reproducción.

Solo necesitó un segundo para identificar a Luke en el cajón, montado sobre el toro. La cámara lo enfocaba desde arriba, obviamente para la audiencia televisiva. Las gradas estaban abarrotadas, y detrás del cajón se veían las pancartas de propaganda colgadas en las vallas. A diferencia del rodeo de McLeansville, aquella arena estaba dentro de un edificio, lo que significaba que probablemente la usaban para otros eventos, desde partidos de baloncesto a conciertos. Luke iba con pantalones vaqueros, una camisa de manga larga roja debajo de un chaleco protector y su sombrero. En la espalda llevaba el dorsal con el número 16.

Sophia vio que Luke se enrollaba el pretal alrededor de la mano mientras otros vaqueros intentaban tensar la cuerda debajo del toro. Cerró el puño, luego apretó las piernas para ajustar de nuevo la posición. Los comentaristas describían las acciones con un acento gangoso.

—Luke Collins ha terminado en tercera posición en la clasificación global de la PBR y está considerado uno de los mejores jinetes del mundo, pero es la primera vez que montará este toro.

—Poca gente lo ha hecho, Clint. Solo dos jinetes han logrado montar a *Big Ugly Critter*, y el año anterior fue nombrado «toro del año». Es un animal muy fuerte y agresivo. Si Luke consigue permanecer a lomos de esa bestia, probablemente recibirá una puntuación que superará los noventa puntos...

—Se está preparando...

De repente, Luke se quedó muy quieto, pero la pausa solo duró un instante. Sophia vio que se abría la puerta del cajón y oyó el rugido de la multitud.

El toro salió encrespado, corcoveando, alzando sus cuartos traseros hacia el cielo con furia y bajando la cabeza hacia el suelo. Dio media vuelta hacia la izquierda, volvió a patear con fuerza; entonces, literalmente, saltó sobre sus cuatro patas, elevándose del suelo, antes de empezar a dar vueltas en la dirección opuesta de forma vertiginosa.

Ya habían pasado cuatro segundos. El público parecía volverse loco.

—¡Lo está consiguiendo! —gritó uno de los comentaristas.

En ese preciso instante, Sophia vio que Luke perdía el equilibrio y se inclinaba hacia delante, justo en el momento en que el toro echaba su cabezota hacia atrás como un látigo.

El impacto fue horroroso. La cabeza de Luke rebotó en la dirección opuesta, como si no estuviera sujeta por ningún músculo...

«¡Madre mía!»

Inconsciente, Luke se cayó del toro, pero aún con la mano enredada en el pretal.

El animal parecía loco de ira, fuera de control, y el corcoveo continuó, duro e implacable. El cuerpo de Luke se agitaba arriba y abajo como un muñeco de trapo, fustigado en todas direcciones. Cuando el toro empezó a dar vueltas de nuevo sobre sí, Luke siguió el angustioso movimiento, con los pies apenas rozando el suelo, como un tiovivo.

Los otros jinetes que habían saltado a la arena intentaban desesperadamente liberar a Luke del pretal, pero el toro no se detenía. Dejó de dar vueltas y embistió a los nuevos intrusos, intentando ensartarlos con los cuernos violentamente; a un adiestrador que pilló lo zarandeó por los aires y lo lanzó contra la valla como si no pesara ni un gramo. Otro vaquero intentó sin éxito liberar la muñeca de Luke de la correa; pasaron otros segundos antes de que un jinete fuera capaz de saltar y aguantar el tiempo suficiente —mientras corría con el toro— para liberar la mano de Luke.

Tan pronto como lo hizo, Luke se desplomó en el suelo y quedó tumbado sobre la barriga, con la cabeza ladeada, inmóvil, mientras el vaquero escapaba corriendo.

«¡Está herido! ¡Hay que sacarlo de ahí!»

Pese a la situación, el toro no se detuvo. Como si se diera cuenta de que se había zafado de su jinete pero enfadado de que Luke hubiera osado intentar montarlo en primer lugar, dio media vuelta, sin prestar atención a los adiestradores que intentaban distraerlo. Bajó la cabeza y embistió a Luke, ensartándolo con los cuernos con un instinto asesino. Dos vaqueros saltaron a la arena y empezaron a golpear a la bestia con todas sus fuerzas, pero el toro no les hizo caso. Siguió dando cornadas a la figura inerte de Luke con sus impresionantes astas; entonces, de repente, se echó sobre el cuerpo de Luke y empezó a corcovear de nuevo.

No, no corcoveaba. Lo pisoteaba con saña. Paralizada de terror, Sophia oyó que el comentarista gritaba:

—¡Que alguien le quite esa bestia de encima!

Una y otra vez, el toro enfurecido le clavaba las pezuñas con un enojo ciego, aplastando a Luke sin compasión, machacándole la espalda, las piernas, la cabeza.

Su cabeza…

Cinco personas rodeaban al toro y hacían todo lo posible para detener la agresión, pero *Big Ugly Critter* continuaba ofuscado con su víctima.

Una y otra vez, pisoteaba a Luke sin clemencia…

—¡Por el amor de Dios, hagan algo! —gritaba el comentarista.

El toro parecía poseído…

Hasta que por fin —¡por fin!— se apartó de Luke y resbaló de

costado sobre el suelo de tierra de la arena, todavía corcoveando co-
léricamente.

La cámara siguió al toro, indómito. Luego enfocó la figura en-
roscada de Luke, con la cara ensangrentada e irreconocible, mientras sus compañeros procedían a auxiliarlo.

Sophia se había cubierto la cara con las manos, horrorizada, angustiada.

25

Luke

*E*l miércoles, el dolor de cabeza había remitido levemente, pero Luke temía no estar en condiciones de competir el fin de semana siguiente en Macon, Georgia. Después de aquel rodeo, la próxima cita sería en Florence, en Carolina del Sur, y se preguntó si por entonces ya estaría recuperado. A partir de ahí, el circuito se desplazaba hacia Texas, y lo último que quería era abordar ese tramo de la temporada con una seria incapacidad física.

Aparte de eso, le empezaba a preocupar la cuestión de los gastos. A partir de febrero, tendría que desplazarse a los rodeos en avión. Eso significaba noches extras en moteles, comidas, alquilar coches… En el pasado, cuando perseguía su sueño, se tomaba esos gastos como un coste inherente a su profesión. Todavía lo veía así, pero, con la angustia de que dentro de seis meses se doblarían las cuotas del préstamo, empezó a buscar por Internet los vuelos más baratos posibles, y la mayoría tenían que reservarse con bastantes semanas de antelación. Su estimación era que, con las ganancias del primer rodeo, podría cubrir el coste de los viajes a los siguientes ocho rodeos, lo que significaba, por supuesto, que no podría dedicar ni un centavo a las futuras cuotas del préstamo. Ya no se trataba de ganar para lograr un sueño; debía vencer porque no le quedaba más remedio.

Aunque su cabeza procesó el mensaje, podía oír las palabras de Sophia que lo contradecían. Según ella, no se trataba del rancho, ni siquiera de su madre, sino del sentimiento de culpa del que deseaba desembarazarse.

¿Estaba siendo egoísta? Hasta que lo dijo Sophia, no se lo había planteado. No se trataba de él; él conseguiría seguir adelante. Se trataba de su madre, de su patrimonio, de su supervivencia a una edad en la que sus opciones eran escasas. Él no quería montar; lo hacía porque su madre lo había arriesgado todo por salvarlo, y se lo debía. No soportaría ver cómo ella lo perdía todo por su culpa.

Si no, se sentiría culpable. Eso era lo único que importaba. ¿O no?

Había llamado a Sophia tres veces el domingo por la noche, otras tres el lunes, y dos más el martes. También le había enviado mensajes de texto, uno cada día, pero no había recibido respuesta. Recordó lo afligida que estaba por la puñalada de Brian, por lo que se contuvo y el miércoles no la llamó ni le envió ningún mensaje. Pero el jueves ya no soportaba su silencio por más tiempo. Se subió a la camioneta y condujo hasta Wake Forest.

Aparcó justo delante de la residencia de estudiantes de Sophia. En el porche vio a dos chicas vestidas de forma idéntica, sentadas en unas mecedoras. Una de ellas hablaba por teléfono y la otra estaba escribiendo un mensaje de texto en su móvil. Las dos alzaron la vista para ver quién caminaba hacia ellas y lo miraron con curiosidad. Un momento más tarde, una atractiva chica morena con dos *piercings* en cada oreja abrió la puerta.

306

—Le diré a Sophia que estás aquí —dijo, y luego se apartó para dejarlo pasar.

A un lado, Luke vio a tres chicas sentadas en el sofá, que alargaron el cuello para observarlo mejor. Supuso que eran las mismas chicas que había oído desde el porche, pero en esos momentos simplemente lo miraban boquiabiertas, con el televisor a todo volumen al fondo mientras él esperaba de pie en el vestíbulo, fuera de lugar.

Al cabo de un par de minutos, Sophia apareció en lo alto de las escaleras, con los brazos cruzados. Lo miró fijamente sin decir nada, pensando qué hacer. Al final suspiró y bajó con gesto desabrido. Al darse cuenta de que sus compañeras estaban pendientes de ellos, no dijo nada; solo señaló con la cabeza hacia la puerta. Luke la siguió hasta el exterior.

Ella no se detuvo en el porche, sino que siguió la vereda que bordeaba la fachada lateral para alejarse de la mirada indiscreta de sus compañeras antes de mirar a Luke.

—¿Qué quieres? —le preguntó, con expresión indiferente.

—Quería decirte que lo siento —se disculpó él, con las manos en los bolsillos—. Siento no habértelo dicho antes.

—Muy bien —contestó ella.

Sophia no añadió nada. Luke se sintió indeciso, sin saber qué decir. En el silencio, ella le dio la espalda y se dedicó a estudiar la casa situada al otro lado de la calle.

—Vi el vídeo de tu accidente, cuando montaste a *Big Ugly Critter*.

Luke propinó una patada a unos guijarros hundidos en una grieta de la vereda, sin atreverse a mirarla.

—Ya te dije que fue una embestida un tanto aparatosa.

Sophia sacudió la cabeza.

—Fue más que «un tanto» aparatosa. —Se volvió para mirarlo y escrutó su cara en busca de respuestas—. Sabía que montar era peligroso, pero nunca creí que fuera una cuestión de vida o muerte. Supongo que no entendía bien cómo te arriesgas cada vez que pones los pies en la arena. Y al ver lo que ese toro te hizo… Intentó matarte…

Ella tragó saliva, incapaz de concluir la frase. Luke también había visto una vez el vídeo, seis meses después del accidente, cuando había jurado que no volvería a montar, cuando se había sentido afortunado de haber sobrevivido.

—Podrías haber muerto, pero tuviste suerte —afirmó Sophia—. Recibiste una segunda oportunidad. Es como si te hubieran concedido el derecho a disfrutar de una vida normal. Digas lo que digas, nunca entenderé por qué quieres arriesgarte de nuevo. No le encuentro el sentido. Te dije que una vez pensé en suicidarme, pero no pasó de ser una idea; sabía que no me atrevería a hacerlo. Pero tú…, es como si quisieras hacerlo. Y no pararás hasta que lo consigas.

—No quiero morir —insistió él.

—Entonces no montes, porque, si lo haces, yo no quiero formar parte de tu vida. No puedo quedarme impasible mientras veo cómo intentas matarte, porque, en cierto modo, me sentiría cómplice. No puedo hacerlo.

A Luke se le formó un nudo en la garganta que le dificultaba hablar.

—¿Me estás diciendo que no quieres volver a verme?

Ante tal pregunta, Sophia se planteó de nuevo hasta qué grado la tensión la había extenuado, y se dio cuenta de que ya no le quedaban lágrimas.

—Te quiero, Luke. Pero no puedo formar parte de tu locura. No puedo pasar cada minuto que estoy contigo preguntándome si morirás el siguiente fin de semana; no puedo soportar la idea de pensar qué pasará si no sobrevives.

—¿Así que se acabó?

—Sí —contestó ella—. Si continúas montando, se acabó.

Al día siguiente, Luke estaba sentado frente a la mesa de la cocina, con las llaves de la camioneta encima de la mesa. Era viernes por la tarde, si se marchaba dentro de unos minutos, llegaría al motel antes de medianoche. Ya tenía la camioneta cargada con todo el material necesario.

Todavía le dolía un poco la cabeza, pero el verdadero dolor lo asaltaba al pensar en Sophia. No le hacía ilusión el viaje ni el rodeo; su mayor deseo era pasar el fin de semana con Sophia. Luke buscaba una excusa para no tener que ir; quería salir a pasear a caballo con ella por el rancho y estrecharla entre sus brazos mientras estaban sentados junto al fuego.

Un poco antes había visto a su madre, pero apenas se habían dirigido la palabra. Al igual que Sophia, no quería hablar con él. Cuando no le quedaba más remedio que hacerlo por cuestiones de trabajo, su rabia le resultó más que evidente. Luke podía notar la angustia que sentía por él, por el rancho, por el futuro.

Agarró las llaves, se levantó de la silla y se dirigió hacia la camioneta, preguntándose si regresaría a casa después del rodeo.

26

Sophia

—*P*ensé que igual pasabas por aquí.

Linda estaba de pie en el umbral de la puerta principal, con una expresión tan cansada y ansiosa como la de Sophia.

—No sabía adónde ir —murmuró ella.

Era sábado por la noche, y ambas sabían que el hombre al que adoraban estaría aquella noche en la arena, arriesgando su vida, quizás en ese preciso momento.

Linda la invitó a pasar y señaló una silla de la cocina, para que se acomodara.

—¿Te apetece una taza de chocolate caliente? Iba a prepararme una para mí.

Sophia asintió con la cabeza, incapaz de decir nada. Reparó en el móvil que descansaba sobre la mesa. Linda debió darse cuenta de que Sophia se había fijado en aquel detalle.

—Me envía un mensaje cuando termina —explicó Linda encarada hacia los fogones—. Siempre lo hace. Bueno, de hecho, antes me llamaba para contarme si le había ido bien o mal, y hablábamos un rato. Pero ahora… —Sacudió la cabeza—. Solo me envía un mensaje para decirme que está bien. Entre tanto, yo no puedo hacer otra cosa que sentarme aquí y esperar el mensaje, mientras el tiempo pasa muy despacio. Diría que no he pegado ojo en toda la semana, pero, incluso cuando recibo noticias suyas, sé que tampoco lograré dormir. Porque por más que él diga que está bien, ha hecho un sobreesfuerzo que seguro que le dañará más el cerebro.

Sophia rascó la superficie de la mesa con la uña.

—Me contó que tras el accidente estuvo en la UCI.

—Estaba clínicamente muerto cuando llegó al hospital —puntualizó Linda, removiendo poco a poco la leche que se calentaba en el fuego—. Incluso después de que lograran reanimarlo, nadie

pensó que sobreviviría. Tenía la parte posterior del cráneo totalmente... destrozada. En esos momentos, yo no lo sabía; no me enteré hasta el día siguiente, y cuando me permitieron entrar a verlo,
ni siquiera lo reconocí. Tenía la nariz y la mandíbula rotas, y la ca-
vidad del ojo hundida... Su cara estaba hinchaba y... destrozada.

Linda tomó aliento antes de seguir.

—No podían hacer nada por culpa de la otra lesión. Llevaba la
cabeza vendada e inmovilizada para que no pudiera moverse ni un
milímetro.

Linda volvió a hacer una pausa mientras servía la leche caliente
en dos tazones y luego añadía una cucharada de chocolate en
polvo.

—No abrió los ojos hasta casi después de una semana, y, a los
pocos días, tuvieron que volverlo a operar de urgencia. Al final
pasó prácticamente un mes en la UCI.

Sophia aceptó el tazón y tomó un sorbito.

—Me dijo que le habían puesto una placa.

—Así es, una pequeña placa. Pero el médico dijo que es posible
que los huesos de su cráneo no vuelvan a soldarse porque no pudieron reconstruirlos por completo. Explicó que su cráneo es como
una frágil vidriera en la que todo se mantiene unido por un pelo.
Estoy segura de que está mejor que el verano pasado, y él siempre
ha sido un jinete fuerte, pero...

Linda se detuvo y sacudió la cabeza, casi incapaz de expresarse.

—Después de abandonar la UCI, cuando consideraron que podría soportar el viaje, lo llevaron al Hospital Universitario de Duke.
Por entonces, yo creía que lo peor ya había pasado, porque sabía
que él sobreviviría, quizás incluso llegaría a recuperarse por completo. —Linda suspiró—. Y entonces empezaron a llegar las facturas. Quería que pasara tres meses más en el hospital, solo para confirmar su absoluta recuperación y llevar a cabo la cirugía
reconstructiva de su cara. Además, necesitaba muchas horas de rehabilitación...

—Me habló del rancho —intervino Sophia con suavidad.

—Lo sé —dijo ella—, es su forma de justificar lo que hace.

—Pero no lo justifica.

—No —admitió Linda—. No justifica su actitud.

—¿Crees que está bien?

—No lo sé —contestó Linda al tiempo que propinaba unos
golpecitos al móvil—. Nunca lo sé hasta que me envía un
mensaje.

Y

Las siguientes dos horas pasaron como a cámara lenta. Los interminables minutos se dilataban más y más. Linda sirvió dos trozos de tarta, pero ninguna de las dos tenía hambre. La espera se hizo larga.

Eterna.

Sophia había pensado que el hecho de estar allí con Linda le ayudaría a reducir la ansiedad, pero, en cambio, había empezado a sentirse peor. Ver el vídeo ya había sido un mal trago, pero escuchar aquellos comentarios acerca de sus heridas y lesiones le dieron ganas de vomitar.

Luke iba a morir.

A Sophia no le quedaba ninguna duda sobre ello. Él caería y el toro volvería a aplastarle la cabeza; o Luke conseguiría permanecer sobre el animal los ocho segundos reglamentarios, pero luego aquella bestia iría a por él, cuando estuviera a punto de salir de la arena...

Si seguía compitiendo, no tenía ninguna oportunidad de sobrevivir. Solo era cuestión de tiempo.

Sophia se quedó perdida en sus pensamientos hasta que, de repente, el móvil de Linda vibró en la mesa.

La madre de Luke lo cogió apresuradamente y leyó el mensaje. Sus hombros se relajaron y soltó un largo suspiro. Después de pasarle el teléfono a Sophia, se cubrió la cara con ambas manos.

Sophia leyó el mensaje: «Estoy bien y de camino a casa».

311

27

Luke

*E*l hecho de no haber ganado en Macon no indicaba necesariamente si había montado bien; también era importante la calidad de los toros. Después de todo, el comportamiento de los animales constituía la mitad de la puntuación, lo que significaba que cada ronda estaba, en cierto modo, en manos de los dioses.

Su primer toro se había pasado prácticamente todo el tiempo dando vueltas sin parar. Luke mantuvo el equilibrio y su actuación fue, sin lugar a dudas, emocionante para el público, pero, cuando mostraron la puntuación, vio que ocupaba el noveno puesto. El segundo toro no fue mucho mejor, pero, por lo menos, consiguió mantenerse a lomos del animal mientras que los otros jinetes que habían obtenido mejor puntuación eran arrojados al suelo. Así pues, escaló hasta la sexta posición. En la ronda final, le tocó un toro decente, y recibió una puntuación lo bastante buena como para avanzar hasta la cuarta posición. No fue una competición estelar, pero fue suficiente para mantener, incluso extender, su liderazgo en la clasificación general.

Debería estar satisfecho. Con otro fin de semana así, prácticamente tendría garantizado el pase al circuito mayor, aunque su actuación no fuera muy buena en las siguientes competiciones. Pese a la falta de práctica y la contusión, estaba en la posición que había querido alcanzar.

Sorprendentemente, Luke no pensaba que competir en esos torneos hubiera empeorado su contusión. De vuelta a casa, siguió esperando que se intensificara el dolor de cabeza, pero no fue así. En vez de eso, notaba un dolor de baja intensidad, un leve zumbido que no tenía nada que ver con la agonía que había notado al inicio de la semana. De hecho, se encontraba mejor que por la mañana, y tuvo la impresión de que quizás a la mañana siguiente ya habría remitido por completo.

Un buen fin de semana, en otras palabras. Todo estaba saliendo según el plan.

Excepto por Sophia, claro.

Aparcó frente a la cabaña una hora antes del amanecer y durmió hasta casi el mediodía. Solo después de la ducha se dio cuenta de que no había necesitado recurrir a analgésicos. Tal y como había esperado, el dolor de cabeza había desaparecido.

Su cuerpo tampoco estaba tan entumecido como lo había estado después de la primera competición. Notaba los típicos dolores en la parte inferior de la espalda, pero nada que no pudiera soportar. Después de vestirse, ensilló a *Caballo* y salió a examinar el ganado.

El viernes por la mañana, antes de partir hacia Macon, había curado a una ternera que se había enganchado en la alambrada y quería asegurarse de que la herida se estaba cerrando adecuadamente.

Pasó el domingo por la tarde y el lunes ocupado con el sistema de riego, reparando algunas fugas de agua provocadas por el frío. A primera hora del martes, empezó a quitar las tejas en el tejado de su madre y luego, durante los siguientes dos días, se dedicó a reemplazarlas.

Había sido una buena semana, con mucho trabajo físico y sin descanso, y al llegar al viernes esperaba tener una sensación de plenitud por todo lo que había hecho. Pero no fue así. En lugar de eso, echaba de menos a Sophia. No la había llamado ni le había enviado ningún mensaje de texto, ni ella tampoco lo había hecho, y su ausencia a veces se le antojaba como un enorme vacío. Quería que las cosas volvieran a ser como antes; quería saber que, cuando llegara a casa después del rodeo en Florence, podría pasar el resto del día con ella.

Pero incluso mientras empezaba a preparar todo lo que necesitaría para su viaje a Carolina del Sur, supo que jamás aceptaría la elección que él había hecho, y, a diferencia de su madre, ella podía desaparecer de su vida.

El sábado por la tarde, Luke estaba mirando los toros desde la valla de la arena en Florence, y por primera vez se dio cuenta de que no le temblaban las manos.

313

Bajo circunstancias normales, eso debería haber sido una buena señal, ya que significaba que no estaba nervioso. Sin embargo, no pudo zafarse de la impresión de que había sido un error ir a Carolina del Sur. Desde que había llegado una hora antes había notado un sentimiento de pavor, y, desde entonces, los indescriptibles pensamientos negros no habían hecho más que hacerse fuertes en su cabeza, como unos susurros que lo empujaban a dar media vuelta, enfilar hacia la camioneta y marcharse a casa.

Antes de que fuera demasiado tarde.

No se había sentido de ese modo ni en Pensacola ni en Macon. En aquellos dos rodeos no había sentido ningunas ganas de competir, como tampoco en esos momentos, pero eso era básicamente porque no estaba seguro de si estaba listo para afrontar la exigencia del circuito. Sin embargo, el temor que lo asfixiaba en esos momentos era diferente.

Se preguntó si *Big Ugly Critter* podía percibir su miedo.

El toro estaba allí, en Florence, en Carolina del Sur, lo que seguía sin tener sentido, igual que no lo había tenido en McLeansville el pasado mes de octubre. Ese toro no encajaba en aquel circuito. Debería estar en el circuito mayor, donde sin lugar a dudas podía optar a que lo llamaran «toro del año». Luke no podía entender por qué el propietario había permitido que esa bestia participara en el circuito menor. Lo más seguro era que el promotor le hubiera ofrecido al propietario un trato imposible de rechazar, probablemente con uno de los concesionarios de automóviles de la ciudad. Esa práctica se estaba extendiendo en el circuito; promociones del tipo: «si puedes montar ese toro, te llevarás una camioneta nueva». Aunque a la multitud le solía encantar el reto añadido, Luke habría preferido no participar en el concurso. No estaba preparado para montar esa bestia de nuevo, ni seguramente lo estaba ningún otro jinete en el rodeo. Montarlo no le quitaba el sueño, ni la posibilidad de salir arrojado por los aires; el problema era la reacción posterior de *Big Ugly Critter*.

Luke se pasó casi una hora mirándolo, pensando «ese toro no debería estar aquí».

Ni él tampoco.

El torneo empezó puntualmente, con el sol lo bastante alto como para calentar el día, aunque solo de forma sutil. En las gradas, los espectadores iban abrigados con chaquetas y guantes, y las co-

314

las para comprar café o chocolate caliente llegaban hasta casi la entrada del recinto. Como de costumbre, Luke se quedó en la camioneta, con la calefacción encendida. En el aparcamiento estaba rodeado por docenas de camionetas al ralentí, en las que muchos otros jinetes también intentaban resguardarse del frío, como él.

Luke se aventuró a salir solo una vez antes de su turno, al igual que hicieron casi todos sus rivales, para ver cómo un jinete que se llamaba Trey Miller intentaba montar a *Big Ugly Critter*. Tan pronto como la puerta del cajón se abrió, el toro hundió la cabezota hacia el suelo y se contorsionó al tiempo que alzaba los cuartos traseros hacia el cielo; Miller no duró ni un segundo. Cuando cayó al suelo, el toro se dio la vuelta, tal y como había hecho después de que Luke intentara montarlo, y salió disparado hacia él con la cabeza baja. Afortunadamente, Miller pudo llegar a la valla de la arena a tiempo para escapar por los pelos de la embestida.

El toro, como si fuera consciente de la cantidad de gente que lo estaba mirando, se detuvo en seco y resopló, furioso. Se quedó allí quieto, con la vista fija en el escurridizo Miller; el aire frío hacía que pareciera como si estuviera sacando humo por las fosas nasales.

En el sorteo, a Luke le había tocado *Raptor*, un toro joven con una corta historia en los rodeos. Se suponía que tenía potencial, y no defraudó. Volteó, corcoveó y saltó, pero Luke se sintió extrañamente con el control en todo momento. Al final de su actuación, obtuvo la puntuación más alta de la temporada. Cuando saltó al suelo, el toro —a diferencia de lo que había pasado con *Big Ugly Critter*— no le hizo caso.

Había más rivales en aquel tercer encuentro de la temporada, por lo que la espera entre turno y turno se prolongaba. En su segunda ronda, a Luke le tocó *Locomotive*. Aunque no obtuvo tantos puntos como en su primera actuación, permaneció a la cabeza.

Después de la actuación de cinco jinetes, Jake Harris se preparó para montar *Big Ugly Critter*. Tampoco duró mucho sobre la bestia, pero, en cierto sentido, corrió la misma suerte que Miller. Tras arrojarlo al centro de la arena, el toro se volvió hacia él e intentó embestirlo. No había escapatoria. Un jinete sin experiencia habría tenido serios problemas, pero Harris era un veterano y fue capaz de salir disparado como una flecha en el último

315

instante, por lo que los cuernos del toro erraron el objetivo por apenas unos centímetros.

Dos adiestradores saltaron para distraer a *Big Ugly Critter*, ofreciendo un indulto momentáneo a Harris que le permitió llegar a la valla de la arena. Harris se encaramó a la valla y alzó las piernas justo en el momento en que el toro enfurecido se le echaba encima, listo para un baño de sangre.

Rápidamente, la bestia dio media vuelta y se cuadró; entonces su vista se posó en los adiestradores que todavía estaban en la arena. Uno de ellos logró ponerse a salvo saltando la valla atropelladamente, pero el otro tuvo que refugiarse en uno de los barriles de protección que había cerca de la valla. *Big Ugly Critter* fue a por él, furioso porque su verdadera presa había escapado. Arremetió contra el barril, y este rodó por la arena; entonces volvió a embestirlo antes de aprisionarlo contra la pared, donde continuó arremetiendo contra él con saña, clavando los cuernos y bufando con ira, como loco.

Al verlo, Luke sintió náuseas, pensando de nuevo que ese toro no debería estar allí, ni en ese ni en ningún otro rodeo. Un día no muy lejano, *Big Ugly Critter* mataría a alguien.

Tras las primeras dos rondas, veintinueve jinetes se marcharon a casa. Quince se quedaron. Luke se había clasificado para las pruebas finales. Hubo una breve pausa antes de que empezara la final. El cielo invernal se oscureció y encendieron las luces del recinto.

Sus manos seguían sin temblar. Tenía los nervios bajo control. Estaba montando bien, y si se guiaba por sus actuaciones hasta ese momento, seguro que volvería a montar bien, lo cual era extraño, teniendo en cuenta cómo se había sentido al principio. No obstante, la sensación de miedo que lo había invadido previamente no se había disipado por completo, pese a no haber sufrido ningún incidente.

La verdad era que su temor se había incrementado desde que había visto cómo *Big Ugly Critter* había perseguido a Harris. Los promotores del rodeo tendrían que haber sido conscientes del peligro, dado el historial de esa bestia. Deberían haber tenido a cinco adiestradores en la arena, no solo a dos. Pero incluso después de que Miller montara, no habían aprendido la lección. Ese toro era peligroso, incluso psicótico.

Al igual que otros finalistas, Luke se puso a la cola para participar en el último sorteo de toros del día. Uno a uno, los fueron asignando a los jinetes que iban a competir. *Raptor* salió el tercero. *Locomotive* fue el séptimo. Mientras los nombres seguían saliendo, su sensación de angustia se intensificó. Era incapaz de mirar a los otros rivales; en vez de eso, cerró los ojos, a la espera de lo inevitable.

Al final, tal y como había presagiado, le tocó *Big Ugly Critter*.

El tiempo se ralentizó en la ronda final. Los dos primeros jinetes no cayeron al suelo; los siguientes tres fueron arrojados por los aires. El sexto consiguió aguantar los ocho segundos reglamentarios, pero el séptimo no.

Luke permanecía sentado en la camioneta, atento a las palabras del presentador. Su corazón empezó a latir aceleradamente mientras le subía la adrenalina. Intentó convencerse de que estaba listo, de que podía enfrentarse al reto, pero no lo estaba. No lo había estado ni siquiera en sus mejores momentos...

No quería hacerlo. No quería que el presentador anunciara que ganaría una camioneta ni que en los últimos tres años nadie había conseguido montar ese toro. No quería que el presentador comentara que *Big Ugly Critter* era el toro que casi lo había matado, y convirtiera así su actuación en una especie de juego de rencor. Porque no lo era. No sentía rencor por ese toro. Solo era un animal, si bien era el más agresivo y peligroso con el que jamás se había topado.

Se planteó retirarse; aceptar los puntos de las primeras dos rondas y marcharse a casa. Aún seguiría clasificado entre los diez primeros, quizás incluso entre los cinco primeros, en función de la actuación de los otros jinetes al final del día. Tal vez descendería de posición en la clasificación, pero estaría entre los cinco primeros. Todavía estaría en condiciones de optar a competir en el circuito mayor...

Donde seguramente acabaría también *Big Ugly Critter*.

Pero ¿qué pasaría la próxima vez? ¿Y si en el sorteo le tocaba ese toro en la primera ronda, cuando estuviera en California, por ejemplo, o en Utah, después de gastar una pequeña fortuna en el vuelo, en el motel y la comida? ¿Estaría dispuesto a retirarse también?

No lo sabía. En esos momentos estaba totalmente blo-

317

queado. Bajó la vista hacia las manos y, con sorpresa, vio que seguían sin temblar.

«¡Qué extraño! —pensó—. Teniendo en cuenta…»

A lo lejos, el rugido de la multitud subió aún más de tono. Una buena actuación, a juzgar por las ovaciones. Luke se alegró por el jinete, fuese quien fuese. Desde que se había iniciado la temporada, no envidiaba el éxito de ningún compañero. Él, más que nadie, conocía los riesgos.

Había llegado la hora. Tenía que decidir si seguir adelante, quedarse o no, retirarse o montar, salvar el rancho o permitir que el banco se lo arrebatara.

Vivir o morir…

Luke soltó un hondo suspiro. Las manos seguían igual, sin temblar. Estaba tan listo como podría estarlo en cualquier otro momento de su vida. Abrió la puerta, pisó la tierra compacta y alzó la vista hacia el cielo invernal, que oscurecía.

Vivir o morir. De eso se trataba. Intentó relajar los músculos de camino hacia la arena, preguntándose cuál de las dos caras de la moneda saldría.

28

Ira

Cuando me despierto, lo primero que pienso es que mi cuerpo está débil y que cada vez lo está más y más. Dormir, en vez de fortalecerme, me ha robado algunas de las valiosas horas que me quedan.

La luz matutina entra sesgadamente por la ventana, con un reflejo brillante y nítido provocado por la nieve. De repente caigo en la cuenta de que es lunes. Han transcurrido más de treinta y seis horas desde el accidente. ¿Quién habría imaginado que tal cosa pudiera sucederle a un anciano como yo? Esta ansia por vivir. Pero siempre he sido un superviviente nato, un hombre que se ríe de la muerte y le escupe al destino en el ojo. No temo a nada, ni siquiera al dolor. Ha llegado el momento de abrir la puerta y subir la pendiente hasta la carretera para hacer señales a algún vehículo que pase. Si nadie baja a por mí, tendré que subir yo a por ellos.

¿A quién pretendo engañar?

No puedo hacer tal cosa. La agonía es tan intensa que he de hacer un esfuerzo enorme para lograr enfocar de nuevo el mundo como es debido. Por un momento, me siento extrañamente separado de mi cuerpo; puedo verme apoyado en el volante, con el cuerpo fracturado y hundido. Por primera vez desde el accidente, estoy seguro de que es imposible moverme. Doblan las campanas; no me queda mucho tiempo. Debería asustarme, pero no es así; no puedo negar que llevo nueve años esperando la muerte.

No estoy hecho para vivir solo. No sirvo para eso. Desde que Ruth falleció, los años han transcurrido con la clase de silencio desesperado que solo los ancianos conocemos. Es un silencio acentuado por la soledad y por saber que los buenos años ya han quedado atrás. Y a esa sensación hay que sumarle las complicaciones inherentes a la edad.

El cuerpo no está hecho para sobrevivir casi un siglo; hablo desde la experiencia. Dos años después de la muerte de Ruth, sufrí un pequeño infarto de miocardio (apenas tuve tiempo de pedir ayuda por teléfono antes de caer fulminado al suelo, inconsciente). Dos años después de aquel primer aviso, tenía problemas para mantener el equilibrio y compré un andador para no darme de bruces contra los rosales cuando me aventuraba a salir de casa.

El hecho de haberme ocupado de mi padre me había enseñado a esperar esa clase de retos, y conseguí superarlos con éxito. Lo que no había esperado, sin embargo, era la interminable retahíla de tormentos menores (pequeñeces que antes eran fáciles de manejar se habían tornado infranqueables). Ya no soy capaz de abrir una lata de mermelada; he de pedirle a la cajera del supermercado que las abra por mí antes de guardarlas en la bolsa de la compra. Mis manos tiemblan tanto que mi escritura apenas es legible, un problema que me afecta a la hora de pagar las facturas. Puedo leer solo si hay mucha luz, y sin la dentadura postiza, no puedo ingerir nada más que sopa.

Incluso por la noche, la edad es una tortura. Las horas pasan lentamente antes de que consiga quedarme dormido, y un sueño prolongado es un milagro. También están los medicamentos (tantas píldoras que he tenido que colgar una tabla en la nevera para saber cuáles me tocan). Medicamentos para la artritis, para la presión sanguínea y el colesterol; algunos hay que tomarlos con alimentos y otros solos. Y me han dicho que siempre lleve píldoras de nitroglicerina en el bolsillo, por si vuelvo a notar aquel dolor agudo en el pecho.

Antes de que me diagnosticaran el cáncer —un cáncer que me consumirá hasta que de mí no quede nada más que la piel y los huesos— solía preguntarme cuál sería la siguiente adversidad que me deparará el futuro. Y Dios, en su sabiduría, me ofreció la respuesta: «¿Qué tal un accidente? ¡Podríamos romperle los huesos y enterrarlo en la nieve!». A veces pienso que Dios tiene un curioso sentido del humor.

De habérselo comentado a Ruth, ella no se habría reído. Me habría dicho que debería estar agradecido, ya que no todo el mundo goza de una larga vida. Me habría dicho que el accidente había sido por mi culpa. Y después se habría encogido de hombros y me habría comentado que todavía estoy vivo porque nuestra historia no ha terminado.

¿Qué será de mí? ¿Y qué pasará con la colección?

Me he pasado nueve años buscando respuesta a tales preguntas, y creo que Ruth habría estado encantada. He estado esos años rodeado de su pasión, abrazado a su recuerdo. Todo hace que me acuerde de ella, y cada noche, antes de irme a dormir, contemplo la pintura que descansa sobre la chimenea, reconfortado al saber que nuestra historia tendrá la clase de final que a ella le habría gustado.

El sol se alza más alto, y a mí me duelen hasta las cavidades más profundas del cuerpo. Tengo la garganta seca y lo único que quiero es cerrar los ojos y extinguirme como una vela.

Pero Ruth no lo permitirá. Su mirada es tan intensa que me obliga a mirarla.

—Ahora es peor —me dice—. Me refiero a tu estado.

—Es solo cansancio —murmuro.

—Ya, pero aún no ha llegado tu hora. Todavía tienes muchas cosas que contarme.

A duras penas logro balbucear:

—¿Por qué?

—Porque es nuestra historia —argumenta ella—. Y quiero oír tus anécdotas.

Mi mente vuelve a rodar de un modo vertiginoso y siento un leve mareo. Me duele la parte de la cara pegada al volante, y me doy cuenta de que el brazo roto está extrañamente hinchado. Se ha puesto morado, y los dedos parecen salchichas.

—Ya sabes cómo acaba.

—Quiero oírlo con tus propias palabras.

—No —refunfuño.

—Después de guardar la shivá durante una semana, sufriste una depresión —continúa ella, sin hacerme caso—. Te sentías muy solo. Yo no quería que tuvieras que pasar por ese mal trago.

Su voz suena apenada, y yo entorno los ojos.

—No podía evitarlo —me lamento—. Te echaba de menos.

Ella se queda unos momentos en silencio. Sabe que me muestro evasivo.

—Mírame, Ira. Quiero verte los ojos mientras me cuentas lo que pasó.

—No quiero hablar de ello.

—¿Por qué no? —insiste ella.

321

El sonido irregular de mi respiración llena el coche mientras elijo las palabras, hasta que al final admito:

—Porque me da vergüenza.

—Por lo que hiciste —anuncia ella.

Ruth sabe la verdad y yo asiento con la vista, temeroso de lo que pueda pensar de mí. Al cabo de unos momentos, ella suspira.

—Estaba muy preocupada por ti. Cuando todo el mundo se fue, después de la Shivá, te negabas a comer.

—No tenía hambre.

—No es verdad. Siempre estabas hambriento, pero elegiste desatender tus necesidades. Te estabas muriendo de hambre.

—Ya no importa… —Flaqueo.

—Quiero que me digas la verdad —insiste ella.

—Quería estar contigo.

—Pero ¿eso qué significa?

Finalmente abro los ojos, demasiado cansado para discutir.

—Significa que estaba intentando morir.

Fue el silencio, ese silencio que todavía experimento, un silencio que se instalaba cuando se marchaban los que habían pasado a darme sus condolencias. En ese momento, no estaba acostumbrado a él. Era opresivo, asfixiante; una quietud tan agobiante que al final se convirtió en un bramido que arrastraba todo lo demás. Y sin prisa pero sin pausa, me privó de la facultad de apreciar la vida.

El agotamiento y los hábitos también conspiraron contra mí. A la hora del desayuno, sacaba dos tazas de café en vez de una, y se me formaba un nudo en la garganta mientras guardaba la taza de más en el armario. Al mediodía, anunciaba en voz alta que iba a salir a buscar el correo, solo para darme cuenta unos instantes más tarde de que no había nadie que pudiera contestarme. Sentía una permanente tensión en el estómago, y por las noches no soportaba la idea de prepararme algo de cenar que tendría que comer solo. Había días que no probaba bocado.

No soy médico. No sé si la depresión era clínica o simplemente el resultado propio del luto, pero el efecto era el mismo. No veía ninguna razón para seguir viviendo. No quería vivir. Pero era un cobarde, incapaz de hacer algo definitivo. Por eso no hice nada, aparte de comer muy poco, pero el resultado fue el mismo. Perdí peso y me fui debilitando progresivamente. Poco a poco, mis recuerdos empezaron a mezclarse.

El hecho de ser consciente de que perdía a Ruth por segunda vez únicamente consiguió empeorar más las cosas, y al final dejé de comer por completo. Muy pronto, los veranos que habíamos pasado juntos se diluyeron por completo y ya no podía ver ninguna razón que me apartara de mi inevitable destino. Empecé a pasar más horas en la cama, con la mirada perdida en el techo, con el pasado y el futuro en blanco.

—No creo que eso sea verdad —me contradice ella—. Dices que no comías porque estabas deprimido; dices que no comías porque no podías recordar. De ese modo, no tenías fuerzas para combatir la depresión.

—Era viejo —argumento—. Hacía mucho tiempo que había perdido las fuerzas.

—¡Bah! Excusas. —Ruth agita la mano con desdén—. Pero no es momento para bromas. Estaba muy preocupada por ti.

—No podías estar preocupada. No estabas allí. Ese era el problema.

Ella achica los ojos como un par de rendijas y sé que no le ha gustado mi comentario. Inclina la cabeza, la luz matutina mantiene la mitad de su cara en la sombra.

—¿Por qué lo dices?

—¿Acaso no es cierto?

—Entonces, ¿cómo es posible que esté aquí contigo, en estos momentos?

—Quizá no estás aquí.

—Ira… —Ella mueve la cabeza. Me habla tal y como imagino que les hablaba a sus alumnos—. ¿Puedes verme? ¿Puedes oírme? —Se inclina hacia delante y posa su mano sobre la mía—. ¿Puedes notar mi tacto?

Su mano es cálida y suave. Son unas manos que conozco mejor que las mías.

—Sí —contesto—. Pero entonces no podía verte ni oírte.

Ella sonríe, con el semblante satisfecho, como si acabara de darle la razón.

—Eso es porque no comías.

Υ

323

En todo matrimonio que dura sus buenos años, la verdad siempre acaba por emerger, y la verdad es esta: nuestra pareja a veces nos conoce incluso mejor que nosotros mismos.

Ruth no era una excepción. Me conocía. Sabía que la echaría mucho de menos; sabía que necesitaba oír su voz. También sabía que yo, no ella, sería el que se quedaría solo. Es la única explicación; con el paso de los años, jamás la he cuestionado. Si cometió un error, fue que yo no descubrí lo que ella había planeado hasta que se me habían hundido las mejillas por completo y los brazos se me habían quedado como un par de palillos. No recuerdo casi nada del día que lo descubrí, pero no es extraño. En esos momentos, mis días se habían vuelto intercambiables, sin sentido, y no fue hasta que oscureció cuando me encontré con la vista fija en las cartas guardadas sobre la cómoda.

Las había visto todas las noches desde su muerte, pero eran suyas, no mías. Según mi errónea forma de pensar, creía que me harían sentir peor. Me recordarían cómo la echaba de menos; me recordarían todo aquello que había perdido, y la idea se me antojaba insoportable. No podía enfrentarme a ese mal trago. Sin embargo, aquella noche, quizá porque me estaba volviendo completamente apático respecto a mis sentimientos, me obligué a salir de la cama y cogí la caja. Quería recordar de nuevo, aunque solo fuera por una noche, pese a saber que eso me provocaría cierto sufrimiento.

La caja era curiosamente ligera. Cuando levanté la tapa, aspiré el aroma de la crema de manos que Ruth siempre había usado. No era muy intenso, pero todavía se podía notar. De repente, mis manos empezaron a temblar. De todos modos, había tomado una decisión y nada me haría cambiar de idea. Cogí la carta que le había escrito para nuestro primer aniversario.

El sobre estaba arrugado y amarillento por el paso del tiempo. Yo había escrito su nombre con un trazo firme que perdí hace mucho tiempo, y de nuevo pensé en mi edad. Pero no me detuve. Saqué la carta quebradiza del sobre y la coloqué bajo la lámpara.

Al principio, las palabras me resultaron ajenas, las palabras de un extraño, y no las reconocí. Hice una pausa y volví a intentarlo, concentrándome en el significado. Al hacerlo, noté que la presencia de Ruth iba tomando forma gradualmente junto a mí. «Ella está aquí», pensé para mí; esto es lo que ella quería. Se me aceleró el pulso mientras seguía leyendo y la habitación se disolvía a mi alrededor.

De repente, me sentí transportado nuevamente al lago, bajo el aire fresco de montaña a finales de verano. La academia, cerrada y abandonada, se erigía al fondo mientras Ruth leía la carta, con los ojos entornados, parpadeando sobre las líneas de la página.

Te he traído aquí, al lugar donde el arte cobró un sentido completo para mí, y pese a que nunca será lo que fue, siempre será nuestro lugar. Fue aquí donde recordé las razones por las que me había enamorado de ti; fue aquí donde empezamos nuestra nueva vida juntos.

Cuando terminé la carta, la volví a guardar en el sobre y la dejé a un lado. Leí la segunda, luego la siguiente, y después otra más. Las palabras fluían con facilidad de un año al siguiente, y con ellas recuperé los recuerdos de aquellos veranos que en mi depresión había sido incapaz de evocar. Hice una pausa cuando leí un fragmento que había escrito en nuestro decimosexto aniversario.

Desearía tener el talento para pintar lo que siento por ti, ya que mis palabras siempre me parecen inadecuadas. Me imagino usando el rojo para expresar tu pasión, y el azul celeste para tu bondad; un bosque verde para reflejar la profundidad de tu empatía, y el amarillo intenso para tu optimismo incansable. Y todavía me pregunto: ¿puede incluso la paleta de un artista contener la gama entera de lo que representas para mí?

Más tarde, encontré una carta que había escrito en aquellos años oscuros, cuando supimos que Daniel se había ido.

Soy testigo de tu sufrimiento y no sé qué hacer. ¡Cómo desearía poder acabar con tu pena! Mi mayor deseo es mejorar el presente, pero en ese sentido soy un inútil y te he fallado. Lo siento mucho. Como esposo, puedo escucharte, abrazarte y borrar tus lágrimas con mis besos, si me das la oportunidad.

Continué leyendo, toda la vida concentrada en una caja, una carta tras otra. Al otro lado de la ventana, la luna ascendía y se desplazaba lentamente por el cielo, hasta que al final desapareció de vista mientras seguía leyendo. Cada carta reflejaba y reafirmaba mi amor por Ruth, iluminado por todos los años que habíamos compartido. Y supe que Ruth también me había amado, ya que me dejó un regalo al final de la pila.

325

He de admitir que no me lo esperaba. Me refiero a que la sorpresa de Ruth, incluso desde el más allá, me pilló desprevenido. Clavé la vista en la carta que había en el fondo de la caja, intentando imaginar cuándo la había escrito y por qué nunca me lo dijo.

He leído la carta a menudo durante todos estos años, tantas veces que puedo recitarla de memoria. Sé que la mantuvo en secreto, segura de que yo la encontraría cuando más la necesitara. Ruth sabía que acabaría leyendo las cartas que le había escrito; supo predecir que llegaría un momento en el que no podría resistir el impulso. Y al final, todo salió tal y como ella había planeado.

Aquella noche, sin embargo, no pensé en eso. Simplemente cogí la carta con manos temblorosas y empecé a leerla despacio.

Querido Ira:

Escribo esta carta mientras duermes en la habitación, sin estar segura de cómo empezar. Ambos sabemos por qué estás leyéndola y lo que significa. Siento mucho lo que debes de estar pasando.

A diferencia de ti, no se me da bien escribir cartas, y hay tantas cosas que quiero decir… Quizá si escribiera en alemán las palabras fluirían con más facilidad, pero entonces no podrías leerla, así que ¿qué sentido tendría? Quiero escribirte la clase de carta que tú siempre me has escrito. Lamentablemente, jamás me he expresado tan bien con las palabras como tú, pero quiero intentarlo. Lo mereces, no solo por ser mi esposo, sino por ser el hombre que eres.

Me digo a mí misma que debería empezar con algo romántico, un recuerdo o un gesto que exprese la clase de marido que has sido para mí: el largo fin de semana en la playa cuando hicimos el amor por primera vez, por ejemplo, o nuestra luna de miel, cuando me regalaste los seis cuadros; o quizá debería hablar de las cartas que escribiste, o lo que sentía cuando me mirabas mientras yo estudiaba una obra de arte en particular. Sin embargo, la verdad es que en los pequeños detalles de nuestra vida juntos es donde verdaderamente encuentro el máximo significado. Tu sonrisa a la hora del desayuno siempre conseguía que el corazón me diera un vuelco de alegría, y cuando me estrujabas la mano tiernamente, me invadía un sentimiento de seguridad de que valía la pena vivir.

Pero elegir un puñado de anécdotas específicas no me parece correcto; en lugar de eso, prefiero recordarte en un número interminable de galerías de arte y habitaciones de hoteles diferentes, para revivir mil besos y mil noches pasadas en el confort familiar de tus brazos. Cada uno de esos recuerdos merece su propia carta, por la forma en que me hiciste sentir en cada uno de esos instantes. Por todo ello, te he amado con toda mi alma, mucho más de lo que nunca llegarás a imaginar.

Sé que lo estás pasando mal, y siento mucho no estar a tu lado para consolarte. Me parece inconcebible que ya nunca más pueda volver a hacerlo. Solo te pido una cosa: a pesar de tu tristeza, no olvides lo feliz que me has hecho; no olvides que amé al hombre que me amó, y que este ha sido el mayor regalo que jamás habría esperado recibir.

Sonrío mientras escribo estas líneas, y espero que tú también seas capaz de sonreír mientras las lees. No te hundas en la desesperación. En lugar de eso, quiero que me recuerdes con alegría, porque así es como yo siempre pensé en ti. Quiero que sonrías cuando pienses en mí. Y en tu sonrisa, viviré para siempre.

Sé que me echas muchísimo de menos. Yo también te echo de menos. Pero nos tenemos el uno al otro, porque yo soy —y siempre he sido— parte de ti. Me llevas en tu corazón, tal y como yo te llevaba en el mío, y eso nada podrá cambiar. Te quiero, amor mío, y tú me quieres. Aférrate a ese sentimiento, aférrate a nosotros y, poco a poco, encontrarás una forma de salir adelante.

RUTH

—Estás pensando en la carta que te escribí —comenta Ruth.

Abro los ojos y con un gran esfuerzo enfoco la vista hacia el asiento del pasajero, con la determinación de verla con nitidez.

Ella tiene sesenta años, y la experiencia resalta más su belleza. En las orejas luce unos pequeños diamantes, un regalo que le compré cuando se retiró. Intento pero no consigo humedecerme los labios.

—¿Cómo lo sabes? —carraspeo.

—No cuesta tanto. —Ella se encoge de hombros—. Tu expresión te delata. Siempre has sido muy transparente. Es una suerte que nunca jugaras al póquer.

—Jugué al póquer en la guerra.

—Bueno, pero seguro que no ganaste mucho dinero.

Le demuestro que tiene razón con una débil sonrisa.

—Gracias por la carta —digo con la voz ronca—. No sé si habría sobrevivido sin ella.

—Te habrías muerto de hambre —conviene Ruth—. Siempre has sido más terco que una mula.

De repente me invade una sensación de mareo y su imagen se distorsiona. Cada vez me cuesta más aferrarme a ella.

—Aquella noche cené una tostada.

—Sí, lo sé. Tú y tus tostadas para cenar. Nunca lo entendí. Eso es propio del desayuno. Además, una tostada no era suficiente.

—Pero era algo. De todos modos, ya casi era la hora de desayunar.

—Deberías haber tomado tortitas… y huevos. De esa forma, habrías recuperado las fuerzas para volver a pasear por la casa. Podrías haber contemplado los cuadros y dedicarte a recordar, tal y como solías hacer.

—Todavía no estaba listo para eso. Me habría hecho demasiado daño. Además, faltaba un cuadro.

—No faltaba ninguno —me rectifica ella. Se gira hacia la ventana y veo su cara de perfil—. Todavía no había llegado. Aún faltaba una semana para que lo recibieras.

Por un momento, se queda en silencio, y sé que no está pensando en la carta, ni tampoco en mí, sino en los golpecitos en la puerta, una semana después, seguidos por la aparición de una figura extraña en el umbral. Ruth hunde los hombros, y su voz denota su desconsuelo.

—Me habría encantado hablar con ella. Tenía tantas preguntas…

Esas últimas palabras las ha pronunciado con una profunda tristeza, que ha mantenido totalmente en secreto. A pesar de mi situación, me duele.

La mujer era alta y atractiva; las arrugas alrededor de sus ojos denotaban que había pasado muchas horas bajo el sol. Llevaba el pelo, rubio, atado en una coleta despeinada, y vestía con unos pantalones vaqueros desgastados y una blusa sencilla de manga corta. Pero el anillo en su dedo y el BMW aparcado en el bordillo indicaban que llevaba una vida holgada, una existencia muy diferente a la mía. Debajo del brazo llevaba un paquete envuelto en un simple papel de estraza, de un tamaño y una forma familiares.

—¿Señor Levinson? —preguntó. Cuando asentí, ella sonrió—.

Me llamo Andrea Lockerby. Usted no me conoce, pero su esposa, Ruth, fue la maestra de mi marido. De eso hace ya muchos años y probablemente no lo recuerde; se llamaba Daniel McCallum. Me preguntaba si podría dedicarme unos minutos.

Por un momento, mi sorpresa fue tal que me quedé sin habla. Oía el nombre una y otra vez, repetido sin parar. Solo parcialmente consciente de lo que hacía, me aparté a un lado para dejarla pasar y la guie hasta el comedor. Cuando me senté en la butaca, ella tomó asiento en el sofá que formaba un ángulo recto con la butaca.

Incluso entonces, no se me ocurría nada que decir. Oír el nombre de Daniel después de casi cuarenta años, cuando todavía no me había recuperado de la pérdida de Ruth, fue —y todavía es— uno de los mayores impactos de mi vida.

La mujer carraspeó antes de hablar.

—He venido a expresar mis condolencias. Sé que su esposa falleció hace poco; lo siento mucho.

Parpadeé desconcertado, intentando hallar las palabras para el alud de emociones y recuerdos que amenazaban con ahogarme. Quería preguntarle: «¿Dónde está? ¿Por qué desapareció? ¿Y por qué no volvió nunca a contactar con Ruth?». Pero fui incapaz de articular tales dudas. En lugar de eso, solo acerté a farfullar:

—¿Daniel McCallum?

Ella dejó el paquete a su lado mientras asentía con la cabeza.

—Mencionó varias veces sus recuerdos de esta casa. Su esposa le daba clases aquí, ¿verdad?

—Y… ¿es su marido?

Sus ojos se desviaron un instante antes de volver a mirarme.

—Mi difunto marido. Después me casé otra vez. Daniel falleció hace dieciséis años.

Aquella noticia me paralizó. Intenté contar mentalmente cuántos años tenía cuando murió, pero no pude. Pero estaba claro que había fallecido demasiado joven y… que no tenía sentido. Ella debió deducir mis pensamientos, pues dijo:

—Sufrió un aneurisma. Ocurrió de repente, sin ningún síntoma previo. Fue fulminante, los médicos no pudieron hacer nada.

La angustiosa parálisis continuó expandiéndose por todo mi cuerpo hasta que pensé que no podría volver a moverme nunca más.

—Lo siento —murmuré. Las palabras sonaron inadecuadas incluso a mis propios oídos.

—Gracias. —Ella asintió con la cabeza—. Y, de nuevo, siento mucho la pérdida de su esposa.

Por un momento, el silencio se cernió sobre nosotros. Finalmente, abrí las manos, en señal de irresolución.

—¿Qué puedo hacer por usted, señora…?

—Lockerby —me recordó ella, al tiempo que cogía el paquete y me lo ofrecía.

—He venido a entregarle esto. Ha permanecido en el desván de mis padres durante muchos años. Cuando vendieron la casa, hace un par de meses, lo encontré en una de las cajas que me enviaron. Daniel estaba muy orgulloso de este cuadro, y la verdad es que no me parecía correcto tirarlo a la basura.

—¿Un cuadro? —me interesé.

—Una vez me dijo que una de las cosas más importantes que había hecho era pintar.

Me costó mucho asimilar sus palabras.

—¿Me está diciendo que Daniel pintaba?

La mujer asintió.

—En Tennessee. Me dijo que se dedicó a pintar durante los años que pasó en la casa de acogida para menores. Un artista que trabajaba allí de voluntario le ayudaba.

—Por favor —digo, súbitamente alzando la mano—. No entiendo nada de lo que dice. ¿Le importaría empezar por el principio y explicarme qué pasó con Daniel? Mi esposa y yo siempre nos preguntamos qué había sido de él.

Ella vaciló.

—No sé hasta qué punto podré ser de gran ayuda. Le conocí en la universidad, y él jamás hablaba de su pasado. Además, ha transcurrido tanto tiempo…

Me quedé callado, esperando a que ella prosiguiera. Parecía estar buscando las palabras adecuadas, mientras se dedicaba a tirar de una hebra suelta de la blusa.

—Lo único que sé es lo poco que me contó. Me dijo que sus padres habían muerto y que vivía con su hermanastro y su esposa en algún lugar cerca de aquí, pero que les embargaron la casa y tuvieron que ir a vivir a Knoxville, en Tennessee. Los tres vivieron durante un tiempo en la furgoneta, pero entonces arrestaron a su hermanastro por alguna fechoría, y Daniel acabó en una casa de acogida para menores. Se aplicó en los estudios, por lo que consiguió una beca para ir a la Universidad de Tennessee. Empezamos a salir en el último curso. Los dos estudiábamos Relaciones Internacionales. Unos meses después de licenciarnos, antes de incorporarnos a una misión de voluntariado con el Cuerpo de Paz, nos casamos. —La mujer hizo una pausa antes de concluir—: Eso es todo lo que sé. Ya le he dicho que él no hablaba mucho de su pasado; parecía como si hubiera pasado una infancia difícil, y creo que le resultaba doloroso revivirla.

Intenté asimilar la información, tratando de imaginarme la vida que había llevado Daniel.

—¿Cómo era? —pregunté con curiosidad.

—¿Daniel? Era… increíblemente sagaz y bondadoso, pero desprendía una energía intensa y extraña. No era rabia, era más como si hubiera visto la peor cara que la vida puede ofrecer, y estuviera decidido a mejorar el mundo. Tenía un carisma, una convicción, que conseguía que la gente lo siguiera. Pasamos dos años en Camboya con el Cuerpo de Paz; después, me puse a trabajar en un centro de atención sanitaria gratuita y él aceptó un trabajo en United Way; no sé si conoce esa organización, es una red nacional que se dedica a ayudar a la gente: se centra en aspectos como la educación, la salud… —Hizo una pausa para reorganizar las ideas—. Compramos una pequeña casa y hablamos de tener hijos, pero al cabo de un par de años nos dimos cuenta de que no nos gustaba vivir en un área residencial, así que vendimos nuestras pertenencias, empaquetamos algunos objetos personales y los guardamos en casa de mis padres, y al final aceptamos un par de trabajos en una organización de derechos humanos con sede en Nairobi. Estuvimos allí siete años, y creo que él nunca fue más feliz que en aquella etapa. Viajaba a docenas de países diferentes, donde se encargaba de gestionar varios proyectos. Daniel sentía que su vida tenía un sentido, que estaba contribuyendo a mejorar las cosas.

Desvió la vista hacia la ventana y se quedó callada un momento. Cuando volvió a hablar, su expresión mostraba una mezcla de añoranza y de asombro.

—Daniel era tan… hábil, y mostraba una curiosidad tan genuina por todo… Era un ávido lector. Pese a ser joven, iba encaminado a convertirse en el director ejecutivo de la organización, y probablemente lo habría conseguido. Pero murió cuando solo tenía treinta y tres años. —Sacudió la cabeza—. Después de aquello, África ya no fue lo mismo para mí, así que volví a casa.

Mientras hablaba, intenté sin éxito enlazar su descripción con la de aquel chiquillo rústico y andrajoso que estudiaba en la mesa

331

de nuestro comedor. Sin embargo, en el fondo sabía que Ruth se habría sentido muy orgullosa de él.

—¿Y dice usted que volvió a casarse?

—Hace doce años. —Ella sonrió—. Tengo dos hijos, o mejor dicho, hijastros. Mi marido es un cirujano ortopedista. Vivimos en Nashville.

—¿Y ha conducido hasta aquí para traerme un cuadro?

—Mis padres se fueron a vivir a Myrtle Beach; íbamos de camino a visitarlos. De hecho, mi marido me está esperando en una céntrica cafetería en Greensboro, así que será mejor que no me demore demasiado. Siento haber pasado de esta forma, sin avisar. Sé que para usted son unos momentos muy dolorosos, pero ya le he dicho que no me parecía bien tirarlo a la basura, así que decidí buscar el nombre de su esposa en Internet y vi el obituario. Me di cuenta de que su casa nos quedaba de camino.

No sabía qué esperar, pero después de rasgar el papel de estraza, se me formó un nudo en la garganta. Era un retrato de Ruth, una pintura hecha por un niño, con trazos toscos. Las líneas no eran del todo correctas, y los rasgos estaban claramente desproporcionados, pero Daniel había sido capaz de reflejar su sonrisa y la expresividad de sus ojos con una sorprendente habilidad. En aquel retrato detecté la pasión y el gran dinamismo que siempre habían caracterizado a Ruth. Daniel también había sabido plasmar el aura enigmática que la rodeaba y que siempre me había seducido, por más años que estuviéramos juntos. Deslicé el dedo por encima de las pinceladas que formaban sus labios y mejillas.

—¿Por qué…? —Eso fue lo único que acerté a decir, sin apenas aliento.

—La respuesta está en el dorso —contestó ella, con ternura.

Cuando le di la vuelta al cuadro, vi la foto que les había hecho a Ruth y a Daniel mucho tiempo atrás. El paso de los años la había vuelto amarillenta, y las puntas estaban rizadas. La desenganché y la contemplé durante un buen rato.

—En el dorso de la foto —me indicó ella, rozando mi mano con cariño.

Le di la vuelta a la fotografía, y allí, con una caligrafía perfecta, vi lo que Daniel había escrito:

Ruth Levinson
Mi maestra en tercero de primaria.

Ella cree en mí,
y cree que, de mayor, podré ser lo que quiera.
Incluso que puedo cambiar el mundo.

Todo lo que recuerdo es que en esos momentos sentí que las circunstancias me superaban. La mente se me quedó en blanco. No me acuerdo de qué más hablamos (si es que hablamos de algo más). Lo que sí recuerdo es que, cuando ella se disponía a marcharse, se volvió hacia mí en el umbral de la puerta y me dijo:

—No sé por qué lo guardó en la casa de acogida para menores, pero quiero que sepa que en la universidad tenía este cuadro colgado justo encima de su escritorio. Era el único objeto personal que tenía en su habitación. Después de la universidad, el retrato viajó con nosotros a Camboya y luego regresó a Estados Unidos. Me dijo que tenía miedo de que se estropeara si lo llevaba de nuevo a África, y por eso lo dejó en casa de mis padres. Pero antes de que llegáramos a nuestro destino en África, se arrepintió. Entonces me dijo que esa pintura significaba más que cualquier otra de sus posesiones. Hasta que encontré la foto en el dorso no comprendí exactamente lo que significaba. No estaba hablando del cuadro. Estaba hablando de su esposa.

333

En el coche, Ruth permanece callada. Sé que tiene más preguntas acerca de Daniel, pero a mí no se me ocurrió plantearlas aquel día. Este es otro de mis numerosos remordimientos, ya que, después de aquel encuentro, nunca más volví a ver a Andrea. Del mismo modo que Daniel desapareció en 1963, ella también desapareció de mi vida.

—Colgaste el retrato sobre la chimenea —dice Ruth al cabo de un rato—. Y después ordenaste que te enviaran el resto de los cuadros del almacén y los colgaste por toda la casa, incluso los amontonaste en las habitaciones.

—Quería verlos. Quería volver a recordar. Quería verte.

Ruth no dice nada, pero lo comprendo. Sé que su mayor deseo habría sido volver a ver a Daniel, aunque solo fuera a través de los ojos de su esposa.

Día tras día, después de haber leído la carta y de que el retrato de Ruth estuviera colgado en casa, la depresión empezó a desaparecer. Comencé a comer con más regularidad. Pasó un año hasta que recuperé el peso que había perdido, pero mi vida empezó a seguir una especie de rutina.

En aquellos meses después de su muerte, ocurrió otro milagro (el tercero en aquel año, por lo demás tan trágico) que me ayudó a encontrar de nuevo el camino.

Al igual que Andrea, otra visita inesperada se presentó en el umbral de mi puerta. Esta vez se trataba de una antigua alumna de Ruth, que pasó a expresar sus condolencias. Se llamaba Jacqueline, y, aunque yo no la recordaba, ella también quería hablar conmigo.

Me dijo que Ruth había sido una figura trascendental en su vida. Antes de marcharse, me mostró un tributo que había escrito en su honor y que iba a ser publicado en el periódico local. Era halagador y a la vez revelador. Cuando lo publicaron, pareció abrir las compuertas de un raudal de sentimientos. A lo largo de los siguientes meses, el desfile de antiguos alumnos de Ruth que pasó por casa no paró de crecer: Lindsay, Madeline, Eric, Pete y una lista innumerable; personas desconocidas que se presentaban en mi puerta en momentos inesperados para compartir anécdotas sobre los años en que mi esposa había sido maestra en el colegio.

A través de sus palabras, llegué a entender que Ruth había sido el catalizador que había desbloqueado la vida de mucha gente, y que la mía solo había sido la primera.

334

A veces pienso que los años que siguieron a la muerte de Ruth se pueden dividir en cuatro fases. La depresión y la recuperación después de que falleciera constituyó la primera. El periodo en el que intenté seguir adelante con energías renovadas fue la segunda. La tercera fase abarcó los años después de la visita de la reportera en el año 2005, cuando tuve que poner rejas en las ventanas. No fue hasta hace tres años, en el 2008, sin embargo, cuando finalmente decidí qué hacer con la colección, lo que condujo a la cuarta y última fase.

La planificación patrimonial es un asunto complicado, pero esencialmente la cuestión se reducía a lo siguiente: yo tenía que decidir qué hacer con nuestras posesiones, o el estado acabaría decidiendo por mí. Howie Sanders nos había estado presionando a

Ruth y a mí durante muchos años para que tomáramos una decisión. Nos preguntó si había alguna organización benéfica por la que sintiéramos una especial predilección o si queríamos que los cuadros fueran a parar a algún museo en particular. ¿Quizá preferiríamos subastarlos y dedicar el dinero obtenido a alguna organización específica o a alguna universidad? Después de la aparición del artículo —y de que el valor potencial de la colección se convirtiera en un tema de acalorado debate en el mundo del arte—, Sanders insistió aún más, aunque por entonces yo ya era el único que quedaba para escucharlo.

No fue hasta el 2008, sin embargo, cuando finalmente accedí a ir a su despacho.

Él había organizado reuniones de carácter confidencial con representantes de varios museos: el Museo Metropolitano de Arte de Nueva York, el Museo de Arte Moderno, el Museo de Arte de Carolina del Norte y el Whitney, así como con representantes de la Universidad de Duke, de Wake Forest y de la Universidad de Carolina del Norte en Chapel Hill. Había personas de la Liga contra la Difamación y de la United Jewish Appeal (dos de las organizaciones favoritas de mi padre) y también alguien de la casa de subastas Sotheby's.

335

Sanders me invitó a pasar a una sala de conferencias donde llevó a cabo las presentaciones, y en cada una de aquellas caras leí una ávida curiosidad: se preguntaban cómo era posible que Ruth y yo —el dueño de una pequeña sastrería y una maestra de primaria— hubiéramos conseguido atesorar aquella vasta colección privada de arte moderno.

Asistí a una serie de presentaciones individuales. Todos me aseguraron que la porción de la colección que me atreviera a poner en sus manos sería tasada de forma justa —o, en el caso de Sotheby's, maximizada—. Las organizaciones benéficas me prometieron que dedicarían todo el dinero a aquellas causas que fueran especiales para Ruth y para mí.

Cuando el día tocó a su fin, me sentía cansado. Al regresar a casa me quedé dormido casi de inmediato en la butaca del comedor. Cuando me desperté, no pude evitar contemplar el retrato de Ruth, preguntándome qué habría querido ella que hiciera.

—Pero no te lo dije —comenta Ruth con calma.

Hacía bastante rato que no hablaba, y supongo que está intentando mantenerme con fuerzas. Ella también puede ver que el final se aproxima.

He de hacer un gran esfuerzo para abrir los ojos, pero no veo más que una imagen borrosa delante de mí.

—No, tú nunca quisiste hablar de eso —contesto con la voz rasgada y arrastrando las palabras.

Ruth ladea la cabeza para mirarme.

—Confiaba en que tú tomarías la decisión.

Puedo recordar el momento en que finalmente decidí qué hacer. Fue a primera hora de la tarde, unos días después de las reuniones en el despacho de Howie. Me había llamado una hora antes para preguntarme si tenía alguna duda o si quería que él hablara con alguno de los representantes en particular. Después de colgar el teléfono, y con la ayuda de mi andador, me dirigí hacia el porche trasero.

Allí había dos mecedoras que flanqueaban una mesita, llena de polvo a causa de la falta de uso. Cuando éramos jóvenes, Ruth y yo solíamos sentarnos ahí fuera para charlar mientras contemplábamos cómo emergían las estrellas en el cielo que poco a poco se iba oscureciendo. Con el paso de los años, aquellos atardeceres en el porche dejaron de ser tan frecuentes, porque ambos notábamos más los cambios de temperatura. El frío en invierno y el calor en verano provocaban que el porche quedara vacío durante más de la mitad del año; solo durante la primavera y el otoño, Ruth y yo nos aventurábamos a salir.

Pero aquella noche, a pesar del calor y de la gruesa capa de polvo en las mecedoras, me senté tal y como solíamos hacer. Reflexioné sobre la reunión y acerca de todo lo que me habían dicho. De repente, comprendí que Ruth había tenido razón: nadie entendía el verdadero valor de aquella colección.

Durante un rato, contemplé la idea de ceder la colección entera a Andrea Lockerby, aunque solo fuera porque ella también había amado a Daniel. Pero en realidad no la conocía, y Ruth tampoco. Además, no podía evitar sentirme decepcionado por el hecho de que, a pesar de la influencia obvia de Ruth en la vida de Daniel, él jamás intentara volver a ponerse en contacto con ella. Era algo que no podía comprender, ni perdonar del todo, porque sabía que a Ruth le había partido irreparablemente el corazón.

No encontraba una solución. Para nosotros el arte nunca había tenido nada que ver con el dinero. Al igual que la reportera, esos representantes y coleccionistas, esos expertos y comerciales, no lo entendían. Con las palabras de Ruth resonando en mi cabeza, al final dejé que la respuesta empezara a tomar forma.

Al cabo de una hora, llamé a Howie a su casa. Le dije que iba a subastar toda la colección. Como un buen soldado, él no discutió mi decisión. Tampoco me cuestionó cuando le expliqué que quería que la subasta se celebrara en Greensboro. No obstante, cuando le indiqué los términos específicos de la subasta, él se quedó tan sorprendido que no supo qué decir, incluso me pregunté si se había cortado la comunicación. Al final, después de carraspear, me comentó los pormenores de lo que aquello implicaría. Le dije que para mí era absolutamente primordial mantener todo aquel asunto en secreto.

A lo largo de los siguientes meses, organizamos los detalles. Fui al despacho de Howie en dos ocasiones más para reunirme con los directores ejecutivos de diversas organizaciones benéficas judías; las sumas de dinero que iban a recibir, obviamente, dependían de la subasta en sí y de en qué cantidad de dinero se valorara la colección. Hasta el último día, los peritos pasaron semanas catalogando y fotografiando la colección entera, estimando su valor y estableciendo el origen. Al final, me enviaron un catálogo para que diera mi consentimiento. El valor estimado de la colección era de vértigo incluso para mí, pero, como ya he dicho, eso no importaba.

Cuando todo estuvo a punto, tanto para la subasta inicial como para las subsiguientes sesiones —era imposible vender todas aquellas obras en un solo día—, hablé tanto con Howie como con el representante oportuno de Sotheby's, para ultimar sus responsabilidades, y les pedí que firmaran un montón de documentos legales para garantizar que no habría ninguna alteración posible del plan que yo había fraguado.

Quería estar preparado para cualquier adversidad. Cuanto todo estuvo listo, firmé el testamento delante de cuatro testigos. Al final especifiqué que mi testamento era definitivo y que no podía ser alterado ni modificado bajo ninguna circunstancia.

De vuelta a casa, me senté en el comedor y contemplé el retrato de Ruth, cansado y satisfecho. La echaba de menos, quizá más en aquel instante que nunca, pero, aun así, sonreí y pronuncié las palabras que sabía que a ella le habría gustado escuchar:

—Tranquila, todos lo comprenderán —dije—. Por fin todo el mundo lo entenderá.

337

Y

Ya es por la tarde. Me siento como si me estuviera encogiendo, como un castillo de arena que lentamente se va deshaciendo con cada nueva ola. A mi lado, Ruth me mira con preocupación.

—Deberías dormir un poco —me indica con ternura.

—No estoy cansado —miento.

Ruth sabe que trato de engañarla, pero finge que me cree, y se pone a parlotear con una despreocupación forzada.

—Creo que no podría haber sido una buena esposa para nadie más; a veces puedo ser demasiado terca.

—Es verdad —admito con una sonrisa—. Tienes suerte de que te aguantara.

Ella esboza una mueca de fastidio.

—Hablo en serio, Ira.

La miro sin pestañear. ¡Cómo me gustaría poder abrazarla! «Pronto», me digo a mí mismo. Pronto me reuniré con ella. Me cuesta mucho continuar hablando, pero me obligo a contestar.

—De no habernos conocido, creo que habría sabido que mi vida no era completa. Y habría viajado por todo el mundo en tu busca, aunque no supiera a quién buscaba.

338 Sus ojos se iluminan ante tales palabras, y se inclina hacia mí para acariciarme el pelo con su mano. Su tacto es reconfortante y cálido.

—Eso ya me lo habías dicho antes. Siempre me gusta esa respuesta.

Cierro los ojos y el peso de los párpados es tal que he de hacer un gran esfuerzo para volver a abrirlos. Ruth apenas es visible. Ahora, su figura es casi traslúcida.

—Estoy cansado.

—Todavía no ha llegado tu hora. Todavía no he leído tu carta. La nueva, la que me ibas a entregar. ¿Recuerdas lo que escribiste?

Me concentro y consigo recordar un trocito, solo eso, nada más.

—No lo suficiente —murmuro.

—Dime lo que recuerdas; lo que sea.

Necesito unos momentos para aunar fuerzas. Resuello y oigo el leve silbido que se escapa de mi laboriosa respiración. Ya no noto la sequedad en la garganta; ha sido reemplazada por un agotamiento profundo.

—Si de verdad existe un lugar llamado Cielo, nos volveremos a encontrar, ya que no hay Cielo sin ti. —Me detengo, consciente de que incluso pronunciar esas pocas palabras me deja sin aliento.

Creo que se ha emocionado, aunque no puedo estar seguro.

Pese a que la estoy mirando, prácticamente ha desaparecido. Pero puedo notar el alcance de su tristeza, de su melancolía, y sé que se prepara para marcharse. Aquí y ahora, ella no puede existir sin mí.

Ruth parece saberlo. Aunque continúa difuminándose, se inclina hacia mí. Me acaricia nuevamente el cabello y me besa en la mejilla. Tiene dieciséis años, y veinte, y treinta, y cuarenta; todas las edades, todas a la vez. Es tan hermosa que se me empiezan a llenar los ojos de lágrimas.

—Me encanta lo que me has escrito —susurra—. Quiero oír el resto de la carta.

—No podrá ser —murmuro, y me parece notar una de sus lágrimas en mi mejilla.

—Te quiero, Ira —susurra—. Recuerda que siempre te he querido...

Siento su respiración en mi oreja, como los murmullos de un ángel.

—Lo sé... —empiezo a decir, y, cuando ella vuelve a besarme, mis ojos se cierran por la que creo que será la última vez.

339

29

Sophia

*E*l sábado por la noche, mientras el resto del campus estaba celebrando otro fin de semana, Sophia se hallaba en la biblioteca, redactando un documento, cuando su móvil empezó a vibrar. Aunque el uso de móviles solo estaba permitido en determinadas áreas, Sophia vio que no había nadie más a su alrededor y alargó la mano. Al ver el texto y el remitente, frunció el ceño.

«Llámame. Es urgente», había escrito Marcia.

Aunque el mensaje era escueto, era más de lo que habían intercambiado desde la pelea. Sophia se preguntó qué hacer. ¿Enviarle otro mensaje? ¿Preguntarle qué pasaba? ¿O hacer lo que Marcia le pedía y llamarla?

No estaba segura. La verdad es que no quería hablar con Marcia. Al igual que el resto de las compañeras de la hermandad, seguramente estaba en alguna fiesta o en un bar. Es probable que estuviera bebiendo, lo cual abría la puerta a la posibilidad de que ella y Brian se hubieran peleado, y lo último que Sophia quería era verse metida en esa clase de berenjenales. No tenía ganas de escuchar el llanto de Marcia mientras repetía que Brian era un cretino, ni tampoco se sentía con ganas de ir a consolarla, especialmente después de que Marcia la hubiera seguido evitando de aquella manera.

Sin embargo, Marcia quería que la llamara. Fuese por el motivo que fuese, decía que era «urgente».

Aquella palabra podía interpretarse de mil maneras. Se debatió unos segundos más y tomó una decisión. Guardó el documento y cerró el ordenador. Lo metió en la mochila, se puso el abrigo y enfiló hacia la salida. Al abrir la puerta notó la dentellada de una ráfaga glacial y vio una fina capa de nieve en el suelo. La temperatura debía haber descendido a unos seis grados bajo cero en las últimas horas. Se congelaría, de vuelta a la residencia…

Pero todavía no. Dejando de lado sus reticencias, sacó el móvil y volvió a entrar en el vestíbulo. Marcia contestó al primer timbre. Se oía música de fondo a todo volumen y una cacofonía de cien conversaciones.

—¿Sophia? ¡Gracias a Dios que has llamado!

Ella resopló, tensa.

—¿Qué pasa? ¿Qué es eso tan urgente?

El ruido de fondo se mitigó. Sin lugar a dudas, Marcia estaba buscando un sitio más tranquilo. Oyó un portazo, y después la voz de Marcia que, con una nota de pánico, la instó:

—¡Has de volver a la residencia lo antes posible!

—¿Por qué?

—¡Luke está aquí! ¡Ha aparcado en la calle de enfrente! Lleva esperándote más de veinte minutos. ¡Por favor, ven volando!

Sophia tragó saliva.

—Hemos roto, Marcia. No quiero verle.

—Ah —dijo Marcia, sin poder ocultar su confusión—. Eso es terrible. Sé que te gustaba mucho…

—¿Eso es todo? —la cortó Sophia—. Mira, he de irme…

—¡No, espera! —gritó Marcia—. Ya sé que estás enfadada conmigo y que no tengo perdón, pero no te llamo por eso. Brian sabe que Luke está aquí; Mary-Kate se lo ha dicho hace unos minutos. Brian ha bebido más de la cuenta y se está envalentonando. Ya ha convencido a algunos amigos para salir a darle su merecido. He intentado hablar con él, pero ya sabes cómo es. ¡Luke no tiene ni idea de lo que le espera! Aunque ya no salgáis juntos, seguro que no querrás que le hagan daño…

341

En esos momentos, Sophia apenas la oía. El viento gélido ahogaba el sonido de la voz de Marcia mientras Sophia corría hacia la residencia.

El campus estaba desierto a esas horas. Tomó todos los atajos que pudo, para llegar a la residencia a tiempo. Mientras corría, llamó a Luke varias veces al móvil, pero, por alguna razón, no le contestaba. Consiguió enviarle un mensaje breve, pero tampoco respondió.

No estaba lejos, pero el punzante y frío viento de febrero le picaba las orejas y las mejillas; además, le resbalaban los pies en la nieve recién caída. No llevaba botas. La nieve derretida le traspasaba los zapatos y le empapaba los dedos de los pies. La nieve húmeda seguía cayendo, ligera y tupida; la clase de nieve que se trocaría instantáneamente en hielo y convertiría las carreteras en una trampa peligrosa.

Sophia se puso a correr a toda máquina, al tiempo que volvía a marcar el número de Luke en vano. Ya había dejado el campus atrás y corría por las calles. En Greek Row, los estudiantes se arracimaban detrás de las ventanas iluminadas. Por las aceras apenas había gente, y los pocos que transitaban se desplazaban deprisa de una fiesta a otra, el típico ritual de abandono y exceso del sábado por la noche. La residencia de estudiantes estaba al final de la calle. Sophia aguzó la vista a través de la oscuridad y la nieve, pero apenas atisbó el contorno de la camioneta de Luke.

Justo entonces vio que un grupo de chicos salía de una de las residencias de estudiantes tres puertas más abajo, al otro lado de la calle. Eran cinco o seis, capitaneados por alguien muy alto. Otra figura salió tras ellos. A pesar de que apenas estaba iluminada mientras atravesaba corriendo el porche y bajaba los peldaños, enseguida reconoció a su compañera de habitación. Débilmente, amortiguada por el adverso tiempo invernal, oyó la voz de Marcia, que le suplicaba a Brian que se detuviera.

Mientras corría, la mochila iba dando saltitos en su espalda, de una forma molesta, y los pies seguían resbalando. Parecía una patosa. Se estaba acercando, pero no lo bastante rápido. Brian y sus amigos ya se habían desplegado a ambos lados de la camioneta. Ella estaba aún a cuatro edificios de distancia, incapaz de adivinar si en el oscuro interior de la camioneta estaba Luke o no. Los gritos de Marcia cortaban el aire, con un ascendente tono sulfurado.

—¡Es una locura, Brian! ¡Olvídate de él!

Todavía a tres casas de distancia, Sophia vio que Brian y sus amigotes abrían la puerta del conductor con un golpe enérgico y se metían dentro. El enfrentamiento empezó y ella chilló al ver que sacaban a Luke de mala manera de la camioneta.

—¡Déjalo en paz! —gritó Sophia.

—¡Basta, Brian! —intervino Marcia.

Brian —o bien envalentonado, o bien borracho— no les hizo caso. Luke perdió el equilibrio y se tambaleó entre los brazos de Jason y Rick, los dos que habían estado con Brian en el rodeo en McLeansville. Otros cuatro chicos cerraron el círculo, rodeando a Luke.

Presa del pánico, Sophia corrió por el centro de la calle justo cuando Brian se retiraba unos pasos hacia atrás y le atizaba a Luke un puñetazo en plena cara. La cabeza de Luke se zarandeó bruscamente hacia atrás. Sophia sintió un escalofrío de terror al recordar el vídeo...

Mientras Luke se tambaleaba, Rick y Jason lo soltaron, y él cayó de bruces sobre el asfalto cubierto de nieve. Sophia ya casi había llegado. Todavía aterrorizada, escrutó a Luke en busca de algún movimiento, pero no vio ninguno...

—¡Levántate! —le gritó Brian—. ¡Ya te dije que tú y yo no habíamos acabado!

Sophia vio que Marcia se colocaba de un salto delante de Brian.

—¡Basta ya! —chilló, intentando retenerlo—. ¡Basta!

Brian no le prestó atención. Sophia vio que Luke empezaba a moverse y se ponía de cuatro patas, en un intento de levantarse del suelo.

—¡Levántate! —le conminó Brian otra vez.

En ese momento, Sophia consiguió entrar en el círculo, abriéndose paso a codazos entre dos chicos de la fraternidad para interponerse entre Brian y Luke, junto a Sophia.

—¡Se acabó, Brian! —chilló fuera de sí—. ¡Déjalo ya!

—¡Todavía no he terminado!

—¡Sí que has terminado! —respondió Sophia.

—¡Por favor, Brian! —suplicó Marcia, intentando agarrarlo por las manos—. Déjalo ya, vámonos. Hace mucho frío. Me estoy helando.

Luke ya había conseguido ponerse de pie; el moratón en el pómulo era más que evidente. Brian resoplaba con rabia. Para sorpresa de Sophia, le propinó un empujón a Marcia. No fue violento, pero Marcia no se lo esperaba; se tambaleó y cayó de espaldas. Brian no pareció darse cuenta. Dio un amenazador paso hacia Luke, listo para apartar también a Sophia de su camino. Ella sacó atropelladamente el móvil del bolsillo. Cuando Brian agarró a Luke por la solapa, Sophia ya había pulsado el botón de grabar y había alzado el teléfono.

—¡Adelante! ¡Pienso grabarlo todo! ¡Te pudrirás en la cárcel! ¡Te echarán del equipo! ¡A todos vosotros os echarán del equipo!

Ella continuó retrocediendo, grabando, enfocando a todos los allí presentes. Estaba acercando el objetivo para que se vieran bien sus caras pasmadas y sus expresiones nerviosas cuando Brian se le echó encima, le arrancó el teléfono de la mano y lo estampó contra el suelo.

343

—¡Ahora ya no podrás grabar nada!

—Quizás ella no —intervino Marcia desde el otro lado del círculo, alzando su móvil—. ¡Pero yo sí!

—Supongo que probablemente me lo merecía —dijo Luke—, quiero decir, después de lo que le hice...

Se habían montado en la camioneta, Luke al volante, Sophia a su lado. Las amenazas habían dado resultado. Fueron Jason y Rick los que al final convencieron a Brian para que regresara con ellos a la residencia, donde sin lugar a dudas a esas horas estaría pavoneándose del puñetazo con el que había conseguido tumbar a Luke. Marcia no se marchó con ellos, sino que regresó a la residencia de chicas. Sophia vio luz en la habitación que compartían.

—No te lo merecías —objetó ella—. Por lo que recuerdo, tú no atizaste a Brian. Solo... lo inmovilizaste en el suelo.

—En la tierra, boca abajo.

—Sí, así es —admitió ella.

—Por cierto, gracias por intervenir. Con el móvil. Te compraré uno nuevo.

—No es necesario. De todos modos, ya estaba muy viejo. ¿Por qué no has contestado?

—Se me acabó la batería en el trayecto de vuelta a casa y olvidé el cargador del coche. Solo me llevé el normal. No pensé que sería de vital importancia.

—¿Por lo menos has podido enviar un mensaje a tu madre?

—Sí —contestó.

Si Luke se preguntó cómo era posible que ella supiera aquel hábito de enviarle un mensaje a su madre, no dijo nada. Sophia entrelazó las manos sobre el regazo.

—Supongo que ya sabes cuál será mi siguiente pregunta, ¿verdad?

Luke achicó los ojos como un par de rendijas.

—¿Por qué estoy aquí?

—No deberías haber venido. No quiero verte por aquí; y menos recién llegado de un rodeo, porque...

—No puedes vivir así.

—No, no puedo.

—Lo sé.

Luke suspiró. A continuación, se arrellanó en el asiento para quedar de cara a ella.

344

—He venido para decirte que yo tampoco puedo. A partir de esta noche, me retiro, esta vez para siempre.

—¿Abandonas los rodeos? —preguntó ella, con un leve tinte de desconfianza en la voz.

—Ya lo he hecho.

Sophia no sabía cómo reaccionar. ¿Debería felicitarle, reconfortarlo, expresar su alivio?

—También he venido a preguntarte si tenías algún plan para este fin de semana. ¿O tienes algo importante el lunes..., quiero decir, algún examen o algún trabajo que presentar?

—He de presentar un trabajo el próximo martes, pero, aparte de eso, solo tengo un par de clases. ¿Por qué?

—Bueno, había pensado que no me iría nada mal un pequeño descanso para ordenar las ideas. Antes de que se me acabara la batería del móvil, llamé a mi madre y le comenté mi plan; ella cree que es una buena idea. —Resopló, aliviado—. Estaba pensando en volver a la cabaña de turismo ecuestre, y me preguntaba si querrías acompañarme.

Sophia todavía no había asimilado todo lo que le había dicho ni tampoco sabía si creerlo o no. ¿Era cierto? ¿De verdad había abandonado los rodeos para siempre?

Luke la mirada sin pestañear.

—De acuerdo —susurró ella.

En la habitación de la residencia de estudiantes, Sophia encontró a Marcia preparando la bolsa de viaje.

—¿Qué haces?

—Quiero irme a casa esta misma noche. Necesito dormir en mi cama de toda la vida; solo serán un par de minutos más y me iré.

—No tienes por qué hacerlo —dijo Sophia—. Esta también es tu habitación.

Marcia asintió sin dejar de lanzar objetos dentro de la bolsa. Sophia apoyó todo el peso del cuerpo primero en una pierna y luego en la otra.

—Gracias por el mensaje, y por lo que has hecho con el móvil.

—Ya, bueno, se lo merecía. Estaba actuando como un... loco.

—Peor que eso, pero gracias —apuntó Sophia.

Marcia alzó la vista por primera vez y dijo:

—De nada.

—Probablemente mañana ni se acordará de lo que ha hecho.

—No importa.

—Sí que importa, si a ti te gusta...

Marcia dudó un instante antes de sacudir la cabeza. Sophia tenía la impresión de que su compañera de habitación había llegado a una conclusión, aunque no estaba muy segura de cuál era.

—¿Luke ya se ha ido?

—Ha ido a su casa en busca de gasolina y provisiones. Regresará dentro de unos minutos.

—¿De veras? Espero que esta vez deje puesto el seguro de la puerta en la camioneta. —Cerró la cremallera de la bolsa y luego volvió a centrarse en Sophia—. Un momento... ¿Cómo es que va a volver? Pensaba que decías que habías cortado con él.

—Así es.

—Pero...

—¿Qué te parece si hablamos de todo eso la semana que viene, cuando regreses? En estos momentos no estoy completamente segura de lo que pasará entre nosotros.

Marcia aceptó la propuesta. A continuación, enfiló hacia la puerta, pero al llegar al umbral se detuvo.

—Estaba pensando... ¿Sabes?, tengo la impresión de que lo vuestro funcionará. Y, si quieres mi opinión, creo que eso es bueno.

346

En las montañas había nevado copiosamente y las carreteras tenían placas de hielo, lo que provocó que no llegaran a su destino hasta casi las cuatro de la madrugada. El lugar parecía un campamento de colonos; era como si llevara mucho tiempo abandonado. A pesar de la absoluta oscuridad, Luke condujo la camioneta sin equivocarse hasta detenerse delante de la misma cabaña que habían ocupado hacía unos días. La llave estaba colgada en la cerradura.

En el interior hacía un frío glacial. Las delgadas tablas de madera que constituían las paredes no conseguían mantener el frío a raya. Luke le había dicho que cogiera gorro y guantes. Sophia no se los quitó —ni tampoco el abrigo— mientras Luke encendía el fuego en la chimenea y la estufa de leña. La carretera, que estaba peligrosamente resbaladiza, había mantenido a Sophia despierta y alerta; sin embargo, al llegar a la cabaña, empezó a notar que el agotamiento la vencía.

Se metieron en la cama totalmente vestidos, con los abrigos y los gorros, y se quedaron dormidos al cabo de tan solo unos minutos. Cuando Sophia se despertó unas horas después, la cabaña ya se había calentado considerablemente, aunque no lo bastante como para pasearse por allí sin varias capas de ropa. Sophia pensó que un motel barato habría sido más cómodo, pero, cuando contempló la escena a través de la ventana, se quedó nuevamente extasiada con la belleza de aquel paraje. Los carámbanos colgaban de las ramas, resplandeciendo bajo la luz del sol. Luke ya estaba en la cocina. El aire estaba impregnado del aroma a panceta frita y huevos revueltos.

—Por fin te has despertado —observó él.

—¿Qué hora es?

—Casi las doce.

—Supongo que estaba cansada. ¿Hace mucho rato que estás despierto?

—Un par de horas. Procurar mantener este espacio lo bastante caliente como para que sea habitable no es tan fácil como crees.

Ella no lo dudaba. Desvió la atención hacia la ventana.

—¿Habías estado antes aquí, en invierno?

—Solo una vez, de pequeño. Me pasé el día haciendo muñecos de nieve y comiendo malvaviscos asados.

Ella sonrió al imaginarlo de niño, antes de convertirse en una persona adulta y seria.

—¿Quieres que hablemos sobre lo que te ha hecho cambiar de idea?

Luke ensartó un trozo de panceta y lo apartó de la sartén.

—En realidad, nada. Supongo que al final he hecho caso al sentido común.

—¿Eso es todo?

Él bajó el tenedor.

—Me tocó montar a *Big Ugly Critter* en la ronda final. Y cuando llegó mi turno… —Sacudió la cabeza, sin acabar de expresar sus pensamientos—. Bueno, entonces supe que había llegado el momento de colgar las espuelas. Me di cuenta de que ya no quería seguir. Eso estaba matando a mi madre poco a poco.

«Y a mí», quería añadir Sophia, pero no lo hizo.

Luke miró por encima del hombro, como si oyera las palabras que ella no había pronunciado.

—También me di cuenta de que te echaba de menos.

—¿Qué pasará con el rancho? —preguntó ella con suavidad.

Él sirvió los huevos revueltos en dos platos.

—Supongo que lo perderemos, y entonces intentaremos em-

347

pezar de nuevo. Mi madre tiene mucha experiencia. Espero que salga adelante. Por supuesto, me ha dicho que no me preocupe por ella, que debería preocuparme por mi porvenir.

—¿Y qué piensas hacer?

—Todavía no lo sé. —Se dio la vuelta y llevó ambos platos a la mesa, donde ya descansaba la cafetera junto a los utensilios—. Espero que este fin de semana me ayude a tomar una decisión.

—¿Y crees que podemos retomar nuestra relación en el punto donde la dejamos?

Antes de contestar, Luke colocó correctamente los platos en la mesa y apartó la silla para que Sophia se sentara:

—No, no lo creo, pero espero que podamos empezar de nuevo.

Después de comer, pasaron la tarde haciendo un muñeco de nieve, tal y como él había hecho en su infancia. Mientras iban añadiendo nieve para dar forma a las bolas pastosas, se pusieron al día.

Luke le describió los rodeos en Macon y en Carolina del Sur, así como la vida en el rancho en las últimas semanas. Sophia le contó que la situación tan tensa entre ella y Marcia la había empujado a pasar todo el tiempo en la biblioteca, por lo que había adelantado tanto los trabajos y las lecturas obligatorias que dudaba que tuviera que estudiar durante las siguientes dos semanas.

—Ese es uno de los aspectos positivos de intentar evitar a tu compañera de habitación —apuntó ella—: te ayuda en los estudios.

—Anoche Marcia me sorprendió —señaló Luke—. No me esperaba que reaccionara de ese modo. Teniendo en cuenta las circunstancias, quiero decir.

—A mí no me sorprendió —replicó Sophia.

—¿No?

Ella reflexionó unos instantes, preguntándose cómo estaría Marcia en esos momentos.

—Vale, quizá me sorprendió «un poco».

Aquella noche, acurrucados en el sofá bajo una manta, y mientras el fuego crepitaba en la chimenea, Sophia preguntó:

—¿Echarás de menos montar?

—Probablemente un poco, pero no tanto como para volver a hacerlo.

—Pareces muy seguro de tus palabras.

—Es que estoy seguro.

Sophia se volvió hacia él para estudiar su cara, fascinada por el reflejo del fuego en sus ojos.

—Lo lamento por tu madre. Sé que estará aliviada al saber que te has retirado, pero…

—Lo sé, a mí también me pasa lo mismo. Pero encontraré la forma de resarcirla.

—Creo que lo único que desea es tenerte a su lado.

—Eso mismo es lo que me he dicho. Cambiando de tema, ahora soy yo quien desea hacerte una pregunta, y quiero que lo pienses bien antes de contestar. Es importante.

—Adelante.

—¿Estás ocupada el próximo fin de semana? Porque, si estás libre, me gustaría invitarte a cenar.

—¿Me estás pidiendo que salga contigo? —preguntó ella.

—Estoy intentando empezar de nuevo. Eso es lo que se suele hacer, ¿no? Invitar a una chica a salir.

Ella alzó la cabeza y le dio un beso por primera vez aquel día.

—No creo que sea necesario empezar de cero, ¿no te parece?

—¿Es eso un sí o un no?

—Te quiero.

—Yo también te quiero.

Aquella noche hicieron el amor, y luego otra vez el lunes por la mañana, después de dormir hasta tarde. Disfrutaron de una comida tranquila. Tras dar un paseo, a través de la ventana, al calor de la cabaña y sorbiendo café, Sophia observó a Luke mientras este cargaba las bolsas en la camioneta. Los dos habían cambiado. Sophia pensó que, en los pocos meses que se conocían, su relación había evolucionado hasta convertirse en algo más profundo, algo que ella no había previsto.

Al cabo de unos minutos ya estaban de camino, montaña abajo por la pista forestal, en dirección a la carretera. El sol se reflejaba en la nieve y producía un intenso resplandor que obligó a Sophia a dar la espalda a la ventana y apoyar la cabeza en el cristal. Miró por encima del asiento del conductor de Luke. Todavía no estaba segura de qué iba a pasar cuando se graduara, en mayo, pero, por primera vez, empezó a preguntarse si Luke estaría dispuesto a seguirla. No había dicho nada de aquello en voz alta, pero se preguntó si sus planes habían jugado un papel en la decisión de Luke de retirarse del mundo de los rodeos.

Estaba cavilando acerca de esas cuestiones en un placentero estado de sopor, a punto de quedarse dormida, cuando la voz de Luke rompió el silencio.

—¿Has visto eso?

Ella abrió los ojos y cayó en la cuenta de que Luke había aminorado la marcha.

—No, no he visto nada —admitió.

Luke la sorprendió al pisar el freno y detener la camioneta en el arcén de la carretera, sin apartar los ojos del espejo retrovisor.

—Me ha parecido ver algo —dijo al tiempo que ponía una marcha y paraba el motor, luego activó los intermitentes—. Solo será un segundo, ¿vale?

—¿Qué pasa?

—No estoy seguro, pero quiero confirmar una cosa.

Agarró la chaqueta del asiento trasero y se apeó de la camioneta. Mientras enfilaba hacia la parte posterior del vehículo, se puso la chaqueta.

Por encima del hombro, Sophia constató que acababan de dejar atrás una curva. Luke miró en ambas direcciones, luego corrió hasta el otro lado de la carretera y se acercó a la barrera metálica lateral de la vía. Solo entonces ella vio que estaba rota.

Luke aguzó la vista para escrutar aquella pronunciada pendiente; de repente, se giró hacia Sophia. Incluso a distancia, pudo percibir la ansiedad en su rostro y en los movimientos de su cuerpo. Sin perder ni un segundo, ella también se apeó de la camioneta.

—¡Coge mi móvil y llama al 911! —gritó Luke—. ¡Un coche se ha salido de la carretera y se ha despeñado! ¡Creo que hay alguien dentro!

Después franqueó la sección rota de la barrera metálica y desapareció de la vista.

30

Sophia

Más tarde recordaría lo que pasó a continuación como una sucesión de instantáneas: la llamada de emergencia que realizó mientras veía cómo Luke descendía por aquella pronunciada cuneta; a ella misma corriendo de nuevo hacia la camioneta, presa del pánico, en busca de una botella de agua después de que Luke dijera que le parecía que el conductor todavía se movía; su descenso por el barranco, aferrándose a ramas y arbustos; el aspecto del vehículo accidentado (el capó aplastado, la carrocería lateral abollada, el parabrisas resquebrajado); la imagen de Luke, forcejeando para abrir la puerta del conductor atascada mientras procuraba mantener el equilibrio en la pendiente, que se trocaba en una pared vertical a tan solo unos pocos metros del vehículo.

Pero, sobre todo, Sophia recordaba el nudo que se le formó en la garganta cuando vio al anciano, con su descarnada cabeza pegada al volante. Se fijó en el pelo ralo que le cubría el cuero cabelludo manchado, las orejas que parecían demasiado grandes para él. Tenía el brazo doblado en un ángulo antinatural, un corte en la frente, el hombro dislocado, los labios tan resecos que incluso le sangraban. Debía de estar sufriendo mucho dolor; sin embargo, su expresión era extrañamente serena. Cuando Luke consiguió por fin abrir la puerta, Sophia se acercó más, procurando no perder el equilibrio en aquella resbaladiza pendiente.

—Estoy aquí —le dijo Luke al anciano—. ¿Me oye? ¿Puede moverse?

Sophia detectó el pánico en la voz de Luke mientras se inclinaba hacia el interior del vehículo y colocaba la mano en el cuello de aquel hombre, en busca del pulso.

—Es débil —comentó—. Está muy mal.

Los gemidos del anciano apenas eran audibles. Instintivamente, Luke agarró la botella de agua, vertió un poco en el tapón y lo inclinó sobre la boca del anciano. La mayor parte del agua se derramó, pero unas gotas bastaron para humedecerle los labios. El hombre reaccionó emitiendo unos sonidos guturales.

—¿Cómo se llama? —le preguntó Luke con suavidad.

El hombre articuló un sonido que se escapó en forma de jadeo. Sus ojos parcialmente entornados parecían desenfocados.

—Ira.

—¿Cuándo tuvo el accidente?

Hizo falta un largo momento para que Ira pronunciara:

—Á… bado.

Luke miró a Sophia con estupefacción antes de volver a mirar a Ira.

—Le ayudaremos, ¿de acuerdo? La ambulancia no tardará. Aguante un poco, por favor. ¿Quiere más agua?

Al principio, Sophia no estaba segura de si Ira había oído a Luke, pero el anciano abrió la boca levemente y Luke le dio otro pequeño trago, gotita a gotita. Ira volvió a tragar antes de murmurar algo ininteligible. Entonces, con ronquera, las palabras fueron emergiendo despacio, con una respiración costosa:

—Arta… par… mi… posa… Ru…

Ni Sophia ni Luke comprendieron lo que decía. Luke volvió a inclinarse hacia él.

—No le entiendo. ¿Quiere que llame a alguien? ¿Tiene esposa o hijos? ¿Me puede dar un número de teléfono?

—Arta…

—¿Marta? —preguntó Luke.

—No… Aar… arta… en… co… he… Ru…

Luke se volvió hacia Sophia, sin comprender. Ella sacudió la cabeza antes de empezar de forma automática a probar suerte combinando letras… Sarta, larta, barta, carta…

¿Carta?

—Creo que se refiere a una carta. —Se inclinó hacia Ira y, al hacerlo, pudo notar el olor a enfermedad en su débil aliento.

—¿Carta? Se refiere a una carta, ¿verdad?

—Sí… —Ira resolló y volvió a cerrar los ojos.

Su respiración era sibilante, con un ruido similar al de unas piedrecillas dentro de un frasco. Sophia examinó el interior del coche; sus ojos se posaron en diversos objetos esparcidos por el suelo debajo del salpicadero aplastado a causa del impacto. Aferrándose a la parte lateral del vehículo, se desplazó hacia el maletero para pasar al otro lado.

—¿Qué haces? —le preguntó Luke.

—Quiero encontrar su carta…

La puerta del copiloto no estaba atrancada, por lo que pudo abrirla con relativa facilidad. En el suelo había un termo, dos bocadillos deformados, una bolsa pequeña de plástico llena de ciruelas, una botella de agua…, y allí, en un rincón, un sobre. Le costó mucho recuperarlo, ya que le resbalaban los pies y tuvo que agarrarse al postigo. Alargó el cuerpo al máximo al tiempo que resoplaba por el esfuerzo, hasta que logró coger el sobre con la punta de dos dedos. Desde el otro lado del coche, alzó victoriosa su trofeo y se fijó en la cara de incomprensión de Luke.

—Una carta para su esposa —anunció ella, tras cerrar la puerta y regresar junto a Luke—. Eso es lo que él intentaba decirnos.

—¿Cuando decía algo de «ru»?

—No «ru» —lo corrigió Sophia. Volteó el sobre para que Luke pudiera leer el nombre antes de guardarlo en el bolsillo del abrigo—. Ruth.

353

Un policía que patrullaba por la zona fue el primero en llegar. Después de descender por la pendiente, él y Luke convinieron en que era demasiado arriesgado mover a Ira. La ambulancia tardó una eternidad en llegar, y los enfermeros consideraron que no era conveniente sacarlo del coche y subirlo por la empinada cuesta en una camilla. Necesitarían disponer del triple de personal, y aun así sería arriesgado.

Al final llamaron a una grúa, con el consiguiente retraso. Cuando por fin llegó el vehículo de rescate, se colocó en el lugar adecuado para maniobrar y deslizó un cable de acero pendiente abajo que luego engancharon al guardabarros trasero del coche mientras los enfermeros (improvisando con los cinturones de seguridad del vehículo) amarraban a Ira, para minimizar el impacto ante cualquier sacudida. Solo entonces empezaron a arrastrar el coche lentamente, pendiente arriba, hasta que al final volvió a emerger a la carretera.

Mientras Luke respondía preguntas del policía, Sophia se quedó cerca de los enfermeros, observando cómo trasladaban a Ira hasta la camilla y le suministraban oxígeno antes de subirlo a la ambulancia.

Al cabo de unos minutos, Luke y Sophia se quedaron solos. Él la estrechó entre sus brazos con fuerza; ambos estaban intentando transmitirse ánimos y fuerza mutuamente cuando, de repente, Sophia recordó que todavía tenía la carta en el bolsillo.

Dos horas después, la pareja esperaba en la abarrotada sala de urgencias del hospital de la localidad, sentados uno junto al otro, cogidos de la mano. En la mano libre, Sophia sostenía la carta, y de vez en cuando la estudiaba, fijándose en la letra escrita con pulso tembloroso y preguntándose por qué le había dado a la enfermera sus nombres y le había pedido que le informara acerca del estado de Ira, en lugar de simplemente entregar la carta para que la incorporaran a las pertenencias del anciano.

Eso les habría permitido continuar el viaje de vuelta hasta Winston-Salem, pero, al recordar la cara de Ira y el ansia que había mostrado el hombre por encontrarla, Sophia sintió el impulso de confirmar que la carta no se perdería en medio del ajetreo del personal del hospital. Quería entregársela al médico o, incluso mejor, a Ira en persona...

Por lo menos, eso fue lo que se dijo. Lo único que sabía era que aquella expresión tan serena en los ojos de Ira cuando lo habían encontrado había despertado su curiosidad por saber en qué estaba pensando o soñando. Era un milagro que hubiera sobrevivido, con aquellas heridas y lesiones, teniendo en cuenta su edad y su frágil estado.

Sobre todo, Sophia se preguntaba por qué, transcurridas varias horas, no había aparecido ningún amigo ni familiar en la sala de urgencias. El anciano estaba consciente cuando había ingresado, lo que quería decir que probablemente había podido avisar para que llamaran a alguien. Así que... ¿dónde estaban? ¿Por qué todavía no habían llegado? En un momento tan crítico, Ira necesitaba a alguien más que nunca y...

Luke cambió de posición en la silla, interrumpiendo sus pensamientos.

—Sabes que probablemente no nos dejarán visitarlo, ¿verdad? —la previno.

—Lo sé, pero, de todos modos, quiero saber cómo está.

—¿Por qué?

Sophia le dio la vuelta a la carta en las manos, incapaz de expresar sus motivos con palabras.

—No lo sé.

Υ

Pasaron otros cuarenta y cinco minutos antes de que un médico atravesara las puertas correderas. Primero enfiló hacia el mostrador y luego, después de que la enfermera señalara hacia ellos, se les acercó. Luke y Sophia se pusieron de pie.

—Soy el doctor Dillon. Me han dicho que queréis ver al señor Levinson, ¿no?

—¿Se refiere a Ira? —preguntó Sophia.

—Sois la pareja que lo ha encontrado, ¿verdad?

—Sí.

—¿Puedo preguntaros el motivo de vuestro interés?

Sophia estuvo a punto de mencionar la carta, pero al final no lo hizo. Luke notó su confusión y carraspeó nervioso:

—Bueno, solo queremos saber si se recuperará.

—Lo siento mucho, pero no puedo hablaros de su estado, ya que no sois familiares del señor Levinson —les informó el médico.

—Pero se recuperará, ¿verdad?

El médico miró a Luke y luego a Sophia.

—Según la ley, ni siquiera deberíais estar aquí. Habéis hecho lo correcto al llamar a la ambulancia, y me alegro de que lo rescatarais, pero vuestra responsabilidad acaba aquí. El paciente no os conoce.

Sophia se quedó mirando al médico; intuía que tenía algo más que añadir. Al final, el doctor Dillon suspiró y dijo:

—La verdad es que no sé qué pasa aquí, pero, por alguna razón que desconozco, cuando el señor Levinson se ha enterado de que estabais aquí, ha pedido si podía veros. No os puedo comentar nada acerca de su estado; lo único que os pido es que hagáis la visita lo más corta posible.

Ira parecía incluso más pequeño que en el coche, como si se hubiera encogido en las últimas horas. Estaba postrado en una cama parcialmente reclinada, con la boca entreabierta y las mejillas hundidas; en su brazo serpenteaban unas sondas intravenosas. Un monitor junto a su cama emitía pitidos al ritmo de su corazón.

—No os quedéis mucho rato —avisó el médico.

Luke asintió antes de que los dos entraran en la habitación.

Un tanto vacilante, Sophia se acercó a la cama. De reojo vio que

355

Luke agarraba una silla apoyada contra la pared y la emplazaba delante de ella antes de retroceder unos pasos de nuevo. Sophia se sentó junto a la cama y se inclinó para quedar dentro del ángulo de visión de Ira.

—Estamos aquí —dijo al tiempo que le mostraba la carta—. Tengo su carta.

Ira respiró con dificultad y movió lentamente la cabeza. Sus ojos se posaron primero en la carta y luego en Sophia, antes de balbucear:

—Ruth...

—Sí —contestó Sophia—. La carta que le escribió a Ruth. Se la dejo aquí, a su alcance, ¿de acuerdo?

Al oír aquello, los ojos de Ira se entristecieron incomprensiblemente. Movió la mano un poco, intentando tocar la de Sophia. Dejándose llevar por el instinto, Sophia alargó el brazo y le sujetó la mano con ternura.

—Ruth, mi dulce Ruth... —empezó a decir Ira, al mismo tiempo que se le humedecían los ojos.

—Lo siento, yo no soy Ruth —contestó Sophia con suavidad—. Me llamo Sophia; somos la pareja que lo ha encontrado.

Él parpadeó varias veces seguidas, con una más que evidente confusión.

—¿Ruth?

A Sophia se le formó un nudo en la garganta al oír la súplica en su tono.

—No —respondió ella tiernamente, observando cómo él retiraba la mano y la alargaba hacia la carta.

Sophia comprendió lo que pretendía y se la entregó. Ira la cogió, la levantó como si pesara mucho y se la ofreció de nuevo a Sophia. Solo entonces ella vio las lágrimas en los ojos del anciano. Cuando él habló, su voz sonaba más firme y las palabras eran claras por primera vez.

—¿Puedes serlo?

Ella señaló la carta.

—¿Quiere que lea la carta que le escribió a su esposa?

Ira la miró a los ojos mientras una lágrima rodaba por su mejilla hundida.

—Por favor, Ruth. Quiero que la leas.

Él resolló, como si el esfuerzo de hablar le hubiera dejado exhausto. Sophia se giró hacia Luke, preguntándose qué debía hacer. Luke señaló la carta.

—Creo que deberías leerla, Ruth —le dijo—. Eso es lo que él quiere que hagas. Léela en voz alta, para que él pueda oírla.

Sophia clavó la vista en la carta que tenía en las manos. No le parecía correcto. Ira estaba desorientado; era una carta personal. Se suponía que tenía que leerla Ruth, no ella...

—Por favor —suplicó Ira, con su voz débil y como si le leyera la mente.

Con manos temblorosas, Sophia estudió el sobre antes de levantar la solapa. La carta apenas ocupaba una página; estaba escrita con el mismo pulso tembloroso que ya había visto en el sobre. Aunque todavía estaba indecisa, automáticamente desplazó la carta hasta la luz. Acto seguido, empezó a leer despacio:

Mi querida Ruth:

Es pronto, demasiado pronto, pero, para no perder la costumbre, me parece que no podré volver a conciliar el sueño. Fuera, el día asoma con todo su nuevo esplendor, pero, sin embargo, yo solo puedo pensar en el pasado. En esta hora de paz, sueño contigo y con los años que hemos pasado juntos. Se acerca nuestro aniversario, amor mío, pero en esta ocasión no será tal y como solemos celebrarlo. Con todo, no puedo olvidar que es el día que marcó el inicio de mi vida contigo. Me acerco a tu butaca, con el deseo de recordártelo, aunque sé que no te encontraré ahí sentada. Nuestro Señor, con una sabiduría que no puedo decir que comprenda ni que comparta, te invitó a seguirlo hace muchos años, y parece que las lágrimas que derramé aquella noche jamás se secarán.

Sophia hizo una pausa para mirar a Ira, y se fijó en sus labios, ahora fruncidos, y en las lágrimas que reseguían los cauces de los valles de su rostro. Aunque intentó mantener la compostura, su voz empezó a quebrarse a medida que seguía leyendo.

Esta mañana te echo de menos, de la misma forma que te he echado de menos todos los días durante los últimos nueve años. Estoy cansado de tanta soledad; estoy cansado de vivir sin el sonido de tu risa, y me desespero al pensar que ya nunca podré volver a abrazarte. Sin embargo, espero que te satisfaga saber que cuando me abordan estos oscuros pensamientos, puedo oír tu voz, reprendiéndome: «No seas tan pesimista, Ira. No me casé con un pesimista».

Echo la vista atrás y me doy cuenta de que hay tanto por recordar... Menudas aventuras, ¿verdad? Son tus palabras, que no las mías, ya

357

que así es como siempre describías nuestra vida juntos. Me lo decías mientras estábamos acostados en la cama, me lo decías todos los años sin falta en el Rosh Hashaná.

Siempre detectaba un brillo de satisfacción en tus ojos cuando lo decías, y, en aquellos momentos, era tu expresión, más que tus palabras, lo que provocaba que mi corazón se llenara de alegría. No miento si digo que, contigo, mi vida se parecía a una fantástica aventura; a pesar de nuestras circunstancias normales, tu cándido amor imbuía ricos matices a todo lo que hacíamos. Todavía no logro comprender cómo fui tan afortunado como para compartir la vida contigo.

Te quiero, siempre te he querido, y siento mucho no poder decírtelo en persona. Y a pesar de que te escribo esta carta con la esperanza de que, de algún modo, seas capaz de leerla, me entristece saber que se acerca el final de una tradición. Esta es, amor mío, la última carta que te escribo. Ya sabes lo que me ha dicho el doctor, sabes que me estoy muriendo y que no iré a Black Mountain en agosto. No obstante, quiero que sepas que no tengo miedo. Mi tiempo en la Tierra toca a su fin, y estoy preparado para lo que venga, sea lo que sea. La realidad no me entristece, al contrario, me llena de paz, y cuento los días con una sensación de alivio y de gratitud, ya que cada hora que pasa es una hora menos que falta para volver a verte.

Eres mi esposa, pero, más que eso, siempre has sido mi único y verdadero gran amor. Durante casi tres cuartos de siglo, has dado sentido a mi existencia. Ha llegado la hora de decir adiós, y en el momento clave de esta transición creo que comprendo por qué me fuiste arrebatada. Dios quiso mostrarme lo especial que eras y, a lo largo de esta larga fase de luto, enseñarme de nuevo el significado del amor. Ahora comprendo que nuestra separación ha sido solo transitoria. Cuando contemplo las hondonadas del universo, sé que se aproxima la hora en que de nuevo podré estrecharte entre mis brazos. Si de verdad existe un lugar llamado Cielo, nos volveremos a encontrar, ya que no hay Cielo sin ti.

Te quiero,

IRA

A través de un velo de lágrimas, Sophia vio que la cara de Ira adoptaba una expresión de paz indescriptible. Cuidadosamente, volvió a guardar la carta en el sobre, lo deslizó con suavidad hasta la mano del anciano y sintió cómo él se apoderaba nuevamente de su preciado tesoro. El médico apareció en el umbral. Había llegado la hora de marcharse.

Se levantó y Luke volvió a dejar la silla en su sitio, apoyada contra la pared. A continuación, le estrechó la mano con cariño.

Ira giró la cabeza en la almohada y abrió parcialmente la boca entre resuellos. Sophia se volvió hacia el médico, que ya se acercaba a la cama del paciente. Tras un último vistazo a la frágil figura del anciano, Sophia y Luke abandonaron la habitación y se alejaron por el pasillo del hospital.

31

Luke

*E*l mes de febrero tocaba a su fin y ya faltaba menos para la graduación de Sophia, y a su vez también se acercaba para la inevitable ejecución de la hipoteca del rancho. Las ganancias de Luke en los tres primeros rodeos les habían dado otro mes —máximo dos— antes del desahucio, pero, a finales de mes, su madre empezó a hablar discretamente con los vecinos, para averiguar si alguno estaba interesado en comprar la finca.

Sophia empezaba a preocuparse por su futuro. No había recibido noticias ni del Museo de Arte de Denver ni del MoMA, y se preguntaba si acabaría trabajando para sus padres y viviendo en su antigua habitación. A Luke también le costaba conciliar el sueño por las noches. Le preocupaban las escasas opciones de su madre y no sabía cómo podría contribuir a su mantenimiento hasta que ella encontrara algo viable.

Pese a ello, ni Luke ni Sophia querían hablar del futuro. En lugar de eso, intentaban centrarse en el presente, buscando el bienestar en su mutua compañía y en el amor que sentían el uno por el otro.

En marzo, Sophia aparecía por el rancho el viernes por la tarde y no regresaba hasta el domingo. A menudo, también se quedaba con Luke los miércoles por la noche. A menos que lloviera, pasaban casi todo el tiempo paseando a caballo por la finca. Normalmente Sophia ayudaba a Luke en las tareas del rancho, pero a veces le hacía compañía a su madre.

Era la clase de existencia que Luke siempre había soñado…, si bien era consciente de que esa vida se acababa y que no podía hacer nada por evitarlo.

Υ

Un atardecer, a mediados de marzo, cuando en el aire ya se palpaban las primeras notas primaverales, Luke llevó a Sophia a un local donde actuaba una conocida banda de *country*. Desde el otro lado de la mesa de madera, él se fijó en la forma en que Sophia agarraba firmemente la cerveza y seguía el ritmo de la música con los pies.

—Si sigues mostrando tanto interés, acabaré por creer que te gusta esta música —soltó él al tiempo que señalaba hacia los pies de Sophia.

—Me gusta esta música.

Luke sonrió.

—¿A pesar de que sean canciones con unos temas tan tristes y siempre hablen de lo mismo, de hombres que han perdido a su esposa y todo aquello que quieren? Por cierto, ¿has oído el chiste de qué es lo que consigues si tocas una canción *country* al revés?

Sophia tomó un trago de cerveza.

—No, creo que no.

—Pues que recuperas a tu esposa, tu perro, tu camioneta...

Ella sonrió burlonamente.

—Qué gracioso.

—Pues no te has reído.

—Es que tampoco es tan gracioso.

Su ocurrencia le hizo reír.

—¿Has hecho las paces con Marcia?

Sophia se colocó un mechón de pelo detrás de la oreja.

—Al principio la situación era un poco incómoda, pero ya hemos recuperado prácticamente la normalidad.

—¿Sigue saliendo con Brian?

Ella resopló.

—No, cortó con él cuando se enteró de que le estaba poniendo los cuernos con otra.

—¿Cuándo fue eso?

—Hace un par de semanas, o quizás un poco más.

—¿Le afectó mucho?

—La verdad es que no. Por entonces, ella ya estaba saliendo también con otro chico. Es uno o dos años menor que ella, así que no creo que esa relación tenga futuro.

Luke empezó a pelar distraídamente la etiqueta de la botella de cerveza.

—Es una chica curiosa.

—Tiene un buen corazón —la defendió Sophia.

—¿Ya no estás enfadada por lo que te hizo?

—Lo estaba, pero se me ha pasado.

—¿No le guardas rencor?

—Marcia cometió un error. No tenía intención de herirme; me pidió perdón un millón de veces. Además, se puso de mi parte cuando la necesité. Así que sí, sin rencor. Asunto olvidado.

—¿Crees que seguirás en contacto con ella, después de que te gradúes?

—Por supuesto. Sigue siendo mi mejor amiga. Y a ti debería caerte bien.

—¿Por qué? —preguntó Luke, enarcando una ceja.

—Porque sin ella, yo nunca te habría conocido.

Unos días más tarde, Luke acompañó a su madre al banco para proponer una negociación en el plan de pagos que les permitiera quedarse con parte del rancho. Su madre presentó una propuesta que implicaba vender prácticamente la mitad de la finca, incluida la plantación de abetos, el campo de calabazas y uno de los pastizales, en el caso de que consiguieran encontrar comprador. Disminuirían la vaquería en un tercio, y así, según los cálculos de su madre, podrían hacer frente a los pagos reducidos del préstamo.

Tres días más tarde, el banco rechazó formalmente su propuesta.

Un viernes por la noche de finales de mes, Sophia se presentó en el rancho, visiblemente angustiada. Tenía los ojos rojos e hinchados, y los hombros desplomados en actitud de desconsuelo. Luke la envolvió con sus brazos tan pronto como ella llegó al porche.

—¿Qué pasa?

Sophia hipó. Cuando habló, lo hizo con voz temblorosa.

—No podía esperar más, así que he llamado al Museo de Arte de Denver y he preguntado si habían tenido la oportunidad de revisar mi solicitud. Me han dicho que lo han hecho, pero que la vacante ya está cubierta. Y la misma respuesta he obtenido del MoMA.

—Lo siento —dijo Luke, acunándola entre sus brazos—.

Sé que habías depositado muchas esperanzas en esas dos opciones.

Al cabo, Sophia se apartó de él, con una ansiedad patente en el rostro.

—¿Qué voy a hacer? No quiero volver con mis padres. No quiero volver a trabajar en la charcutería.

Luke le iba a proponer que se quedara con él tanto tiempo como quisiera, pero recordó que eso tampoco sería posible.

A principios de abril, Luke vio a su madre paseando por la finca con tres hombres. Reconoció a uno de ellos como un ranchero vecino de Durham. Habían hablado una o dos veces en las ferias de ganado, y Luke no tenía ninguna opinión formada acerca de ese individuo, aunque incluso desde lejos era obvio que a su madre no le gustaba demasiado.

Luke no sabía si se trataba de una antipatía personal o de si comprendía que aquello implicaba que estaban muy cerca de perder el rancho definitivamente. Supuso que los otros dos hombres debían de ser parientes o socios del ranchero.

Aquella noche, durante la cena, su madre no dijo nada al respecto. Y él no preguntó.

363

Aunque Luke había participado solo en tres de los siete rodeos anuales, había obtenido bastantes puntos como para colocarse en la quinta posición en la fecha límite, lo suficiente para clasificarse en el circuito mayor. El siguiente fin de semana, en Chicago, había un rodeo con un premio en metálico tan importante como para mantener el rancho a flote hasta finales de año, suponiendo que Luke montara tan bien como lo había hecho al principio de la temporada.

No dijo nada sobre el rodeo ni a Sophia ni a su madre. El toro mecánico en el granero permaneció cubierto por la lona, y otro jinete ocupó su lugar en el circuito mayor, sin lugar a dudas soñando con ganar y ocupar la primera posición aquel año.

—¿Te arrepientes de no haber competido este fin de semana? —le preguntó Sophia.

Habían decidido ir a pasar el día a Atlantic Beach, bajo un esplendoroso cielo azul sin una sola nube. En la orilla, la brisa era fresca pero agradable, y la playa estaba repleta de gente que paseaba o hacía volar cometas; algunos surfistas intrépidos se atrevían a cabalgar sobre las extensas olas que los arrastraban hasta la orilla.

—No —respondió él sin vacilar.

Dieron unos pasos más. Los pies se hundían bajo la arena.

—Estoy segura de que habrías hecho un buen papel.

—Probablemente.

—¿Crees que podrías haber ganado?

Luke reflexionó un momento antes de contestar, con la vista fija en un par de marsopas que se deslizaban por el agua.

—Quizás, aunque… no creo. Hay bastantes jinetes buenos en el circuito.

Sophia se detuvo de golpe y alzó la vista para mirar a Luke a los ojos.

—Acabo de darme cuenta de una cosa.

—¿De qué?

—Cuando participaste en el rodeo en Carolina del Sur, dijiste que te había tocado *Big Ugly Critter* en la ronda final, ¿no es cierto?

Luke asintió.

—Pero no me dijiste qué pasó.

—No —respondió él, sin apartar la vista de las marsopas—. Es verdad, no lo hice.

Al cabo de una semana, los tres hombres que habían ido a ver el rancho regresaron y se encerraron media hora en la cocina con su madre. Luke sospechaba que habían ido a hacerle una oferta, pero no tuvo el valor de entrar para confirmarlo. En vez de eso, esperó hasta que se hubieron marchado. Cuando entró en la cocina, encontró a su madre todavía sentada junto a la mesa.

Ella alzó la mirada hacia él sin decir nada.

Después, simplemente sacudió la cabeza.

—¿Tienes planes para el próximo viernes? —preguntó Sophia—. No me refiero a mañana, sino al siguiente.

Era jueves por la noche; quedaba un mes escaso para la graduación. Era la primera —y probablemente última— vez que Luke estaba en un local rodeado por un grupo de universitarias. Marcia también estaba allí, y, aunque no dudó en saludar a Luke, se mostró mucho más interesada en el muchacho con el pelo negro que también había asistido a la fiesta. Luke y Sophia prácticamente tenían que gritar para que se oyera su voz por encima de la atronadora música.

—No lo sé, trabajar, supongo, ¿por qué? —se interesó él.

—Porque el jefe del departamento, que a su vez es mi tutor, me ha pasado una invitación para ir a una subasta de obras de arte y quiero que vayas conmigo.

Él se inclinó sobre la mesa.

—¿Has dicho subasta de obras de arte?

—Sí. Por lo visto, será increíble; uno de esos acontecimientos que solo pasan una vez en la vida. La celebrarán en el centro de convenciones de Greensboro, y se encargará una de las casas de subastas más importantes de Nueva York. Al parecer, un tipo anónimo de Carolina del Norte se ha pasado media vida adquiriendo pinturas hasta reunir una colección de arte moderno de primera categoría. Asistirá gente de todos los confines del planeta para presentar ofertas. Según dicen, algunas piezas de arte valen una verdadera fortuna.

—¿Y quieres ir?

—¡Menuda pregunta! ¡Se trata de arte! ¿Sabes cuándo fue la última vez que se celebró una subasta de este calibre aquí cerca? ¡Nunca!

—¿Cuánto rato durará?

—No tengo ni idea. Jamás he ido a una subasta, pero, solo para que lo sepas, pienso ir. Y me encantaría que fueras conmigo. Si no, tendré que sentarme junto a mi tutor, y sé que él ha invitado a otro profesor del departamento, lo que significa que se pasarán todo el rato hablando y no me harán ni caso. Si es así, probablemente me pondré de mal humor y tendré que quedarme todo el fin de semana en la residencia de estudiantes para recuperarme.

—Si no te conociera bien, diría que me estás amenazando.

—No se trata de una amenaza. Solo es… un plan…, algo que tener en cuenta.

—¿Y si lo tengo en cuenta y al final digo que no quiero ir?

—Entonces tendrás un problema, te lo advierto.

Luke sonrió.

—Si tan importante es para ti, no me lo perdería por nada del mundo.

Luke no estaba seguro de por qué no se había dado cuenta antes, pero se sorprendió al pensar que, con el paso de los días, cada vez le costaba más iniciar el trabajo rutinario en el rancho. Los trabajos de mantenimiento se habían visto afectados. No se trataba de que considerara que no eran importantes, sino que apenas tenía motivación para llevarlos a cabo. ¿Por qué reemplazar las tablas combadas en el porche de su madre? ¿Por qué llenar el sumidero junto a la bomba de riego? ¿Por qué llenar las pozas en la larga pista sin asfaltar que se habían hecho más profundas a lo largo del invierno? ¿Por qué hacer todas esas tareas, si dentro de poco ya no vivirían allí?

Había creído que su madre sería inmune a esa clase de sentimientos, que ella tenía una fortaleza que él no había heredado, pero al salir a caballo aquella mañana para examinar el ganado, algo en la propiedad captó su atención. Luke tiró de las riendas para detener a *Caballo*.

El huerto siempre había sido un motivo de orgullo para su madre. Cuando era un crío, ya la veía arando y plantando semillas en primavera o quitando las malas hierbas en verano, con atención diligente y recogiendo las hortalizas al final de una larga jornada. Ahora, sin embargo, mientras Luke echaba un vistazo a lo que deberían haber sido unas hileras bien trazadas, se dio cuenta de que el campo estaba lleno de maleza.

—En cuanto al viernes que viene, recuerda que se trata de una subasta de obras de arte. —Sophia se dio la vuelta en la cama para mirarlo a la cara.

Solo faltaban dos días para el gran acontecimiento. Luke había intentado mostrar tanta atención por el tema como había podido.

—Sí, lo sé.

—Habrá un montón de gente rica, gente influyente.

—De acuerdo.

—Necesitarás un traje.

—Tengo un traje; de hecho, uno que me queda muy bien.

—¿Tienes un traje? —Sophia abrió los ojos como naranjas.

—¿Por qué te muestras tan sorprendida?

—Porque no puedo imaginarte vestido con un traje. Siempre te he visto con pantalones vaqueros.

—Eso no es verdad. —Luke le guiñó el ojo—. Ahora no llevo pantalones vaqueros.

—¿Quieres prestarme atención? —lo reprendió ella, sin hacer caso a su comentario—. Hablo en serio. Ya sabes a qué me refiero.

Luke se echó a reír.

—Me compré un traje hace dos años, junto con una corbata, una camisa y unos zapatos de vestir, para que lo sepas. Tenía que ir a una boda.

—A ver si lo averiguo, esa fue la única ocasión en la que te lo pusiste, ¿verdad?

—No —contestó él al tiempo que sacudía la cabeza—. Me lo puse otra vez.

—¿Para otra boda? —quiso saber ella.

—Para un funeral. Una amiga de mi madre.

—Ya sabía yo que era para una boda o un funeral —aseveró ella.

De un salto, Sophia se incorporó de la cama. Agarró una manta fina y se envolvió con ella como si fuera una toalla de baño.

—Quiero verlo. ¿Está en el armario?

—Sí, colgado a la derecha… —señaló, admirando su figura cubierta por esa improvisada toga.

Sophia abrió la puerta del armario y sacó la percha para inspeccionar el traje.

—Tienes razón —admitió—. Bonito traje.

—Ya estás otra vez con ese tono de sorpresa.

Todavía con la percha en las manos, ella desvió la vista hacia él.

—¿Acaso tú no estarías sorprendido?

Por la mañana, Sophia regresó al campus mientras Luke salía a caballo a inspeccionar el ganado. Habían quedado en que él pasaría a buscarla al día siguiente. Para sorpresa de Luke, sin embargo, se la encontró sentada en el porche de la cabaña cuando regresó un rato más tarde.

Sostenía un diario entre las manos. Cuando lo miró, él detectó una expresión extraña en su rostro.

—¿Qué pasa? —le preguntó, desconcertado.

—Se trata de Ira —respondió ella—, Ira Levinson.

Luke necesitó un segundo para reconocer el nombre.

—¿Te refieres a ese tipo que rescatamos de su coche?

Ella alzó el diario.

—Lee esto.

Él agarró el periódico y echó un rápido vistazo al titular, que describía la subasta que se iba a realizar en Greensboro.

Luke arrugó la frente, sin entender.

—Es un artículo sobre la subasta.

—La colección es de Ira —explicó ella.

Todo estaba en el artículo, o, por lo menos, mucha información. Había menos detalles personales de los que Luke habría esperado, pero se enteró de que Ira había sido el propietario de una pequeña sastrería, y en el artículo aparecía la fecha en que se casó con Ruth. Mencionaba que su esposa había sido maestra en una escuela y que habían empezado a coleccionar obras de arte juntos unos años antes de que terminara la Segunda Guerra Mundial. La pareja no había tenido hijos.

El resto del artículo se refería a la subasta y a las obras que iban a presentarse; la mayoría de ellas no significaban nada para Luke. El artículo concluía con una frase que lo sorprendió, y que le provocó el mismo efecto que a Sophia.

Ella frunció los labios cuando Luke llegó al final del artículo.

—No salió del hospital —se lamentó, en un tono suave—. Murió a causa de las heridas el día después de que lo encontráramos.

Luke alzó los ojos hacia el cielo y los cerró un momento. No había nada que decir.

—Fuimos las últimas personas que estuvimos con él —añadió Sophia—. Eso no sale en el artículo, pero lo sé. Su esposa había fallecido, no tenían hijos; probablemente Ira llevaba una vida de ermitaño. Murió solo, y eso me parte el corazón. Porque...

Cuando ella no pudo continuar, Luke la estrechó entre sus brazos, pensando en la carta que Ira había escrito a su esposa.

—Sé a qué te refieres —suspiró Luke—. A mí también me parte el corazón.

32

Sophia

*E*ra el día de la subasta, y Sophia acababa de ponerse los pendientes cuando vio que la camioneta de Luke se detenía delante de la residencia. Aunque había bromeado con él previamente acerca del hecho de que tuviera un único traje, en verdad ella solo tenía dos, ambos compuestos por una falda que llegaba hasta las rodillas y una chaqueta a juego.

Se los había comprado solo porque necesitaba proyectar un aspecto elegante y profesional en las entrevistas. En aquellos momentos, se había preocupado por si dos no serían suficientes para el montón de entrevistas que debería mantener. Eso le hizo pensar en el viejo refrán…, ¿cómo era? «El hombre propone y Dios dispone», o algo parecido.

Al final solo se los había puesto una vez. Dado que sabía que el traje de Luke era oscuro, optó por el más claro de los dos. A pesar de su entusiasmo inicial, ahora tenía sentimientos contradictorios sobre ir a la subasta.

Desde que había descubierto que se trataba de la colección de Ira, le parecía que la situación era más personal, y temía que con cada obra de arte expuesta recordara el aspecto de Ira mientras ella leía su carta en el hospital. Sin embargo, no asistir le parecía una falta de respeto, ya que la colección obviamente significaba tanto para él como para su esposa.

Con ese pensamiento, abandonó la habitación y bajó las escaleras.

Luke la esperaba en el vestíbulo.

—¿Estás preparada?

—Supongo que sí —aventuró—. Ahora es diferente.

—Lo sé. Me he pasado prácticamente toda la noche pensando en Ira.

—Yo también.

Luke esbozó una sonrisa forzada, pese a que el gesto no contenía mucha energía.

—Por cierto, estás estupenda.

—Tú también —comentó Sophia, y lo decía de verdad, pero...—. ¿Por qué tengo la impresión de que vamos a un funeral? —le preguntó.

—Porque, en cierto sentido, es así.

A las once de la mañana entraron en una de las enormes salas de la exposición del centro de convenciones. No era ni mucho menos lo que Sophia había esperado. Al fondo vieron un escenario con cortinas por los tres lados; a la derecha descollaban dos enormes mesas sobre unas tarimas, cada una de ellas con diez teléfonos; al otro lado estaba el podio, sin duda para el subastador. La parte trasera del escenario la ocupaba una gran pantalla, y delante de todo había un caballete vacío. Aproximadamente había unas trescientas sillas de cara al escenario, dispuestas como en un estadio para permitir que los postores gozaran de una visión sin obstáculos.

Aunque la sala estaba abarrotada, solo había unas pocas sillas ocupadas. La mayoría de los presentes se paseaban, examinando fotografías de algunas de las obras de arte más valiosas. Las fotos estaban colocadas en unos caballetes a lo largo de las paredes, junto con información sobre el artista, precios de otras obras del mismo artista alcanzados en otras subastas, así como el valor estimado de la obra en cuestión. Otros visitantes se hacinaban alrededor de cuatro podios situados a ambos lados de la entrada que contenían pilas de catálogos con una descripción de la colección completa.

Sophia deambuló por la sala, con Luke a su lado, sintiéndose levemente aturdida, no solo porque todo aquello hubiera pertenecido hasta hacía poco a Ira, sino por la colección en sí. Había obras de Picasso y Warhol, Hohns y Pollock, Rauschenberg y De Kooning, exhibidas una al lado de otra. De algunas obras ni siquiera había leído ni oído nada, ni tampoco sobre los rumores de su increíble valor. Sophia contuvo el aliento al ver algunas de las cifras estimadas, solo para descubrir que la siguiente serie de pinturas aún era más valiosa. Intentó sin éxito conciliar esos números con Ira, el dulce anciano que había escrito únicamente sobre el amor que aún sentía por su esposa.

Los pensamientos de Luke parecían reflejar los suyos, ya que le cogió la mano y murmuró:

—En la carta no había ninguna referencia a todo esto.

—Quizás es que no le importaba —reflexionó ella, perpleja—. Pero ¿cómo es posible que no le importara?

Cuando Luke no sugirió ninguna respuesta, ella le estrujó la mano.

—¡Ojalá hubiéramos podido ayudarle más!

—No sé si había algo más que hubiéramos podido hacer.

—Ya, pero...

Luke la escrutó con sus ojos azules.

—Leíste la carta —dijo él—. Eso era lo que Ira quería. Y creo que ese era el motivo por el que tú y yo lo encontramos. ¿Quién más se habría esperado tanto rato en el hospital?

Cuando el presentador solicitó que todos tomaran asiento, Luke y Sophia encontraron un par de sillas vacías en la última fila. Desde allí era prácticamente imposible ver el caballete, lo que decepcionó a Sophia. Habría sido magnífico poder apreciar más de cerca algunos de los cuadros, pero sabía que aquellos asientos estaban reservados a los compradores potenciales. Lo último que quería era que alguien le propinara unas palmaditas en el hombro y le pidiera que dejara el asiento libre más tarde.

Al cabo de unos minutos, unos hombres y mujeres bien trajeados empezaron a ocupar las sillas detrás de los teléfonos en las mesas elevadas, y, lentamente, las luces en el techo empezaron a atenuarse mientras que el escenario quedaba iluminado por una hilera de focos.

Sophia examinó a la concurrencia y avistó a dos de sus profesores de historia del arte, así como a su tutor. A medida que el reloj se acercaba a la una, la sala se fue quedando en silencio; el murmullo se apagó gradualmente hasta desaparecer por completo cuando un caballero con el pelo plateado y ataviado con un elegante traje confeccionado a medida se dirigió hacia el podio. Abrió la carpeta que llevaba en las manos y luego sacó las gafas de lectura del bolsillo junto a la solapa; se las colocó correctamente en el puente de la nariz al mismo tiempo que preparaba las páginas.

—Damas y caballeros, quiero darles las gracias por haber venido a la subasta de la extraordinaria colección de Ira y Ruth Levinson. Como ya sabrán, no es normal que nuestra firma organice un acontecimiento de tal magnitud en un espacio que no sea una de nuestras salas, pero, en este caso, el señor Levinson no nos dejó

371

ninguna alternativa. También es ortodoxo que los compradores no sepan el procedimiento por el que se regirá. Para empezar, me gustaría explicar las normas relativas a esta subasta tan particular. Debajo de los asientos hay una almohadilla numerada y...

El individuo continuó describiendo el proceso para pujar, pero los pensamientos de Sophia volaron de nuevo hacia Ira, por lo que desconectó de la explicación. Vagamente oyó la lista de aquellos que habían sido invitados a asistir a la subasta; básicamente, representantes de la Whitney y del MoMA, de la Tate, e innumerables personas llegadas de ciudades del mundo entero.

Sophia supuso que la mayoría de esas personas eran representantes, o bien de coleccionistas particulares, o bien de galerías de arte, que seguramente asistían a aquel acto con la esperanza de adquirir alguna obra de lo más insólita.

Después de describir las normas y de agradecer la asistencia a ciertos individuos e instituciones, el caballero del pelo plateado centró su atención de nuevo en la audiencia.

—Es un placer presentarles a Howie Sanders. El señor Sanders ha sido el abogado de Ira Levinson durante muchos años, y tiene que hacerles algunas puntualizaciones.

372

Acto seguido, apareció Sanders; un anciano de figura encorvada, cuyo oscuro traje de lana bailaba desgarbadamente en su enjuta estructura. Se dirigió hacia el podio con paso lento. Una vez allí, carraspeó para aclararse la garganta antes de iniciar su discurso con una voz vigorosa y clara.

—Nos hemos reunido hoy aquí para participar en un acontecimiento extraordinario. Al fin y al cabo, es totalmente inusual que una colección de tales dimensiones y relevancia haya pasado desapercibida durante tanto tiempo. Hasta hace seis años, supongo que muy poca gente la conocía. Una revista dedicó un artículo a describir las circunstancias de sus inicios (el cómo, por así decirlo). Sin embargo, he de admitir que incluso yo, el hombre que ha sido el abogado de Ira Levinson durante las últimas cuatro décadas, me quedé impresionado ante la importancia cultural y el valor de la colección.

El anciano hizo una pausa para observar la audiencia antes de continuar.

—Pero este no es el motivo por el que estoy aquí. Estoy aquí porque Ira fue explícito en sus instrucciones referentes a esta subasta, y me pidió que pronunciara unas palabras antes de su inicio. Confieso que nunca antes me había prestado a este juego. Aunque me siento cómodo en un juzgado o en los confines de mi despacho, mis clientes nunca me piden que hable delante de una audiencia de esta naturaleza. Sé que muchos de ustedes tienen asignada la responsabilidad de intentar conseguir una obra de arte en concreto para un cliente o una institución a un precio que incluso a mí me cuesta asimilar. Sin embargo, dado que mi amigo Ira me pidió que hablara, ahora me encuentro en esta posición tan poco envidiable.

Entre la audiencia se oyeron algunas risas sofocadas.

—¿Qué les puedo contar de Ira? ¿Que era una buena persona, un tipo honesto y pragmático? ¿Que era un hombre que adoraba a su esposa? ¿O debería hablarles de su negocio, o de la sabiduría silenciosa que transmitía? Me he hecho estas preguntas a mí mismo en un intento de discernir qué es lo que Ira realmente quería que les contara. ¿Qué habría dicho él si hubiera estado en mi lugar, aquí delante? Creo que Ira les habría dicho lo siguiente: «Quiero que todo el mundo lo entienda».

El abogado dejó el comentario suspendido en el aire, asegurándose de captar la atención de la audiencia.

—He encontrado una cita significativa —prosiguió—. Algunos la atribuyen a Pablo Picasso, y tal como la mayoría de los aquí presentes probablemente ya se habrán dado cuenta, es el único artista no estadounidense cuyas obras se subastarán hoy. Hace años, Picasso dijo: «Todos sabemos que el arte no es la verdad. Es una mentira que nos hace ver la verdad, al menos aquella que nos es dado comprender».

Sanders volvió a levantar los ojos hacia la audiencia y suavizó la voz.

—El arte es una mentira que nos hace ver la verdad, al menos aquella que nos es dado comprender —repitió—. Me gustaría que reflexionaran sobre esta frase. —Escrutó el auditorio, mirando a la audiencia en silencio—. Es una frase profunda, de mucho calado. Obviamente, habla de cómo podemos interpretar el arte que hoy examinaremos aquí.

El anciano hizo otra pausa antes de proseguir.

—Pensándolo bien, sin embargo, empecé a preguntarme si Picasso hablaba simplemente del arte o si quería que interpretáramos nuestras propias vidas también a través del mismo prisma. ¿Qué sugería Picasso? En mi opinión, quería decir que nuestra realidad está modelada por nuestras percepciones. Algo es bueno o es malo solo porque nosotros (ustedes y yo) así lo creemos, a partir de nuestras propias experiencias. Pero, sin embargo, Picasso también nos dice que es una mentira. En otras palabras, que no es necesario que nuestras opiniones, nuestros pensamientos y sentimientos (todo aquello que experimentamos) nos defina para siempre. Supongo que algunos creerán que con esta disertación me estoy desviando hacia un discurso sobre relativismo moral, mientras que el resto probablemente pensará que solo soy un pobre viejo que ha perdido la chaveta…

De nuevo se oyeron risas entre la audiencia.

—Pero estoy aquí para decirles que Ira habría estado encantado con que seleccionara esta cita. Ira creía en el bien y el mal, en lo correcto y lo incorrecto, en el amor y el odio. Se crio en un mundo, en una época, en que la destrucción y el odio eran evidentes en todo el mundo. Sin embargo, él nunca permitió que eso lo definiera a él ni al hombre que aspiraba a ser todos los días. Hoy quiero que interpreten esta subasta como una conmemoración de todo aquello que para Ira era importante. Pero, sobre todo, espero que lo entiendan.

374   Sophia no estaba muy segura de cómo interpretar el discurso de Sanders. Tras echar un vistazo a su alrededor, pensó que tampoco estaba segura de que el resto de los asistentes lo hubieran entendido. Mientras el abogado hablaba, se fijó en que muchos se dedicaban a enviar mensajes a través del móvil, mientras que otros estudiaban el catálogo.

Hubo una breve pausa. El hombre con el pelo plateado intercambió unas palabras con Sanders antes de que el subastador regresara al podio. De nuevo se puso las gafas y se aclaró la voz.

—Tal y como muchos ya sabrán, la subasta ha sido planificada para llevarse a cabo en varias sesiones; la de hoy es la primera de ellas. De momento no hemos determinado ni el número ni la fecha de las siguientes sesiones, ya que estas dependerán en gran parte de lo que pase hoy. Sé que muchos de ustedes han estado esperando información acerca de los parámetros por los que se regirá la subasta.

Casi como si fueran un solo cuerpo, los presentes empezaron a inclinarse hacia delante con gran atención.

—Repito que fue el cliente quien estableció tales parámetros. El contrato que firmamos para poder celebrar esta subasta especificaba un determinado número de… detalles inusuales…, incluido el orden en que las obras serán presentadas. Ahora, si me lo permiten, nos tomaremos un descanso de treinta minutos para que puedan comentar el orden de aparición de las obras con sus clientes. Les recuerdo que encontrarán la lista de pinturas que se subastarán hoy en el catálogo, desde la página treinta y cuatro hasta la noventa y seis. Las obras también están representadas en las fotografías expuestas en las paredes. Por último, el orden de la subasta también saldrá listado en la pantalla.

Algunas personas se levantaron de sus asientos y sacaron los teléfonos móviles; otros empezaron a consultar. Luke se inclinó para susurrarle a Sophia al oído:

—¿Eso significa que toda esta gente desconocía hasta ahora el orden en que serán subastadas las obras? ¿Y si la que ellos quieren no sale a la venta hasta el final? ¡Podrían pasarse horas aquí encerrados!

—Es una oportunidad tan extraordinaria que probablemente estarán dispuestos a esperar hasta el último momento.

Luke señaló hacia los caballetes alineados en la pared.

—Veamos, ¿cuál quieres? Porque tengo unos cuantos cientos de dólares en el billetero y una almohadilla numerada debajo de mi silla. ¿El de Picasso? ¿El de Jackson Pollock? ¿Uno de Warhol?

—¡Qué más quisiera!

—¿Crees que los precios de venta se acercarán a las estimaciones?

—No tengo ni idea, pero estoy bastante segura de que la casa de subastas se quedará un buen pellizco de la cifra final. Probablemente se acerque a la estimación.

—¡Algunos de estos cuadros valen más de veinte ranchos como el de mi madre!

—Lo sé.

—¡Qué barbaridad!

—Quizás —admitió ella.

Sophia desvió la vista para contemplar la escena.

—Me pregunto qué pensaría Ira de todo esto.

Ella recordó a aquel anciano al que había conocido en el hospital, y la carta, en la que no había mención alguna a las obras de arte. Tras un suspiro, dijo:

—Puede que ni le importara.

Cuando terminó el descanso y todo el mundo regresó a sus asientos, el presentador del pelo plateado se encaminó hacia el

375

podio. En aquel instante, dos hombres llevaron cautelosamente un cuadro tapado hasta el caballete en el escenario. Mientras Sophia esperaba un palpable rumor de interés, dado que la subasta estaba a punto de empezar, se dio cuenta, al otear la sala, que solo unas pocas personas parecían interesadas. De nuevo, vio que muchos tecleaban en los móviles mientras el subastador preparaba su presentación.

Sophia sabía que la primera obra de arte importante, una de De Koonings, sería la segunda que exhibirían, y que la de Jasper Johns se subastaría en sexto lugar. En medio había artistas que a Sophia le costaba identificar, y el primer cuadro era sin lugar a dudas de uno de ellos.

—Encontrarán la primera obra en la página treinta y cuatro del catálogo. Según los deseos expresos del señor Levinson, no se ha mostrado ninguna fotografía de la pintura antes de presentarla ante la audiencia. Es un óleo de sesenta y uno por setenta y seis centímetros que Levinson, no el artista, denominó *Retrato de Ruth*. Ruth, tal y como la mayoría de ustedes sabrán, era la esposa de Ira Levinson.

Tanto Sophia como Luke prestaron atención, centrando la vista en el caballete mientras destapaban la pintura. Al fondo del escenario, proyectaron el cuadro en la pantalla, ampliada. Incluso para su ojo inexperto, Sophia pudo ver que había sido pintada por un niño.

—Daniel McCallum, nacido en 1953 y fallecido en 1986, fue quien la pintó. Se desconoce la fecha exacta, aunque se estima que fue entre 1965 y 1967. Según la descripción de Ira Levinson, Daniel era un antiguo alumno de Ruth, y el señor Levinson recibió el cuadro como un regalo de parte de la viuda de McCallum en el año 2002.

A medida que el subastador presentaba la obra, Sophia se puso de pie para poder verla mejor. Incluso a distancia, sabía que era el trabajo de un aficionado, pero, después de leer la carta, se había preguntado qué apariencia tendría Ruth. A pesar de la crudeza de los trazos, todavía parecía hermosa, con una ternura en su expresión que le recordó a Ira. El presentador continuó.

—No se sabe mucho más del artista, y no se conoce ninguna obra más de él. Aquellos que no tuvieron la oportunidad de ver la obra ayer disponen de unos minutos para acercarse hasta el escenario y estudiarla. La subasta empezará dentro de cinco minutos.

376

Nadie se movió, y Sophia sabía que nadie lo haría. Oyó cómo subía el volumen de las conversaciones en la sala; algunos charlaban animadamente mientras que otros contenían su impaciencia hasta la siguiente pintura por la que iban a pujar. Cuando empezara la subasta de verdad.

Los cinco minutos transcurrieron muy despacio. El hombre en el podio no se mostró sorprendido. Entre tanto, se dedicó a repasar los papeles que tenía delante, sin mostrar más interés que el resto de los allí presentes. Incluso Luke parecía impasible, lo que la sorprendió, teniendo en cuenta que él también había leído la carta de Ira.

Transcurridos el tiempo estipulado, el presentador pidió silencio.

—*Retrato de Ruth*, de Daniel McCallum. Se subastará a un precio de partida de mil dólares —anunció—. Mil, ¿alguien ofrece mil?

Nadie dijo esta boca es mía. En el podio, el hombre con el pelo plateado no mostró ninguna reacción.

—¿Novecientos? Quiero recordarles que tienen la oportunidad de adquirir parte de una de las colecciones privadas más extensas de todos los tiempos.

Nada.

—¿Alguien ofrece ochocientos?

Entonces, transcurridos varios segundos:

—¿He oído setecientos? ¿Seiscientos?

Con cada descenso, Sophia notaba cómo crecía la decepción en su interior. No le parecía justo. Pensó de nuevo en la carta que Ira le había escrito a Ruth, la carta en la que le decía cuánto la quería.

—¿Alguien ha dicho quinientos dólares? ¿Cuatrocientos?

Y en aquel instante, por el rabillo del ojo, vio que Luke alzaba su almohadilla.

—¡Cuatrocientos dólares! —gritó, y el sonido de su voz pareció resonar en las paredes.

A pesar de que poca gente de la audiencia se volvió para mirarlo, los que lo hicieron solo mostraron una leve curiosidad.

—Tenemos cuatrocientos dólares. Cuatrocientos. ¿Alguien ofrece cuatrocientos cincuenta?

De nuevo, la sala permaneció en silencio. Sophia se sintió aturdida.

—Cuatrocientos a la una, cuatrocientos a las dos... ¡Adjudicado!

377

Y

Una mujer atractiva con el pelo negro se acercó a Luke con un portapapeles en la mano para pedirle la información, antes de explicarle que era el momento de pagar. Le solicitó los datos bancarios o el formulario que había rellenado previamente.

—No he rellenado ningún formulario —objetó Luke.

—¿Cómo quiere pagar?

—¿Puedo pagar en efectivo?

La mujer sonrió.

—Por supuesto, señor. Por favor, sígame.

Luke se alejó detrás de la mujer y regresó al cabo de unos minutos, con el recibo de compra. Tomó asiento al lado de Sophia, con una leve sonrisita dibujada en los labios.

—¿Por qué lo has hecho? —se interesó ella.

—Me apuesto lo que quieras a que este era el cuadro preferido de Ira. —Se encogió de hombros—. Ha sido el primero en salir a la venta. Además, él amaba a su esposa y es un retrato de ella. No me parecía justo que nadie lo quisiera.

Sophia consideró su explicación.

—Si no te conociera bien, diría que te estás volviendo un romántico.

—Creo que Ira era el romántico —contestó Luke lentamente—. Yo solo soy un jinete retirado.

—Eres más que eso —dijo ella al tiempo que le propinaba un codazo cariñoso—. ¿Dónde piensas colgarlo?

—No sé si eso es importante, la verdad. ¿Tú qué opinas? Además, ni siquiera sé dónde estaré viviendo dentro de unos meses.

Antes de que ella pudiera contestar, oyó el sonoro golpe de un martillo. El presentador se colocaba frente al micrófono de nuevo.

—Damas y caballeros, antes de seguir con la subasta, y en relación con los parámetros estipulados por el propietario de la colección, me gustaría llamar de nuevo a Howie Sanders, quien leerá una carta de Ira Levinson. Algo que el propio Ira escribió acerca de la compra de esta obra.

Sanders emergió desde detrás de la cortina con un sobre en la mano, arrastrando los pies despacio y con su traje excesivamente grande. El presentador se apartó a un lado para dejarle espacio delante del micrófono.

Sanders usó un abrecartas para romper el sobre por la parte superior antes de sacar la carta. Respiró hondo y entonces, poco a poco, desdobló la hoja. Escrutó la sala y tomó un sorbo de agua. Se puso serio, como un actor que leyera para sí una escena particularmente dramática, antes de empezar a recitarla en voz alta.

—Me llamo Ira Levinson, y hoy os contaré mi historia de amor. No es la típica historia que muchos imaginarán. No es una historia con héroes ni villanos, ni tampoco es una historia con príncipes apuestos o doncellas a punto de convertirse en princesas. Mi historia es la de un hombre sencillo llamado Ira que conoció a una mujer extraordinaria llamada Ruth. Nos conocimos cuando éramos jóvenes, y nos enamoramos; al cabo de un tiempo nos casamos y pronunciamos nuestros votos. Una historia como tantas otras, salvo que Ruth demostró tener buen ojo para el arte, mientras que yo solo tenía ojos para ella, y, de algún modo, eso nos bastó para crear una colección que para nosotros no tenía precio. Para Ruth, el arte era sinónimo de belleza y talento; para mí, el arte era simplemente un reflejo de Ruth, y así llenamos nuestra casa de arte y vivimos una vida larga y feliz juntos. Entonces, más temprano de lo que esperaba, la alegría se truncó y me encontré solo en un mundo que ya no tenía sentido para mí.

Sanders se detuvo para secarse las lágrimas. Sophia se sorprendió al ver que al abogado se le quebraba la voz. Carraspeó unos instantes antes de continuar. Ella se inclinó hacia delante, súbitamente interesada en lo que decía Sanders.

—Para mí no fue justo. Sin Ruth, no tenía ningún motivo para seguir viviendo. Y entonces sucedió algo milagroso. Recibí un retrato de mi esposa, un regalo inesperado. Cuando lo colgué en la pared, tuve la extraña sensación de que de nuevo Ruth cuidaba de mí, me ayudaba, me guiaba. Poco a poco, recuperé los recuerdos de mi vida con ella, unos recuerdos que me unían a cada una de las obras de nuestra colección. Para mí estos recuerdos siempre han sido más valiosos que el arte. No puedo deshacerme de ellos, y, sin embargo, si el arte era suyo y los recuerdos eran míos, ¿qué se suponía que tenía que hacer con la colección? Yo comprendía el dilema, pero, por lo visto, la ley no lo entendía, y, durante mucho tiempo, no supe qué hacer. Al fin y al cabo, sin Ruth, yo no era nada. La amé desde que la conocí y, aunque muera, quiero que el mundo sepa que la amé hasta mi último suspiro. Sobre todo, quiero que todos entiendan algo tan simple como lo siguiente: aunque el arte sea bello y valioso por encima de cualquier medida, habría intercambiado todas estas obras por pasar un día más con la esposa a la que siempre adoré.

Sanders estudió a la multitud. En los asientos, todo el mundo se había quedado en silencio.

Algo estaba pasando, algo fuera de lo normal. Sanders también pareció darse cuenta también y, quizás adelantándose al desenlace final, tosió, nervioso. Acercó el dedo índice a sus labios antes de continuar.

—Solo un día más… —repitió Sanders, dejando las palabras suspendidas en el aire antes de proseguir con la lectura de la carta—. Pero ¿cómo puedo convencer al mundo de que estaría dispuesto a hacer tal cosa? ¿Cómo puedo convenceros de que no me importaba nada el valor comercial del arte? ¿Cómo puedo demostrar cuán especial era Ruth para mí? ¿Cómo hacer que nunca olvidéis que mi amor por ella estaba en la esencia de cada obra de arte que compramos juntos?

Sanders echó un vistazo al techo abovedado antes de volver a fijar la vista en la concurrencia.

—Por favor, ¿puede ponerse de pie la persona que ha comprado el *Retrato de Ruth*?

Llegados a ese punto, Sophia apenas podía respirar. El pulso se le había desbocado cuando Luke se puso de pie. Ella notó la atención de todos los ojos en la sala puesta sobre él.

—Los términos de mi testamento (y de la subasta) son sencillos: he decidido que quienquiera que compre el *Retrato de Ruth* reciba la colección de arte completa, de forma inmediata. Y dado que ya no me pertenece, el resto de la subasta queda, por consiguiente, cancelada.

33

Luke

Luke no podía moverse. Mientras permanecía de pie en la última fila, percibió un silencio de asombro en la sala. Hicieron falta unos segundos para que todos los allí presentes —no solo Luke— asimilaran las palabras de Ira.

Sanders no podía hablar en serio. O, si lo había hecho, entonces seguramente Luke lo había malinterpretado. Porque lo que había oído era que acababa de recibir la colección entera. Pero eso no era posible. No podía ser, ¿no?

La audiencia parecía reflejar sus propios pensamientos. Luke vio expresiones de estupor y ceños fruncidos de incomprensión, gente que alzaba las manos, caras que mostraban impacto emocional y confusión, quizás incluso traición.

Y, a continuación, el caos. No se trataba de la típica pelea de un partido de fútbol o algo así, en la que las sillas vuelan por los aires, sino de una ira controlada, la de los más pretenciosos entre el público, que se creían con derechos adquiridos. Un hombre en la tercera fila en la sección central se puso de pie y amenazó con llamar a su abogado; otro gritó que lo habían llevado hasta allí engañado y que también pensaba poner el asunto en manos de su abogado. Otro incluso soltó que se había cometido un fraude.

La indignación y la rabia en la sala fueron en aumento, primero lentamente y luego de forma explosiva. Mucha gente se puso de pie y empezó a reprender a Sanders; otro grupo centró su atención en el caballero del pelo plateado. Al fondo de la sala, uno de los caballetes se estrelló estrepitosamente contra el suelo como resultado de alguien que había abandonado la sala con un portazo.

Y entonces, de repente, las caras empezaron a volverse hacia

Luke. Él sintió la rabia de la multitud, su decepción y su sentimiento de traición. Pero también notó en algunos de ellos una
clara sospecha. Algunos rostros reflejaban la atracción ante una
posible oportunidad. Una llamativa rubia ataviada con un ajustado
traje chaqueta se le aproximó. De hecho, en un abrir y cerrar de
ojos, todos empezaron a apartar las sillas hacia los lados para acercarse a Luke, gritando al mismo tiempo:

—Disculpe…

—¿Podemos hablar?

—Me gustaría programar una reunión con usted…

—¿Qué piensa hacer con el cuadro de Warhol?

—Mi cliente está particularmente interesado en uno de los
cuadros de Rauschenberg…

Instintivamente, Luke agarró a Sophia de la mano y empujó su
silla hacia atrás para abrir una vía de escape. Un instante más tarde,
iban a la carrera hacia la puerta, con un montón de gente pisándo-
les los talones.

Luke abrió las puertas enérgicamente. Al otro lado se encontró
con seis vigilantes de seguridad detrás de dos mujeres y un hombre que llevaban distintivos en la solapa que los acreditaban como
personal de la casa de subastas. Una de ellas era la misma mujer
atractiva que le había tomado los datos y que había recogido todo
el dinero que Luke llevaba en el billetero.

—¿Señor Collins? Me llamo Gabrielle y trabajo para Sotheby's —se presentó—. Hemos dispuesto una sala privada para
usted justo al final del pasillo. Ya habíamos supuesto que la reacción podría ser un tanto… agitada, así que hemos adoptado medi-
das especiales para su seguridad y comodidad. Por favor, sígame.

—Estaba pensando en ir a la camioneta y…

—Todavía quedan algunos papeles por firmar, como probablemente comprenderá. Por favor, por aquí. —Ella señaló hacia
el pasillo.

Luke miró hacia atrás, hacia la multitud que se acercaba.

—De acuerdo —decidió.

Todavía aferrado a la mano de Sophia, se dio la vuelta y siguió
a Gabrielle, flanqueados por tres de los vigilantes. Se fijó en que los
otros tres se habían quedado en las puertas para retener a la audiencia y no permitir que los siguieran. A duras penas podía oír sus
gritos, bombardeándole con mil y una preguntas.

Luke tenía la impresión surrealista de que alguien le estaba gastando una broma pesada, aunque no tenía ni idea de con qué finalidad. Era una locura. Todo aquello era una locura...

La comitiva giró la esquina y enfiló hacia una puerta que conducía a las escaleras. Cuando Luke miró hacia atrás por encima del hombro, se dio cuenta de que solo dos de los vigilantes seguían con ellos; el otro se había quedado apostado a la puerta para vigilar.

En la segunda planta, los condujeron hasta una serie de puertas paneladas en madera, que Gabrielle abrió para ellos.

—Por favor —los invitó a pasar a un conjunto de habitaciones espaciosas—, pónganse cómodos. Hemos preparado un refrigerio y refrescos, así como el catálogo. Estoy segura de que tendrán mil preguntas. Les aseguro que todas ellas recibirán respuesta.

—Pero ¿qué pasa? —preguntó Luke.

Ella enarcó una ceja.

—Creo que ya lo sabe —dijo, sin contestar directamente la pregunta.

Gabrielle se volvió hacia Sophia y le tendió la mano.

—Me temo que aún no sé su nombre.

—Sophia, Sophia Danko.

Gabrielle ladeó la cabeza.

—Apellido eslovaco, ¿verdad? Bonito país. Encantada de conocerla. —Entonces se volvió nuevamente hacia Luke y dijo—: Los vigilantes se quedarán haciendo guardia en la puerta, así que no se preocupen; nadie les molestará. Estoy segura de que necesitarán hablar y pensar. Les dejaremos unos minutos a solas para que puedan examinar su colección. ¿Les parece bien?

—Supongo que sí —contestó Luke, mientras su mente seguía dando vueltas vertiginosamente—. Pero...

—El señor Lehman y el señor Sanders no tardarán.

Luke miró a Sophia, perplejo, antes de echar un vistazo a aquella estancia tan bien equipada. En el centro había una mesita baja y redonda rodeada de sofás y sillas. Sobre la mesa vio una selección de bebidas, incluido un balde con hielo y una botella de champán, más una bandeja de bocadillos y fruta troceada, así como una selección de quesos en una fuente de cristal.

Junto a la mesa estaba el catálogo, abierto por una página en particular.

La puerta se cerró a su espalda y Luke se quedó solo con Sophia. Ella se acercó a la mesa con cautela, con la vista fija en el

383

catálogo. Luke la observó mientras ella examinaba la página abierta de este.

—Es Ruth —dijo, al tiempo que acariciaba la página.

Luke vio como deslizaba el dedo suavemente por encima de la fotografía.

—Esto no puede estar sucediendo de verdad, ¿no?

Ella continuó contemplando la fotografía antes de volverse hacia él con una sonrisa aturdida y beatífica.

—Sí —respondió Sophia—, creo que está sucediendo de verdad.

Gabrielle regresó con el señor Sanders y el señor Lehman, al que Luke reconoció como el caballero con el pelo plateado que había presidido la subasta.

Sanders se presentó a sí mismo; acto seguido, tomó asiento en la silla y se sonó la nariz con un pañuelo de lino. De cerca, Luke se fijó en sus arrugas y en sus pobladas cejas blancas. Debía de tener unos setenta y cinco años; sin embargo, en su expresión se distinguía un leve ademán travieso que le confería un aspecto más joven.

—Antes de empezar, permítanme que responda la pregunta más obvia que seguramente se habrán planteado —comenzó Sanders al tiempo que apoyaba ambas manos en las rodillas—. Probablemente se preguntarán si esto es una trampa. Se estarán preguntando si de verdad, por el simple hecho de haber adquirido el *Retrato de Ruth*, ha heredado toda la colección. ¿Me equivoco?

—No, no se equivoca —admitió Luke.

Desde la conmoción en el auditorio, tenía una horrorosa sensación de vértigo. Aquel escenario..., aquella gente... Nada podría resultarle más extraño.

—La respuesta a su pregunta es «sí» —dijo Sanders con amabilidad—. De acuerdo con los términos del testamento de Ira Levinson, el comprador de esa obra en particular, *Retrato de Ruth*, adquiere toda la colección. Por eso fue el primer cuadro que salió a la venta. En otras palabras, no hay trampa ni cartón. La colección es suya, y puede hacer con ella lo que quiera.

—¿Me está diciendo que podría pedirles que cargaran todos esos cuadros en la plataforma de mi camioneta y podría llevármelos a casa? ¿Ahora mismo?

—Sí —respondió Sanders—. Aunque teniendo en cuenta el gran número de obras que componen la colección, probablemente debería realizar varios trayectos para llevárselos todos. Y dado el valor de algunas de esas obras de arte, le recomendaría que usara un medio de transporte más seguro.

Luke se quedó mirando al abogado sin pestañear, estupefacto.

—Sin embargo, hay algo que debe saber.

«Ya me extrañaba…», pensó Luke.

—Se trata de los impuestos patrimoniales —señaló Sanders—. No sé si sabrá que cualquier legado que exceda de una determinada cantidad de dinero está sujeto a tributación a la Hacienda Pública. El valor de la colección supera en mucho esa cantidad, lo que significa que usted adeuda ahora un sustancial importe en concepto de impuestos sucesorios. A menos que usted valga su peso en oro y que posea una fortuna descomunal con sustanciales activos líquidos para sufragar tales impuestos, lo más probable es que tenga que vender parte de la colección para poder abonarlos. Quizás incluso la mitad de la colección. Por supuesto, eso dependerá de las obras que decida vender. ¿Entiende lo que le digo?

—Creo que sí. He heredado una gran fortuna y he de pagar los impuestos correspondientes a la Agencia Tributaria.

—Exactamente. Así que, antes de seguir, me gustaría preguntarle si tiene o conoce a algún abogado especialista en sucesiones que pueda encargarse del caso; si no, yo mismo puedo recomendarle algunos.

—No tengo abogado.

Sanders asintió.

—Lo suponía; es usted demasiado joven para tales cosas. Pero no se preocupe, no pasa nada. —Sanders hundió la mano en el bolsillo y sacó una tarjeta de presentación—. Si me llama el lunes por la mañana a mi despacho, le pasaré una lista. Por supuesto, no es obligatorio que recurra a ninguno de los nombres que yo le sugiera.

Luke examinó la tarjeta.

—Aquí dice que usted es abogado especialista en sucesiones.

—Así es. Al principio me dedicaba a otras áreas, pero hace años que me especialicé en sucesiones.

—Entonces, ¿puedo contratarle?

—Si lo desea, sí —contestó.

Sanders señaló hacia el resto de los presentes en la estancia.

—Ya ha conocido a Gabrielle. Es vicepresidenta de las Relaciones con los Clientes de la casa de subastas. También quiero presentarle a David Lehman, el presidente de la casa de subastas.

Luke le estrechó la mano e intercambió unas palabras, pura formalidad, antes de que Sanders continuara.

—Como ya imaginará, organizar la subasta según estas condiciones ha sido…, digamos que, en cierto modo, complicado, incluidos los aspectos económicos. La casa de subastas del señor Lehman es la que Ira Levinson prefirió. Aunque usted no está obligado a emplearla en el futuro, mientras Ira y yo concretábamos los pormenores, me pidió que recomendara al comprador la posibilidad de establecer una relación firme con ellos. Sotheby's es una de las más prestigiosas y antiguas casas de subastas del mundo, algo que usted mismo puede comprobar fácilmente.

Luke examinó los rostros a su alrededor mientras empezaba a entender el mecanismo del juego.

—De acuerdo, pero yo no podría tomar esa clase de decisión sin antes hablar con mi abogado.

—Es una sabia decisión —apuntó Sanders—. Si bien estamos aquí para responder todas sus preguntas, le recomendaría consultar los pasos que debe seguir con un abogado lo antes posible. Se beneficiará de los consejos de un profesional en este proceso, que puede ser un tanto complicado, no solo por lo que concierne a los impuestos, sino también a otras áreas de su vida. Después de todo, usted es ahora, incluso después de pagar los impuestos, un hombre increíblemente rico. Así que, por favor, hágame todas las preguntas que desee.

Luke miró a Sophia a los ojos, luego volvió a mirar a Sanders.

—¿Durante cuántos años fue abogado de Ira?

—Más de cuarenta años —contestó con ademán melancólico.

—Y si contrato un abogado, ¿él me representará de la mejor forma posible?

—Dado que usted será su cliente, el abogado estará obligado a hacerlo.

—Entonces, quizá sea mejor cerrar esa cuestión lo antes posible. ¿Qué he de hacer para contratarle? De ese modo, podré hablar con el señor Lehman aquí mismo.

—Tendrá que darme un anticipo.

—¿Qué cantidad quiere? —Luke arrugó la frente, visiblemente preocupado.

—De momento, creo que con un dólar bastará.

Luke soltó un largo suspiro. Empezaba a asimilar la magnitud de lo que estaba pasando: la fortuna que acababa de heredar, lo que podría hacer con el rancho, el proyecto de vida que podría crear con Sophia.

Acto seguido, sacó el billetero e inspeccionó su contenido. Después de la compra del retrato, no le quedaba mucho, solo lo necesario para repostar un poco de gasolina y poder llegar a casa.

O quizá ni eso, ya que usó parte de lo que le quedaba para contratar a Howie Sanders.

Epílogo

*D*urante el mes que siguió a la subasta, a veces Luke se sentía como si estuviera inmerso en algo irreal, algo que no sabía quién había urdido a su medida. Siguiendo las recomendaciones de David Lehman, organizaron otra subasta para mediados de junio, esta vez en Nueva York, seguida de otra a mediados de julio y otra en septiembre. Las ventas incluirían la mayor parte de la colección, más de lo suficiente para hacer frente a los impuestos.

En aquel primer encuentro con Gabrielle y David Lehman, Luke también explicó la situación del rancho familiar mientras que Sanders se dedicaba a tomar notas. Cuando Luke preguntó si había alguna forma de tener acceso al dinero que necesitaba para pagar la hipoteca, Sanders se excusó y abandonó la sala. Regresó al cabo de quince minutos, y tranquilamente le explicó a Luke que el director general del banco con el que había hablado estaba dispuesto a no aplicar el incremento en los pagos mensuales durante otro año más, y quizás incluso, de momento, a aplazar los intereses de demora, si Luke así lo prefería. Y en vista de su nueva situación financiera, el banco también consideraría extender la línea de crédito para cualquier mejora que el cliente deseara hacer en el rancho.

Luke apenas fue capaz de farfullar un par de palabras.

—Pero… ¿cómo?

Sanders sonrió, y aquel ademán travieso volvió a iluminar sus ojos.

—Digamos que el banco está interesado en fortalecer los vínculos con un cliente leal al que le ha tocado la lotería.

Sanders también le presentó a bastantes gestores de inversiones y consejeros financieros, sentado siempre a su lado durante las entrevistas, formulando preguntas que Luke apenas comprendía, y que ni mucho menos se le habrían ocurrido a él. Le ayudó a adquirir las nociones de las complejidades intrínsecas a la riqueza, tranquilizándolo al asegurarle que estaría siempre a su lado para ayudarle en todo lo que necesitara aprender.

A pesar de que a veces se sentía abrumado, era el primero en admitir que en la vida podía haber problemas mucho peores.

Al principio, su madre no le creyó, ni tampoco creyó a Sophia. Primero se lo tomó a guasa, pero cuando él no dejó de insistir, se enfadó. Hasta que Luke llamó a la oficina bancaria y pidió hablar con el director, ella no empezó a aceptar que quizá no le estuviera tomando el pelo.

Luke le pasó el teléfono para que hablara con el empleado del banco, quien le aseguró que, de momento, no necesitaba preocuparse por el préstamo. Su madre se mostró impasible durante la llamada, respondiendo con monosílabos. Cuando colgó el teléfono, abrazó a Luke, emocionada, y lloró un poco.

Cuando se apartó de su hijo, sin embargo, la madre estoica que Luke conocía ya estaba de nuevo allí.

—Ahora todos se muestran generosos, pero ¿dónde estaban cuando realmente los necesitábamos?

Luke se encogió de hombros.

—Buena pregunta.

—Aceptaré su oferta —anunció con firmeza—, pero, cuando haya pagado todo el crédito, quiero que busques otro banco.

Sanders también le ayudó en esa tarea.

La familia de Sophia bajó desde Nueva Jersey para asistir a la ceremonia de graduación. Luke se sentó con ellos aquel cálido día de primavera y lanzó vítores cuando ella atravesó el escenario. Después fueron a cenar a un restaurante para celebrarlo. Para su sorpresa, los padres de Sophia le preguntaron si podían ir a ver el rancho al día siguiente.

La madre de Luke lo tuvo trabajando toda la mañana, tanto dentro como fuera de la casa, poniendo orden mientras ella preparaba el almuerzo. Comieron en la mesa de madera del patio; las hermanas de Sophia estaban alucinadas con aquel entorno tan rústico y no podían ocultar su asombro cuando miraban a Sophia, como si se preguntaran cómo era posible que Luke y Sophia hubieran acabado juntos.

Sin embargo, todos parecían increíblemente a gusto juntos, sobre todo la madre de Sophia y Linda, que no dejaron de hablar y de reír mientras paseaban por el rancho. Y cuando Luke se acercó al huerto, se sintió reconfortado al ver las hileras de hortalizas bien trazadas y sin malas hierbas que su madre acababa de plantar.

—Podrías vivir en cualquier sitio, mamá —dijo Luke a su madre unas horas más tarde, aquella misma noche—. No tienes por qué quedarte en el rancho. Te compraré un ático en Manhattan, si quieres.

—¿Y qué se me ha perdido a mí en Manhattan? —replicó ella, torciendo el gesto.

—Bueno, no tiene por qué ser Manhattan. Podría ser en cualquier otro lugar.

Linda miró por la ventana, hacia el rancho donde había pasado toda su vida.

—No me iría a vivir a ningún otro sitio.

—Entonces, ¿qué tal si me dejas que haga una reforma integral? No poco a poco, sino de golpe.

Ella sonrió.

—¿Sabes qué? Me parece una idea brillante.

391

—¿Estás listo? —le preguntó Sophia.

—¿Para qué?

Después de la graduación, ella había regresado a su casa para pasar una semana con sus padres, antes de volver a Carolina del Norte.

—Para decirme qué pasó en Carolina del Sur —soltó ella, observándolo sin parpadear mientras recorrían el pastizal en busca de *Mudbath*—. ¿Al final montaste a *Big Ugly Critter* o no?

Al oír la pregunta, Luke revivió de nuevo aquel día invernal, uno de los momentos más deprimentes de su vida. Recordó cómo se había encaminado hacia el cajón, con la vista fija en el toro a través de la rejilla; se acordó del miedo pavoroso que lo embargó y de los nervios a flor de piel. No obstante, se obligó a hacer aquello que había ido a hacer. Se montó sobre *Big Ugly Critter* y ajustó el pretal, procurando no prestar atención a su corazón desbocado. «Solo es un toro —se decía—, un toro como otro cualquiera», aunque eso no era verdad y él lo sabía. Pero cuando la puerta del cajón se abrió y el bovino salió encrespado, Luke permaneció centrado.

El toro se movía con la misma violencia de siempre, corcoveando y retorciéndose como si estuviera poseído por el mismísimo diablo. Sin embargo, extrañamente Luke se sentía con el control de la situación, como si se estuviera observando a sí mismo desde cierta distancia. El mundo parecía moverse a cámara lenta. Aquella monta se le hizo eterna, le pareció el viaje más largo de toda su vida. Pero se mantuvo pegado al lomo del animal y centrado, con el brazo libre moviéndose junto al cuerpo para mantener el equilibrio. Cuando al final sonó la bocina, la multitud se puso de pie y lo ovacionó con una desbordante alegría.

Luke se zafó rápidamente del petral y saltó al suelo. Aterrizó de pie. Entonces el toro, como hacía un tiempo, se detuvo y dio media vuelta, resoplando, furioso, con el pecho palpitante. Luke sabía que *Big Ugly Critter* iba a embestirlo.

Pero, sin embargo, no lo hizo. En vez de eso, se quedaron mirándose el uno al otro hasta que, increíblemente, el toro dio media vuelta.

—Estás sonriendo —dijo Sophia, interrumpiendo sus pensamientos.

—Supongo que sí.

—Lo que significa que…, ¿qué?

—Que lo monté —anunció Luke—. Y después supe que ya podía retirarme del mundo de los rodeos.

Sophia le propinó un cariñoso codazo.

—Eso fue una verdadera estupidez.

—Probablemente —convino Luke—. Pero gané una camioneta nueva.

—Nunca vi una camioneta nueva —dijo ella, frunciendo el ceño.

—No la acepté. En vez de eso, pedí que me dieran su valor en metálico.

—¿Para el rancho?

—No —negó él—. Para esto.

Luke sacó del bolsillo una cajita e, hincando la rodilla en el suelo, se la ofreció a Sophia.

—¿Es lo que creo que es? —preguntó ella, con la respiración entrecortada.

—Ábrela —dijo él.

Ella obedeció. Abrió la tapa despacio y fijó la vista en el anillo.

—Quiero casarme contigo, si aceptas, por supuesto.

Sophia bajó la vista hacia él, con los ojos brillantes.

—Sí, creo que aceptaré.

—¿Dónde quieres que vivamos? —le preguntó ella más tarde, después de que le hubieran comunicado la noticia a su madre—. ¿Aquí en el rancho?

—¿Durante muchos años? No lo sé, pero, de momento, me gusta estar aquí. La cuestión es si a ti te gustaría.

—¿Quieres decir si me gustaría vivir aquí para siempre?

—No necesariamente —apostilló Luke—. Solo pensaba que podríamos quedarnos hasta que se arreglen las cosas. Pero ¿después? Creo que podríamos vivir donde queramos. Incluso pienso que (con un importante legado o regalo, por ejemplo) podrías conseguir trabajo en el museo que eligieras.

—¿Como en Denver?

—He oído que allí hay muchas explotaciones ganaderas. Incluso hay ganadería extensiva en Nueva Jersey. Lo he confirmado.

Ella desvió la vista unos instantes antes de volver a mirarlo.

—¿Qué tal si, de momento, vemos adónde nos lleva la vida?

Aquella noche, mientras Sophia dormía, Luke abandonó la habitación y salió al porche, saboreando la calidez del día, que a esas horas aún se prolongaba. Sobre su cabeza había una visible y hermosa media luna, y las estrellas que se expandían por el cielo. Soplaba una brisa suave, que transportaba el canto de los grillos desde los pastizales.

Luke alzó la vista y contempló los negros confines del universo mientras pensaba en su madre y en el rancho. Todavía le costaba asimilar cómo había cambiado todo. No lograba encajarlo con la vida que había llevado hasta entonces. Todo era diferente. Se preguntó si eso afectaría a su personalidad. A menudo se sentía embrujado por el recuerdo de Ira, aquel hombre que cambió su vida, el hombre al que nunca llegó a conocer. Para Ira, Ruth lo era todo, y allí, en aquella serena oscuridad, Luke imaginó a Sophia dormida en su cama, con el pelo dorado extendido sobre la almohada.

A fin de cuentas, Sophia era el verdadero tesoro que él había

393

encontrado aquel año, mucho más valioso que todo el arte del mundo. Con una sonrisa, susurró en la oscuridad.

—Lo entiendo, Ira.

Y cuando una estrella fugaz dejó una estela a su paso por encima de su cabeza, tuvo la extraña sensación de que Ira no solo le había oído, sino que le sonreía desde el cielo.

Agradecimientos

*S*é que no habría podido escribir *El viaje más largo*, mi decimoséptima novela, sin el apoyo de un sinnúmero de personas maravillosas. El puesto más destacado de la lista lo ocupa, como siempre, Cathy, mi esposa, quien a lo largo de todos estos años ha sido mi mejor amiga. Su presencia me enriquece día tras día, y una parte de mí sabe que todos los personajes femeninos que he creado están inspirados, en buena parte, en ella. Para mí supone una inmensa alegría compartir con ella el viaje más largo: la vida.

También quiero dar las gracias a Theresa Park, mi agente literaria, mánager y, desde hace poco, socia en producción; otra extraordinaria bendición en mi vida. ¡Cuesta creer que llevemos diecinueve años trabajando juntos! Pese a que ya te lo he dicho en numerosas ocasiones, ha llegado el momento de expresarlo con palabras: en nuestra relación profesional, siempre he considerado que yo soy el afortunado.

Jamie Raab, mi editora, no tiene rival cuando se trata de conseguir que mis novelas alcancen la máxima perfección posible. Ha sido mi editora desde el principio, y trabajar con ella me ha convertido en uno de los autores más afortunados del planeta. Merece mi gratitud no solo por todo lo que hace, sino también por ser una gran amiga.

Howie Sanders y Keya Khayatian, mis agentes cinematográficos en Utah, son, ni más ni menos, los mejores en su profesión. Más que eso, son unos verdaderos genios creativos. Si añadimos su gentileza, honestidad y entusiasmo, cuanto más tiempo paso con ellos, más contento estoy de tenerlos por amigos.

Scott Schwimer, mi abogado bromista, otro miembro del equipo que ha estado a mi lado desde el principio, un hombre que me ha ofrecido su sabiduría y sus consejos. Si agregamos su amistad y su risa, sé que su presencia ha enriquecido enormemente mi vida.

Elise Henderson y Kosha Shah, encargadas de mi productora televisiva; dos personas increíbles, dotadas de motivación, inteligencia y humor; me considero afortunado de que formen parte de mi equipo. Gracias también a Dave Park, mi agente de televisión en Utah, por ser un firme apoyo y guiar mi rumbo.

Gracias también a Denise DiNovi, productora de numerosas adaptaciones cinematográficas de mis obras —con estilo y calidad—, incluidas *El mensaje, Un paseo para recordar* y *Cuando te encuentre*. Me encanta trabajar contigo y espero ver pronto *Lo mejor de mí* en la gran pantalla. No sería justo, por supuesto, olvidar mencionar a Alison Greenspan por todo lo que hace.

Marty Bowen es también otro productor que ha realizado diversas adaptaciones cinematográficas de mis novelas, y me gustaría agradecerle el trabajo en *Querido John* y *Un lugar donde refugiarse*. Junto con Theresa y conmigo, producirá *El viaje más largo*, que sin duda será una magnífica película. Gracias también a Wyck Godfrey, que colabora con Marty en todos sus proyectos.

396

También deseo darle las gracias a Emily Sweet y Abby Koons de Park Literary Group. Emily no solo trabaja en mi fundación y en la página web, sino que también se ocupa de todas las áreas grises de mis proyectos con energía, entusiasmo y eficacia. Abby, la responsable de las relaciones con editores extranjeros, realiza un trabajo encomiable. A ambas las considero unas buenas amigas, y no sé qué haría sin ellas.

Michael Nyman, Catherine Olim, Jill Fritzo y Michael Geiser de PMK-BNC, mis publicistas, unos verdaderos profesionales. Quiero agradecerles la extraordinaria labor que desempeñan en mi nombre.

Laquishe Wright —también conocida simplemente como Q—, que se encarga de mi perfil en las redes sociales, y Mollie Smith, que se ocupa de mi página web personal, también merecen mi más sincera gratitud. Ambas realizan un excelente trabajo, y gracias a ellas la gente está al día sobre lo que pasa en mi mundo.

Por ayudarme a estar al día en las últimas tecnologías, me gustaría dedicar unas palabras de gratitud a David Herrin y Eric Kuhn, de Utah. Siempre están disponibles para resolver mis preguntas.

Gracias también a David Young y Michael Pietsch de Hachette

Book Group. Echaré de menos trabajar contigo, David, y estoy ilusionado con la idea de poder trabajar contigo, Michael.

Larry Vincent y Sara Fernstrom, de Utah, por el fantástico trabajo que realizan con la imagen y asociaciones corporativas; hasta ahora ha sido una experiencia increíble, y estoy entusiasmado con lo que nos deparará el futuro.

Mitch Stoller, quien, en su puesto de presidente, dirige la fundación Nicholas Sparks con sapiencia y conocimiento, y Jenna Dueck, vicepresidenta de Strategic Initiatives. Ambos son unos valiosos miembros de mi equipo, y aprecio la maravillosa labor que realizan en el ámbito del apoyo a la educación.

Quiero dar las gracias también a Saul Benjamin, director de Epiphany School of Global Studies, una escuela que mi esposa y yo fundamos en 2006. No me queda la menor duda de que Saul llevará la escuela a grandes cotas. Por supuesto, eso no sería posible sin la ayuda de David Wang, el subdirector, a quien también me gustaría dedicar estas líneas en agradecimiento a su entrega.

No sería justo si no mencionara a Jason Richman y Pete Knapp. Ninguno de los dos trabaja directamente para mí, pero siempre acaban involucrados en mis proyectos. Gracias a los dos por vuestra labor.

Rachel Bressler y Alex Green también merecen mi agradecimiento por ayudarme a mantener firme el timón en Novel Learning Series y en cualquier cuestión relacionada con contratos, lo que puede resultar una tarea interminable.

Micah Sparks, mi hermano, también merece mi más sincera gratitud, no solo por ser el mejor hermano que uno pueda tener, sino también por todo el esfuerzo, absoluta dedicación y visión que ha aportado a Novel Learning Series.

Gracias a Emily Griffin, Sara Weiss y Sonya Cheuse por su trabajo. Emily me ayuda a dirigir un proyecto que es muy importante y especial para mí; Sara absorbe una sorprendente carga de trabajo en GCP en mi nombre, y Sonya es una fantástica publicista que se encarga de las giras promocionales de mis libros.

Gracias también a Tracey Lorentzen, la directora de la oficina de mi fundación New Bern, y a Tia Scott por su colaboración. Ella consigue que mi vida sea más fácil, lo cual no es sencillo. Por último, muchas gracias a Jeanne Armentrout por su ayuda en casa.

También he de dar las gracias a Andrew Sommers, por sus servicios en otra área importante pero muy compleja y delicada de mi vida.

Pam Pope y Oscara Stevick, mis contables, son unos verdaderos profesionales; estoy agradecido de que formen parte de mi equipo.

Courtenay Valenti y Greg Silverman, en Warner Bros. Son como miembros de mi familia, y estoy ilusionadísimo con la oportunidad de volver a trabajar con vosotros, ahora y en el futuro.

Ryan Kavanaugh, Tucker Tooley, Robby Brenner y Terry Curtin de Relativity Media merecen mi más sincera gratitud por el impresionante trabajo en la adaptación cinematográfica de *Un lugar donde refugiarse*, y espero tener la oportunidad de volver a trabajar con vosotros en un futuro próximo. Juntos formamos un magnífico equipo.

Muchas gracias a Elizabeth Gabler y Erin Siminoff de Fox 2000 por encargarse de la versión cinematográfica de *El viaje más largo*. Estoy entusiasmado con la idea de poder trabajar con ambas.

David Buchalter, quien me ayuda a preparar todas mis presentaciones, también merece mi reconocimiento. Aprecio mucho todo lo que haces.

Por último, gracias a los nuevos y viejos amigos que han aportado innumerables alegrías y risas a mi vida, incluidos Todd y Kary Wagner, Drew y Brittany Brees, Jennifer Romanello, Chelsea Kane, Gretchen Rossi, Slade Smiley, Josh Duhamel y Julianne Hough.

Este libro utiliza el tipo Aldus, que toma su nombre
del vanguardista impresor del Renacimiento
italiano Aldus Manutius. Hermann Zapf
diseñó el tipo Aldus para la imprenta
Stempel en 1954, como una réplica
más ligera y elegante del
popular tipo
Palatino

***
**
*

El viaje más largo se acabó de imprimir
en un día de otoño de 2013,
en los talleres de Brosmac, carretera
Villaviciosa de Odón
(Madrid)

***
**
*